Vanessa Hußmann

Wie verlorene Sterne in der Nacht

VANESSA HUßMANN wurde 1992 geboren und bereist am liebsten ferne Orte. Diese Leidenschaft hat sie bereits nach Thailand und Vietnam geführt. Außerdem hat sie für ein Jahr lang in den USA gelebt. Wenn sie nicht gerade mit einem Rucksack durch die Welt reist, verbringt sie ihre Zeit am liebsten mit dem Schreiben von Büchern, ihrer Familie und einem guten K-Drama. Auf Instagram (@vanessahussmann) tauscht sie sich gern mit ihren Leser*innen aus.

Vanessa Hußmann

Wie verlorene Sterne in der Nacht

ROMAN

VAJONA

Dieser Artikel ist auch als E-Book erschienen.

Wie verlorene Sterne in der Nacht

MAZOWIECKIE CENTRUM
POLIGRAF II
ul. Ciurlionisa 4
05-270 Marki
Printed in Poland

Gemeinsam mit unseren Partnern und Lieferanten setzt sich der
VAJONA Verlag für eine klimaneutrale Buchproduktion ein.

Lektorat und Korrektorat: Madeleine Seifert
Umschlaggestaltung: Julia Gröchel,
unter Verwendung von Motiven von rawpixel
Innengestaltung: VAJONA Verlag, unter Verwendung von Motiven von
Canva
Satz: VAJONA Verlag, Oelsnitz

ISBN: 978-3-987180-95-8
VAJONA Verlag

Für Janine, Julia und Katja.
Dafür, dass ihr *Tag* und *Nacht* für mich da
seid.

&

Für meine beste Freundin Charlin.
Dafür, dass du mich so oft *gerettet* hast und es
nicht mal weißt.

Hinweis:

In diesem Buch werden Themen wie Depressionen, Suizid und Drogenkonsum sensibel behandelt.

Playlist

Coldplay – Fix you
The Fray – How to save a life?
Stray Kids – Mixtape: OH
Taylor Swift – Anti-Hero
BTS – 2!3!
5 Seconds of Summer – Ghost of you
Trading Yesterday – Shattered
The Script – Flares
Taylor Swift – This Love (Taylor's Version)
Simple Plan – Perfect
Wincent Weiss – Wie es mal war
Jupiter Jones – Still
ATEEZ – Turbulence
Adele – Easy on me
LANY – the older you get, the less you cry
Taylor Swift feat. Bon Iver – exile
One Direction – 18
The Honorary Title – Stay away

Prolog

Sam

Ein Jahr zuvor ...

Der Sommer war vorbei. Die Tatsache, dass am Montag die Schule wieder losging, ruinierte jeden weiteren heißen Tag, der noch kam. Es war Mitte August und die Blätter hatten sich durch die Hitze der vergangenen Wochen bereits gelb und orange verfärbt und fielen zu Boden. Ganz schön trostlos, wenn man es genauer betrachtete. Ein bisschen so, als würde alles um einen herum sterben, sobald der Winter kam. Nur mit dem kleinen und feinen Unterschied, dass die Natur jedes Jahr erneut erwachte, egal was passierte. Selbst, wenn sie nicht wollte, vielleicht sogar protestierte – sie hatte keine Chance. Sobald der Frühling kam, wurde die Natur lebendig. Als wüsste sie wieder, wie man atmete.

Bei mir war es anders. Ich fühlte mich deshalb so mit dem Winter verbunden, weil ich genauso kalt und einsam war. Tief im Inneren, dort wo eigentlich mein Herz schlagen sollte – da spürte ich rein gar nichts. Und es war ganz egal, was ich versuchte: In mir blieb es still. Ich war abgestorben, verkümmert, dabei sehnte ich mich nach einem Erwachen, genau wie es bei der Natur im Frühling der Fall war. Je mehr ich danach strebte, einen Weg aus dieser ewigen Kälte, diesem nie enden wollenden Winter zu finden, desto härter wurde es.

Ich schnaubte und sah mich um. Überall befanden sich bekannte Leute, sie hielten Getränke in der Hand und unterhielten sich lautstark. Nur die Musik übertönte die wirren Unterhaltungen, allerdings schnappte ich trotzdem vereinzelte Wortfetzen auf, die ich anschließend sofort wieder vergaß. So ging es mir oft. Mir fehlten die Konzentration und der Fokus für etwas. Ich wollte eine Leidenschaft besitzen, die mir Antrieb verlieh, um nicht ganz durchzudrehen. Um einen Sinn zu haben, der mich morgens aus dem Bett steigen ließ. Nur da gab es nichts, egal wie oft ich danach suchte. Und selbst wenn, würde es mir sofort wieder entgleiten.

Ich stand abseits im Wohnzimmer, angelehnt an einer Kommode, kaute auf dem Rand meines Bechers herum und fragte mich, warum ständig versucht wurde, alles amerikanisch aufzuziehen. Tatsächlich war ich auf einer Hausparty, die wirkte, als hätten sich die Gastgeber einmal zu häufig *Project X* angesehen. Rote Trinkbecher, Bier-Pong und furchtbare Musik. Ich wusste nicht mal, wer diese Party überhaupt schmiss. Yara hatte mich überredet mitzukommen, um vor Schulbeginn noch einmal die Freiheit zu genießen. Bei dem Gedanken musste ich lachen und trank das Bier aus, das mittlerweile warm geworden war.

Freiheit. Ich war nie frei, sondern viel mehr gefangen in mir selbst.

Trotzdem war ich hier. Yara hatte ich seit Stunden aus den Augen verloren, aber es nützte nichts, sie suchen zu gehen. Sie gehörte zu denjenigen, die auf Partys überall und nirgendwo waren. Zwar waren wir zusammen hergekommen, doch schon nach wenigen Minuten mischte sie sich unter die Leute, während ich das Geschehen beobachtete und mich volllaufen ließ. Meist lief es darauf hinaus, dass ich zu betrunken war, um noch einen geraden Schritt zu tun, und Yara mich letztlich nach Hause bringen musste. Ihr zuliebe war ich heute überhaupt mitgekommen. Wie immer. Oder aber, damit sie nicht bemerkte, wie es mir wirklich ging. Manchmal wusste ich das selbst nicht. Immer dann, wenn ich die Maske aufsetzte und so tat, als ob alles in Ordnung war, glaubte ich mir fast selbst.

Meine Wangen glühten und prickelten vom Alkohol. Ich stand kurz davor, im Stehen einzunicken, als ich sie erblickte.

Mina.

Sie sah sich suchend um, wirkte genauso verloren wie ich. Ihr erdbeerblondes Haar fiel ihr in sanften Wellen über die Schultern und selbst aus der Entfernung konnte ich ihre Sommersprossen auf der Nase erkennen. Sie trug ein schwarzes, enganliegendes Shirt und Jeans, die verboten gut an ihr aussahen. Zum Glück bemerkte sie nicht, wie ich sie von der Ecke aus heimlich anstarrte und mich plötzlich gar nicht mehr so betrunken fühlte.

Mina und ich ... Wir waren wie eine unvollendete Geschichte. Früher hatten wir endlose Gespräche über Mangas, Animes und Musik geführt. Bis unsere Freundschaft nicht mehr existiert hatte. Meinetwegen. Und wegen der Gefühle, die ich niemals hätte empfinden dürfen.

Es war leichter gewesen, auf Abstand zu gehen, mich zurückzuziehen, als offen und ehrlich zu sein. Mina hatte ihre eigenen Probleme gehabt und ich wollte ihr nicht zur Last fallen. Tja und jetzt, drei Jahre später, lebte jeder sein eigenes Leben, ohne Teil des jeweils anderen zu sein.

Wenn ich sie so beobachtete und an unsere Vergangenheit zurückdachte, dann vermisste ich sie. Die Sommertage, die endlosen Fahrradtouren und Abende in dem alten Baumhaus. Die langen Nächte unter den Sternen, die stets so weit entfernt waren, weshalb ich mir schon früher viel zu verloren vorkam. Sie hatte mir immer Sicherheit gegeben. Stabilität. Etwas, das ich in letzter Zeit ganz stark vermisste.

Würde ich das Gefühl wieder bekommen, wenn ich einfach auf

sie zu ging und mit ihr redete? Mir anhörte, wie sie die Welt sah, dem Klang ihrer Stimme lauschte, die mich schon damals beruhigt hatte. Würde es immer noch so sein? Mein betrunkener Kopf fantasierte über diese Möglichkeiten, obwohl die Realität anders aussah, denn wir hatten uns nichts mehr zu sagen.

Dennoch beobachtete ich Mina weiterhin, bis sie schließlich nach draußen auf die Terrasse verschwand. Ein plötzlicher Impuls drängte mich, ihr nachzulaufen und nur im letzten Moment hielt ich mich zurück. Was sollte der Scheiß? Ich würde nur wieder ein neues Kapitel zwischen uns aufschlagen, das nicht beendet werden würde. Alte Freundschaften aufleben zu lassen funktionierte eben nicht immer.

Früher war sie für mich das Manga-Mädchen gewesen, als sie mir etliche Zeichnungen geschenkt hatte. Schon damals hatte Mina mich mit ihrer Leidenschaft und Kunst fasziniert.

Ich nahm einen weiteren Schluck von meinem Getränk, verlor mich dabei in Erinnerungen an sie. An ihren Duft nach Zitronenkuchen, wenn ihre Mutter ihn für uns gebacken hatte. Sah ihre Sommersprossen im Gesicht ganz deutlich vor mir. Waren es immer noch so viele oder sogar mehr dazu gekommen?

»Fuck.«

Ich schob es auf den Alkohol, der mich Entscheidungen treffen ließ, die keinen Sinn ergaben, weshalb ich sie auch nicht hinterfragte. Ohne weiter darüber nachzudenken, stieß ich mich von der Wand ab und folgte Mina nach draußen. Sie saß auf einem Gartenstuhl, ringsherum leuchteten Lichterketten und über uns der Sternenhimmel. Mir schlug das Herz bis zum Hals, meine Hände wurden schwitzig und ich wusste, dass ich nicht hier sein sollte. Dass es sein Fehler war, weil wir uns längst entfremdet hatten. Trotzdem setzte ich mich neben sie.

Erstaunt sah sie mich an. »Was machst du denn hier?«

»Wenn ich das wüsste«, sagte ich ehrlich.

Ich war zu erschöpft und zu betrunken, um ihr etwas vorzuspielen. Hoffentlich konnte ich die geheimsten Gedanken für mich behalten und sagte nichts, was ich später bereuen würde. Das hier war kein Neuanfang. Ich musterte sie ganz genau und stellte fest, dass sie unfassbar müde aussah. Nicht, weil es spät war. Sondern weil sich die Erschöpfung bemerkbar machte. Ich hatte die Gerüchte rund um ihre Familie gehört. Dass ihr Vater fremdgegangen war und sie vor einem riesigen Trümmerhaufen standen. Ihre Eltern hatten sich über die Jahre hinweg immer wieder gestritten. Mina wollte vermitteln und scheiterte jedes Mal.

In dem Moment, wo ich von der Scheidung gehört hatte, hätte ich für sie da sein müssen. Ganz egal, wie wenig wir uns noch kannten. Denn ich wusste, wie wichtig ihr Vater für Mina war und sein Verrat musste sie schwer getroffen haben. Allerdings hatte ich nichts gesagt und stattdessen so getan, als würde es mir egal sein. Als würde ich ihre Familie nicht seit Ewigkeiten kennen.

Mina reckte den Kopf nach oben und seufzte schwer. »Immer wenn ich die Sterne sehe, erinnern sie mich an dich.«

»Ist das etwas Gutes oder Schlechtes?«

»Es ist traurig. Es erinnert mich jedes Mal daran, wie sehr ich unsere Freundschaft vermisse und dann frage ich mich, wie es dazu gekommen ist, dass wir uns so entfremdet haben.«

»Freundschaften verändern sich«, meinte ich bloß. »Ist nichts Persönliches.«

Gott, ich war ein Arsch. Anstatt ehrlich zu sein – nur für einen Moment – bekam sie so eine Antwort. Nur wusste ich nicht, was ich sagen sollte. Ich schaffte es ja nicht mal, Yara gegenüber ehrlich zu sein und zu sagen, wie es mir wirklich ging.

»Ich hätte nur nicht gedacht, dass *uns* so etwas passiert.« Mina zuckte mit den Schultern.

Es tut mir leid.

Die Worte lagen mir auf der Zunge und ich hätte sie nur aussprechen müssen. Natürlich würde es nichts ändern, würde die Zeit nicht ungeschehen machen können. Vor allem änderte es nichts an meiner mentalen Verfassung und somit dem eigentlichen Grund für den Bruch zwischen uns. Aber ... Für den Moment hätte ich mich dadurch etwas leichter gefühlt. Hätte mir selbst ein Stück der Last und Gedanken genommen. Mina hatte so lange versucht, für mich da zu sein, nur damit ich sie immer und immer wieder von mir stieß. Und dann hatte ich sie endgültig gehen lassen.

»Tja, komm damit klar.«

Wow. Innerlich ohrfeigte ich mich für diesen Satz.

Mina warf mir einen enttäuschten Blick zu und schüttelte den Kopf. »Weißt du, was ich mir jedes Jahr für das neue Schuljahr wünsche?« Sie setzte sich aufrechter hin und ihr Blick lag weiterhin auf mir. Ich konnte sie förmlich denken hören.

»Ich wünsche mir, dass wir wieder befreundet sind. Auch, wenn du mich immer wieder von dir stößt. Ich hab unsere Freundschaft nie ganz aufgegeben, auch wenn du anders darüber denkst.«

Am liebsten hätte ich mir die Ohren zugehalten, denn ich wollte so etwas nicht hören. Besonders nicht, wenn sie mich mit diesem Blick ansah, der mir durch Mark und Bein ging. Der etwas in mir bewegte. Allerdings war die Dunkelheit in mir stärker, breitete ihre Klauen aus und hielt mich fest. Erinnerte mich daran, was aus mir geworden war.

Ich stand auf, steckte die Hände in die Jeanstaschen und musterte sie. Die sanfte Beleuchtung der Lichterketten um uns herum erhellte ihr Gesicht und ich sah, wie ihre blauen Augen voller Erwartung strahlten. Darauf, dass ich etwas sagte, das ihr Hoffnung gab. Nur tat ich das nicht.

»Vergiss es einfach, okay? Wir waren damals Kinder, also komm drüber hinweg. Außerdem würdest du mich am Ende nur langweilen.« Die Worte verließen meinen Mund und ich bereute sie auf der Stelle. Ironischerweise wurde *This Love* von Taylor Swift gespielt, was absolut gar nicht zur Party passte und sich plötzlich wie unser persönlicher Abschiedssong anfühlte.

Minas Augen füllten sich mit Tränen, doch sie kämpfte mit sich. Anstatt aufzustehen und die Situation zu verlassen, blieb sie sitzen und sah mich einfach nur an. Durchdringend, als würde sie direkt in meine Seele schauen. In mein Innerstes, nur um festzustellen, dass sich dort absolute Leere befand.

Wir verloren uns in einem stummen Blickaustausch, in dem jeder gefangen in seinen eigenen Gedanken war. In Hoffnungen und Wünschen, bloß war die Realität eine andere. Letztlich war ich es, der sich umdrehte und vor der Situation flüchtete.

Das war das letzte Mal, dass ich mit Mina gesprochen hatte.

Teil 1

1   *Mina*

Heute, Abschlussjahr ...

Gab es so etwas wie den perfekten Augenblick im Leben?

Diesen Moment, in dem einem bewusst wurde, dass sich einfach alles verändern würde? Wenn man spürte, dass man angekommen war? Oft versank ich in dieser Vorstellung, verlor mich darin, wie in genau solch einem Moment die ganze Welt stehen bleiben würde. Jeder kleine Staubpartikel käme zum Erliegen, das Herz schlüge einem bis zum Hals. Manchmal hatte ich den Eindruck, dass ich bereits viele dieser Momente hätte haben können, wenn ich mutiger gewesen wäre. Wenn meine innere Stimme mich nicht immer wieder davon abhalten würde, mehr aus mir herauszukommen und für mich einzustehen.

Stattdessen redete sie mir in solchen Situationen ein, dass es unsinnig war, genug Mut aufzubringen und für das zu kämpfen, wonach ich mich sehnte. So oft träumte ich von einem Ausbruch, den ich am Ende nicht wagte. Ich war zu feige, wog mich zu gern in Sicherheit. Verpasste die perfekten Momente im Leben.

Meistens sah ich bloß zu, fragte mich, wie andere es schafften, das Leben zu leben, von dem ich träumte. Obwohl ich bald achtzehn wurde, fühlte ich mich manchmal viel älter. Meine eigenen Gedanken erschöpften mich und trotzdem ließen sie sich nicht abstellen. Deshalb war mir das letzte Schuljahr so wichtig. Ich musste etwas ändern, ansonsten würde ich es bereuen.

Ich wollte so einen perfekten Moment, nur ein einziges Mal. Das Herzklopfen, die Atmung, die schneller wurde, weil ich es *fühlen* konnte. Wie die meisten hatte ich Angst vor Veränderungen, auch wenn sie unumgänglich waren. In diesem letzten Schuljahr, bevor ich mein Abiturzeugnis in den Händen halten würde, wollte ich so viele von meinen Plänen angehen, wie nur möglich. Ganz egal, ob ich scheitern würde, weil ich mir selbst gern einredete, mehr zu sein als ich eigentlich war.

Am Ende zählte der Versuch, oder nicht? Da draußen wartete etwas auf mich. Mehr Ich, weniger Angst. Ich würde nicht länger eine stille Zuschauerin meines eigenen Lebens sein und vor Herausforderungen zurückschrecken, sondern aktiv werden.

Diese eine Sache … Im letzten Schuljahr würde ich sie in die Hand nehmen. Ich würde mit Sam das Gespräch suchen. Ein allerletztes Mal, ganz gleich, wie sehr es mich verletzte. Ich würde ihm all die Fragen stellen, die ich auf dem Herzen hatte und mich nachts nicht schlafen ließen.

Mein Ex-bester-Freund. Existierte diese Definition? Der Mensch, der mich nie verurteilt hatte, weil ich zu groß träumte. Derjenige, mit dem ich fünf Jahre lang alles geteilt hatte. Der mich auf einem Taylor-Swift-Konzert Rotz und Wasser heulen sah, mich in die Arme nahm und verstand, was mir die Musik bedeutete. Ich wollte nur wissen, warum das alles so plötzlich aufgehört hatte zu existieren.

Wie es dazu gekommen war, dass wir uns so sehr in unterschiedliche Richtungen verändert hatten.

Ich lächelte mir im Spiegel zu und versuchte, mir Mut und Zuspruch zu geben.

Das wird dein Jahr, Mina. Das. Wird. Dein. Jahr.

Während ich das Mantra immerzu wiederholte, ignorierte ich die kleine fiese Stimme in meinem Kopf, die konsequent betonte, dass ich mir diesen Spruch so ziemlich jedes Mal vorsagte, wenn ein neues Schuljahr begann. Der große Unterschied bestand allerdings jetzt darin, dass dieses Jahr wirklich meine letzte Chance war.

Ich brauchte nicht lange, um mich für die Schule fertigzumachen. Es war sommerlich warm, die morgendlichen Sonnenstrahlen fielen angenehm in mein Zimmer und versorgten mich mit guter Laune. Das Outfit für den ersten Tag hatte ich mir schon einige Wochen zuvor überlegt. Die neue Jeans, die ich mir zu Beginn der Sommerferien gekauft hatte, und ein schlichtes, schwarzes T-Shirt mit Rundausschnitt passten zu meinem Stil. Ich mochte es gern unauffällig, weshalb ich meine kupferfarbenen Haare zu einem lockeren Pferdeschwanz zusammenband, ein bisschen Puder und Wimperntusche benutzte und in den Tag startete.

Auch wenn der Druck in den kommenden Monaten immens werden würde, fühlte ich mich gewappnet für das letzte Schuljahr, ganz egal, was passierte. Und ganz egal, dass scheinbar jeder um mich herum wusste, wohin die Reise später ging und nur ich die Planlose war – ich würde meinen Weg gehen und mich nicht von Gesprächen über Auslandserfahrungen, Ausbildungen und Bewerbungen auf Studienplätze verunsichern lassen. Ich versuchte, Schritt für Schritt zu denken, erst das Abitur zu schaffen und mir sämtliche Möglichkeiten offen zu halten. Trotzdem blieb ein Funke Unsicherheit bestehen, den ich nicht ganz ignorieren konnte. Die leise, unterschwellige Panik, die mir einredete, dass es vernünftiger wäre, endlich einen Plan zu schmieden, anstatt am Ende mit leeren Händen dazustehen.

Bevor diese Gedanken meine gute Laune verschluckten, warf ich mir im Spiegel ein letztes Mal ein Lächeln zu und verließ das Zimmer. Meine Mutter war bereits arbeiten, als ich in die Küche kam und mir sofort die bedrückende Stille auffiel, die ich so hasste. Als ich mir den Orangensaft aus dem Kühlschrak nahm, erblickte ich einen kleinen Zettel auf der Küchenanrichte.

Eure Freundschaft verdient eine zweite Chance.

Mama glaubte an uns. Sam war damals bei uns ein und aus gegangen und wahrscheinlich hoffte sie genauso wie ich auf ein Happy End. Es musste einfach eines geben.

Ich dachte oft daran, wie unsere Freundschaft entstanden war, weil wir beide nachsitzen mussten. Das war für mich das erste und letzte Mal gewesen, während ich bei Sam irgendwann aufgehört hatte zu zählen.

Mit dem Glas in der Hand sah ich mich nachdenklich um und stellte wieder einmal fest, dass ich mich immer noch nicht an den Anblick dieser Wände gewöhnt hatte. Die endgültige Scheidung meiner Eltern lag noch nicht lange zurück und von jetzt auf gleich lebte ich ein völlig anderes Leben. Eines, das mich viel zu oft daran erinnerte, dass Familie am Ende nicht alles bedeutete und sie die größten Schmerzen verursachen konnte. Ich wünschte, ich könnte meiner Mutter etwas von der Last nehmen, die sie auf ihren Schultern trug, denn sie kämpfte allein und dabei war es ihr egal, wie sehr sie insgeheim litt. Wir waren von der einst glücklichen Familie übriggeblieben. Mama, ich und meine dreijährige Schwester Clara, die uns manchmal den letzten Nerv raubte, aber trotzdem an dunklen Tagen unser Sonnenschein war. Unsere Hoffnung darauf, dass am Ende wieder alles gut werden würde.

Zwar würde Mama es nie zugeben, dass das Geld, das sie als Krankenschwester verdiente, reichte vorn und hinten nicht.

Sie wollte immer, dass ich mich auf die Schule konzentrierte, bloß hatte sich seit der Scheidung einiges geändert. Mittlerweile kam ich nicht mehr darum herum, mir einen Nebenjob zu suchen und sie so zu unterstützen. Seufzend las ich mir die Zeilen erneut durch. Natürlich hatte sie all die Jahre mitbekommen, wie Sam und ich uns immer weiter voneinander entfernt hatten. So weit, bis der Spalt zwischen uns zu groß war, um ihn noch überqueren zu können. Vor allem bereute ich es, ihn in jener Nacht vor einem Jahr nicht weiter zur Rede gestellt zu haben, denn jetzt im letzten Schuljahr rannte mir die Zeit davon.

Ich wünschte mir bloß eine Erklärung, mehr nicht. Allerdings war Sam ein Meister darin, sich von anderen Menschen fernzuhalten. Die Mauer um ihn herum war so felsenfest errichtet, dass ich mich manchmal fragte, ob er nicht einsam an dem Ort war, an dem er sich befand. Stets ganz weit weg mit den Gedanken und nur für sich.

Ich wusste von dem Getuschel meiner Mitschüler, dass die Jungs aus seinem Fußballverein ihn am liebsten aus der Mannschaft schmeißen wollten, weil er kein Teamplayer war. Nur schoss Sam die meisten Tore für den Verein und sie waren nicht umsonst im Sommer in die Landesliga aufgestiegen.

Sofort musste ich an seine dunklen, braunen Augen denken. Es waren traurige Augen, die nach Halt suchten und ihn nirgendwo fanden. In den letzten drei Jahren wirkte er verloren, immer ein Stückchen mehr. Manchmal hatte ich das Gefühl, als hätte er mir früher eine andere Version von sich gezeigt, die nur für mich bestimmt war. Aber nachdem er mich so behandelt hatte, war es wahrscheinlich nur reines Wunschdenken gewesen.

Ich wünschte mir, Sam frei und glücklich zu sehen, anstatt seinem leeren Blick auf den Schulfluren zu begegnen. Es war offensichtlich, dass ihn etwas beschäftigte und das seit einer ganzen Weile. Er stach heraus und dass nicht, weil er leuchtete, sondern weil sein Licht erloschen war. Genau deshalb musste ich sicher gehen, dass er in Ordnung war und es ihm gut ging. Ganz egal, wohin unsere Wege auch anschließend führten.

Die Schule lag nicht weit entfernt von unserer Wohnung, sodass ich zu Fuß gehen oder mit dem Rad hinfahren konnte. Eigentlich war alles hier in Sommerstedt mit dem Fahrrad gut zu erreichen. Der Ort war eine typische Kleinstadt in der Nähe vom Harz, eingeschlossen von unzähligen Getreidefeldern, die in wenigen Wochen in der Herbstsonne golden leuchten würden. Sommerstedt war bekannt für die vielen Gebirge, die zum Wandern einluden und daher Touristen das Jahr über anlockten. Die Ruhe und die Vertrautheit, die auf viele idyllisch wirkten, fühlten sich für mich manchmal eher erdrückend an. Mein Vater hatte immer behauptet, hier glücklich zu sein – und uns damit mitten ins Gesicht gelogen. Denn ironischerweise lebte er jetzt mit seiner Sekretärin in München und genoss das High-Society-Leben. Vielleicht war er der Grund, warum ich mich hier oft so verloren fühlte. Der Verrat saß tief, die Enttäuschung und das Chaos, das er hinterlassen hatte, waren allgegenwärtig. Jeder Winkel meiner Heimat erinnerte mich an ihn, egal wohin ich ging.

Wir waren häufig zusammen wandern gegangen. Ich hatte die Wälder geliebt … Aber jetzt? Nichts von dem war noch übriggeblieben.

Ein paar Strähnen lösten sich durch den Wind aus dem Pferdeschwanz und kitzelten meine Wange. Ich wurde zurück in die Gegenwart katapultiert und verdrängte die Gedanken an meinen Vater.

Mit Kopfhörern in den Ohren und der richtigen Musik machte die Fahrt zur Schule gleich viel mehr Spaß und ich konzentrierte mich auf mein Vorhaben. Sofort strömte positive Energie durch meine Adern und ich spürte förmlich, wie sich der Mut in mir zusammenbraute und mir Motivation schenkte.

Das wird mein Jahr.

An den Fahrradständern wartete Elias auf mich und ich wurde langsamer. In den letzten drei Jahren war er für mich zu einer wichtigen Stütze geworden. Ohne ihn hätte ich die Zeit in der Oberstufe nicht überstanden, so viel ist sicher. Immer, wenn ich einen Durchhänger hatte, baute er mich wieder auf und motivierte mich.

Er winkte mir zu und grinste über beide Ohren. Den ganzen Sommer lang hatten wir uns nicht gesehen, weil er seine Großeltern in Namibia besucht hatte, und nun war die Wiedersehensfreude umso größer. Ich schloss mein Rad ab und fiel ihm gleich darauf in die Arme. Elias war nur ein paar Zentimeter größer als ich und behauptete regelmäßig, noch zu wachsen, weil ihm seine Körpergröße von einem Meter siebzig unangenehm war.

Mir entfuhr ein lautes Quietschen, als er die Umdrehung zwei-, dreimal wiederholte. »Elias, ich kotz gleich! Du weißt, dass ich das nicht abkann!«, erinnerte ich ihn halb lachend, halb flehend, weil mir wirklich etwas übel wurde. Glücklicherweise ließ er mich daraufhin los und ich taumelte ein paar Schritte zurück, bevor ich das Gleichgewicht wiederfand.

»Wie ich sehe, hast du den Sommer über nicht viel Farbe abbekommen. Deine Haut scheint die Sonne nicht zu mögen.« Grinsend beäugte er mich.

Ich rollte nur mit den Augen. Das sagte er jedes Jahr nach den Ferien zu mir, weil er ganz genau wusste, dass ich nur rot statt braun wurde. Außerdem hatte ich es nicht darauf anlegen wollen, noch mehr Sommersprossen im Gesicht zu bekommen.

»Also, wie lautet der Plan für dieses Jahr?«

In einem angenehmen Tempo steuerten wir von den Fahrradständen in Richtung des Schuleingangs. Jetzt, wo ich hier war, wurde mir plötzlich ganz anders. Es war nicht unbedingt Wehmut, die ich gerade empfand, aber der Gedanke daran, nur noch ein paar Monate auf dem Sommerstedter Gymnasium zu sein, war irgendwie befremdlich. Wenn man bedachte, wie viel Zeit man mit Freunden in der Schule verbrachte, dann war es wie ein zweites Zuhause, obwohl die wenigsten diese Tatsache zugeben würden.

Ich wünschte, es würde einen Pausenknopf geben, um die Zeit anhalten zu können. Nicht für jeden Moment. Nur für die wichtigen oder all jene, die gar nicht so besonders wirkten. Denn diese waren es, an die man sich am Ende am meisten erinnerte.

»Ich werde das mit Sam klären«, antwortete ich und versuchte dabei selbstbewusst zu klingen. Es war ja nicht so, als würde ich mir das seit drei Jahren sagen und dann doch nicht machen.

Aus Angst vor dem Schmerz, den ich ganz tief vergraben hatte. Anfangs hatte ich mir oft eingeredet, dass es mir egal war. Ich war trotzig und verletzt, weil Sam offenbar keine Lust mehr auf unsere Freundschaft gehabt hatte. Ansonsten hätte er mir mehr zugehört, wäre für mich da gewesen. Er würde mir nie egal sein. Und jetzt war ich so weit, dass er das wissen sollte. Egal, was er dann damit anfing.

Automatisch suchte ich den Schulhof nach ihm ab. Entweder saß er auf den Tischtennisplatten und ging als Letzter rein oder kam generell zu spät. Am ersten Schultag hatte er sich wohl für die zweite Variante entschieden, und ich spürte ein kleines Ziehen in der Brust. Nein, es gab keinen Grund, enttäuscht zu sein, denn mir standen noch immer alle Möglichkeiten offen. Das Schuljahr hatte nicht mal richtig angefangen.

»Dieses Mal wirklich«, schob ich mit Nachdruck hinterher.

»Ich hoffe es sehr für dich. Du brauchst einen Abschluss. Seit drei Jahren beobachte ich dich dabei, wie du dieser Freundschaft hinterhertrauerst. Versteh mich nicht falsch, denn ich weiß ja, wie viel ihr zusammen durchgemacht habt. Aber du brauchst Klarheit.«

»Ich weiß.« Ein Seufzen entfuhr mir. »Es ist unser letztes Schuljahr. Wenn nicht jetzt, wann dann? Ich muss es einfach tun. Wie auch immer unsere Geschichte dann aussehen wird.«

Unsere Geschichte.

Ich erinnerte mich an die endlosen Nachmittage, an denen wir in der Bibliothek gesessen hatten. Sam am Lesen, ich am Zeichnen. Taylor Swift, die uns mit ihrer Musik auf den Ohren begleitete. Seit wir nicht mehr befreundet waren, hörte ich ihre Musik nicht mehr. Es tat zu weh, denn jedes Mal wurde ich bloß an etwas erinnert, was nicht mehr existierte.

Als ich selbst bemerkte, in was für einen Gedankenstrudel ich mich hineinsaugen ließ, schüttelte ich den Kopf. Dieses Jahr würde es anders werden. Das war ich mir selbst schuldig.

Da Elias in der ersten Stunde Mathe-Leitungskurs und ich Kunst-Leistungskurs hatte, trennten sich unsere Wege leider relativ früh. Im Gegensatz zu mir war er ambitioniert, etwas aus seinem Leben zu machen, arbeitete auf einen perfekten Notendurschnitt hin, um anschließend Medizin zu studieren. Elias wollte später bei *Ärzte ohne Grenzen* in Ländern arbeiten, die jede Hilfe dringend benötigten, und ich bewunderte ihn stets dafür. Hätte ich ein genaues Ziel vor Augen gehabt, wäre es mir bestimmt deutlich leichter gefallen, mich zu fokussieren und zu lernen.

Ich war froh, dass ich am Montagmorgen in den ersten beiden Stunden Kunst hatte, und somit relativ entspannt in den Tag startete. Zumindest hoffte ich das. Denn seit der Scheidung meiner Eltern war Kreativität ein Fremdwort für mich. Zeichnen war mehr eine Qual als ein Ausgleich und je mehr ich nach Inspiration suchte, desto weniger fand ich sie. Normalerweise gab es nichts Schöneres als sich in Farben zu verlieren, mit denen ich so viel mehr ausdrücken konnte als mit Worten.

Obwohl es keine festen Sitzplätze gab, saß jeder auf demselben Stuhl wie im vergangenen Jahr, was mich erleichterte. Mein Platz befand sich direkt am Fenster und bescherte mir eine malerische Aussicht auf das umliegende Waldgebiet. Wenn sich die Blätter dem Herbst anpassten und sich das Laub zu einem Meer aus roten und gelben Farben vermischte, war der Ausblick inspirierend und es war leicht, sich in Tagträumen zu verlieren. Etwas, das ich gern tat und ein Grund war, weswegen ich diese Jahreszeit so liebte.

Nach und nach füllte sich der Raum mit altbekannten Gesichtern. Einige meiner Mitschüler warfen mir ein knappes Lächeln zu, andere ignorierten mich. In der neunten und zehnten Klasse hatte ich eine Phase gehabt, in der ich mit vielen von meinen Mitschülern und Mitschülerinnen Kontakt hatte. Ich war ständig feiern, lebte für das Wochenende und ging von einer Party auf die nächste. Schon komisch, wie sich die Dinge änderten, denn jetzt blieb ich am Wochenende am liebsten zu Hause. Elias versuchte mich ständig zu überreden, ihn zu begleiten, aber jedes Mal musste ich ihn enttäuschen.

Beim zweiten und letzten Klingeln erwartete ich, dass Sam endlich auftauchte und sich auf seinen gewohnten Platz vor mich setzen würde. Allerdings war es nur seine beste Freundin Yara, die den Raum betrat und sich neben mich setzte. Früher hätte ich es nie für möglich gehalten, dass mal jemand anderes an Sams Seite sein würde. Vielleicht dachte er genauso, wenn er Elias und mich sah, aber vermutlich interessierte es ihn nicht einmal.

Yara gehörte zu den Menschen, die man absolut nicht einschätzen konnte. Sie wirkte oft reserviert und kühl, weil sie kaum mit jemandem sprach und dadurch eine gewisse Distanz zu ihren Mitmenschen hielt. Sie besaß auffällig hohe Wangenknochen und eine ebenmäßige Nase. Dazu helle grüne Augen, die im Kontrast zu dem roséfarbenen Pixie Cut standen. Wie immer waren ihre Lippen dunkel geschminkt.

Yara besaß ein künstlerisches Auge, für das ich sie beneidete. Der Kunst-Leistungskurs lebte von ihren originellen Beiträgen und oft genug wünschte ich mir, genauso kreativ und offen zu sein wie sie. Ich hatte mal aufgeschnappt, dass sie von einem Studium in Modedesign träumte, was absolut perfekt für sie war.

Es gab Momente, da fragte ich mich, ob ihre Freundschaft dieselbe war, wie ich sie einst mit Sam gehabt hatte. Ich hatte Elias und Sam nie miteinander verglichen, weil die Basis, das Vertrauen und die Erinnerungen grundsätzlich verschieden waren. Aber natürlich kam es vor, dass ich an Sam dachte, wenn Elias und ich zu *Thalia* gingen, über Mangas sprachen oder Stephen King. Meist verdrängte ich dieses kleine, fiese Stechen in der Brust, nur gelang es mir nicht immer. Anschließend hatte ich Elias gegenüber ein schlechtes Gewissen.

Wieder sah ich zu Yara herüber. Heute war von ihrem Glamour nichts zu sehen. Ihre grünen Augen waren rot unterlaufen und wurden von tiefen dunklen Rändern begleitet, die nicht zu übersehen waren.

Mit leerem Blick starrte sie auf die Tischplatte und sah aus, als hätte sie nächtelang durchgeweint. Auch in den hinteren Reihen blieb diese Tatsache nicht unbemerkt und das Getuschel ließ nicht lange auf sich warten.

»Ich habe gehört, sie hat den ganzen Sommer gefeiert und das ein oder andere ausprobiert. Sie lässt scheinbar nichts anbrennen, egal, um welches Geschlecht es geht«, hörte ich es zischen.

»Na, hoffentlich hat sie sich dabei nichts eingefangen. Wo

steckt Sam eigentlich? Ich habe ihn noch nirgends gesehen.«

In Anbetracht des Gelabers verdrehte ich die Augen und schüttelte den Kopf. Dieses Getratsche war so typisch.

Als Herr Petrov schließlich den Kursraum betrat und gleich darauf das Wort ergriff, verklangen die nervigen Gespräche und es wurde still. Unser Kunstlehrer war ein Mann mittleren Alters, der gern Geschichten über das ungarische Essen und die dortige Kultur erzählte. Manche davon waren zwar interessant, die meisten dennoch ein bisschen langatmig, weil er sich ständig wiederholte. Er besaß einen ausgeprägten Akzent und hatte immer einen lockeren Spruch auf den Lippen, weswegen ich ihn so mochte. Vor allem aber glaubte er an uns. Ihm war sein Job wichtig, er motivierte den Kurs und am Ende ging ich jedes Mal bestärkt aus dem Raum. Doch ähnlich wie bei Yara war seine Miene heute ungewohnt ernst.

Ich sah zwischen den beiden hin und her und wurde unruhig. Die Anspannung war förmlich greifbar und ich knetete meine Hände, weil es kaum auszuhalten war. Mein Blick wanderte zur Wanduhr – der Unterricht hatte bereits vor fünf Minuten begonnen. Der einzige Kurs, in dem Sam niemals zu spät kam, war der Kunst-Leistungskurs.

Irgendetwas stimmte nicht.

Yara rutschte so tief nach unten, wie der Stuhl es zuließ, als würde sie versuchen, sich unsichtbar zu machen. Ihr linkes Bein wippte im schnellen Takt und sie knibbelte an ihrer Nagelhaut. Mit einem Räuspern warf Herr Petrov einen kurzen Blick auf den Platz, der Sam gehörte.

»Bevor wir anfangen, würde ich gern etwas mit euch besprechen. Vielleicht weiß es der ein oder andere auch schon.« Er nahm einen tiefen Atemzug und ließ seinen Blick über unsere Gesichter schweifen. »Sam wird für das letzte Schuljahr nicht zurückkommen. Er wurde am Anfang der Sommerferien von einem Talentscout gesichtet und wird die letzten Monate auf einem renommierten Sportinternat in Berlin absolvieren.«

Kaum hatte er die Worte ausgesprochen, entstand ein wildes Gemurmel in der Klasse.

Was?!

Sportinternat?

Berlin?

BERLIN? Wie die Hauptstadt? Die lag fast über dreihundert Kilometer von Sommerstedt entfernt! Was zum ...

Geschockt warf ich Yara einen Blick zu, die den Kopf gesenkt hielt und verdächtig mit den Augen blinzelte. Ich war noch dabei, die Tatsache zu verarbeiten, Sam womöglich nie mehr wiederzusehen, als Herr Petrov schon weitersprach.

»Ich soll euch ausrichten, dass es ihm sehr leidtut, sich nicht persönlich von euch verabschiedet zu haben.«

Fassungslos ließ ich die Schultern hängen und wandte den Blick nach draußen. In meinem Kopf ratterte es.

Wie in einer Endlosschleife dachte ich an einzelne Momente mit ihm. Unser gemeinsames Nachsitzen, das Taylor-Swift-Konzert. Die vielen Male, die ich ihn dazu überredet hatte, mit mir *To all the boys I've loved before* zu gucken. Die plötzliche Distanz, unsere Streitigkeiten, bis wir am Ende nur noch geschwiegen hatten. Wir hatten nie füreinander gekämpft.

Und jetzt war es zu spät, um einen letzten Versuch zu wagen.

2 *Mina*

In der Mittagspause befand sich meine Laune auf dem Tiefpunkt. Mittlerweile hatte die Nachricht um Sams plötzlichen Abgang natürlich die Runde gemacht und die wildesten Gerüchte wurden in die Welt gesetzt. Eines der hartnäckigsten war, dass er gar nicht in Berlin war, sondern die Schule geschmissen hatte. Keines davon wollte ich hören und versuchte mich stattdessen auf meine Zeichnungen zu konzentrieren. Vorher hatte ich es mit einem Buch probiert, aber dann wurden die Stimmen von überall viel zu laut. Nur das Zeichnen half, meinen Kopf auszuschalten und mich in der Kunst zu verlieren, auch wenn ich dabei nicht mehr dasselbe fühlte. Kein Kribbeln, keine Funken. Ich zeichnete, um mich wenigstens von allem abzulenken. Zumindest, bis Elias mir von hinten auf die Schultern klopfte und ich vor Schreck den Bleistift fallen ließ.

»Was zum Teufel? Elias, verdammt noch mal! Du hast meine Zeichnung versaut!« Empört starrte ich ihn an und hob den Stift auf.

Entschuldigend lächelte er, setzte sich mir gegenüber und packte eilig sein Brot aus. Anschließend musterte er mich abwartend, ehe er hineinbiss. Sein Appetit war wie gewöhnlich riesengroß.

»Willst du drüber reden?«

»Nein.«

»Du glaubst die Geschichte doch nicht, oder?«

Ich versuchte, ihn zu ignorieren, da meine Antwort eigentlich klar und deutlich gewesen war. Es reichte wirklich, dass die gesamte Schule darüber sprach und mir dadurch vor Augen gehalten wurde, dass ich den richtigen Moment verpasst hatte, obwohl es genug von ihnen gegeben hatte.

»Ich meine, welches Internat nimmt jemanden im letzten Schuljahr auf?«

»Elias, lass es gut sein, okay?« Flehend warf ich ihm einen Blick zu, ehe ich mich wieder auf den Charakter konzentrierte.

Seit Jahren war es meine Leidenschaft, Mangas zu zeichnen und der Fantasie in meinem Kopf somit etwas Raum zu geben. Zu gern hätte ich sie digitalisiert, nur dafür fehlte mir das nötige Geld für ein Tablet. Die Welt der Animes und Mangas hatte mir stets geholfen, der Realität zu entfliehen, denn immer dann, wenn ich dringend eine Flucht brauchte, zeichnete ich. Oder versuchte es, denn in den letzten Monaten hatte ich es nicht geschafft, mir selbst und meinen Gedanken zu entkommen.

»Bist du denn gar nicht neugierig?«, hakte Elias nach und trank mit einem Zug seinen Kakao leer. »Ja, er ist ein talentierter Fußballer für sein Alter, aber … Wenn du mich fragst, stimmt da etwas nicht. Hat Yara etwas im Kurs gesagt?«

Ich schüttelte den Kopf und warf entnervt den Stift auf das Papier. Der Charakter war sowieso nicht mehr zu retten.

»Was willst du mir eigentlich sagen?«

Elias sah sich zunächst um und lehnte sich dann vor, als ob er mir ein Geheimnis anvertrauen müsste. Sein Hang zur Dramatik war manchmal ziemlich anstrengend.

»Ich glaube, dass etwas vorgefallen ist und er deshalb nicht kommt. Als ich heute Morgen zu Bio gegangen bin, habe ich Yara und Petrov miteinander reden sehen. Sie wirkten aufgebracht.«

Mein Schädel brummte und das obwohl noch zwei Stunden Mathe auf dem Plan standen. Ich kniff die Augen zusammen, stützte die Ellenbogen auf dem Tisch ab und massierte mir die Schläfen.

»Du guckst zu viele Serien, Elias. Sam ist weg, okay?«

»Hast du denn vor, Yara einfach mal zu fragen, wie es Sam so in Berlin geht? Dir wird sie es bestimmt sagen.«

»Ich bezweifle, dass sie mit mir darüber redet. Wahrscheinlich hat Sam mich nicht mal in ihrer Gegenwart erwähnt.«

»Das glaubst du doch selber nicht, Mina. Ihr wart seit der fünften Klasse befreundet. Euch gab es nur zusammen. Er kann dich nicht einfach ausgeklammert und nichts erzählt haben. Bestimmt hat er über dich gesprochen und das nicht nur einmal. Bitte tu mir den Gefallen und hör auf, so zu tun, als würde dir das alles nichts ausmachen.« Mit einem Blick deutete er auf die Zeichnung. »Du hast ihn sogar als Manga-Charakter gezeichnet.«

Sofort drehte ich das Papier um und kämpfte gegen die Schamesröte an, die sich auf meinen Wangen sammelte. Durch die blasse Haut sah man viel zu schnell, wenn mir etwas peinlich oder unangenehm war.

»Sam ist weg«, presste ich nochmals hervor und versuchte, die Traurigkeit darüber zu verbergen. »Vielleicht ist es ja sogar besser so. Du hast immer gesagt, ich soll mich auf die Realität konzentrieren. Damit kann ich ab sofort anfangen.«

»Ach, Mina ... Wir wissen beide, dass dein Kopf trotzdem in den Wolken steckt und du viel zu oft fernab von der Realität lebst. Und dein Wunsch war es immer, eine Antwort auf dein Warum zu erhalten.«

Er meinte die Worte keineswegs böse, vor allem nicht, weil er dabei sanft lächelte. Trotzdem trafen sie mich ungewollt und ich wamdte den Blick ab.

Für meine Mitschüler drehte sich die Welt weiter, egal was passierte. Aber für mich … Für mich stand sie seit heute Morgen ein kleines bisschen still und ich wusste nicht, wie ich dem Gefühl von Resignation entkommen sollte. Ich neigte schon immer dazu, das Hier und Jetzt zu zerdenken, anstatt mein Leben zu genießen oder Möglichkeiten zu ergreifen, wenn sie sich boten. Nun hatte ich auf bittere Art erfahren müssen, was es bedeutete, wenn man immerzu nur wartete.

»Glaubst du wirklich, dass mehr hinter der Sache steckt?«, fragte ich leise. Irgendwie wollte ich den Gedanken nicht zu nah an mich heranlassen, weil das bedeuten würde, dass etwas so ganz und gar nicht stimmte.

Eindringlich nickte er. »Wie gesagt, Sam ist ein guter Fußballspieler. Aber so kurz vor dem Abi auf ein Sportinternat zu wechseln, finde ich merkwürdig. Zumal er nie Ambitionen gehabt hat, etwas aus seinem Talent zu machen.«

»Ja … Da hast du recht.«

Sam hat oft davon gesprochen, dass ihm der Sport Spaß machte. Doch er hatte nie vor, sich ernsthaft dahinter zu klemmen, selbst wenn er die Extra-Portion Talent besaß.

»Außerdem habe ich mitbekommen, dass die Jungs, mit denen er im Verein spielt, auch nichts davon wussten. Irgendetwas geht hier vor sich, Mina. Da bin ich ganz fest von überzeugt.«

Mir fehlten die Argumente, um ihm zu widersprechen. Ich lächelte verhalten und suchte in der vollen Mensa nach Yara, die nirgends zu finden war. Dann eben nach den Politikstunden.

Um ehrlich zu sein, war mir überhaupt nicht wohl bei dem Gedanken, sie abzupassen und auszufragen. Wir hatten nie etwas miteinander zu tun gehabt. Aber wenn ich zurück an heute Morgen dachte – an ihren Anblick und an diese Internatsgeschichte, die sich von Anfang an merkwürdig angehört hatte – dann gab es gar keine andere Wahl. Ich brauchte Antworten, und zwar keine, die sich aus Gerüchten gebildet hatten. Ich brauchte die Wahrheit. Das war ich meinen Gefühlen schuldig.

»Okay, ich mach's. Ich frage sie.«

Mit einem breiten Lächeln zeigte Elias die Daumen nach oben und biss dann genüsslich in sein Brot. Mein Hunger allerdings war vergangen.

✧ ✧ ✧

Die Politikstunden zogen sich wie ein endloser Kaugummi. Nicht nur, weil es mein Hass-Fach war und die Endnote meinen Notenschnitt gehörig nach unten ziehen würde. Sondern auch, weil ich immerzu nervös zur Uhr schaute. Der innere Sturm, der sich in mir zusammenbraute, war kaum auszuhalten und fieberhaft suchte ich schon jetzt nach den richtigen Worten, um Yara anzusprechen. Auf meinem Handrücken bildeten sich rote Flecke, die über die Arme nach oben wanderten, bis es fast so aussah, als hätte ich einen Ausschlag.

Reiß dich zusammen, Mina. Was soll schon Schlimmes passieren?

Eigentlich nichts. Wenn sie nicht mit mir reden wollte, könnte sie einfach weitergehen und meine Worte ignorieren. Trotzdem hoffte ich darauf, etwas zu erfahren und mein schlechtes Bauchgefühl am Ende zu beruhigen. Innerlich betete ich, dass Elias mich bloß umsonst verunsichert hatte.

Die neunzig Minuten über fuhren meine Gefühle Achterbahn, sodass ich keine Ahnung hatte, was eigentlich gerade Thema war. Am Ende des Unterrichts verließ Yara beinahe fluchtartig den Raum und ich sprang so hastig von meinem Stuhl auf, dass dieser fast umfiel. Dafür erntete ich einige argwöhnische Blicke und lächelte beschämt, bevor ich Yara hinterhereilte.

»Hey!«, rief ich schließlich etwas atemlos. »Warte bitte!«

Fragend drehte sie sich um, hatte aber nicht wahrgenommen, dass ich es war, die sie gerufen hatte.

Schüchtern hob ich die Hand, um ihr zuzuwinken, und lächelte leicht. Als sie mich erblickte, zog sie skeptisch die markanten Augenbrauen zusammen und musterte mich mit Argwohn.

»Hey«, wiederholte ich und ging zögernd ein paar Schritte auf sie zu.

In meinem Kopf hatte ich mir die richtigen Worte zurechtgelegt, um es nicht komplett merkwürdig werden zu lassen.

»T-Tut mir leid, dass ich dich aufhalte, aber …«

Auf einmal war mein Kopf wie leergefegt und ich starrte sie bloß an.

Yara sah fürchterlich aus, wie ein Schatten ihrer selbst. Ihre Haut wirkte blass, was für ihren Hauttyp im Sommer ungewöhnlich war und ihre aufrechte, beinahe anmutige Körperhaltung war komplett verschwunden. Yara musste nichts sagen, denn es war offensichtlich, dass irgendetwas nicht stimmte. Mein Herz schlug rasend gegen meine Brust. Wenn die Internatssache sich bewahrheitete, konnte ich sie nur zu gut verstehen. Sam war ihr bester Freund – der Abschied musste schmerzhaft gewesen sein. Schließlich hielt ich es selbst kaum aus, wenn Elias den ganzen Sommer über im Urlaub war.

Ich schluckte meine Nervosität herunter und fragte dennoch sehr zurückhaltend: »Ist mit Sam alles in Ordnung?«

Für einige Sekunden entgleisten ihre Gesichtszüge, als hätte sie meine Frage überrascht und sie schien sich ertappt zu fühlen. Es waren nur wenige Augenblicke, und ich sah den Schmerz in ihren Augen aufflackern, der sich schnell wieder legte. Bevor Yara zuließ, dass ihre Fassade weiter bröckelte, hob sie das Kinn ein bisschen nach oben und sah mich missbilligend an. Auch wenn ich darauf vorbereitet gewesen war, verletzte es mich. Schließlich wollte ich nur helfen.

»Ich wüsste nicht, was dich das angeht.«

»Ich weiß. I-ich dachte, ich frage nur mal nach. Es hat nichts mit Neugierde zu tun, okay? Sondern ... Du siehst traurig aus und deshalb habe ich mir Sorgen gemacht. Und Sam und ich ...« Ein dicker Kloß steckte mir im Hals fest. Was wollte ich gerade sagen?

Yara musterte mich von oben bis unten. »Ich kenne eure Geschichte.« Es war eine Feststellung, die aus ihrem Mund irgendwie abwertend klang. Hier standen wir also. Die neue beste Freundin und die alte.

Meine Hände zitterten und es war nicht zu übersehen, wie ich die Nervosität zu überspielen versuchte, indem ich sie knetete.

»Ich will nur wissen, ob es ihm gut geht. Und dir ... sieht man an, dass es dir nicht gut geht. Ich wollte bloß nett sein.«

Yara kaute kurz auf ihrer Unterlippe herum, ehe sie antwortete. »Es ist alles okay. Ähm, danke der Nachfrage. Und was Sam betrifft: Warum fragst du ihn nicht einfach selbst? Ihr wart doch befreundet.«

»Er hat irgendwann seine Nummer gewechselt und mir die neue nie gegeben.« Gott, das klang so bitter.

»Tja, dann ...« Sie zuckte mit den Schultern. Bevor ich noch mehr sagen konnte, drehte sie sich bereits um und beendete damit unser Gespräch. Der Kloß in meinem Hals schnürte mir die Kehle zu und machte es mir unmöglich, ihr etwas hinterher zu rufen. Ich ballte die Hände zu Fäusten. Verdammt, wie ich diese Momente hasste. Jedes Mal, wenn ich mir selbst so im Weg stand, verfluchte ich mich ein kleines bisschen mehr. Yara hatte mich einfach stehen gelassen und ich ließ es zu, ohne weiter für das zu kämpfen, was ich wollte. Es war jedes Mal dasselbe. Aber ich hatte mir heute Morgen noch etwas geschworen, weshalb ich mich zusammenriss, und ihr nachlief.

»Ich mache mir einfach Sorgen um Sam, okay?«

Ruckartig blieb Yara stehen. Es vergingen einige, quälend lange Augenblicke, in denen ich nur meinen eigenen Atem wahrnahm und die Nebengespräche, die um mich herum stattfanden.

»Es geht ihm nicht gut, oder?«, schob ich zaghaft hinterher, als sie nicht antwortete. »Du musst mir nichts erzählen. Ich will nur wissen, ob er okay ist.«

Endlich drehte sie sich wieder zu mir um. Diesmal war das Pokerface verschwunden und ich erkannte denselben erschütterten Ausdruck, den ich schon einmal heute an ihr gesehen hatte. Ihre Augen wurden glasig und sie presste die Lippen fest aufeinander, bevor sie antwortete.

»Ihm geht es gut.«

Die Art, wie sie die Worte herauspresste, gezwungen und unsicher, verriet mehr als ihr wahrscheinlich lieb war. Denn es war offensichtlich, dass sie log.

Diesmal hielt ich sie nicht auf, als sie sich abwandte und mit schnellen Schritten davonlief. Während ich ihr nachsah, wusste ich, dass mich dieses Gespräch noch lange verfolgen würde. Ich würde es immer und immer wieder durchgehen, nur um die meisten Sätze zu bereuen, die ungesagt blieben.

Zu Hause erwartete mich das pure Chaos, in dem Clara sich offensichtlich pudelwohl fühlte. Mit einem breiten Grinsen begrüßte sie mich, als ich in den Flur trat und wieder einmal feststellte, wie wenig ich mich bislang an diese Wohnung gewöhnt hatte.

Die Tapeten waren alt und teilweise zeichneten sich Risse in den Ecken ab. Uns hatte damals beim Einzug die Zeit dafür gefehlt, die Wohnung zu renovieren. Jetzt wünschte ich mir wieder einmal, dass wir es getan hätten.

Sie war kein Vergleich zu dem Haus, aus dem wir letztlich ausziehen mussten, weil das Geld nicht mehr gereicht hatte. Und damit die letzten guten Erinnerungen an meine Familie einfach zerstört worden waren.

Eigentlich verbat ich es mir, darüber nachzudenken, denn wenn das Gedankenchaos erst einmal begonnen hatte, war es schwer, wieder damit aufzuhören. Aber die Fragen, wie mein Vater in der Lage gewesen war, uns einfach zu ersetzen und allein zu lassen, waren stets präsent und viel zu laut in meinem Kopf. Seit Monaten hatte ich nichts mehr von ihm gehört und ...

»Mina, guck mal! Mami lässt mich mit Glitzer spielen!«

Das war unübersehbar.

Das ganze Wohnzimmer funkelte aufgrund der kleinen Partikel, die wahrscheinlich nie mehr aus dem Teppich zu entfernen sein würden. Genervt stöhnte ich auf, trotz allem war ich dankbar, dass meine Schwester mich von dem Gefühlsstrudel befreit hatte. Denn der war drauf und dran gewesen, sich an die Oberfläche zu kämpfen.

»Sie hat dir das also wirklich erlaubt, ja?«, fragte ich skeptisch.

Meine Mutter stand in dem offenen Küchen- und Wohnbereich an der Theke und zuckte nur mit den Schultern. Ihre Augenränder waren nicht zu übersehen und ich bekam sofort ein schlechtes Gewissen.

Der Job im Krankenhaus kostete sie Unmengen an Kraft, aber sie würde niemals zugeben, *wie* überlastet sie sich fühlte.

»Ich habe es aufgegeben«, meinte sie mit einem resignierten Lächeln. »Nachdem ich es ihr verboten hatte, ging ich ins Bad und als ich zurückkam ... Du kennst deine Schwester ja.«

Clara war mit ihren drei Jahren bereits ein richtiger Wildfang. Ich wollte mir gar nicht ausmalen, wie sie sich entwickelte, wenn sie das Teenageralter erreichte.

»Wie war die Arbeit?«, erkundigte ich mich und holte mir eine Flasche Cola aus dem Kühlschrank.

»Wie immer«, antwortete Mama und rieb sich den Nacken.

Die Scheidung hatte sie altern lassen.

Sie war dennoch wunderschön, ihre blonden Haare waren nur vereinzelt mit grauen Strähnen durchzogen und ihre Haut besaß einen natürlichen Glanz. Man sah ihr die Strapazen und den Kummer an. Ihre Miene wirkte verbissener, nicht mehr ganz so losgelöst und frei wie damals. Bevor mein Vater uns ohne Vorwarnung verkündet hatte, er würde ausziehen, um mit seiner Sekretärin nach München zu gehen.

Das Ganze war knapp ein Jahr her. Ich war froh, dass Clara noch zu klein war, um die Situation erfassen zu können. Es genügte, dass Mama und ich überfordert waren, und uns dadurch kaum Raum ließen, wütend oder traurig zu sein. Die Zeit fehlte, um ständig darüber zu sprechen, und ich glaubte, sie wollte auch nicht stetig daran erinnert werden. Sie würde es nie zugeben, aber sie vermisste meinen Vater trotz allem, was er uns angetan hatte.

»Wie war der erste Schultag? Hast du mit Sam gesprochen?«

Sobald sein Name fiel, verspannte ich mich und presste die Lippen fest aufeinander. Um ehrlich zu sein, wusste ich gar nicht, wo ich anfangen sollte und mir traten unmittelbar Tränen in die Augen. Die Verzweiflung, die die ganze Zeit über unterschwellig in mir gebrodelt hatte, quillte endgültig über.

»Er ist nicht mehr da«, erklärte ich mit belegter Stimme. »Offenbar ist er in den Ferien nach Berlin gezogen, um dort auf ein Sportinternat zu gehen. Zumindest haben das Herr Petrov und Yara erzählt … Aber irgendetwas fühlt sich an der Geschichte nicht richtig an.«

Fragend sah meine Mutter mich an und eine Träne rollte mir über die Wange, dabei kam ich mir gleichzeitig unendlich kindisch vor. Denn ich betrauerte etwas, das mehr in meinem Kopf stattgefunden hatte als in der Realität. Sam hatte mich vor Jahren fallen gelassen und das, ohne mit der Wimper zu zucken. Im Grunde sollte es mir egal sein, wo er sich gerade befand. Trotzdem konnte ich ihn nicht aufgeben. Ich konnte es einfach nicht.

Um Clara nicht zu beunruhigen, riss ich mich zusammen und atmete tief durch. Sie war zwar mit ihrem Glitzerstaub beschäftigt, aber sie besaß genauso viel Feinfühligkeit wie ich und spürte sofort, wenn sich die Stimmung im Raum veränderte.

»Ich habe mich sogar getraut, Yara anzusprechen und nach ihm zu fragen. Sie hat mir keine richtige Antwort gegeben.«

»Wenn du dich weiterhin sorgst und die Situation es für dich zulässt, dann könntest du sie am Ende der Woche noch mal ansprechen.«

»Meinst du?«

Sie nickte. »Wahrscheinlich fällt es ihr leichter zu reden, sobald sie merkt, wie wichtig es dir ist. Wenn wirklich etwas sein sollte, dann will sie ihn vielleicht schützen.«

Das klang beinahe etwas gefährlich und die Frage war natürlich: Wovor würde Yara Sam schützen wollen?

Sam

Damals, 5. Klasse
Alles auf Anfang

Nachsitzen.

Meine Eltern würden einen Anfall bekommen, wenn ich ihnen nach der Schule davon berichtete. Und das nur, weil ich die Mathehausaufgaben nicht gemacht hatte. Aber warum waren die auch so schwer? Es war nicht so, dass ich es nicht versucht hatte. Den ganzen gestrigen Nachmittag hatte ich damit verbracht und war verzweifelt. Ich hasste, hasste, hasste Mathe.

Bei allen sah es immer so leicht aus und es kam mir so vor, als wäre ich der Einzige mit diesen Problemen. Da ich die Hausaufgaben mehrfach nicht gemacht hatte, war der Lehrer, Herr Budde, der Meinung gewesen, mich mit Nachsitzen zu bestrafen.

Mit schlechter Laune war ich auf dem Weg zur Bibliothek. Es war schon nach zwei, die Schulflure waren gespenstisch leer und ruhig. Von Weitem roch es nach Putzmittel, was bedeutete, dass bereits gewischt wurde. Auf einem Freitagnachmittag hier zu sein, war einfach nur scheiße.

Ich hatte immer gedacht, die fünfte Klasse wäre cool, weil Neuanfang und so, aber da hatte ich mich geirrt. Am liebsten hätte ich den ganzen Tag mit Zocken verbracht.

Als ich die Bibliothek erreichte, stand dort ein Mädchen mit erdbeerblondem Haar, blauen Augen und Sneakers mit Plateau, die sie größer machte, als sie war. Und als sie lächelte, erkannte ich ihre Zahnspange. Mina Sommer wartete offensichtlich auf mich. Wir gingen in dieselbe Klasse, sie saß nur ein paar Plätze von mir entfernt. Die Lehrkräfte ermahnten sie oft, weil sie im Unterricht nie aufpasste, auf ihren Collegeblöcken zeichnete und in Tagträumen versank.

»Musst du etwa auch nachsitzen?«, fragte ich.

Sie nickte. »Ich darf einen Aufsatz darüber schreiben, warum ich im Unterricht zuhören muss. Und du?«

»Ich muss die Mathehausaufgaben nachholen. Was total Sinn ergibt, weil ich sie jetzt ganz bestimmt allein schaffen werde.« Ich verdrehte die Augen.

Mina grinste mich an und ich tat es ihr gleich, weil es so ansteckend war.

»Du kannst von mir Abschreiben, wenn du willst.«

»Ehrlich?«

»Klar«, sie zuckte mit den Schultern. »Ich mag Herrn Budde sowieso nicht und finde es total unfair, dass er dich nachsitzen lässt, anstatt dir zu helfen. Du kannst so oft von mir abschreiben, wie du willst.«

Das klang wie Musik in meinen Ohren und der Nachmittag hier in der Schule war plötzlich nicht mehr ganz so blöd.

»Das ist echt cool von dir.«

Wenn mich nicht alles täuschte, wurde Mina rot im Gesicht, Schnell drehte sie sich weg und öffnete die Tür zur Bibliothek. Da wir die Einzigen hier waren, störte es niemanden, dass wir uns unterhielten, sobald wir uns setzten.

»Musst du den Aufsatz schreiben, weil du lieber zeichnest? Ich habe dich ein paarmal in der Mittagspause dabei gesehen. Und im Kunstunterricht bist du auch richtig gut«, sagte ich und holte meine nichtgemachten Hausaufgaben aus dem Rucksack.

Wieder lief Mina rot an, was bei ihrer blassen Haut nicht zu übersehen war, und irgendwie fand ich das süß.

Sie machte nur ein »*Mhm*« und holte ihr Heft sowie einen

Block hervor, den sie mir zuschob.

»Hier, das sind die Hausaufgaben.«

»Danke dir. Du rettest mich gerade, weißt du das?«

Mina lächelte bloß und konzentrierte sich dann auf das Schreiben des Aufsatzes. Wir schwiegen einige Zeit, als sie plötzlich den Stift etwas zu laut auf den Tisch legte.

»Ich ... Ich will mich nicht dafür entschuldigen, dass ich zeichne. Das ist echt doof.«

»Ist es«, gab ich ihr recht. »Du zeichnest dieses Anime, oder?«

»Dieses Anime?« Sie sah mich vorwurfsvoll an. »Es heißt nicht *dieses Anime*. Es sind Mangas!«

»Okay, Hermine. Dann klär mich mal auf.«

Auch ich legte den Stift beiseite, verschränkte die Arme und lehnte mich zurück. Anschließend hörte ich Mina mindestens eine halbe Stunde lang zu, wie sie mich über Mangas, Animes und Japan aufklärte. Ich merkte nicht mal, wie die Zeit verging, weil sie mich völlig in den Bann zog. Animeserien waren eigentlich nicht mein Ding. Wenn sie darüber in voller Faszination sprach, dann wollte ich nur mehr davon wissen. Ihre Augen strahlten förmlich dabei und erst, als sie aufhörte zu erzählen, holte sie wieder tief Luft.

»Zeichnest du etwas für mich?«, fragte ich mit einem Grinsen.

»I-ich soll dir was zeichnen?«

»Ja. Ich glaube, dieses Mangazeugs sieht cool bei mir im Zimmer aus.«

Mina verengte die Augen. »Mangazeugs?«

»Das war ein Witz. Ich würde mich freuen, wenn du mir einen Charakter aus deiner liebsten Animeserie zeichnen würdest, okay?«

»Okay.« Mina wirkte überrascht, dass ich meine Aussage ernst meinte. »Bitte zeig es keinem anderen.«

»Ich ... was?«

Sie senkte den Blick und friemelte an ihrem Shirt herum. Offensichtlich fühlte sie sich unwohl.

»Du bist der Erste, mit dem ich so offen darüber rede. Ich meine, die meisten wissen, dass ich auf Mangas und Animes stehe. Aber sie finden es auch komisch. Wenn sie jetzt wissen, dass ich dir etwas gezeichnet habe, lachen sie bestimmt.«

»Daran ist nichts komisch. Sie sind bloß neidisch auf dein Talent«, gab ich sofort zurück und lehnte mich vor. »Hey, soll ich dir was verraten, was ich so richtig gut finde?«

Mir war es kein bisschen unangenehm, obwohl die meisten Jungs mich dafür ausgelacht hätten. Wenn man nicht auf irgendeinen Deutschrap stand, war man uncool.

»Ich mag Taylor Swift.«

Mina wirkte in keiner Weise irritiert und ein breites Lächeln zeigte sich auf ihren Lippen.

»Ich auch. Ich liebe so ziemlich jedes Lied von ihr.«

Die nächste Unterhaltung entstand über Taylor Swift, ihre besten Songs und unsere gemeinsame Liebe zu ihrer Musik. Vergessen war der Stress rund um Mathehausaufgaben oder die Angst davor, meinen Eltern das Nachsitzen zu beichten. Wir redeten und redeten. An einem Freitagnachmittag in der Schulbibliothek.

Es war ein Nachmittag, der uns zu Freunden machte. An dem ich mich zum ersten Mal so richtig verstanden fühlte. Unbeschwert reden konnte. Und Mina schien es genauso zu gehen.

Und von diesem Tag an gab es keinen mehr, an dem sie nicht Teil meines Lebens war.

3 Mina

Auch am nächsten Tag brachen die Gerüchte um Sams Weggang nicht ab. Ganz im Gegenteil: Ich hatte das Gefühl, als würde mich sein Name verfolgen, egal wohin ich ging. Er war Gesprächsthema Nummer eins, selbst in den unteren Jahrgangsstufen. Es wunderte mich nicht, dass jeder ihn kannte – schließlich war er wie der Troy Bolton unserer Schule, obwohl Sam es vorzog, für sich zu bleiben.

In der Mittagspause brummte mir der Schädel von all der Rederei. Ich massierte mir die Schläfen und ließ die Augen geschlossen. Es war zwecklos, denn hinterher wurde Sam erneut zum Thema. Ich wagte einen Blick über die Schulter und sah, dass es sich um die Mitspieler aus seinem Verein handelte.

»Ganz ehrlich? Ich bin froh, dass er weg ist. Soll er sein Glück woanders versuchen. Er war sowieso immer viel zu arrogant.«

»Trotzdem ist es dreist, dass er sich nicht mal verabschiedet hat.«

»Er hat es sicherlich nicht für nötig gehalten. Ihr kennt ihn doch. Hauptsache er konnte seine Show abziehen und gut ist.«

Unterm Tisch ballte ich die Hände zu Fäusten und spürte einen unfassbaren Druck auf der Brust. Obwohl es nichts brachte und ich sowieso nicht wagte, etwas zu sagen, hegte ich den drängenden Wunsch, Sam auf der Stelle zu verteidigen.

Elias setzte sich mir gegenüber und ich schenkte ihm zur Begrüßung ein müdes Lächeln.

»So schlimm?«, fragte er. »Kann ich irgendetwas für dich tun?«

»Nein, schon okay. Ich ... ich bin einfach nur genervt von dem ganzen Gerede und hätte dabei gern selbst eine Antwort.« Ich senkte den Kopf und zog mit der Gabel Muster durch die Sauce. Vor mir stand eines der Wahlgerichte, von dem ich mich fragte, was es darstellen sollte. Letztlich ließ ich die Gabel sinken, weil mir sowieso der Appetit vergangen war.

»Und wenn du versuchst, ihn zu kontaktieren? Über Instagram oder so?«

»Er wird mir bestimmt nicht zurückschreiben.«

Darüber nachgedacht hatte ich, aber dann war die Angst zu groß gewesen, weiterhin ignoriert zu werden. »Was ist, wenn wir für immer diese unvollendete Geschichte bleiben? Ein angefangenes Kapitel mit ein paar geschriebenen Wörtern und einem nicht beendeten Satz?«

Elias musterte mich schweigend. Es gab keine passenden Worte, weshalb er es gar nicht erst versuchte. Plötzlich wurde es leiser um uns herum und es war nur noch Getuschel zu hören.

»Da ist Yara.«

Sie hatte gerade erst einen Fuß in die Mensa gesetzt und schon waren alle Augen auf sie gerichtet. Ich wollte mir gar nicht vorstellen, was für ein beklemmendes Gefühl das für sie sein musste. Allerdings brauchte ich das auch nicht, denn das Unbehagen war ihr deutlich anzusehen. Sie kniff die Lippen fest aufeinander, als sie sah, dass die Aufmerksamkeit komplett auf ihr lag und jeder sie mit den Blicken verfolgte. Anstatt das Weite zu suchen, hob sie genau wie gestern ihr Kinn ein Stück nach oben und ging mit aufrechter Haltung zur Essensausgabe.

»Sie hat echt Klasse«, sagte ich staunend.

»Willst du noch mal mit ihr reden?«

Nach dem Gespräch mit meiner Mutter hatte ich darüber nachgedacht und mich bisher dagegen entschieden. »Ich weiß nicht, ob das was bringt. Ich kann sie ja auch verstehen. Würdest du ihr einfach etwas über mich erzählen, wenn sie fragen würde?«

»Du bist nicht irgendwer, Mina.«

Ich ließ seine Worte kurz sacken, ehe ich lachen musste. Es klang komplett verbittert. »Ich wünschte, es wäre so. Für Yara bin ich nur jemand weiteres, der sie nach Sam ausfragt. Sie denkt wahrscheinlich, ich will bloß meine Neugier stillen, aber so ist es ja nicht. Nur weiß ich nicht, wie ich ihr klar machen soll, dass es mir wirklich wichtig ist.«

»Vielleicht, indem du ihr das genauso sagst? Du kannst gut mit Worten umgehen, wenn du dich traust. Wenn du so offen ihr gegenüber bist wie mir jetzt, dann wird sie dir glauben.« Elias tätschelte kurz meine Hand und lächelte. »Du musst dich nur trauen.«

Du musst dich nur trauen ... Wenn das so leicht wäre.

Mit einem schweren Seufzen lehnte sich Elias zurück und ich war dankbar dafür, als er das Thema wechselte. »Es ist erst der dritte Tag und ich habe schon wieder das Gefühl, nur für die Schule zu leben.«

»Ach, du liebst das doch. Vor allem könntest du es nicht ertragen, wenn du beim Abschluss nicht Jahrgangsbester wärst.«

Er streckte mir die Zunge raus und lächelte in sich hinein. Wenn es jemand tatsächlich liebte, den Schulstoff zu lernen, dann war es Elias Namwandi. Im ersten Jahr der Oberstufe hatten wir oft die Nachmittage damit verbracht, zusammen zu lernen. Aber ich kam bei seinem Pensum einfach nicht hinterher, was zu Frustrationen geführt hatte. Jetzt half er mir bloß, wenn ich eine Frage hatte, und ich fühlte mich nicht mehr ganz so unter Druck gesetzt.

»Ende September ist die Back-to-School-Party. Gehen wir hin?«

Mein Lächeln verrutschte auf der Stelle, was Elias nicht verborgen blieb. Normalerweise verneinte ich sofort, wenn es um Partys ging, nur konnte ich ihn nicht immer abweisen. Mit fast achtzehn zu sagen, dass meine Partyzeit vorbei war, klang ziemlich schräg, allerdings fühlte ich mich genauso. Und um Elias' Willen musste ich ab und zu auch mal zusagen.

An seinem Gesichtsausdruck sah ich, dass er mir am liebsten um den Hals gefallen wäre, als ich nickte.

»Mina, das wird super! Glaub mir.«

Ich bemühte mich um ein ehrliches Lächeln und sagte: »Auf dein Wort.«

✦ ✧ ✧

Als es zum Unterricht klingelte, stöhnte ich müde auf. Zum Glück standen für heute nur noch zwei Stunden Sport auf dem Plan und da würde die Zeit schnell vergehen. Bevor ich mich auf den Weg machte, suchte ich die Toilette auf und stellte erleichtert fest, dass ich allein war. Ich hasste es, wenn sich die Mädchen hier tummelten, die Spiegel blockierten, um sich frisch zu machen. Die Situation war einfach nur merkwürdig, wenn man sich dazwischendrängte, um sich die Hände zu waschen.

Gerade als ich die Kabinentür der Toilette hinter mir abgeschlossen hatte, wurde die Tür aufgestoßen. Im selben Augenblick hörte ich, wie jemand das Bad betrat und sofort zu schluchzen anfing.

Es ging schnell in ein heftiges Weinen über und ich stand hilflos in der anderen Kabine. Wenn ich jetzt etwas sagte, würde mir diejenige sowieso nicht antworten. Zumindest würde ich das nicht tun, wenn man mich in so einem intimen Moment erwischte. Deshalb öffnete ich leise die Tür und wusch mir die Hände. Bevor ich mich auf dem Weg zum Sportunterricht machte, warf ich einen letzten Blick über die Schulter. Irgendwie fühlte es sich falsch an, das Mädchen allein zu lassen.

»Ist alles okay? Kann ich dir irgendwie helfen?«, fragte ich deshalb. Sie antwortete mir mit Schweigen und letztlich blieb mir keine andere Wahl, als zu hoffen, dass die Person in Ordnung war.

Durch die hohen Temperaturen erschien mir der Weg zur Sporthalle kilometerlang. Die Wasserflasche in der Tasche erhöhte zusätzlich das Gewicht auf meiner Schulter und ich fragte mich, ob das nicht eigentlich schon genügend Sport für heute war.

Hinter mir liefen zwei Mädchen aus meinem Kurs, die sich so laut unterhielten, dass ich gar nicht weghören konnte.

»Hast du gesehen, wie sie aus der Mensa gerannt ist? Total peinlich. Man darf ja wohl noch fragen, wie es Sam geht, oder? Gott, Yara ist so nervig. Ist dir aufgefallen, dass sie fast nur dasselbe trägt? Als ob sie nicht mehr im Kleiderschrank hätte.«

»Keine Ahnung, was ihr Problem ist. Vor allem sollte sie mal aufhören so zu tun, als hätte sie Ahnung von Mode. Sie wird es niemals als Designerin schaffen. Jetzt wo Sam weg ist, hat sie niemanden mehr.«

»Selbst schuld, wenn man sich immer für was Besseres hält.«

Den Stimmen nach zu urteilen, handelte es sich bei den beiden Mädchen um Lisa und Jenny. Die zwei saßen im Kunst-Leistungskurs in der letzten Reihe und gehörten zu jenen, die sich unfairerweise nie anstrengen mussten und trotzdem gut waren. Warum waren manche Menschen nur so gehässig? Ich verstand absolut nicht, wie man so über eine andere Person reden konnte und dabei nicht mal ein schlechtes Gewissen hatte.

»Jetzt hat sie sich heulend auf der Toilette eingeschlossen«, meinte Lisa in einem herablassenden Ton und lachte anschließend. Ruckartig blieb ich stehen, sodass die beiden beinahe in mich hineinstolperten.

»Pass doch auf«, fauchte Jenny und schüttelte den Kopf.

Auf einmal wurde ich von Sorge gepackt, drehte mich um und lief zurück ins Schulgebäude. Beinahe stürmisch stieß ich die Tür zu den Toiletten auf und sah, wie Yara schniefend aus der Kabine trat. Erschrocken hielt sie in der Bewegung inne, aber es war zu spät, um zu vertuschen, dass sie geweint hatte. Ihre Augen waren stark gerötet, die Wimperntusche verlaufen und sie sah erschöpft aus. Ihr Mund öffnete sich, dennoch sagte sie nichts und wich meinem Blick betreten aus. Natürlich war die Situation auch für mich unangenehm, denn ich kannte Yara kaum, aber das spielte jetzt keine Rolle. Schnell kramte ich aus meinem Rucksack eine Packung Taschentücher hervor und reichte sie ihr.

»Wusstest du, dass ich hier bin?«, fragte sie mit bebender Stimme.

»Ich war auf dem Weg zum Sport, als ... über dich gesprochen wurde.«

Unsere Blicke trafen sich und Verwunderung blitzte in ihren Augen auf.

»Und dann bist du zurückgekommen? Meinetwegen?«

Ich nickte. »Es klang echt fies, was sie gesagt haben, und ich dachte, dass du vielleicht jemanden bräuchtest, der da ist.«

»Ich brauche niemanden!« Yara spuckte mir die Worte förmlich entgegen und ich wich zurück.

Ihre Reaktion verletzte mich, weil ich irgendwie erwartet hatte, dass sie zumindest jetzt ihre Abwehrhaltung mir gegenüber fallen ließ. Nun kam ich mir dumm vor, überhaupt angenommen zu haben, dass sie vielleicht jemanden zum Reden brauchte.

»Okay«, sagte ich nur und gab mir keine Mühe mehr, meine

Frustration zu überspielen. »Ich habe es wirklich nur gut gemeint.«

Keine Minute länger hielt ich es in dem kleinen Waschraum aus, drehte mich ohne ein weiteres Wort um und ging. Obwohl ich sehr geduldig war, besaß auch ich Grenzen und die waren jetzt erreicht. Zumal Yara mir wieder deutlich zu verstehen gegeben hatte, dass sie nicht mit mir reden wollte, und das musste ich akzeptieren. Als ich die Tür aufstieß, hielt sie mich im letzten Moment zurück.

»Mina, warte! Es … tut mir leid. Ich wollte dich nicht so anfahren.«

Langsam drehte ich mich wieder um und sah in ihre verweinten Augen.

»Danke, dass du hergekommen bist. Es ist nur … Ich habe damit nicht gerechnet, dass es jemandem gerade wirklich um mich geht. Alle wollen nur etwas über Sam erfahren und sind sauer, weil ich keine Antwort gebe. Wozu auch? Gefühlt jeder hat sich eine Geschichte über ihn ausgedacht, um die andere zu übertrumpfen. Im Grunde ist er den Leuten egal, sie wollen nur tratschen.«

Ich räusperte mich und verzog die Lippen zu einem dünnen Strich. »Mir geht es nicht ums Tratschen und ich denke, das weißt du.«

Darauf sagte sie nichts.

»Hat Sam überhaupt mal von uns erzählt?«

Plötzlich schlug mein Herz schneller und Panik stieg in mir auf. Ich wollte gar keine Antwort wissen, denn wenn Yara verneinte, dann würde sie das letzte Fünkchen Hoffnung in mir zerstören, das ich noch besaß. Dabei brauchte ich es dringend und klammerte mich daran fest. Alles andere würde ich nicht ertragen.

»Nicht oft. Das musste er auch nicht, damit ich wusste, dass du ihm etwas bedeutest. Die Art, wie er dich angesehen hat, hat schon ausgereicht, um es zu wissen. Tut mir leid, Mina. Ich weiß, dass es dir wirklich um ihn geht und nicht darum, noch mehr Gerüchte in die Welt zu setzen.«

Ein gewaltiger Stein fiel mir vom Herzen und gleichzeitig brannten sich ihre Worte tief in mir ein.

Die Art, wie er dich angesehen hat, hat schon gereicht, um es zu wissen.

Tränen der Erleichterung trafen mich unvorbereitet und ich schluckte schwer.

»Tut mir leid, dass ich dich so angemacht habe«, fügte sie noch hinzu.

Ich entschied mich, die Situation fürs Erste auf sich beruhen zu lassen und sah auf die Uhr. Mittlerweile hatte der Unterricht längst angefangen, weshalb es keine Rolle mehr spielte, ob wir dort auftauchten oder nicht. Immer wenn Elias und ich Probleme hatten und das Leben zu schwer wurde, gingen wir Bubble Tea trinken. Keine Ahnung, wie es ausgerechnet dazu kam, aber nach einem guten Bubble Tea fühlten wir uns anschließend besser. Deshalb schlug ich Yara dasselbe vor, denn ein bisschen Ablenkung schadete uns beiden nicht.

»In der Nähe gibt es einen Bubble-Tea-Laden. Hast du Lust, mit mir hinzugehen?«

Im ersten Moment wirkte Yara überrumpelt und ich rechnete schon damit, dass sie mich wieder abwies. Sehr zu meiner Überraschung, nickte sie schließlich.

»Ich wusste gar nicht, dass du auch mal ein paar Stunden schwänzt«, antwortete sie mit einem Grinsen.

»Es ist nur Sport und wir sind eh schon zu spät dran. Außerdem finde ich, bei diesen Temperaturen sollte man sich nicht noch zusätzlich anstregen.«

Tatsächlich brachten meine Worte sie zum Schmunzeln und ich bekam den Eindruck, als würde das Eis zwischen uns langsam schmelzen. Nicht viel, aber zumindest ein bisschen und das war immerhin ein Anfang.

$$\diamondsuit \ \diamondsuit \ \diamondsuit$$

Zusammen machten wir uns auf den Weg zu dem Laden, der in der Nähe der Innenstadt eröffnet hatte. Schweigend liefen wir ein Stück nebeneinanderher und die Stille zwischen uns wurde mit jedem weiteren Schritt erdrückender. Umso erleichterter war ich, als wir endlich den Laden erreichten und zum Glück keine lange Schlange davorstand. Sobald ich die verschiedenen Sorten auf der Tafel sah und diesen ganz eigenen, süßlichen Geruch einatmete, entspannte ich mich etwas. Ich liebte diesen Laden und konsumierte Bubble Tea fast schon in ungesunden Mengen.

»Weißt du, welche Sorte du nimmst?«, fragte ich aufgeregt.

»Ich glaube, ich will keinen«, meinte Yara bloß. »Nur zu.«

Verständnislos starrte ich sie an und fragte mich, wie sie allen Ernstes freiwillig darauf verzichten konnte. Als sie meinen Gesichtsausdruck sah, lächelte sie entschuldigend.

»Ich habe auch gar kein Geld dabei.«

»Na, wenn das so ist.« Ich winkte ab und deutete auf die Karte. »Such dir was aus, ich gebe dir einen aus. Und keine Widerrede.«

Zunächst schien ihr mein Angebot unangenehm zu sein, weil sie anfing herumzudrucksen, doch am Ende entschied sie sich für einen Bubble Tea mit Blaubeergeschmack und Erdbeerfruchtperlen. Für mich bestellte ich dasselbe. Gerade als wir den Laden verlassen wollten, hörte ich, wie im Radio *The way I loved you* von Taylor Swift gespielt wurde und blieb ruckartig stehen.

Ich hatte es seit Jahren nicht mehr gehört, drückte Taylor im Radio sofort weg, wenn ich ihre Stimme wahrnahm. Hier ging das nicht und es ließ sich nicht vermeiden, dass ich an Sam dachte. An das Konzert. Daran, wie er meine Hand genommen hatte und danach alles anders gewesen war. Nach diesem Abend hatte sich unsere Freundschaft in eine negative Richtung verändert, war auseinandergefallen. Das Lied zusammen mit den Erinnerungen an ihn tat weh. Ich sah sein Lächeln so klar vor mir. Den Sam aus der fünften Klasse und eine ältere Version ein paar Jahre später. Gott, wie sehr ich ihn vermisste.

»Mina? Alles klar?«

»Ja, alles okay«, antwortete ich betrübt und versuchte, die Situation herunterzuspielen. »Es ist nur so, dass Sam und ich damals große Fans von Taylor Swift waren. Und ihre Musik erinnert mich immer an ihn.«

Ich zuckte mit den Schultern, als ob ich so die Gefühle loswurde, die mich in Wellen trafen. Sehnsucht, Wut und Enttäuschung vermischten sich zu einem riesigen Tsunami und mein ganzer Körper bebte.

»Er hat nie darüber geredet, aber ich habe irgendwann mal eure Fotos vom Konzert gesehen. Ihr beide ...« Sie führte den Satz nicht zu Ende. »Sollen wir vielleicht wieder gehen?«

Ich schüttelte den Kopf und öffnete die Ladentür, um nach draußen in die Sonne zu treten. Dort setzten wir uns auf eine Bank, die unter einer Weide stand und angenehmen Schatten spendete.

»Es tut mir leid, wie es zwischen euch gelaufen ist«, sagte Yara. »Das meine ich wirklich ernst.«

Noch war ich nicht in der Lage zu antworten, weil ich noch zu beschäftigt war, mich von dem Taylor-Tsunami zu erholen. Eine ganze Zeit lang sagten wir nichts. Yara gab mir Raum, um mich wieder zu fangen, wofür ich ihr dankbar war.

»Danke, dass du mich hergebracht hast. Ich hätte es keine

Minute länger in der Schule ausgehalten«, meinte sie schließlich.

»Ich dachte, dass du vielleicht nicht unbedingt allein sein willst.«

Sie lachte kurz auf und schüttelte den Kopf. In ihrem Gesicht blitzte Wut auf und sofort befürchtete ich, etwas Falsches gesagt zu haben.

»Ich wollte nicht —«, fing ich an, doch sie unterbrach mich.

»Weißt du, wie anstrengend es ist, täglich gefragt zu werden, was mit Sam ist und wieso er niemandem etwas gesagt hat? Ich muss für etwas herhalten, in das ich nicht weiter hineingezogen werden will und Mädchen wie Lisa und Jenny meinen, Sam so gut zu kennen. Warum fragen sie ihn nicht einfach selbst?«

Die Worte platzten lauthals aus ihr heraus und anschließend sah sie mich mit großen Augen an, als ob sie es selbst kaum glauben konnte. Ihr Körper bebte förmlich und ich konnte mir nur vorstellen, wie es in ihrem Inneren brodelte.

Was hielt sie zurück, dass es sie so aus der Fassung brachte?

»Es tut mir leid, dass ich zu denjenigen gehöre, die dich nach Sam gefragt haben. Ich hatte keine Ahnung, dass du so belagert wirst.«

»Bei dir war es anders und das weiß ich auch«, räumte Yara leise ein. »Die anderen sind bloß neugierig, aber interessieren sich nicht für Sam. Du hingegen … Wenn es nach mir ginge, dann verdienst du die Wahrheit. Und Mina, ich wünschte, ich könnte dir mehr erzählen, nur es geht nicht.«

Ich zog die Augenbrauen zusammen, tausend Fragen lagen mir auf der Zunge, die ich nicht stellte, weil ich keine Antwort erhalten würde. Yara hatte mir zwischen den Zeilen genau das mitgeteilt, was ich wissen musste: Die Internatssache war gelogen. War Sam überhaupt in Berlin?

»Ich weiß, dass du nicht gefragt werden willst, und für den

Moment respektiere ich das. Bitte sag mir nur eines: Geht es ihm gut?«

»Was denkst du denn?«

Ihre Gegenfrage löste das komplette Durcheinander in mir aus, denn jetzt stand endgültig fest, dass absolut nichts in Ordnung war.

Sam, was ist nur mit dir?

4   *Mina*

Am Freitag war ich froh, dass die erste Schulwoche endlich hinter mir lag. Ohne mir am nächsten Tag den Wecker zu stellen, konnte ich ausschlafen und im Bett liegen bleiben. Die letzten fünf Tage fühlten sich länger an, als sechs Ferienwochen zusammen und ich spürte die Erschöpfung in jedem Muskel. Für den heutigen Abend hatte ich nur noch geplant, ein wenig zu zeichnen und auf Netflix eine Serie zu gucken.

Am frühen Abend lag ich ausgestreckt im Bett, öffnete Spotify auf dem Handy und meine liebste *Coffeehouse*-Playlist ertönte. Die sanften Akustikklänge und Melodien schafften es für gewöhnlich, den Sturm in mir zu bremsen und zu beruhigen. Für einen Moment schloss ich die Augen, konzentrierte mich nur auf meine Atmung und versuchte, alles um mich herum zu vergessen. Das Schlimmste, was ich bislang gehört hatte, war, dass Sam im Sommer Drogen genommen hatte und nach Berlin gegangen war, um dort den Konsum voll und ganz ausleben zu können. Jedes Mal, wenn ich so was hörte, fragte ich mich, wie man auf solche absurden Geschichten kam und wieso man es nicht einfach gut sein lassen konnte … Sam würde niemals Drogen nehmen, davon war ich fest überzeugt. Ich wusste noch, wie ablehnend er stets davon gesprochen hatte.

Ich sah zur Zimmerdecke hinauf und grübelte über Yaras und

mein letztes Gespräch. Fakt war, dass diese Geschichte rund um das Internat nicht ganz der Wahrheit entsprach, nur konnte ich mir die einzelnen Puzzleteile nicht zusammenreimen. Dafür waren sie zu klein und es waren zu viele. Zu viele Fragen, zu wenige Antworten.

Ich griff nach meinem Handy, öffnete Instagram und suchte nach Sams Profil. Etwas, das ich seit einer Ewigkeit nicht getan hatte. Sein letztes Bild ... Ich hatte es geschossen und es war demnach schon älter. Es zeigte schwarze Engelsflügel, die auf eine rote Backsteinmauer gemalt worden waren. Er stand in der Mitte und es wirkte beinahe so, als wäre er ein Todesengel. Komplett in schwarz gekleidet, dazu die ebenso dunklen Haare und seine ganze Aura. Er strahlte auf dem Bild etwas Düsteres aus. Damals hatte er das Bild auf Anhieb geliebt und sofort online gestellt, obwohl Instagram nie sein Ding gewesen war. Wir hatten den ganzen Tag dort verbracht und rückblickend war es einer unserer letzten Momente gewesen, die nicht im Streit endeten. Entweder das oder wir hatten uns rein gar nichts mehr zu sagen gehabt.

Mein Daumen schwebte über das Display und ich stockte, als ich den Chat öffnete. Früher wäre es so leicht gewesen, ihn einfach anzuschreiben – dafür fiel es mir nun umso schwerer. Bevor ich die Sache wieder überanalysierte, gab ich mir einen Ruck und klickte auf das Nachrichtensymbol, das unseren Chat öffnete. Nach dem Ende unserer Freundschaft hatte ich mir oft unsere alten Verläufe durchgelesen, nur um mir selbst ein bisschen wehzutun. Hatte versucht herauszufinden, ob ich den Grund hinter seinem Verhalten erkannte, einen Anhaltspunkt fand, um darauf einzugehen und ihn zu verstehen. Doch es gab nichts. Jetzt, wo mir unsere alten Konversationen entgegensprangen, tat es auf dieselbe Weise weh. Gerade als ich davorstand, mich komplett in den

Worten zu verlieren, klopfte es an der Tür und Mama schob vorsichtig den Kopf durch den Spalt.

»Schatz, du hast Besuch.«

Müde rieb ich mir die Augen und richtete mich auf. Was wollte Elias denn jetzt noch hier? Waren wir verabredet und ich hatte es vergessen? Mit schweren Beinen raffte ich mich auf und machte mir nicht einmal die Mühe, meine Haare zu bändigen, die mir chaotisch über den Rücken fielen. Mein bester Freund hatte mich schon in einer weitaus schlimmeren Verfassung gesehen. Allerdings war es nicht Elias, der vor der Haustür stand.

Sondern Yara.

»Oh, hey«, begrüßte ich sie überrascht. »Was machst du denn hier?«, fragte ich eine Oktave höher, ehe ich einen Schritt zur Seite trat. »Komm rein.«

»Ich hoffe, es ist okay, dass ich einfach so auftauche, nur wusste ich nicht wohin mit mir.« Sie sah mich entschuldigend an und in ihren Augen flackerte Zerrissenheit auf. Sie ballte die Hände zu Fäusten und im letzten Moment sah ich, wie sie zitterte.

Yara war die letzte Person, die ich vor meiner Haustür erwartet hatte. Mit einem mulmigen Gefühl im Bauch führte ich sie in mein Zimmer und bereute es auf der Stelle, nicht ordentlicher sein zu können. Glücklicherweise schien sie sich an dem Chaos nicht zu stören, das hier vorherrschte.

Hinter ihr auf dem Schreibtisch lagen überall Zettel mit angefangenen Manga-Charakteren und Illustrationen herum, für die mir am Ende die Inspiration gefehlt hatte. Obwohl ich so viel zeichnete, hatte ich es bislang nie geschafft, einen Manga fertigzustellen.

Erst als Yara sich räusperte, bemerkte ich, wie weit ich mit meinen Gedanken abgedriftet war. Sie wirkte planlos, so als hätte sie eher spontan entschieden herzukommen und würde es jetzt bereuen. »Geht es dir gut? Du wirkst aufgebracht.«

Langsam setzte sie sich auf den Schreibtischstuhl, knibbelte mit dem Zeigefinger an der Nagelhaut ihres Daumens und richtete den Blick zu Boden. Zitternd schob sie die Hände unter die Oberschenkel und atmete tief durch.

»Ich …«, fing sie an und hielt dann inne.

Besorgt musterte ich sie, setzte mich ihr gegenüber auf die Bettkante und ignorierte die Tatsache, wie beengt sich mein Zimmer plötzlich anfühlte. Obwohl das Fenster offenstand, fehlte mir die Luft zum Atmen.

»Keine Ahnung, ob es dir hilft, aber du kannst mir vertrauen. Wirklich. Selbst wenn du jetzt nicht reden willst, ist das völlig okay. Wir können auch wieder einen Bubble Tea trinken gehen.« Ich wollte sie nicht bedrängen, denn hier zu sein, kostete sie sichtlich Kraft. Beim letzten Satz lächelte sie leicht, doch gleich darauf traten ihr Tränen in die Augen.

»Ich würde dir gern vertrauen, Mina. Da gibt es so vieles, über das ich nicht reden kann. Dinge, die du nicht einmal verstehen würdest, wenn ich sie erklären würde. Dinge, von denen du nicht weißt, weil Sam sie dir nie erzählt hat, ganz egal was du ihm bedeutet hast.«

Ihre Stimme klang brüchig und bebte stark. Mein Herz zog sich bei ihrem Anblick schmerzhaft zusammen und ich fühlte mich so hilflos. Wenn wir uns besser gekannt hätten, wäre es leichter gewesen, die richtigen Worte zu finden. Also saßen wir uns gegenüber, mit der *Coffehouse*-Playlist im Hintergrund und jeder haderte mit sich, offen zu sprechen.

»Ich weiß, dass Sam voller Geheimnisse ist. Er hat den Menschen immer nur eine Version von sich gezeigt, und zwar genau die, die niemanden an sich heranlässt. Wenn wir allein waren, dann … Er hat gelächelt. So oft und so viel, bis er es eines Tages

nicht mehr getan hat. Ich hätte damals hartnäckiger sein müssen.«
Die Worte blieben mir im Hals stecken. »An dem Abend auf der
Hausparty letztes Jahr, erinnerst du dich? Da wusste ich, dass mit
ihm etwas nicht stimmt, dennoch habe ich nichts getan. Stattdessen habe ich zugelassen, dass Sam endgültig aus meinem
Leben verschwindet.« Mir kamen die Tränen, wenn ich nur daran
dachte, wie er mich in der Nacht auf der Terrasse stehen gelassen
hatte. Über uns hatte der Himmel voller Sterne geleuchtet, glas-
klar und dennoch verloren.

»Weißt du, wie oft ich daran zurückdenke und mir wünsche,
wieder die Person für ihn zu sein, die er braucht? Die er genug
vertraut, um darüber zu reden, was in ihm vorgeht? Wir hatten
uns versprochen, dass sich niemals etwas zwischen uns stellt und
wir ehrlich zueinander sind. Hat super funktioniert, wie man
sieht.«

»Glaub mir, da bist du nicht die Einzige«, antwortete Yara mit
belegter Stimme. »Aber Mina? Du hast ihn wirklich gekannt. Den
echten Sam. Vielleicht mehr als ich manchmal. Wenn ich dich jetzt
so reden höre, dann …« Sie rümpfte die Nase und wirkte auf einmal vollkommen gefasst. »Ich könnte deine Hilfe gebrauchen. Er
wird mich dafür wahrscheinlich ein kleines bisschen hassen, aber
das Risiko gehe ich ein.«

»Natürlich«, antwortete ich sofort. »Was soll ich tun?«

Einen Moment lang legte sich Schweigen zwischen uns und
Yara musterte mich eindringlich. Beinahe kam ich mir vor wie bei
einem Verhör.

»Würdest du mitkommen, ohne Fragen zu stellen?« So, wie sie
mich ansah, hatte ich wohl kaum eine Wahl, weshalb ich nickte –
und keine Ahnung hatte, worauf ich mich überhaupt einließ.

✦ ✦ ✦

Ich hasste die Stille. Immer dann, wenn es zu ruhig wurde, fingen meine Gedanken an, sich im Kreis zu drehen, wirbelten Erinnerungen hervor, die ich die meiste Zeit unter Verschluss hielt. Sobald Ruhe einkehrte, war das nicht möglich und ich wurde mit offenen Armen von ihnen empfangen.

Yara saß am Steuer, hielt den Blick starr nach vorn gerichtet und trotz der Musik im Hintergrund war die Stille zwischen uns kaum auszuhalten. Endlose Felder streiften an uns vorbei, ein paar Trecker fuhren im langsamen Tempo neben uns her. Die Sonne ging allmählich unter und tauchte die Natur in goldene Farben. Keine Ahnung, wohin Yara uns brachte, als sie die Siedlung durchquerte, anschließend einen kleinen Hang hochfuhr und schließlich vor einem Grundstück zum Stehen kam, das direkt am Waldrand lag.

»Keine Fragen, okay?« Prüfend musterte sie mich.

Je länger ich mit ihr zusammen war, desto mehr zweifelte ich daran, die richtige Entscheidung getroffen zu haben. Mir war mulmig zumute und dass wir nun hier anhielten, machte die Situation nicht besser. Wir stiegen aus und ich trottete zögernd hinter ihr her. Das Haus war umschlossen von etlichen Bäumen und Blumen aller Art, die ich bislang noch nie gesehen hatte. Hier besaß jemand definitiv ein Händchen dafür. Aus jeder Richtung zwitscherten Vögel ihre Lieder, es raschelte verdächtig im Laub und die Sonne schaffte es tatsächlich, ihre letzten Strahlen zwischen den Bäumen hindurchzuwerfen.

Mehr Idylle war kaum möglich. Der großzügig angelegte Garten mit Pool verlor sich im angrenzenden Wald, Sommer vermischte sich mit dem baldigen Herbst. Auf der Terrasse standen ein edel aussehender Holztisch, sechs passende Stühle und ein großer Grill. Das holzverkleidete Haus besaß große, offene Fenster, die viel Licht spendeten.

»Es sieht zu gut aus, um wahr zu sein, oder?«

Ich nickte ehrfürchtig. »Beinahe so wie in einem Buch. Ein bisschen wie in *Twilight*.«

»Liest du viel?«

»Früher ja. Mittlerweile fehlt mir die Zeit dazu. Durch den Lernstress fallen mir abends oft nach einer Seite die Augen zu.«

Yara lief wie selbstverständlich über einen kleinen Kiesweg, der zum Haus führte, und öffnete eine Pforte, um den Garten zu betreten. Skeptisch deutete ich zur Haustür.

»Wohnst du nicht hier?«

»Nope.«

Erschrocken sah ich sie an. »Was? Was meinst du damit? Sollten wir dann nicht klingeln?«

Sie zuckte bloß mit den Schultern. »Wenn jemand aufmachen würde, mit Sicherheit.«

Abrupt blieb ich stehen. »Du sagtest, ich soll keine Fragen stellen, aber wir brechen doch nicht gerade irgendwo ein, oder?«

Yara warf mir einen amüsierten Blick über die Schulter und schüttelte den Kopf. »Ich glaube, ich mag dich, Mina.«

»Das war keine Antwort auf meine Frage«, meinte ich verhalten.

Selbstsicher ging sie weiter. Offenbar kannte sie sich hier aus und ließ sich von mir nicht beirren. Was hatte sie vor? Argwöhnisch beobachtete ich sie, anstatt selbst einen Fuß vor den nächsten zu setzen. Irgendetwas stimmte hier nicht.

»Hey, was ist? Kommst du?«

»Äh, was?«

Plötzlich winkte mir Yara von oben herunter und deutete auf das Obergeschoss, welches mit einer Wendeltreppe vom Garten aus zu erreichen war.

Ich schluckte schwer.

Die ganze Situation war komplett verdreht und ich hatte immer noch den Eindruck, als würden wir etwas Illegales tun.

Zögerlich folgte ich ihr zum Balkon hinauf, als Yara geradewegs zu einer Glastür ging.

»Jetzt guck nicht so erschrocken, okay? Wir brechen nicht ein, falls du das immer noch denkst.«

»Um ehrlich zu sein, weiß ich überhaupt nicht, was ich denken soll«, gab ich aufbrausend zurück. »Ich soll keine Fragen stellen, nur alles fühlt sich hier absolut falsch an.«

Ihre Miene wurde ausdruckslos. »Weil es das ist. Hör zu«, sie senkte die Stimme ein wenig, bevor sie weitersprach. »Du hast mich überzeugt, okay? Eigentlich hätte ich viel eher darauf kommen sollen, dass du wahrscheinlich die Einzige bist, die helfen kann.«

»Was genau meinst du?«

»Du kennst Sam am besten. Und du bist ihm immer noch wichtig, ganz egal, was er vor einem Jahr oder davor zu dir gesagt hat. Bitte versprich mir, dass du ihn trotzdem nicht aufgibst.«

Bevor ich realisieren konnte, was sie damit meinte, drückte Yara die Glastür auf, zog einen schweren Vorgang zur Seite, der die Sonne abschirmte, und trat in ein Zimmer. Ich blieb wie angewurzelt auf dem Balkon stehen, bis auf einmal eine männliche Stimme aus dem abgedunkelten Raum erklang, die mir vertraut vorkam. Tief und gleichzeitig sanft. Eine, die mir sofort durch Mark und Bein ging, die ich selbst nach Jahrzehnten nicht vergessen würde, weil sie wie Musik klang. Wie ein Ohrwurm, den man einfach nicht loswurde. Mit tausend Fragezeichen in meinem Kopf stand ich da, sprachlos und überfordert mit dem, was hier geschah. Natürlich kannte sich Yara hier aus und blieb seelenruhig, während ich mich wie ein Eindringling fühlte.

Sam wohnte hier. Wieso war ich nicht eher darauf gekommen?

Innerlich ohrfeigte ich mich. Er war letztes Jahr umgezogen, seine Eltern hatten dieses besondere Grundstück am Waldrand gekauft. Ich hatte vorgehabt, zumindest einmal herzukommen und es mir von Weitem anzusehen, hatte es am Ende aber gelassen. Wenn Sam hier wohnte, dann bedeutete es, dass die ganze Internatsstory wirklich gelogen war.

»Was willst du hier?«, hörte ich ihn sagen und plötzlich war alles andere vergessen.

»Worauf wartest du, Mina? Komm rein!«, rief Yara im Anschluss.

»Mina?« Er spuckte meinen Namen förmlich aus und ich musste sein Gesicht nicht sehen, um erahnen zu können, wie aufgebracht er war.

Dennoch ließ ich mich nicht beirren und trat langsam in sein Zimmer. Meine Augen mussten sich zunächst an die Dunkelheit gewöhnen. Bis auf das flimmernde Licht eines großen Smart-TVs war es stockfinster. Dennoch reichte es aus, um Sam direkt ins Gesicht zu blicken. Er lag ausgestreckt auf seinem Bett, hielt den Controller der Playstation in der Hand. Selbst über die schwache Beleuchtung hinweg erkannte ich seinen wütenden Blick, der abwechselnd auf Yara und mich fiel. Ich fühlte mich nicht nur wie ein Eindringling. Ich *war* einer. Herzukommen, war ganz offensichtlich ein Fehler gewesen.

»Was zum Teufel ist hier los?«, fragte Sam zornig und schmiss den Controller zur Seite. Er trug eine Jogginghose und ein graues Langarmshirt. Seine schwarzen Haare waren den Sommer über länger geworden und fielen ihm wirr in die Augen. Wie gern hätte ich mehr von seinen braunen Augen erkannt, um so ansatzweise zu verstehen, was hier vor sich ging.

Ohne Vorwarnung knipste Yara das Licht an und wir alle blinzelten gegen die plötzliche Helligkeit an. Erst dann erkannte ich, in was für einem Chaos ich stand.

Einem wirklichen Chaos.

Überall lagen Klamotten und leere *Red-Bull*-Dosen auf dem Boden. Teller mit halb verzehrten Pizzarändern stapelten sich und je länger ich hier war, desto mehr nahm ich den muffigen Geruch wahr. Kein Wunder, denn nirgends stand ein Fenster offen, das den besonderen Duft von Wald und Erde hereinlassen konnte. Was mich am meisten erschreckte, war Sam selbst. Jetzt, wo ich mehr von ihm erkannte, hatte ich alle Mühe, meine Gesichtszüge unter Kontrolle zu behalten. Er war nur noch ein Schatten seiner selbst. Seine Wangen wirkten eingefallen und ausgezehrt, dunkle Ränder lagen unter seinen Augen. Bis vor einigen Wochen hätte sich das Shirt noch über seiner Brust gespannt, nun versank er darin. Hilflos wandte ich meinen Blick Yara zu, die ebenfalls traurig, dennoch gefasst wirkte. Offensichtlich kannte sie diesen Anblick bereits.

»Was willst du hier, Yara? Und warum hast du *sie* mitgebracht?«

Sams stürmischer Blick erdolchte mich fast und ich wünschte mir augenblicklich, mich in Luft auflösen zu können. Bei der Art wie er *sie* betonte, zuckte ich unmittelbar zusammen und versuchte dabei, den Schmerz zu ignorieren, den seine Worte in mir auslösten. Ich redete mir ein, dass das hier nicht der Sam war, den ich kannte. Yara öffnete den Mund, um zu antworten, aber ich kam ihr zuvor.

»Ich wollte dich sehen.« Meine Stimme klang gefasster, als ich von mir erwartet hätte.

Sam musterte mich von Kopf bis Fuß. Allerdings waren seine Blicke keineswegs so, wie ich sie von ihm kannte. Einfühlsam und eindringlich, als ob er direkt in meine Seele schaute, ohne etwas sagen zu müssen. Stattdessen lag nur Abneigung darin und ich fühlte mich auf eine eigenartige Weise entblößt.

»Warum hast du sie mitgebracht?« Sam blickte zu Yara herüber, die mit verschränkten Armen an der Tür lehnte.

»Weil *sie* dir helfen wird, dass du wieder auf die Beine kommst. Mina kennt dich besser als jeder andere.«

Wir beide starrten sie ungläubig und fassungslos an, bis Sam lauthals anfing zu lachen. Die Verbitterung war deutlich spürbar und noch nie in meinem Leben hatte ich mich so unwillkommen gefühlt wie hier und jetzt. Vor allem hatte mich bislang nie jemand so herablassend behandelt.

»Ich brauche keinen Babysitter. Außerdem bist du doch da.«

»Das sehe ich anders. Und was mich betrifft, Sam: Ich glaube, dazu muss ich nichts sagen, oder? Ich brauche eine Pause von dir.«

Gefrustet ließ dieser sich zurück auf die Kissen fallen, die bereits eine deutliche Kuhle aufwiesen, als hätte er das Bett seit mehreren Tagen nicht verlassen.

Ich hatte genug. Ohne ein weiteres Wort zu sagen, drehte ich mich um und trat auf den Balkon hinaus. Fast rutschte ich aus und schaffte es gerade rechtzeitig, mich am Treppengeländer festzuhalten.

»Mina, warte!« Yara lief mir nach. »Ich —«

»Ich habe keine Ahnung, was hier vor sich geht, aber«, unterbrach ich sie harsch, »du hättest mich vorwarnen müssen! Du *wusstest*, dass ich Sam helfen würde, egal bei was. Vor allem, nachdem ich ihn so gesehen habe. Er hasst mich, Yara. Aus irgendeinem Grund hasst er mich und ich bin absolut die Letzte, die er bei sich haben will.« Es kümmerte mich nicht, ob er mich hörte, weil es ihn sowieso nicht interessierte.

Zerknirscht sah Yara zu Boden. »Es tut mir leid, Mina. Sam, er … Er hasst dich nicht und das weißt du. Ich brauche dich hier. Und er braucht dich auch.«

Ich schüttelte den Kopf und rieb mir hastig die aufkommenden Tränen aus den Augen. »Tut mir leid, Yara. Ich glaube, das ist eine Nummer zu groß für mich.«

Auch wenn ich für ihn da sein wollte, war das Ausmaß nun zu gewaltig, um es stemmen zu können. Im jetzigen Augenblick war mir der Grund egal, warum Sam die Internatsstory erfunden hatte. Ich wollte bloß weg, mich unter meiner Bettdecke verkriechen und so tun, als wäre das heute nicht passiert. Als hätte ich keine Gefühle für Sam, die mir manchmal den Schlaf raubten, weil sie so überfordernd waren. Ich rannte davon. Ließ den Wunsch fallen, dieses Jahr mutiger zu sein, mich meinen Ängsten zu stellen und mehr vom Leben zu genießen, als ich es aktuell tat. Drängte diese unbändige Sehnsucht nach einer Aussprache mit Sam beiseite.

Vielleicht war es manchmal besser, Dinge so zu belassen, wie sie waren, um nicht Gefahr zu laufen, enttäuscht zu werden.

Sam

Sam, sechzehn Jahre
Veränderungen

»Wenn es vorbei ist, kommt ihr sofort hierher, okay? Ich habe noch immer kein gutes Gefühl dabei, zwei Teenager allein auf ein Konzert zu lassen.«

Meine Mutter sah uns mit ihrem ernsten Anwältinnen-Blick im Rückspiegel an, bevor sie sich uns zuwandte. Ich verdrehte die Augen bei so viel Fürsorge. Zumal es superpeinlich war.

»Mama, chill mal. Es ist nicht so, dass wir jetzt vorhaben, uns zu betrinken oder so. Wir gehen nur auf ein Taylor-Swift-Konzert.«

Kopfschüttelnd sah sie zu Mina. »Hab ein Auge auf ihn. Und wenn was ist, meldet euch.«

»Natürlich.« Mina nickte und knibbelte an der Haut ihres Daumens. Sie war sichtlich nervös wegen des anstehenden Konzerts. Wir hatten Stehplatzkarten und waren schon viel zu spät dran. Vor allem, da meine Mutter gefühlt ewig zur Lanxess-Arena gebraucht hatte. Na ja, eigentlich konnte sie nichts dafür, da wir mindestens eine Stunde im Stau gestanden und dann fast vier Stunden nach Köln gebraucht hatten. Egal.

Uns ging es hauptsächlich darum, Taylors Stimme zu hören. Mina würde aufgrund ihrer Körpergröße wahrscheinlich eh nicht viel sehen.

»Wir müssen jetzt echt los«, drängte ich. »Ansonsten stehen wir in der letzten Reihe.«

»Viel Spaß euch beiden«, verabschiedete sich meine Mutter und ich sprang regelrecht aus dem Auto. Flüchtig winkten wir ihr, als sie an uns vorbeifuhr und die kommenden zweieinhalb Stunden in der Stadt verbringen würde, um uns anschließend wieder abzuholen.

»Wieso ist sie immer so peinlich?«, fragte ich Mina und schüttelte den Kopf.

»Sie macht sich nur Sorgen.« Sie tätschelte mir die Schulter. »O Gott, da vorn ist die Lanxess-Arena. Siehst du die ganzen Leute? Ich bin so aufgeregt.«

»Komm.« Ich reichte ihr meine Hand. »Lass uns gehen.«

Ich war froh, endlich mit ihr allein zu sein. Das war ich neuerdings immer. Keine Ahnung, wo das auf einmal herkam. Aber jedes Mal, wenn Mina sich mit einem anderen Jungen aus der Klasse unterhielt, spürte ich so eine Art Wut in mir. Natürlich konnte sie sprechen, mit wem sie wollte, es ging mich nichts an, nur ... Manchmal wünschte ich mir, sie würde mich mit anderen Augen sehen.

Mit anderen Augen? *What the fuck?*

Als Mina meine Hand ergriff, war es so, als würde ein Stromschlag durch meinen Körper fahren. Von ihr aus war das eine freundschaftliche Geste, doch bei mir veränderte sich gerade alles. Als ob sich die Welt komplett auf den Kopf stellte. Beinahe hätte ich vor Schreck losgelassen. Ich warf einen Blick auf unsere Hände, auf ihre Finger, die eigenartigerweise perfekt zu meinen passten.

Mina bemerkte es nicht, zog mich mit und ich versuchte, diese eigenartigen Gefühle zu verdrängen. Auf ein Konzert zu gehen, war eine große Sache für mich, da ich Menschenmassen eigentlich nicht mochte. Wenn Sitzplatzkarten nicht so verflucht teuer gewesen wären, hätte ich auch lieber diese gewählt, anstatt mitten ins Geschehen zu müssen.

Durch die Verspätung gab es kaum noch eine Schlange zum Anstellen, und kurze Zeit später standen wir in der Lanxess-Arena. Bis zu zwanzigtausend Menschen konnten sich hier einfinden, und direkt zwischen tausenden anderen Leuten zu stehen, war etwas beängstigend.

»Alles gut? Du bist auf einmal ganz blass geworden.« Mina sah mich besorgt an. »Sind dir das zu viele Menschen? Sollen wir noch mal an die frische Luft?«

»Nein, alles okay. Ich musste mich nur kurz an die Umgebung hier gewöhnen.« Mit dem Handrücken wischte ich mir den Schweiß von der Stirn.

»Bist du sicher? Du siehst aus, als würdest du jeden Moment umkippen.«

»Ich bin mir sicher. Außerdem geht es gleich los«, antwortete ich und sah mich erneut um.

Atme einfach ganz tief durch.

In letzter Zeit fiel es mir manchmal richtig schwer, Stresssituationen auszuhalten. Das Lernpensum in der Schule war gestiegen, das Niveau in den Leistungskursen hoch und wenn ich in die Oberstufe wollte, musste ich mich dringend mehr anstrengen. Zwar war es noch ein bisschen hin, bis es wirklich darum ging, aber die Weichen wurden jetzt gestellt. Zumindest sagten das meine Eltern so. Wenn es nach mir ginge, hätte ich mir darüber am liebsten keine Sorgen gemacht, sondern nur im Augenblick gelebt. Und selbst das war schon schwer genug.

»Wenn es nicht geht, sagst du Bescheid. Das ist gar kein Problem.«

Manchmal fragte ich mich, wie ich dieses Mädchen als meine beste Freundin verdiente. Denn oft genug hatte ich den Eindruck, dass ich ihr nicht der Freund sein konnte, den sie brauchte. Unsere Interessen gingen seit einiger Zeit auseinander, sie wurde offener, ich ruhiger. Es gab Tage, da redete sie ununterbrochen über irgendwelche Jungs, was mich maximal nervte, weshalb ich nie etwas darauf antwortete. Anschließend meckerte sie, dass ich ihr nicht zuhörte. Dabei tat ich das. Nur war es jedes Mal wie ein Messerstich direkt ins Herz.

Jetzt gab es nur uns. Wir waren hier, inmitten von tausenden Menschen, warteten auf Taylor Swift und ich war mir selten Minas Nähe so bewusst wie in diesen Sekunden. Selbst durch den leicht rauchigen Geruch in der Halle, den etlichen Personen um uns herum, nahm ich nur ihren Duft nach *Nivea*-Sonnencreme wahr. Mina liebte diesen Geruch, weil es sie an die endlosen Sommernächte, Grillenzirpen und die Sterne erinnerte, die wir uns vom Baumhaus aus schon so oft angesehen hatten.

Als das Licht ausging und das Konzert begann, hatte ich bloß Augen für Mina. Alles andere wurde unwichtig. Ich konnte nur darauf achten, wie die Bühnenlichter ihr Gesicht erhellten und sie überglücklich aussah.

Mit einem Mal schlug mein Herz schneller, was nicht daran lag, dass *This Love* zu spielen anfing und es irgendwie zu unserem Song geworden war. Wir hörten ihn ständig in Dauerschleife, bloß diesmal dachte ich nicht daran, wie sehr ich Taylors Stimme bei diesem Lied liebte. Die Zerbrechlichkeit, die Geschichte dahinter, die sie erzählte.

Ich dachte nur daran, wie schön Mina war. Mit den Sommersprossen auf der Nase, den leicht abstehenden Ohren, die sie stets unter ihren Haaren versteckte. Das herzhafte Lächeln, – mittlerweile ohne Zahnspange – von dem ich mir wünschte, es viel öfters zu sehen.

So über die beste Freundin zu denken, war nicht richtig. Absolut nicht richtig. Nur realisierte ich gerade, dass sie nicht mehr nur meine beste Freundin war.

Mina war das Mädchen, in das ich mich verliebt hatte.

5 Mina

Die ganze Nacht über bekam ich kein Auge zu. Vor wenigen Stunden stand ich noch in Sams Schlafzimmer und jetzt kam ich aus der Spirale voller Gedanken, Fragen und Emotionen nicht heraus. War verwirrt von der ganzen Situation, weil ich absolut nicht wusste, wie ich reagieren sollte. Ich erkannte Sam nicht wieder und vielleicht musste ich endlich damit aufhören, an etwas festzuhalten, dass offensichtlich nicht mehr existierte. Mir war das allzu sehr bewusst, aber ich konnte es mir nicht wirklich eingestehen. Das würde bedeuten, ich ließe die Hoffnung gehen, dass Sam und ich noch einmal zusammenfanden. Am nächsten Morgen bekam ich die Quittung, weil ich komplett übermüdet war und ich jeden einzelnen Muskel spürte.

Sam war nicht in Berlin. Er war hier in Sommerstedt, bei sich zu Hause und hatte sich eingeigelt. Es hatte so ausgesehen, als würde er komplett verwahrlosen. Dahinter steckte mehr, so viel mehr. Es hatte mir das Herz zerrissen, ihn so zu sehen. So unendlich traurig und verloren. Dieser attraktive, junge Mann mit den dunklen, schokofarbenen Augen, die mich an den Herbst erinnerten, und den rabenschwarzen Haaren, die sich in den Spitzen lockten. Er hatte müde gewirkt, blass und beinahe kränklich. Etwas Großes, Besorgniserregendes steckte hinter der Lüge, so viel stand fest. Sonst wäre auch Yara nicht bei mir aufgetaucht und hätte mich zu Sam gebracht. Es existierte eine Lüge, von der ich ein Teil geworden war, und ich wurde in etwas hineingezogen, von dem ich nicht wusste, was für ein Ausmaß es besaß. Die ganze Zeit hatte ich auf Antworten gehofft und jetzt fragte ich mich bloß, wie blind ich all die Zeit über gewesen war. Warum hatte ich nicht gesehen, *wie* schlecht es ihm offenbar ging?

✧ ✧ ✧

Bereits vor der ersten Stunde war meine Laune auf dem Tiefpunkt. Ich ließ mich auf meinen Platz fallen, holte gelangweilt Block und Stift aus der Tasche und ignorierte die Nebengespräche, indem ich mir Kopfhörer in die Ohren steckte. Mit voller Lautstärke dröhnte mir *Numb* von Linkin Park ins Gehör und ich konnte mich dank des Liedes meinem trüben Gemüt so richtig hingeben. Es machte die Situation nicht angenehmer, bloß manchmal brauchte ich dieses Reinsteigern, damit es mir am Ende besser ging.

Leider wurde ich dabei von Yara gestört, die sich neben mich setzte und mir einen der Kopfhörer rauszog, um ihn sich selbst ins Ohr zu stecken.

»Oh, wow. Ist es dafür nicht noch ein bisschen früh?«

Sie lächelte leicht.

»Yara, es tut mir leid. Ich bin heute wirklich nicht gut drauf«, brachte ich gepresst hervor. »Möchtest du irgendetwas?«

»Mich entschuldigen. Ich weiß, dass ich dich gestern ganz schön überrumpelt habe …« Sie drehte sich in alle Richtungen, um sicherzugehen, dass niemand zuhörte. »Und Sam hat sich nicht gerade von seiner besten Seite gezeigt. Trotzdem bin ich überzeugt davon, dass du ihm guttun würdest. Er würde es nie zugeben, aber er vermisst den Kunst-Leistungskurs. Und er vermisst dich. Ich meine, ihr wart nicht umsonst so lange befreundet.«

Und er vermisst dich. Wie gern ich daran glauben würde.

»Ja, und dann hat er mich gegen dich eingetauscht, schon vergessen?« Die Worte rutschten mir einfach heraus, ohne dass ich es verhindern konnte. Sofort überkam mich ein schlechtes Gewissen. »Sorry, so war das nicht gemeint.«

»Schon okay. Ich würde auch so empfinden. Aber so war das nicht. Sam und ich haben uns kennengelernt, als ihr schon lange nicht mehr befreundet wart. Es tut mir leid, dass ich dich überfallen habe. Ich war egoistisch und habe gar nicht bedacht, was das alles mit dir macht. Und mit ihm. Du vermisst ihn sehr, oder?«

Ich nickte knapp. »Jeden Tag.«

Wie auch nicht? Wir waren seit dem gemeinsamen Nachsitzen in der fünften Klasse befreundet gewesen und hatten fast alles miteinander geteilt. Ich war früher oft zu spät aufgestanden, hatte demnach keine Zeit mehr fürs Frühstücken gehabt und Sam wusste das. Vorsichtshalber hatte er für mich immer etwas mehr eingepackt. Es waren all die kleinen Dinge, die ihn besonders machten.

»Die ganze Sache ist gerade nicht leicht. Während der Sommerferien ist einiges passiert und ich brauche deine Hilfe. Ich kann im Moment nicht die Person sein, die er braucht.« Sie wandte den Blick ab, doch ich sah im letzten Moment die aufsteigenden Tränen.

»Wie stellst du dir das vor? Soll ich ihn jeden Tag besuchen und dann? Für ihn da sein? Das wird er nicht zulassen.«

Wenn ich nur daran dachte, wie er mich gestern angesehen hatte, dann bestand wohl wenig Hoffnung darauf, dass Sam seine Meinung änderte.

»Ich weiß, dass er dir wehgetan hat und dass ich viel von dir verlange. Vor allem, weil ich dich darum gebeten habe, keine

Fragen zu stellen und das nach allem, was ihr durchgemacht habt. Aber er braucht dich. Uns beide. Mehr als du dir vorstellen kannst und er jemals zugeben würde.«

Sie presste die Lippen fest aufeinander, unterstrich damit nur die Verzweiflung in ihren Augen. Trotzdem war ich noch nicht ganz überzeugt und wusste nicht, ob ich es aushalten würde, es erneut zu riskieren, von ihm abgewiesen zu werden.

»Er wird mich wegschicken. *Du* bist seine beste Freundin.« Es war wie ein Dolch, den ich mir selbst ins Herz rammte.

»Wäre es nicht besser, wenn wir das zusammen machen?« Ich schnaufte und warf einen Blick zur Wanduhr. Die Zeit schien plötzlich still zu stehen. Warum kamen Lehrer eigentlich immer dann zu spät, wenn man sie am dringendsten brauchte, um einer Situation zu entkommen?

»Es wäre besser, natürlich wäre es das. Und es ist nicht so, dass ich nicht für ihn da sein will. Im Moment kann ich das nicht. Nicht so, wie ich möchte oder wie er das verdient. Bei mir zu Hause gibt es eine Menge Stress, ich weiß gar nicht, wo mir der Kopf steht. Und ich habe das Gefühl, dass Sam und ich uns gegenseitig nur triggern, wenn wir zusammen sind.«

Ihre Worte bewegten etwas in mir. War es das, was Sam und mich letztlich entzweit hatte? Hatten wir uns gegenseitig nicht gutgetan und hätten einfach ein bisschen Abstand gebraucht? So etwas passierte schließlich in einer Freundschaft. Man veränderte sich, die Beziehung zueinander auch. Dabei war es nur wichtig, sich nicht zu verlieren. Nicht so wie wir. Ich warf Yara einen Blick zu und erkannte die Dringlichkeit in ihren Augen. Sie wäre niemals zu mir gekommen, wenn es ihr nicht wichtig wäre. Und vielleicht konnte ich ihr somit immerhin helfen, nicht dieselben Fehler zu begehen wie ich damals.

»Glaubst du, Sam und ich wären immer noch befreundet, wenn

wir nur etwas Abstand voneinander genommen hätten?« Dieser Gedanke brannte sich in meinen Kopf und obwohl ich Angst vor ihrer Meinung hatte, musste ich ihre Einschätzung hören.

Sie antwortete nicht sofort, seufzte leicht und verschränkte die Arme vor der Brust.

»Ich weiß es nicht«, sagte sie schließlich. »Ihr wart noch deutlich jünger und ich glaube, man kann unsere Freundschaften auch nicht vergleichen. Ich wünsche mir sehr, dass ihr beide eure Angelegenheiten klären könnt.«

Sie klang aufrichtig und lächelte.

»Das hoffe ich auch.« Ich erwiderte das Lächeln zaghaft und entschied mich, einen Schritt nach vorn zu wagen und meine eigenen Zweifel über Bord zu werfen.

»Okay, ich versuche es. Ich betone: Es ist ein Versuch und ich kann nicht versprechen, dass ich etwas bewirken werde.«

Yaras Schultern sackten sichtlich nach unten, so als würde die ganze Anspannung von ihr abfallen.

»Danke, Mina. Wirklich. Das bedeutet mir eine Menge.«

»Aber wenn es mir zu viel wird, müssen wir noch mal drüber reden, okay?«

Sie nickte. »Einverstanden.«

»Und ich will wissen, was passiert ist.«

Sofort erlosch das Lächeln aus ihrem Gesicht und sie wandte ihren Blick ab. »Das muss er dir selbst sagen ...«

»Irgendwie habe ich mir gedacht, dass du das sagst.«

Als der Pädagogikkurs endlich anfing, beschloss Yara, den Platz nicht wieder zu wechseln, was uns somit zu Sitznachbarinnen für dieses Schuljahr machte.

✧ ✧ ✧

Am Nachmittag fuhr ich mit dem Rad zu Sam. Mir war ganz flau ich Magen und ich hatte absolut keine Ahnung, wie ich ihm gegenübertreten sollte. Es war merkwürdig, nicht zu dem alten Haus zu fahren, wo er bis vor einem Jahr noch gewohnt hatte. Ich vermisste das Baumhaus mit den Lichterketten und den alten Bücherflohmarkt auf der Stelle. Ich hoffte nur, nicht auf seine Eltern zu treffen. Bislang hatte ich es erfolgreich geschafft, ihnen in den meisten Situationen aus dem Weg zu gehen. Sommerstedt war keine Großstadt, natürlich begegnete man sich. Zumindest wenn man sich nicht jeder Möglichkeit entzog ...

Als ich ankam, staunte ich erneut über das Grundstück.

Das neue Haus war ein Traum, umgeben von der Idylle der Natur – und dennoch wirkte es fremd. Vielleicht lag es daran, weil ich kein Teil mehr von Sams Leben war und ich mich dort natürlich nicht so vertraut und heimelig fühlen konnte, wie es damals im alten Haus der Fall gewesen war.

Ein paar Wolken schoben sich hin und wieder vor die Sonne und ein leichter Windhauch zog über die Felder, als ich wenig später ankam. Da auf dem Hof kein Auto stand, ging ich nicht davon aus, dass seine Eltern zu Hause waren und ich atmete erleichtert aus. Als ich das Fahrrad an den Gartenzaun lehnte, sammelte ich mich zunächst, um meine Nervosität in den Griff zu bekommen. Das letzte Mal, als wir so richtig miteinander gesprochen hatten, war auf dieser Party vor einem Jahr gewesen. Damals hatte er mir endgültig das Herz gebrochen und trotzdem war ich jetzt hier. Eigentlich war es genau das, was ich gewollt hatte. Immerhin war mein Vorhaben für das Abschlussjahr gewesen, einen letzten Versuch zu starten und mit Sam zu reden. Vielleicht einen Neuanfang zu wagen. Oder einen endgültigen glatten Bruch zu erhalten, der es mir dieses Mal ermöglichte, einen Schlussstrich zu ziehen.

Doch war ich wirklich dazu bereit? Wir hatten so oft davon gesprochen, was wir nach dem Abschluss machen wollten. Sam träumte von einem *Work and Travel* in Australien und ich wollte unbedingt nach Japan. Ich würde gern wissen, ob er das immer noch machen wollte. Zwar träumte ich immer noch davon, aber es fühlte sich so unglaublich weit weg an.

Anders als Yara gestern entschied ich mich für den formellen Weg und klingelte. Immerzu rieb ich mir die Hände an meiner Jeans ab, weil sie so schwitzig waren. Die Sekunden, in denen ich wartete, fühlten sich wie eine halbe Ewigkeit an und Sam öffnete nicht. Kurz überlegte ich, Yara eine Nachricht zu schicken und sie zu fragen, was ich tun sollte, allerdings ließ ich es bleiben. Sie machte sich schon genug Sorgen und außerdem wurde ich das Gefühl nicht los, dass er die Tür absichtlich nicht öffnete.

»Okay ... Dann komme ich eben hoch.«

Mir war nicht wohl dabei, einfach so durch den Garten zu spazieren. Als ich die erste Treppenstufe emporstieg und den Balkon erreichte war mir ganz flau im Magen. Gestern hatte ich mir nicht die Zeit genommen, mich umzublicken und die Aussicht zu bestaunen, die mir von hier geboten wurde. Fasziniert schaute ich direkt in den Wald hinein, betrachtete verschiedene Braun- und Grüntöne und ließ mich von dem Vogelgezwitscher einnehmen. Die Luft war hier gleich ganz anders, ein bisschen kühler, modrig und dennoch frisch. In der Ecke des Balkons hing eine beige Makramee-Hängeschaukel.

Sam empfand die Natur wohl nicht beruhigend oder sehenswert, jedenfalls waren seine Vorhänge komplett zugezogen und ließen keinen Platz für ein bisschen Helligkeit. Zögernd trat ich einen Schritt vor und klopfte an der Glastür.

»Sam? Hi, ähm ich bin's. Mina.«

Bevor er die Vorhänge nicht zurückzog, würde ich nicht versuchen, in sein Zimmer zu treten. Die gesamte Situation kam mir sowieso falsch vor. Niemand würde es mögen, wenn man ungefragt in die Privatsphäre eindrang. Ich rechnete schon damit, dass er nicht zu Hause war, weil ich eine gefühlte Ewigkeit planlos vor der Tür wartete. Doch dann bewegte sich plötzlich etwas hinter dem Vorhang und er trat in mein Sichtfeld. Sam trug dasselbe wie gestern, seine Haare standen wirr in sämtliche Richtungen ab oder fielen ihm in die Augen, die mich perplex anstarrten. Beschämt warf ich ihm ein Lächeln zu und winkte.

»Ähm, darf ich reinkommen?«

»Nein?«, gab er zurück. Sein Blick wirkte fast schon provokant, als wären die Frage und mein Auftreten ein schlechter Witz. Verdammt, wer stand da eigentlich vor mir? Ich erkannte ihn überhaupt nicht wieder.

Nervös faltete ich die Hände zusammen, senkte den Blick und wollte mich auf der Stelle in Luft auflösen. Mit solch unvorbereiteten Situationen kam ich nicht zurecht.

»Hau ab«, meinte er mürrisch. »Und sag Yara, dass sie aufhören soll, sich in mein Leben einzumischen.«

Danach verschwand er wieder, was mir unmissverständlich zu verstehen gab, dass ich hier nichts weiter zu suchen hatte. Eigentlich hätte ich es wissen müssen, dass Sam mich nicht sehen wollte. Trotzdem kränkte es mich, dass er mir nicht mal eine Chance gab. Letztlich blieb mir keine andere Möglichkeit, als seine Entscheidung zu akzeptieren und das Weite zu suchen.

6 Sam

Es gab keinen Ausweg aus der Dunkelheit, wenn sie einen mit ihren Klauen in die Tiefe gezogen hatte und so fest an sich drückte, dass es sich beinahe wie eine Umarmung anfühlte. Verzweifelt suchte ich nach dem Licht am Ende des Tunnels.

Vergeblich.

Letztendlich blieb ich allein in einer Sackgasse, in die ich immer wieder lief und mich darüber wunderte, dass es kein Weiterkommen gab. Als wäre ich diesen Weg nicht schon hunderte Male gegangen. Jedes Mal verlief ich mich erneut, bis ich schließlich aufgab. Obwohl ich diese Finsternis so sehr verachtete, war ich sie gleichzeitig gewohnt.

Ganz anders als in der realen Welt, in der ich vorgegeben hatte, jemand zu sein, der ich nicht war. Solange, bis ich den Jungen im Spiegel selbst nicht mehr wiedererkannt hatte. Irgendwo hatte ich mich verloren. In Ängsten, in Verzweiflung und dieser endlosen Leere, die ich tagtäglich ertrug.

Mein Körper und Geist waren auf Autopilot gestellt und ich existierte bloß.

Im Hintergrund lief irgendeine Netflix-Serie, als es plötzlich an der Türscheibe klopfte und mich vor Schreck zusammenzucken ließ. *Was zum ...?*

Ich ignorierte es. Vielleicht war es nur wieder ein Vogel, der penetrant gegen die Scheibe flog.

»Sam?«, ertönte eine weibliche Stimme, die ich sofort erkannte. »Hi, ähm, ich bin's Mina.«

Obwohl ich dachte, dass mein Herz beinahe tot war, schlug es beim Klang ihrer Stimme so sehr, dass ich mich davor erschreckte. Ich hatte ganz vergessen, wie es sich anfühlte, wenn tatsächlich so etwas wie Leben in mir existierte. Gleichzeitig machte es mir Angst. Vor allem, dass ausgerechnet Mina es war, die dazu in der Lage war.

Doch eigentlich wunderte es mich nicht. Sie hatte mich schon immer auf eine Art und Weise berührt, die mir unter die Haut gegangen war. Ich hatte ihr nie davon erzählt, weil ich die Gefühle selbst nicht einordnen konnte und wollte. Dafür hatte ich mich von ihr ferngehalten und den Tribut gezahlt, dass wir am Ende überhaupt nicht mehr miteinander sprachen. Dabei war sie damals wie mein Anker gewesen. Auch als ich immer weniger wusste, was mit mir los war. Die Tage dunkler wurden und ich die Nächte ohne Schlaf verbracht hatte. Mina war da gewesen. Und dann irgendwann nicht mehr.

Automatisch spielte sich vor meinem inneren Auge unsere letzte Konversation ab. Worte, die ich nicht sagen wollte, aber musste, weil ich nicht zulassen konnte, sie wieder an mich heranzulassen. Es war bloß eine logische Konsequenz gewesen, die ich anschließend jedes Mal bereut hatte, wenn ich sie gesehen hatte. Und das hatte ich oft. Nicht nur in der Schule. Sondern eigentlich immer, sobald ich die Augen schloss. All das war Vergangenheit und es nervte mich, dass Yara sie hergebracht hatte. Jetzt wusste Mina, dass ich nicht in Berlin war und es sich bei der Sache mit dem Sportinternat um eine lächerliche Lüge handelte.

Mit schweren Gliedern hievte ich mich aus dem Bett und bereute es auf der Stelle. Meine Waden krampften und mein

Nacken war komplett verspannt. Mürrisch schlurfte ich barfuß zum Vorhang und zog ihn ein Stück beiseite, um dann direkt in das Gesicht dieses Mädchens zu blicken.

Sie winkte mir unsicher zu und lächelte verlegen. Ihre Wangen schimmerten rosa. Die Glasscheibe trennte uns voneinander, wurde zur Barriere und ich war froh darüber. Denn sie jetzt vor mir stehen zu sehen, mit den großen blauen Augen, in denen Hoffnung schimmerte – das machte etwas mit mir. Mehr, als ich mir eingestehen wollte. Vor allem war es Sehnsucht, denn ich hatte sie vermisst. Nicht nur jetzt, sondern jeden Tag in den letzten Jahren. Ich hatte mich nach ihr gesehnt. Nach den Tagen, die wir im Baumhaus verbracht hatten – sie am Zeichnen, ich am Lesen. Nach den unzähligen Nächten unter den Sternen, weil wir beide es geliebt hatten, über das Universum zu faszinieren.

Erst im letzten Moment schaffte ich es, den Schmerz, der damit einherging, zurückzudrängen, damit er nicht die Oberhand gewann und mich am Ende noch Dinge tun ließ, die ich nur wieder bereute.

»Darf ich reinkommen?«

»Nein?«, gab ich zurück. »Hau ab!«

Ich zog den Vorhang zu, ohne auf eine weitere Reaktion von ihr zu warten. Es war ein Schutzmechanismus, der sich wie automatisch einschaltete. Selbst wenn ich anders gewollt hätte, konnte ich es nicht. Ich tat Mina absichtlich weh, um sie von mir fernzuhalten. Es war leichter, denn dann musste ich mich nicht dem stellen, was in mir vorging. Und vor allem konnte ich so den Grund, warum ich mich irgendwann von ihr ferngehalten hatte, ganz weit davonschieben …

Ich schmiss mich zurück aufs Bett und schloss die Augen. Selbst die kleinsten Konversationen laugten mich aus. Auf dem Nachttisch tastete ich nach meinen Kopfhörern und versuchte, mich auf alles zu konzentrieren, nur nicht auf das, was in mir vorging. Keine Ahnung, wie lange ich auf meinem Bett lag und mir die Ohren klingelten, weil ich die Musik viel zu laut hörte und die Zeit verstreichen ließ. Mittlerweile war es Abend und Mina längst weg.

Die Ruhe wurde gestört, als meine Mutter auf einmal vor mir stand und die Jalousien hochzog.

»Hatten wir nicht eine Abmachung?«, fragte sie, ohne mich zu begrüßen.

Obwohl sie einen ganzen Kopf kleiner war als ich, strahlte sie in ihrem Etuikleid so viel Autorität aus, dass ich mir wie ein Kleinkind vorkam.

»Du sollst zumindest das Sonnenlicht hereinlassen. Vitamin D tut dir gut.«

Ich antwortete nicht. Meine Eltern waren meinetwegen schon häufig durch die Hölle gegangen. Die Sorgen nahmen nicht ab, wurden nur lauter und ich hörte meine Mutter nachts viel zu oft weinen.

»Es tut mir leid.«

Die Verzweiflung in ihren Augen traf mich am meisten. Sie stand mitten in dem Chaos, das ich mein Leben nannte, bevor sie sich auf die Bettkante setzte und mich zerknirscht musterte.

Wenn ich sie ansah, erkannte ich eine Version von mir, die ich nie sein würde. Stark, anmutig, selbstsicher. Meine Mutter war der Inbegriff von Stärke und das strahlte sie mit jedem Blick aus. Zumindest, bevor ich alles zerstört hatte. Meine welligen, schwarzen Haare hatte ich von ihr geerbt, die braunen Augen von meinem Vater. Mama war klein und zierlich, immer darauf bedacht, seriös zu wirken. Trotz ihrer Härte als Anwältin für Strafrecht und den täglichen Schicksalen, mit denen sie konfrontiert wurde, glaubte sie stets an das Gute. Wir redeten nicht mehr so wie früher miteinander und ich wusste, wie sehr ich ihr fehlte. Meine Beziehung zu ihr befand sich auf einem schmalen Grat, und es brauchte nicht mehr viel, bis ich mich komplett von ihr entfremdet hatte.

Anders war es bei meinem Vater, mit dem ich kein Wort mehr sprach. Er war überfordert, hilflos und machte sich Vorwürfe. Ich wusste nicht, wann er mich zuletzt bewusst angesehen hatte. Verübeln konnte ich es ihm nicht, immerhin war ich derjenige, der alles und jeden fernhielt.

»Du weißt, dass ich dir keinen Druck machen will. Einen Schritt nach dem anderen haben wir gesagt. Aber ein kleines bisschen musst du uns entgegenkommen. Wenigstens das Licht, okay?«

Ihre grünen Augen musterten mich mit einer Mischung aus Erwartung und Angst, denn wenn ich ihr nicht die Antwort gab, die sie beruhigte, würde sich unser Verhältnis nur weiter verschlechtern. Im Grunde wusste ich, dass sie recht hatte – tief in mir sehnte ich mich danach, wieder ein richtiges Leben zu führen. Abseits dieser dunklen Gedanken und der Gefühle, die mir die Energie raubten.

Ich wollte nicht, dass meine Eltern sich so viel um mich sorgten und dabei vergaßen, ihr eigenes Leben zu führen und sich als Ehepaar zu sehen. Trotzdem fiel es mir so unfassbar schwer, ihr die Antwort zu geben, die sie hören musste, um kurzzeitig etwas Seelenfrieden zu bekommen. Es fühlte sich an, als würde ich mich selbst belügen, nur um ihr den Gefallen zu tun.

»Okay«, gab ich klein bei.

Wir wussten, dass es eine Lüge war, beließen es trotzdem dabei. Meine Mutter lächelte erschöpft und stand wieder auf, um die Vorhänge der Balkontür zur Seite zu schieben.

»Du könntest auch auf den Balkon gehen und den Ausblick der Natur genießen. So etwas erdet, weißt du?«

»Mhm ...«

»Nanu?«

Sie öffnete die Tür. »Hattest du Besuch?«

Sofort warf ich einen Blick nach draußen und atmete erleichtert aus, weil Mina nicht mehr da war. Hätte sie gewartet und meine Mutter sie gesehen ... Ich wollte mir das gar nicht vorstellen.

»Nein, wieso?«

Mama bückte sich, hob etwas auf und reichte es mir.

Es war eine Zeichnung, und zwar nicht irgendeine. Es war eine Seite aus den Mangas, die Mina immerzu zeichnete.

Ist das ihr verdammter Ernst?

Ich spürte den interessierten Blick meiner Mutter auf mir liegen.

»Das sieht hübsch aus. Sag mal – hat Mina nicht immer so gezeichnet? War sie etwa da?« Sofort lag in ihrer Stimme Hoffnung.

In unserem alten Haus war sie ein und aus gegangen, meine Eltern hatten oft gescherzt, ihr einen Haustürschlüssel zu geben. Ich war auch viel bei ihr gewesen, aber bei uns war immer eine Art *Safe Space*.

In der fünften Klasse hatte ich Minas Werke gesammelt, die sie mir geschenkt hatte.

Trotzdem schüttelte ich den Kopf. »Nein, wieso?«

»Ich erkenne doch ihren Stil.«

»Sie war nicht hier«, antwortete ich eine Spur zu schroff, was mich gleich verriet, weil ich viel zu aufgewühlt war.

Mama kniff die Augen leicht zusammen und sah mich an, legte die Zeichnung auf die Kommode und meinte dann: »Morgen kommt Dr. Martens vorbei. Er will mit dir über das Schulprogramm und deine Möglichkeiten sprechen. Kannst du versuchen, dir bis dahin ein paar Gedanken darüber zu machen, was du dir so vorstellst?«

»Mach ich.«

Lüge.

Ich lächelte schwach, doch für den Moment genügte es, damit sie mich zufriedenließ.

✧ ✧ ✧

Am nächsten Morgen wachte ich mit Kopfschmerzen auf. Wenn es nach mir gegangen wäre, hätte ich mich vor dem Termin mit den Psychologen gedrückt, nur stand das nicht zur Diskussion. Zumindest nicht, wenn es nach meinen Eltern ging.

Kleine Sonnenstrahlen kämpften sich durch die Ritzen der Jalousien und brachten somit Licht ins Zimmer, das ich versuchte, zu meiden. Ich lag ausgestreckt im Bett, starrte an die Decke und horchte in mich hinein. Alle gingen davon aus, dass es Absicht gewesen war, ganz egal, was ich sagte, weshalb ich irgendwann aufgehört hatte, die Wahrheit zu beteuern.

Es war kein Suizidversuch gewesen.

Ich hatte nur eine Pause gewollt, die außer Kontrolle geraten war und wenn ich gekonnt hätte, hätte ich diesen verhängnisvollen Abend rückgängig gemacht. Da war diese Party gewesen, die falschen Menschen, die mir genau das versprochen hatten: die Flucht aus der Realität. Ich hatte die Drogen aus einer Dummheit heraus genommen, die mich beinahe das Leben gekostet hätte. Ausgerechnet Yara war es gewesen, die mich gefunden hatte und mir seitdem nicht mehr in die Augen sehen konnte.

Als es kurz vor knapp war, zwang ich mich aus dem Bett, wusch mich und zog mir etwas Frisches an. Meine Haare waren zu lang geworden, allerdings sah ich keinen Sinn darin, sie zu schneiden. Ich verließ das Haus ja eh nicht. Kurz nachdem ich fertig war, klingelte es schon.

Dr. Martens war ein hochgewachsener Mann, der ungefähr meine Körpergröße besaß, und in den Fünfzigern steckte. Mit seinem grau melierten Haar sah er viel älter aus. Außerdem trug er eine runde Brille und seine Lippen waren stets zu einem freundlichen, aufheiternden Lächeln geformt.

Als wäre das die Antwort auf alles.

Lächle und deine Sorgen sind vergessen.

»Hallo, Sam«, begrüßte er mich unvermittelt. Wie selbstverständlich trat er an mir vorbei in den Flur.

»Hast du Hunger?« Er deutete auf die Tüte in den Händen.

»Ich habe Brötchen mitgebracht. Und Croissants. Die magst du doch gern.«

»Danke, ich habe keinen Hunger.«

»Du lügst. Komm, wir setzen uns ins Wohnzimmer.«

Dr. Martens und ich arbeiteten seit mehreren Jahren miteinander. Letzten Frühling, als es zum ersten Mal richtig schlimm geworden war, war er da gewesen und hatte mich herausgeholt. Ihm lag etwas an mir, das wusste ich. Aber seine Mühe war vergebens.

Er setzte sich in den breiten Sessel, machte es sich für meinen Geschmack ein bisschen zu gemütlich. Skeptisch ließ ich mich auf dem danebenstehenden Sofa nieder und sah ihn an.

»Also Sam.« Die Stimmung veränderte sich, Dr. Martens rückte seine Brille zurecht und schlug die Beine übereinander. »Wie geht es dir heute?«

Es war eine Standardfrage und obwohl ich sie gewohnt war, vermied ich meistens eine konkrete Antwort. Einfach, weil ich selbst oft nicht wusste, wie ich meinen Zustand definieren sollte.

»So wie immer«, antwortete ich. »Müde, erschöpft, leer.«

Dr. Martens seufzte leicht und musterte mich genaustens. So

als würde er direkt in meine Seele blicken und ich fühlte mich plötzlich auf eine gewisse Weise beschämt.

»Möchtest du genauer darüber reden?«, hakte er vorsichtig nach.

»Es gibt nichts zu reden. Es ändert sich nichts.«

»Es gibt immer etwas zu reden. Und wenn es nur über das Wetter ist.«

Tatsächlich entwich mir beinahe ein Schmunzeln, das im letzten Moment wieder verschwand. »Es ist … Es ist nach wie vor schwierig. Ein großes Chaos. Und obwohl ich weiß, dass ich etwas ändern muss, schaffe ich es nicht.«

»Dass du es so aussprechen und benennen kannst, ist schon eine Menge wert. Chaos lässt sich meist nicht sofort mit einem Ruck beseitigen. Es bedarf Zeit. Nimmst du deine Medikamente?«

Ich schluckte und versuchte mein Pokerface aufzusetzen.

»Ja.«

Nein.

Er seufzte und rückte erneut seine Brille zurück. »Warum lügst du mich an?«

Nun seufzte ich. »Weil mir davon übel wird.«

Es entstand eine kurze Pause zwischen uns, er notierte sich etwas und lächelte dann leicht.

»Danke für deine Ehrlichkeit. Und es ist gut zu wissen, dass dir die Medikamente nicht bekommen. Das ist wichtig, okay? Dann müssen wir gucken, dass wir sie anders einstellen, damit sie dir auch helfen.«

»Denken Sie wirklich?«

»Ich bin mir ganz sicher. Aber dafür müssen wir weiterhin offen sprechen.«

Aus reiner Gewohnheit wollte ich verneinen. Weil es leichter war, die Mauern aufrecht zu erhalten, gegen mich selbst zu kämpfen. Ich war es so leid. Es *musste* sich etwas ändern, und zwar dringend.

»Hast du dir Gedanken darüber gemacht, wie es mit der Schule weitergehen soll?«

»Meine Mutter meinte, es gibt ein paar Alternativen ... Das Abitur kann man auch von zu Hause aus machen.«

»Willst du das denn wirklich? Du kannst immer noch zurück und –«

Vorsichtig schüttelte ich den Kopf. »Nein, das Thema hat sich erledigt.«

Der Gedanke daran, zurückzugehen, bereitete mir ein tiefes Unbehagen. Der Druck und die Erwartungshaltung, die ich an mich selbst hatte, aber auch wie meine Mitschüler mich sahen – ich wollte dem nicht mehr gerecht werden. Außerdem war die Aussicht darauf, in ein Gebäude zu gehen und mit so vielen Menschen, Stimmen und Gerüchen konfrontiert zu werden, überfordernd. Deshalb war Privatunterricht oder ein Fernabi eine Alternative, mit der ich mich anfreunden konnte.

Dr. Martens notierte etwas auf seinem Zettel. »Was ist mit Yara?«

»Was soll mit ihr sein?«

Er lächelte zaghaft. »Habt ihr euch ausgesprochen?«

Auf der Stelle krallte ich die Fingernägel in meine Oberschenkel, was er sofort registrierte. Langsam lehnte er sich vor, legte Stift und Block zur Seite und faltete die Hände zusammen.

»Sam ... Ich bin besorgt um dich. Ich sehe, dass du dich immer mehr zurückziehst, und ich wünsche mir sehr für dich, dass wir es schaffen, dass du irgendwann wieder in die Zukunft blicken kannst. Ich finde, da gehört Yara auch zu, oder?«

Verbissen starrte ich ihn an, bis ich es nicht mehr aushielt und den Blick senkte. Es war nicht so, dass ich sie nicht vermisste.

Nur schämte ich mich.

Dafür, dass ich ihr das angetan und Sorgen bereitet hatte. Sie hätte mich niemals so sehen sollen, gleichzeitig war ich nur ihretwegen am Leben. Ich hatte ihr nicht ein einziges Mal dafür gedankt. Diese Gedanken behielt ich für mich, denn wenn ich sie laut aussprach, würde Dr. Martens am Ende wollen, dass ich mit Yara redete.

Nur war dieser Zug längst abgefahren.

»Es ist in Ordnung, wenn dir deine früheren Hobbys zu viel sind und du dich nicht in der Lage siehst, in die Schule zu gehen. Trotzdem ist es wichtig, nicht komplett den Kontakt zur Außenwelt zu verlieren. Es würde schon reichen, ein paar Minuten am Tag in den Wald zu gehen oder mit jemandem zu sprechen.«

Das verlangte er jede Sitzung von mir, dennoch hielt ich mich nicht daran.

»Gibt es jemanden, mal ganz abgesehen von Yara, mit dem du ab und zu Kontakt halten könntest? Vielleicht ein paar Jungs aus deinem Verein?«

Erneut sah ich ihn an. »Dann müsste ich ihnen die Wahrheit erzählen. Alle denken, dass ich in Berlin bin. Außerdem sind sie froh, dass ich weg bin. Zumindest einige von ihnen.«

Verübeln konnte ich es ihnen nicht. So arrogant und abweisend wie ich mich stets auf dem Platz verhalten hatte, konnte ich verstehen, dass sich niemand aus der Mannschaft meldete. Das Internat war die Idee meiner Mutter gewesen und aus der Not heraus entstanden. Mir war es egal, da ich ohnehin nicht vor die Tür ging.

»Fällt dir jemand ein, der infrage käme? Es muss ja keine direkte Freundschaft sein. Nur jemand, mit dem du ab und zu sprichst. Vollkommen egal über was.«

»Ich denke darüber nach«, grummelte ich.

Das Problem war, dass es niemanden gab, dem ich genug vertraute. Yara brauchte noch Zeit, vielmehr eine Pause von mir und unserer Freundschaft, das hatte sie ganz klar gesagt.

Unter anderen Umständen hätte ich es ihr vielleicht übel genommen, dass sie sich zurückzog, um die Geschehnisse zu verarbeiten. Allerdings nicht nach dem, was passiert war. Sie war diejenige gewesen, die neben mir geschlafen hatte, als ich meine Augen zum ersten Mal wieder geöffnet hatte. Unsere Hände waren fest miteinander verflochten gewesen und es hatte ausgesehen, als hätte sie seit Tagen so dagelegen und auf mich aufgepasst.

»Okay. Dann sollten wir jetzt noch einmal zurück zum Privatunterricht kommen. Deine Mutter sagte …«

Ich schaltete ab. Mittlerweile wusste ich in- und auswendig, wie sie sich das alles vorstellte und es war in Ordnung für mich. Hauptsache, ich hatte nächstes Jahr einen Abschluss in der Tasche. Es war egal, dass ich nicht wusste, was ich damit anfangen sollte. Zu studieren konnte ich mir nicht vorstellen, eine Ausbildung kam auch nicht in Betracht. Alles wirkte noch viel zu weit weg, zu unerreichbar. Dabei standen die Abschlussklausuren im kommenden Frühjahr an.

Als die Sitzung zu Ende war, atmete ich erleichtert durch. Dr. Martens war einer der wenigen Menschen, die ich gut leiden konnte, jedoch fühlte ich mich nach unseren Gesprächen jedes Mal noch ausgelaugter. Anschließend fuhren die Gedanken Achterbahn und ich wusste nicht, wohin mit mir. Als ich zurück in mein Zimmer stapfte, dachte ich an die Frage von Dr. Martens, ob ich nicht jemanden zum Reden hätte. Und egal, wie sehr ich es auch verdrängte, dabei kam mir immer wieder Minas Gesicht in den Kopf.

7 Mina

So oft wie möglich veranstalteten meine Mama und ich freitags einen Serienmarathon. Es war unser Ritual, dass wir uns wochenweise abwechselnd Serien aussuchten und zusammen anschauten. Bei mir waren es vorzugsweise Dramen wie *This is us,* wo ich am Ende jeder Folge mit richtigem Herzschmerz kämpfte und weinen musste. Meine Mutter liebte Actionserien, für die ich mich hingegen nicht so begeistern konnte. Wir akzeptierten die unterschiedlichen Geschmäcker, weshalb es trotzdem gut funktionierte.

Normalweise liebte ich die Freitagabende, denn dann gab es haufenweise Süßigkeiten und Cola. Allerdings schmeckten Mamas selbst gemachte Chili-Cheese-Fries am besten – mit extra viel Käse, sodass ich am Ende das Gefühl hatte, beinahe zu platzen.

Heute konnte ich mich nicht darauf einlassen, meine Gedanken waren komplett woanders und ich verfluchte mich selbst dafür, dass sich momentan alles in meinem Kopf nur noch um Sam drehte. Mit der Zeichnung hatte ich gehofft, ihn von dem abzulenken, was ihn so beschäftigte. Wenn ich Mangas oder Bücher las, dann vergaß ich alles andere um mich herum, egal wie groß die Probleme waren. Für ihn hatte ich mir das auch gewünscht. Jetzt bereute ich es, ihm die Zeichnung überlassen zu haben. Die erste, bei der ich mich wiedererkannte. Bei der ich wusste, dass sie etwas Besonderes war. Bei der ich nicht wie betäubt war oder das

Gefühl hatte, mein Vater hätte mir etwas geraubt. Denn so war es seit der Scheidung ständig. Wir hatten damals beide das Zeichnen geliebt, es war unser Ding gewesen. Er hatte mich immer dazu ermutigt, daran zu glauben und es vielleicht sogar später an einer Kunsthochschule zu versuchen. Doch durch seinen Verrat konnte ich nicht mehr daran glauben. Alles fühlte sich wie eine Lüge an.

Bis mir diese Idee kam. *Der Junge hinter der Maske.* Die Bilder hatten sich während des Zeichnens verselbstständigt. Der Charakter, der ein bisschen zu sehr aussah wie Sam. Ein Oberschüler mit schwarzen Haaren, die ihm wirr in die Augen fielen und die Sicht verdeckten. Wie eine Maske, die er trug, um sich vor der Außenwelt zu schützen, und die sein Gesicht und vor allem seine Gefühle versteckte. Ein Herz, das zerbrochen schien und nicht mehr in der Lage war, zu fühlen.

Es kribbelte mir so sehr in den Fingern, weiter zu zeichnen und nun ging es nicht. Ich bekam richtig Herzrasen, meine Finger wurden schwitzig und ich dachte nur daran, sie wiederhaben zu wollen. Ohne noch weiter Zeit zu verschwenden, sagte ich: »Mama, wäre es in Ordnung, wenn wir wann anders weiterschauen? Ich habe vergessen, dass ich noch mal wegmuss.«

Argwöhnisch richtete sie sich auf und drückte auf Pause. Ihr verschlafener Blick deutete darauf hin, dass sie mir gar nicht erst zugehört hatte. Ich grinste schelmisch. »Das ist doch okay, oder?«, fragte ich absichtlich.

Mama strich sich die Haare glatt, trotzdem konnte sie damit nicht verstecken, wie tief sie schon geschlafen hatte. »Du weißt genau, dass ich eingeschlafen bin«, grummelte sie. »Was hast du gesagt?«

»Ich müsste kurz weg. Und du gehst am besten ins Bett.«

Müde sah sie auf ihre Uhr und runzelte die Stirn. »Du willst wirklich noch weg?«

»Es dauert nicht lange«, sagte ich. »Wir holen das so schnell wie möglich nach. Versprochen.«

Meine Mutter lächelte kurz, legte sich zurück und machte es sich bequem. Innerhalb weniger Sekunden war sie wieder weggedöst. Ich beobachtete ihre Gesichtszüge und spürte Wehmut, weil Mama trotz allem angespannt aussah. Selbst im Schlaf kämpfte sie mit Sorgen und die finanzielle Situation war belastend. Sie versuchte, mich davon abzuschirmen, damit ich mir keine Gedanken machte, allerdings entsprangen ihre Doppelschichten im Krankenhaus wohl kaum dem Zufall.

Ich wünschte, sie würde mit mir darüber reden, um eine gemeinsame Lösung zu finden, weil es so nicht weitergehen konnte. Es war viel schwieriger, die Situation still zu ertragen, anstatt aktiv zu werden. Weshalb es wirklich an der Zeit war, mir einen Nebenjob zu suchen. In der Stadt hatte ein neues Café eröffnet, bei dem ich anfragen könnte.

Jetzt wurde es erst mal Zeit, meine Zeichnung zurückzuholen. Ich überprüfte, ob Clara tief und fest schlief, was zum Glück der Fall war, und schnappte mir dann schnell den Autoschlüssel von der Kommode.

Der Gedanke daran, zurück zu Sam zu fahren, ließ mich an der Tür innehalten. Die Illusion, die ich von ihm gehabt hatte, war endgültig zerschlagen. Und es tat mehr weh, als ich zugeben würde.

✧ ✧ ✧

Der Himmel besaß eine malerische Farbe aus Pink und Lila. Die Sonne war kaum noch zu sehen, als ich ankam. Überall brannte Licht im Haus und strahlte durch die Idylle des Waldes eine heimelige Atmosphäre aus. Von irgendwoher zog der Geruch von Essen in meine Nase und augenblicklich knurrte mir der Magen.

Chili-Cheese-Fries gehörten leider zu keiner ausgewogenen Ernährung. Im ganzen Haus brannte Licht und auf dem Hof standen die Autos. Die Vorstellung, auf Sams Eltern zu treffen, bereitete mir Unbehagen, denn dafür war ich nicht gewappnet. Sie würden mich bestimmt mit Fragen löchern oder darüber reden wollen, wie schade es sei, dass wir nicht mehr befreundet waren. Deshalb entschied ich mich, durch den Garten zu schleichen und mir kurz und knapp die Zeichnung von ihm zurückzuholen. Für einen Moment hoffte ich, dass er sie gar nicht erst gesehen hatte, jedoch musste ich feststellen, dass sie nicht mehr dort war. Na super.

Ich straffte die Schultern, ging einen Schritt nach vorn und wappnete mich innerlich gegen Sams Anblick, als ich an der Scheibe klopfte. Allerdings öffnete mir niemand. Es vergingen etliche Minuten, in denen ich wartete und es klar war, dass mir keine andere Möglichkeit blieb, als tatsächlich zu klingeln.

Natürlich sah ich seine Eltern hin und wieder in der Stadt, aber meist versteckte ich mich sofort, wenn sie in Sichtweise waren. Nicht besonders erwachsen, nur hatte ich es irgendwann nicht mehr ertragen, wenn Sams Mutter Hannah das Ende der Freundschaft jedes Mal zutiefst bedauerte.

Meine Beine waren weich wie Butter, als ich vor der Haustür stand und klingelte. Das hier war eine Situation, der ich am liebsten für immer aus dem Weg gegangen wäre, aber es nützte ja nichts. Binnen weniger Sekunden wurde die Haustür geöffnet und Hannah stand direkt vor mir. Hannah sah mich direkt an und brauchte einen kurzen Moment, um zu erkennen, dass tatsächlich ich es war, die vor ihr stand.

»Mina?«, frage sie ungläubig. »Was machst du denn hier?« Sie zog mich in eine Umarmung. »Ich habe dich ewig nicht gesehen. Lass dich anschauen.«

Hannah trat einen Schritt zurück und musterte mich. »Wie erwachsen du geworden bist. Und so hübsch. Es kommt mir wie eine Ewigkeit vor, seitdem ich dich das letzte Mal gesehen habe. Komm rein.«

»Ich hoffe, ich störe nicht.«

»Du störst nie.« Hannah warf mir ein Lächeln zu, das ihre Augen nicht ganz erreichte. »Wusste ich's doch, dass du hier gewesen bist. Ich habe deine Zeichnung gesehen, sie war wirklich gut. Du willst zu Sam, oder?«

Eigentlich lag mir die Antwort auf der Zunge, aber als ich in das Wohnzimmer trat, blieben mir sämtliche Worte im Hals stecken. Durch die offenen und breiten Fenster schienen die letzten Sonnenstrahlen auf den hellen Holzboden. Sie lugten durch die Bäume hindurch und ich trat einen Schritt näher, um direkt in den Wald zu blicken. Es war traumhaft schön, als würde man einen Urlaub in den Bergen verbringen. Ich dachte an meine Mutter, die es hier ebenfalls lieben würde – vor allem den offenherzigen Wohnbereich, der mich an unser früheres Haus erinnerte.

Zwei beigefarbene Sofas waren vor einem Kamin platziert, überall standen Topfpflanzen und Makramee-Blumenampeln hingen vereinzelt von der Decke. Auf einer erhöhten Ebene, die über drei Stufen zu erreichen war, befand sie eine Küche mit Holzanrichte und Kochinsel. Der Architekt dieses Hauses hatte ganze Arbeit geleistet. Es war nicht zu übersehen, dass Geld keine Rolle spielte, dennoch verhielt sich die Einrichtung geschmackvoll und unauffällig.

»Das ist also das Haus, von dem du immer geträumt hast«, sagte ich beeindruckt. »Es ist wunderschön hier.«

»Es war ein echter Zufall, dass das Grundstück letztes Jahr zum Verkauf stand. Wenn ich morgens meinen Kaffee trinke und nach draußen sehe, dann kann ich es selbst kaum glauben.«

Plötzlich spürte ich den Anflug von Wehmut aufkommen. Hier in diesem neuen Haus zu stehen, machte mir nur wieder bewusst, wie viel ich von Sams Leben verpasst hatte. Zwar konnte ich das Gleiche von ihm behaupten, schließlich hatten sich meine Eltern scheiden lassen, wir mussten in eine viel kleine Wohnung ziehen und seitdem war nichts mehr so, wie ich es kannte. Trotzdem war es gerade wie ein Schlag ins Gesicht.

»Seid du und Sam wieder …?« Hannah führte den Satz nicht zu Ende. Sam sah genauso aus wie sie. Dunkle, schwarze Locken, weiche Gesichtszüge und ein Lächeln, das jeden in den Bann zog.

Ich schüttelte den Kopf. »Nein, es ist kompliziert. Yara hat mich gebeten, mal nach ihm zu sehen.«

»Ah, verstehe.« Zwischen uns entstand ein kurzes Schweigen, das schnell unangenehm wurde. Ich rieb mir über den linken Oberarm und lächelte nervös.

»Du weißt wahrscheinlich nicht, was passiert ist, oder?« Hannahs Augen füllten sich mit Tränen.

Erneut schüttelte ich den Kopf. »Yara meinte, dass Sam es mir selbst sagen muss.«

Darauf antwortete Hannah nicht. Stattdessen wandte sie sich ab und ging in den offenen Küchenbereich.

»K-Kann ich irgendetwas tun?«, fragte ich zögernd. »Ich möchte helfen, weiß aber nicht wie.«

»Da bist du nicht die Einzige, schätze ich.« Resigniert warf sie mir einen Blick zu. »Wenn du genug Kraft hast, dann sei für ihn da. Egal, wie oft er dich abweisen wird. Er hat dich immer gebraucht, Mina. Auch wenn er es nicht gezeigt hat.«

Er hat dich immer gebraucht.

»Du warst für ihn immer der wichtigste Mensch in seinem Leben. Er hat nie darüber gesprochen, was zwischen euch passiert ist, doch ich konnte jeden Tag sehen, wie er es bereut hat.«

Wie gern würde ich ihr einen Grund geben, der alles erklärte. Aber da gab es keinen. Wir hatten einfach aufgehört, zusammen zu existieren. Mein Herz brach ein kleines bisschen mehr, obwohl ich dachte, dass das überhaupt nicht mehr möglich war. Wie angewurzelt stand ich da, versuchte meine Gefühle zu ordnen und fühlte mich völlig überfordert.

Hannah sah mich einen Moment an, ehe sie aus der Mikrowelle einen Teller hervorholte und mir dann entgegenhielt.

»Wenn du zu Sam gehst, könntest du ihm das mitbringen? Er vergisst gern, wie wichtig Hauptmahlzeiten sind.«

»Natürlich.«

»Sein Zimmer ist oben, am Ende des Flures links«, sagte sie anschließend.

Mit dem Teller in der Hand und einem klopfenden Herzen ging ich die Treppe nach oben und dann den Flur entlang, bis ich seine Tür erreichte. Mein Mund war staubtrocken und ich atmete tief durch, bevor ich die Augen zusammenkniff und klopfte.

»Was ist denn schon wieder?«, ertönte ein genervter Sam dumpf aus seinem Zimmer.

Diesmal würde ich nicht den Fehler begehen und mich ankündigen, stattdessen nahm ich die Türklinke in die Hand und drückte sie nach unten. Wie schon beim ersten Mal war das Zimmer komplett in Dunkelheit gehüllt, immerhin leuchtete auf dem Nachttisch eine kleine Lampe. Sam ließ den Controller fallen und starrte mich entrüstet an.

»Was zum Teufel hast du hier verloren? Stalkst du mich etwa?«

Mir fiel es unglaublich schwer, mich von seiner Laune nicht einschüchtern zu lassen. Mit zittrigen Händen schob ich leere Plastikflaschen und Kleidung auf der Schrankkommode neben mir beiseite, um Platz für den Teller zu schaffen.

»Meine Zeichnung«, presste ich hervor. »Ich hätte sie gern

wieder.«

Sam richtete sich auf und setzte sich in den Schneidersitz.

»Man holt sich keine Sachen zurück, die man verschenkt hat. Das ist unfreundlich.«

»Das ist ... Wie bitte?« Empört klappte mir der Mund auf.

Was fiel ihm eigentlich ein? Was war bloß mit ihm passiert? So kannte ich ihn überhaupt nicht. Ich ballte die Hände zu Fäusten, atmete tief ein und versuchte, ruhig zu bleiben.

»Kannst du sie mir bitte wiedergeben?«, fragte ich möglichst freundlich.

»Was sollte das eigentlich? Wir sind nicht mehr in der fünften Klasse.«

»Leider nicht. Denn wenn wir es wären, würdest du sie zu schätzen wissen und ich bezweifle, dass du das jetzt kannst, so wie du dich verhältst.«

Sam lachte freudlos auf und sagte nichts.

»Die Zeichnung. Gibst du sie mir jetzt bitte?«

»Nein«, antwortete er nur und schnappte sich wieder den Controller.

Ratlos stand ich da und wusste nicht, was ich tun sollte. Solchen Situationen war ich nicht gewachsen, ich hasste Konflikte und ging ihnen am liebsten aus dem Weg. Es wäre leichter gewesen, wenn er nicht plötzlich wie ein Fremder für mich gewesen wäre.

Hätte ich sie ihm einfach nicht geschenkt.

Ich brachte all meinen Mut zusammen. »Warum nicht?«

»Weil ich sie nicht mehr habe. Ich habe sie in den Müll geworfen. Als ob mich solche Zeichnungen irgendwie beeindrucken würden.« Er lachte bitter. Es interessierte ihn noch nicht einmal, wie sehr er mir mit seinen Worten wehtat. Vielleicht war es ihm auch nicht bewusst.

»Beeindrucken?«, wiederholte ich fassungslos. »Ich wollte dich damit doch nicht beeindrucken. Ich wollte dir damit eine Freude machen. Du hast sie dir nicht mal angesehen, oder?«

Widerwillig pausierte er sein Spiel und sah mich erneut an. Diesmal weniger herablassend, dennoch war die Kälte in seinen Augen nicht zu übersehen.

»Wenn du mir damit eine Freude machen wolltest, warum möchtest du sie dann jetzt überhaupt wiederhaben?«

Leise schniefte ich und ließ geknickt die Schultern hängen. Unsere Blicke streiften sich kurz, ehe ich wegsah, weil ich seinen Anblick nicht ertrug.

»Ich ...«, fing ich zwar an, aber mein Kopf war leer. In mir wütete ein Sturm vor lauter Zorn und Enttäuschung, der sich nicht abschütteln ließ. »Ich habe keine Ahnung, was mit dir los ist und wieso alle glauben sollen, dass du auf einem Sportinternat bist. Ich habe versucht, zu verstehen, warum du gelogen hast, auch wenn ich die Gründe nicht kenne.« Die Worte sprudelten aus mir heraus, obwohl ich das gar nicht wollte. »Ich bin nicht hier, um mich mit dir zu streiten. Ich will für dich da sein, Sam. Ganz egal, was zwischen uns passiert ist. Als du dich damals so zurückgezogen hast, hätte ich für dich da sein müssen, anstatt dich aufzugeben. Das mache ich kein zweites Mal.« Ich sammelte mich und hoffte, dass wenigstens ein bisschen was bei ihm ankam. »Außerdem habe ich Yara mein Wort gegeben, dass ich es versuchen werde, weil sie sich unglaubliche Sorgen macht. Und ich mache sie mir auch. Ganz egal, wie oft du mich von dir stößt. Es ändert nichts daran, dass du mir wichtig bist.«

Sams Miene blieb ausdruckslos. Wenn meine Worte etwas in ihm auslösten, dann zeigte er es nicht. Oder sie waren ihm egal.

»Du willst mich nicht hier haben und das ist okay. Aber dass du meine Zeichnung weggeworfen hast ...«

Endlich regte sich etwas in seinem Gesicht. Sams Pokerface verrutschte für einige Sekunden und der Schmerz, der plötzlich in seinen tiefbraunen Augen sichtbar wurde, war kaum auszuhalten. Trotzdem sagte er nichts.

Es tat weh. Ihn anzusehen, tat weh.

Bevor ich das Zimmer verließ und hinter diese schreckliche Woche einen Haken setzte, deutete ich auf den Teller, der auf der Kommode stand.

»Deine Mutter hat etwas zu Essen für dich gemacht. Weißt du, Sam ... Vielleicht ist dir alles egal in deinem Leben. Aber *du* bist den Menschen nicht egal. Denk mal drüber nach.«

Und damit ließ ich ihn allein.

Sam

Sam, sechzehn Jahre
Pinky Promise

Silvester war für mich der schlimmste Tag im ganzen Jahr. Ich hasste, hasste, hasste ihn. Nicht mal meinen Geburtstag fand ich so sehr zum Kotzen wie den Jahreswechsel. Jeder machte einen Riesenaufriss um Partys und die Wichtigkeit darüber, besonders aufregend ins neue Jahr zu starten. So ein Bullshit.

Eigentlich teilte Mina dieselbe Meinung wie ich, aber plötzlich hatte sie vor ein paar Wochen angefangen, unbedingt auf diese Party gehen zu wollen. Irgendein Typ aus unserer Stufe schmiss angeblich die legendärsten Hauspartys und Mina hatte ihr Glück kaum fassen können, als sie eine Einladung auf ihrem Platz liegen hatte.

Sie. Nur sie.

Ich war nicht eingeladen. Es kümmerte mich nicht, denn ich hegte wirklich null Interesse daran, meine Mitschüler in der Freizeit zu sehen. Allerdings wurmte es mich, dass Mina offensichtlich all ihre Prinzipien über Bord geworfen hatte. Auf einmal zählte es nicht mehr, dass sie Partys eigentlich blöd fand und wir lieber zusammen abhingen. Oder dass sie die Abende am Schreibtisch verbrachte, zeichnete und mich anschließend nach meiner Meinung über Facetime fragte.

Stattdessen sprach sie nur noch von Make-up, Klamotten und Dingen, von denen ich keine Ahnung hatte. Ich hatte ja nicht mal gewusst, dass sie ihr wichtig waren. Wir hatten zwar noch die Sonntage, die wir immer nutzten, um den ganzen Tag im Baum-

haus zu lesen, zu zeichnen und nebenbei Musik zu hören, aber …
Es fühlte sich anders an. Mina schien mit ihren Gedanken oft
ganz weit weg. So ging das schon seit einer Weile. Mir kam es in
stillen Momenten so vor, als ob meine beste Freundin zu einem
anderen Menschen wurde.

Es war halb zwölf, eiskalt und in einer Decke eingemummelt
saß ich in dem alten Baumhaus in unserem Garten. Mein *Safe
Space*, wenn alles zu viel wurde. Hier draußen fühlte ich mich
leichter, meine Gedanken kamen zur Ruhe und ich konnte etwas
atmen. Irgendwo wurden bereits Raketen abgefeuert, dabei war es
noch nicht Mitternacht.

In der leisen Hoffnung, dass Mina mir vielleicht geschrieben
hatte, sah ich wieder auf mein Handy, doch es zeigte nur denselben Hintergrund wie immer an. Ich warf einen Blick nach
draußen, hinauf in den Sternenhimmel, der in dieser Nacht besonders klar zu sehen war. Selbst die Milchstraße zeigte sich. Natürlich dachte ich auch jetzt an meine beste Freundin, wie so ziemlich immer. Es war wie eine Endlosspirale. Seit dem Konzert vor
drei Monaten spürte ich diese Sehnsucht nach ihr, die mit jedem
Tag wuchs und wuchs.

In seine beste Freundin verliebt zu sein, war das Schlimmste,
was während einer Freundschaft passieren konnte.

»Hör auf damit«, ermahnte ich mich selbst und trank einen
großen Schluck von dem Kakao, den ich mit ins Baumhaus
genommen hatte. Neben der Thermoskanne stand eine Flasche
Baileys, die meine Eltern hoffentlich nicht vermissen würden.
Zum Glück wussten sie nicht, dass ich den Silvesterabend ganz
allein verbrachte. Ansonsten hätte ich mir anhören müssen,
warum ich Mina nicht begleiten würde und dass ich den Abend
unter keinen Umständen nur mit mir selbst verbringen dürfe.
Meiner Meinung nach war das schon Gesellschaft genug. Zumin-

dest wenn es nach diesen schwarzen Gedanken ging, die wie eine Gewitterwolke über mir schwebten.

Je mehr ich von der speziellen Kakaomischung trank, desto ruhiger wurde ich. Ein bisschen fühlte es sich an, als würde mein Körper in Watte gepackt sein und schweben. Ich schloss die Augen und suchte nach der Ruhe, die ich ansonsten nicht fand, und lauschte bloß der abendlichen Stille.

Zumindest bis plötzlich unten an der Leiter etwas raschelte und ich erschrocken zusammenzuckte. Kurz darauf starrte ich in himmelblaue Augen, die mir für ein, zwei Sekunden fremd vorkamen. Mina war stark geschminkt, sah dadurch ganz anders aus und ich schluckte, weil mir der Anblick des roten Lippenstiftes zu sehr gefiel.

»Wusste ich doch, dass du hier bist«, begrüßte sie mich lachend.

Sie stolperte ins Baumhaus und meine Augen klebten förmlich an dem schwarzen Kleid, das ihr nur bis knapp über die Oberschenkel ging. Mina sah ... sexy aus. Hitze schoss mir in die Wangen und in eine Körperregion, die ich absolut nicht unter Kontrolle hatte. Vor lauter Scham drehte ich mich weg und antwortete pampig: »Bin ich dir jetzt gut genug oder warum bist du hier?«

Sofort bereute ich meine Reaktion, immerhin konnte sie nichts dafür, dass mein Körper so durchdrehte. Na ja, eigentlich trug sie eine Teilschuld, was sie lieber nicht wissen sollte.

Mina musterte mich irritiert, ehe sie sich einen Teil meiner Decke schnappte und sich mir gegenübersetzte.

»Du hast mal wieder schlechte Laune«, bemerkte sie. »Ich bin hier, weil ich lieber bei dir bin anstatt auf der Party, du Grinch.«

Ihr Wortlaut brachte mich dennoch zum Schmunzeln und ich versuchte, jegliche Gefühle für sie in die letzte Ecke meines Herzens zu schieben.

»Wie ich sehe, hast du es dir gemütlich gemacht.« Mit einem Kopfnicken deutete sie auf die Thermoskanne.

»Ich feiere mein eigenes Silvester.«

»Du bist sauer, weil ich auf der Party war, oder?«

»Warum sollte ich sauer sein?«

Mina zuckte mit den Schultern. »Keine Ahnung. Ich habe manchmal das Gefühl, dass es dir nicht passt, wenn ich unterwegs bin.«

»Du kannst machen, was du willst. Ich finde nur, dass die Party und die Leute nicht zu dir passen.«

Darauf sagte sie nichts. Diese Art von Unterhaltungen führten wir seit geraumer Zeit häufiger. Zwischen uns hatte sich eine Distanz aufgebaut und ich wusste nicht, was ich tun musste, damit es sich wieder änderte.

»War die Party so scheiße?«

»Nein. Ich bin wirklich hier, weil ich dich sehen wollte. Glaubst du mir etwa nicht? Außerdem ist das hier unsere Tradition. Im Baumhaus das Feuerwerk ansehen.« Sie knibbelte an ihrer Nagelhaut, was nur deutlich machte, dass sie nervös war. Wahrscheinlich waren ihr diese unterschwelligen Spannungen genauso bewusst wie mir. Trotzdem sprach sie es nicht an. Genauso wenig wie ich, weil wir beide konfliktscheu waren und es lieber vermieden, ein Gespräch zu führen, das dringend notwendig war.

Gemeinsam warfen wir einen Blick nach draußen. Ich spürte, wie sich ihre Beine an meine schmiegten, und krallte die Hände in die Decke. Machte die Nähe denn gar nichts mit ihr?

»Tradition ist es auch, dass ich mir einen Film aussuchen darf.« Sie schmunzelte und nahm mir den Becher aus den Händen. Dabei fing ich ihren Duft ein, der mich wahrscheinlich für immer an das Taylor-Swift-Konzert erinnern würde. An *This Love* und den Moment, der mir bewusst machte, in sie verliebt zu sein.

Ich seufzte und wünschte mir erneut, nicht so zu empfinden. Es hatte alles verkompliziert, unsere Freundschaft bröckelte und das größtenteils wegen meiner Liebe zu ihr. Wie beschissen war das?

»Das ist keine Tradition. Du suchst dir bei jeder Gelegenheit den Film aus.«

»Ja, aber auch nur, weil du keinen Geschmack hast und dich nicht entscheiden kannst.«

Ich lachte. »Wir sollten nicht über Geschmäcker reden, wenn dein Lieblingsfilm *To all the Boys I've loved before* ist.«

Mittlerweile hatte ich aufgehört, zu zählen, wie oft ich diesen Film gesehen hatte. Doch ihr zuliebe tat ich es mir jedes Mal aufs Neue an, nur damit ich sie bei den gleichen Stellen lächeln sah.

So wie jetzt. Sie hatte das Gesicht zur Seite gedreht, lächelte in sich hinein und blickte in den Sternenhimmel. In ihrem Blick lag etwas Verträumtes, ihre Züge wirkten weich und entspannt. Haarsträhnen hingen ihr in die Augen, die sie zwar zur Seite strich, die immer wieder zurückfielen.

Für einen Moment dachte ich nicht nach, war müde davon, mich zurückzuhalten, und sagte mehr zu mir als zu ihr: »Du siehst wunderschön aus.«

Minas Blick schoss in meine Richtung und mit großen Augen sah sie mich an. »Du ... findest, dass ich schön aussehe?«

Scheiße. Am liebsten hätte ich die Worte zurückgenommen, nur fehlte mir die Energie, die Fassade aufrecht zu erhalten.

»J-Ja, klar. Ich meine, du bist meine beste Freundin.«

Meine Stimme war leiser geworden, bebte und ich spürte einen dicken Knoten in der Magengegend. Wir tauschten einen kurzen Blick aus, aber er reichte aus, um erneut zu erkennen, dass etwas Unausgesprochenes zwischen uns lag.

»Sicher … beste Freundin«, nuschelte sie.

Irrte ich mich oder klang sie enttäuscht?

Nein, ganz bestimmt nicht. Mina redete seit Monaten von einem Typen aus unserer Stufe. Er war der Grund gewesen, warum sie heute unbedingt auf diese Party wollte. Wahrscheinlich war es reines Wunschdenken und ich bildete es mir nur ein.

»Kannst du mir etwas versprechen?«, fragte sie auf einmal.

»Immer«, antwortete ich sofort.

Ihre Mimik wurde nachdenklich, fast schon traurig. Sie knibbelte immer noch an ihrer Nagelhaut, sah mich kurz an, dann wieder weg.

»Versprich mir, dass wir für immer beste Freunde bleiben. Egal, was passiert.«

»Warum soll ich dir das versprechen? Das weißt du doch.«

»Versprich es mir trotzdem.«

Mina würde mich das niemals einfach so fragen, wenn sie keine Hintergedanken hätte oder sie etwas beschäftigte. Merkte sie etwa auch, dass sich unsere Freundschaft veränderte? Dass wir uns voneinander entfernten?

Das hier war der Moment, in dem wir uns aussprechen mussten. Um zu klären, was eigentlich los was, was zwischen uns stand und warum es überhaupt erst so weit gekommen war. Allerdings sagte niemand von uns etwas und wir ließen es zu, dass sich der Graben vor unseren Füßen nur vertiefte. Allmählich wurde es unmöglich, ihn noch zu überqueren, um den jeweils anderen zu erreichen.

»Ich verspreche es dir«, antwortete ich leise.

»Und ich verspreche es dir.« Mina lächelte wieder, wenn auch nicht so losgelöst wie gewöhnlich. »Danke. Ich musste das einfach hören. Meine Eltern streiten ständig und unsere Freundschaft …« Sie machte eine kurze Pause, als ob sie versuchte, sich selbst zu überzeugen. »Unsere Freundschaft ist im Moment meine einzige Konstante. Aber manchmal brauche ich einfach noch ein bisschen Gewissheit.« Sie streckte den Arm aus und hielt mir den kleinen Finger entgegen. »*Pinky Promise,* so wie damals.«

Ganz eindeutig spürte Mina die Entfernung, die Entfremdung, ansonsten hätte sie so etwas nicht gesagt. Ich erwiderte ihre Geste. Dabei kam ich mir wie der größte Lügner und gleichzeitig wie ein Feigling vor, weil ich nicht für uns kämpfte und einfach hoffte, dass sich die Dinge von allein regelten.

»*Pinky Promise.* Ich gehe nirgendwo hin. Niemals. Nichts wird sich zwischen uns ändern, okay?«, versprach ich und hasste mich dafür, weil die Realität eine andere war.

»Okay.« Mina öffnete den Mund, um noch etwas hinzuzufügen, doch im selben Moment wurde der Himmel von bunten Feuerwerksfarben erleuchtet. Wir hörten Menschen auf den Straßen jubeln und die klare Luft wurde in Rauch gehüllt. Und wir saßen hier, in der Neujahrsnacht, versprachen uns, für immer befreundet zu bleiben. Wie damals, in der fünften Klasse.

Nur dass es sich dort echt angefühlt hatte und heute nur noch eine Lüge war.

8   Sam

In dieser Nacht fand ich keinen Schlaf. Das kam zwar öfters vor, nur diesmal lag es daran, dass mir Minas Worte nicht mehr aus dem Kopf gingen. Sie war wie ein Tornado in mein Zimmer gestürmt und hatte mir auf eine zerbrechliche und sanfte Art ganz klar gezeigt, was für ein Arsch aus mir geworden war. Nicht, dass ich es nicht schon vorher gewusst hätte. Aber es so vor Augen geführt zu bekommen, setzte etwas in mir in Gang. Ihre Zeichnung einfach in den Müll zu werfen und nicht mal annähernd zu schätzen zu wissen, war eine Scheißaktion gewesen.

Die Worte waren zwar unsicher aus ihrem Mund gekommen, aber Mina hatte den Mut aufgebracht, ehrlich zu mir zu sein. Sie hatte sich nicht davor geschämt, ihre Gefühle zu zeigen. Diese Eigenschaft kam mir mehr als vertraut vor und verursachte ein unerwartet warmes Gefühl bei mir. Gleichzeitig erschreckte ich davor, weil ich schon lange nicht mehr so empfunden hatte. Mit Herzrasen richtete ich mich auf, atmete tief durch und sah auf mein Handy, das anzeigte, dass erst Mitternacht war.

Schnaufend fuhr ich mir durch das schwarze Haar, strich es aus den Augen und versuchte, mich zu orientieren. Unfreiwillig fiel mein Blick auf den Papierkorb, der überquoll und dringend ausgeleert werden musste. Ganz oben lag die zusammengeknüllte Manga-Zeichnung von Mina. So offensichtlich, als würde sie absichtlich versuchen, sich bemerkbar zu machen. Ich ignorierte den plötzlichen Drang, sie aus dem Müll zu fischen und mir genauer anzusehen. Das war doch lächerlich. Mina tauchte einfach auf, nörgelte rum und jetzt hatte mich das auf irgendeine schräge Art berührt? Nie und nimmer.

Ich knipste das Licht wieder aus und schloss die Lider, in der Hoffnung, in den Schlaf zu finden. Nur sobald es dunkel wurde, sah ich ihre blauen Augen vor mir, ihren wütenden und zugleich verletzten Blick. Wie ein Häufchen Elend hatte sie hier gestanden und ich hatte nichts Besseres zu tun gehabt, als es noch schlimmer für sie zu machen. Was war bloß aus mir geworden?

Genervt wälzte ich mich von der einen Seite auf die andere, versuchte, Minas Gesicht zu verdrängen, aber es gelang mir nicht.

»Verdammt noch mal!« Stöhnend knipste ich das Licht wieder an, schlug die Decke von den Beinen und stand auf, um die Zeichnung aus dem Müll zu holen. Zum Glück hatte ich das Papier nicht zu fest zusammengedrückt, sodass es sich einigermaßen glattstreichen ließ. Zwar kannte ich Animes und Mangas, allerdings hatte ich noch nie bewusst einen japanischen Comic gelesen. Mina hatte oft genug versucht, mich dafür zu begeistern, aber so ganz hatte ich es nie nachvollziehen können. Mein Kopf brauchte einige Sekunden, um die Bilder eingehender zu betrachten.

»Wow. Sie ist noch besser geworden«, murmelte ich geistesabwesend, während meine Finger über die zarten schwarz-weißen Linien fuhren und die Textblasen verfolgten. Ihr Stil war weich, einnehmend und besaß eine ganz eigene Art, Geschichten zu erzählen. Mina hatte nur zwei Bilder gezeichnet, die das Blatt ausfüllten. Auf dem ersten Bild, das die obere Hälfte der Zeichnung einnahm, war ein Junge abgebildet, der ungefähr zwischen sechzehn und achtzehn Jahren war. Seine Haare fielen ihm wellig ins

Gesicht und verdeckten seine Augen. In der Schuluniform versank er förmlich, weil sie ihm zu groß war. Auf dem unteren Bild war eine Schule abgebildet. Außerdem eine Sprechblase mit den Worten: *Niemand wird je mein wahres Gesicht erkennen.*

»Das hat sie nicht wirklich …«

Je länger ich den Jungen auf der Zeichnung betrachtete, desto mehr fiel mir auf, wie ähnlich er mir war. Er besaß sogar die kleine, eher unauffällige Narbe unter dem rechten Auge. *Sie hat nicht wirklich mich gezeichnet, oder?*

Fassungslos starrte ich minutenlang auf das Blatt und die Ähnlichkeit war unverkennbar. Eben hatte ich noch ein schlechtes Gewissen gehabt, doch jetzt war ich wütend. Wie konnte sie die Dreistigkeit besitzen, mich als Vorlage zu benutzen? Ungläubig schüttelte ich den Kopf. Statt die Zeichnung erneut zu zerknüllen, öffnete ich die Schublade des Nachttisches und schmiss sie dort rein. Danach nahm ich mein Handy und tat etwas, das ich den ganzen Sommer vermieden hatte – ich lud Instagram herunter und meldete mich auf meinem Account an. Ich hatte mir noch nie viel daraus gemacht und musste erst mal überlegen, was meine Anmeldedaten waren.

Sofort suchte ich nach Minas Profil, das mir kurz darauf angezeigt wurde. Ich hielt inne, weil ein Foto von ihr meine Aufmerksamkeit auf sich zog. Es zeigte Mina, wie sie an dem Rand eines Sonnenblumenfeldes stand und das Gesicht zur Sonne richtete. Eigenartigerweise strahlte das Bild eine Ruhe auf mich aus, wie ich sie nicht erwartet hätte. In ihrem erdbeerblonden Haar schimmerten goldene Nuancen und sie hielt die Augen geschlossen. Ich hätte es Stunden ansehen und mich anschließend in Gedanken an sie verlieren können. Diese Ruhe, die von ihr ausging, erinnerte mich an früher. An die vielen guten Momente in unserer Freundschaft. Ich hatte mich mit mir ihr sicher gefühlt. Angekommen.

Und ich merkte, dass ich wieder so empfinden wollte. Ganz egal, wie sehr ich es leugnen wollte – seit Mina hier aufgetaucht war, hatte sie etwas ins Rollen gebracht. Bevor ich mich in meinen Gedanken verlor und nur wieder hundert Gründe fand, mich abzuhalten, öffnete ich die Chatfunktion.

Ich: Warum sieht der Typ auf deiner Zeichnung genauso aus wie ich?

Zu meiner Überraschung war sie allerdings sofort online und fing an zu tippen. Nach einigen Augenblicken hörte sie auf, setzte erneut an und machte mich wahnsinnig damit. Schließlich schrieb sie zurück.

Mina: Ich dachte, du hast sie weggeworfen?

Ich: Hab sie wiedergefunden.

Mina: Dann kann ich sie ja zurückhaben.

Ich: Warum sieht der Typ aus wie ich?

Erneut ließ Mina sich Zeit und ungeduldig wartete ich auf eine Antwort.

Mina: Ich glaube, du hast mich ein bisschen zu sehr inspiriert.

Ich: Zeichnest du noch mehr davon? Ich weiß nicht, ob ich das so gut finde, wenn die Figur Ähnlichkeiten mit mir hat.

Mina: Sorry, wenn es dich stört, dann passe ich es an. Es war nicht meine Absicht.

Ich: Es ist nur komisch, sich so zu sehen.

Es war, wie einen Spiegel vors Gesicht gehalten zu bekommen. Obwohl es nur eine simple Zeichnung war, bedeutete sie mehr als das. Das war bei ihrer Kunst schon immer so gewesen. Mina war talentiert und schaffte es jedes Mal, ihre Gefühle aufs Papier zu bringen. Als sie nicht zurückschrieb, wurde ich ungeduldig.

Ich: ???

Mina: Wie gesagt, es war keine Absicht. Ich kann die Zeichnung ändern. Aber dafür bräuchte ich sie erst mal zurück.

Ich: Sorry für die Scheißaktion. Ich hätte sie nicht weg- werfen sollen.

Es war wirklich eine Scheißaktion gewesen. Wie so vieles. Ihre Kunst so mit Füßen zu treten … Das war nicht richtig. Zumal ich genau wusste, was sie ihr bedeutete und wie sie die Geste gemeint hatte. Damals in der fünften Klasse hatte sie oft Charaktere von Animeserien gezeichnet. Inu Yasha war voll ihr Ding gewesen und ich hatte es damals *cool* gefunden, obwohl ich keinen Plan davon gehabt hatte. Als ich einmal wegen fehlender Hausaufgaben nach- sitzen musste, war sie es gewesen, die versucht hatte, mich damit aufzumuntern. Und überhaupt hatte sich unsere Freundschaft entwickelt, weil auch ich mal eine Leidenschaft fürs Zeichnen gehabt hatte. Wir hatten die Mittagspausen oft zusammen in der Bibliothek verbracht, um unserer Kreativität Raum zu geben.

Auf einmal verspürte ich ein unerwartetes Klopfen in der Brust und mein Hals wurde bei der Vorstellung ganz trocken. Ich musste an Dr. Martens' Frage denken, ob es jemanden gab, mit dem ich meine Zeit verbringen könnte. Konnte Mina wirklich diese Person sein? Wollte ich das? Ich war kein guter Freund gewesen, meine verwirrenden Gefühle für sie hatten so viel kaputt gemacht. Außerdem kam ich kaum mit mir selbst klar. Wollte ich ihr das dieses Mal zumuten? Wir beide hatten uns verändert, vielleicht würde es dieses Mal funktionieren, denn ich würde nicht noch mal zulassen, so zu empfinden.

Unruhig kaute ich auf der Unterlippe rum und ging zurück auf ihr Profil, um mir die wenigen Fotos anzusehen. Neben dem einzigen Bild von ihr handelte es sich bei dem Rest um Landschaftsbilder, die aussahen, als wären sie in Sommerstedt gemacht worden. Sie hatte all unsere Fotos gelöscht. Jene von unserem ersten Taylor-Swift-Konzert, von unseren Kauf-Eskalationen bei *Thalia* und jede kleine Erinnerung. Vor drei Jahren hatte sie deutlich mehr geteilt. Vor allem unsere Liebe zu Taylor Swift hatte uns manche Nächte wachgehalten, weil wir ihre Musik rauf und runter gehört hatten. *This Love* war immer unser Lieblingssong gewesen. All diese Erinnerungen daran taten weh, weil ich Mina einfach ausgeschlossen hatte. Ich hatte es nicht besser gewusst, dachte es wäre besser so. Langsam erkannte ich, dass dem nicht so war.

»Was tue ich hier eigentlich?« Verwirrt von dieser ganzen Aktion warf ich das Handy zur Seite und rieb mir müde das Gesicht. Doch als es wieder aufleuchtete, griff ich sofort danach.

Mina: Warum bist du noch wach?

Ich: Konnte nicht schlafen. Was ist mit dir?

Mina: Ich konnte auch nicht schlafen.

Ich: Dann haben wir ja etwas gemeinsam.

Mina: Wow, du kannst ja witzig sein.

Ich: Ich stecke voller Überraschungen.

Durch diese Ablenkung vergaß ich kurzzeitig die dunkle Wolke, die über mir schwebte. Es schien, als könnte ich ein bisschen klarer sehen. Heller und fokussierter. Erneut wurde mir bewusst, wie gemein ich heute zu ihr gewesen war, und mit einem Mal packte mich das schlechte Gewissen.

Ich: Es tut mir wirklich leid, was heute passiert ist.

Danach spürte ich eine Art Befreiung. Das Atmen fiel mir leichter, die tiefen Knoten in der Magengrube lösten sich etwas. Mina schrieb allerdings nicht zurück, die Minuten verstrichen und mir fielen allmählich die Augen zu. Dann vibrierte überraschenderweise das Handy erneut.

Mina: Danke. Deine Entschuldigung bedeutet mir viel. Heißt das auch, dass du meine Zeichnungen nicht ganz so scheiße findest?

Ich: Sie sind gut. Das waren sie immer.

Nach diesen Worten schlief ich ein und wachte erst wieder auf, als die Sonne längst aufgegangen war. Obwohl ich noch gar nicht ganz wach war, überprüfte ich sofort, ob Mina mir geantwortet hatte, aber Fehlanzeige. Ob es wirklich Frustration war, konnte ich nicht deuten. Dennoch wurde mir klar, dass ich mir unbewusst Hoffnungen gemacht hatte, eine Antwort zu lesen. Ich streckte mich und warf einen Blick auf die Jalousien. Scheinbar würde es heute wieder ein warmer Sommertag werden, den ich wie gewohnt in meinem Zimmer verstreichen ließ. Ein weiteres Mal dachte ich an Dr. Martens' Bitte, zumindest an die frische Luft zu gehen.

Mich der Welt wieder zu öffnen.

Ich kratzte mich am Hinterkopf, starrte auf den Chatverlauf und seufzte.

»Keine Ahnung, ob das hier richtig ist«, murmelte ich zu mir selbst und fing an, Mina zu schreiben. Während ich tippte, wurden die Bedenken und die Skepsis lauter, weil es einfach nur eine dumme Idee war. Über was sollten wir uns schon unterhalten? Die Vergangenheit? Wie es mir im letzten Jahr ergangen war?

Trotzdem schickte ich die Nachricht ab und haderte anschließend mit mir, sie nicht wieder zurückzunehmen.

9 Mina

Am Morgen wurde ich unsanft von Claras Weinen aufgeweckt, das durch die ganze Wohnung schallte. Murrend warf ich mir die Bettdecke über den Kopf, nur leider brachte es nichts, weil ich sie trotzdem hörte. Also stand ich mit schlechter Laune auf und schlurfte schlaftrunken ins Wohnzimmer. Clara lag mitten auf dem Boden, zeterte über etwas, dem meine Mutter keine größere Beachtung schenkte und warf mir stattdessen ein entschuldigendes Lächeln zu.

»Hat sie dich geweckt?«

»Ja«, grummelte ich und rieb mir die Augen. »Was ist denn los?«

Mama winkte ab und trank einen großen Schluck aus ihrem Kaffeebecher. »Sie ist der Meinung, dass sie Schokolade nach dem Frühstück essen könnte. Den Zahn habe ich ihr relativ schnell gezogen.«

Natürlich hatte sie absolut recht, auch wenn ich an einem Samstagmorgen wohl einknicken würde, um meine Ruhe zu haben. Schokolade zum Frühstück war zwar nicht besonders gesund, aber … nun ja. Ich würde offensichtlich niemals unter die Pädagogen gehen.

»Denkst du daran, dass du heute Abend auf sie aufpassen musst?«

Oh, verdammt.

Eilig setzte ich mein Pokerface auf und nickte. »Natürlich. Um wie viel Uhr noch mal?«

»Ich muss um achtzehn Uhr los. Also wenn du was vorhast, dann sei bitte kurz vorher wieder da, okay?«

»Alles klar.«

Meine Gedanken waren so voll von Sam gewesen, dass alles andere in den Hintergrund geraten war. Andersrseits hatte ich eh nichts Besseres zu tun. Nachdem Clara sich endlich beruhigt hatte, konnten wir alle zusammen am Tisch sitzen und den Samstagmorgen mit einem langen Frühstück genießen.

»War dein Abend gestern noch schön? Ich habe gar nicht mehr gehört, dass du nach Hause gekommen bist.«

Erwartungsvoll sah Mama mich an und schnappte sich die Butter. Obwohl es keinen Grund gab, fühlte ich mich ertappt. Der Abend war eine Katastrophe gewesen, zumindest bis … Bis Sam mir plötzlich auf Instagram geschrieben hatte und wir anfingen, Nachrichten hin und her zu schicken. Ich dachte auf einmal daran, wie wir uns damals in der fünften und sechsten Klasse Briefchen geschrieben hatten, wenn wir uns gestritten hatten. Damals war es so viel leichter gewesen, wieder zueinander zu finden.

Mir fiel ein, dass ich aufgrund des unsanften Clara-Weckers noch nicht auf mein Handy geschaut hatte. Allerdings ging ich nicht davon aus, dass Sam sich erneut melden würde. Keine Ahnung was das gestern gewesen war – es würde mit Sicherheit nicht zur Gewohnheit werden.

»Oh, ähm … Um ehrlich zu sein, war ich bei Sam. Er hatte etwas, das mir gehörte.« Ich seufzte leicht, wenn ich daran dachte, *wie* Sam jetzt wohnte. »Das neue Haus der Webers ist unglaublich. Ich habe mich gefühlt wie in *Twilight*. Hannah war auch da und wir haben uns kurz unterhalten, was sich echt etwas merkwürdig angefühlt hat. Trotzdem war es auch schön.«

»Du warst bei Sam? Habe ich etwas nicht mitbekommen? Habt ihr euch ausgesprochen?«

»Nein … Aber es kann sein, dass er meine Hilfe braucht. Vielleicht schaffen wir es wieder, normal miteinander zu reden. Das wird die Zeit zeigen. Übrigens muss ich noch etwas mit dir besprechen.« Plötzlich wurde ich nervös bei dem bevorstehendem Themenwechsel. Wir hatten schon oft darüber gesprochen und waren nie zu einem Ergebnis gekommen.

»Ich würde mich gern nach einem Job umsehen. Vielleicht ist ja was in dem neuen Café oder an der Kasse frei.«

»Mina, das hatten wir schon tausendmal. Wir kommen irgendwie zurecht und du konzentrierst dich auf dein Abitur. Bisher haben wir es immer geschafft.« Die Sorgen in den Augen meiner Mutter sagten mir etwas ganz anderes. Trotzdem musste ich es ansprechen, denn das ständige Ausweichen vor unseren Problemen ließ sie nicht weniger werden. Ganz im Gegenteil.

»Ja, unter was für Bedingungen, Mama? Du nimmst Extra-Schichten an, bist ständig übermüdet und fertig. Ein paar Stunden in der Woche zu arbeiten, wird mich nicht umbringen.«

»Mir ist nicht wohl dabei«, klagte sie.

»Mir schon. Fast alle in meiner Stufe haben einen Nebenjob. Ich muss sowieso erst mal was finden.«

In Sommerstedt würde es beinahe ein Glücksgriff werden, wenn ich einen Job fand, der sich mit der Schule und Mamas Arbeit vereinbaren ließ, jedoch behielt ich diese Tatsache für mich.

✧ ✧ ✧

Nach dem Frühstück verzog ich mich in mein Zimmer, schnappte mir das Handy und setzte mich an den Schreibtisch. Als ich es entsperrte, schlug mein Herz einen Purzelbaum. Vor Aufregung zitterten meine Hände und ich sog die Luft scharf ein. Sam hatte mir gestern noch geschrieben, womit ich wirklich nicht gerechnet hätte.

Sam: Wenn ich dich bitten würde, vorbeizukommen … Würdest du es dann tun?

Ungläubig las ich mir seine Worte immer wieder durch. Mein Herz klopfte aufgeregt, ich freute mich im ersten Moment und setzte bereits an, um zurückzuschreiben. Aber dann stockte ich und las mir seine Frage erneut durch.

Sam, was genau willst du eigentlich?

Meine anfängliche Freude verflog und stattdessen machten sich Zweifel breit und ein Hauch von Frustration. Ich wurde einfach nicht schlau aus ihm, er war mir so unendlich fremd geworden. Gerade fühlte ich mich wie ein Spielball, mit dem er umgehen konnte, wie es ihm passte. Ich hatte Angst, am Ende diejenige zu sein, die verletzt wurde, denn noch einmal stand ich das nicht durch.

Deshalb fiel meine Antwort nach einigen Bedenken anders aus, als ich es zuerst vermutet hätte.

Ich: Ich weiß es gerade nicht. Nach allem, was zwischen uns passiert ist, wünsche ich mir bloß einen normalen Umgang mit dir. Ich will nicht mehr dieses stumpfe Gefühl haben, wenn wir uns begegnen oder ich an dich denke. Auch würde ich für dich da sein, wenn du mich lässt.

Ich las mir die Nachricht dreimal durch, bevor ich sie abschickte. Jetzt lag es an Sam, wie er mit der Situation umging. Als er beinahe sofort antwortete, traute ich mich zuerst gar nicht, wieder aufs Handy zu gucken.

Sam: Ich weiß, ich war schrecklich zu dir ... Es tut mir leid, auch wenn du mir das nicht glaubst. Ich kann nichts von dem rückgängig machen, was geschehen ist. Aber ... Ich meine es ernst. Seit du vor meiner Tür standest, habe ich oft nachgedacht. Über unsere Freundschaft, über alles, was uns miteinander verbunden hat. Und wenn ich ehrlich bin, dann fehlt mir das. Nur bin ich nicht mehr der Sam, den du in mir siehst und der werde ich auch nie wieder sein.

Ich: Das verlange ich auch gar nicht. Ich will nur wissen, ob du okay bist.

Darauf antwortete er nicht. Ich las mir seine vorherige Nachricht noch mal durch und trotz der Enttäuschung und Frustration, keimte ein bisschen Hoffnung in mir auf. Darauf, dass wir es zumindest schafften, uns auszusprechen. Und dass ich es dann schaffte, endlich nach vorn zu sehen. Dann sah ich, wie er tippte.

Sam: Egal, vergiss es.

Sam: Du hast was Besseres verdient.

Sam: Tut mir leid.

Ich fackelte nicht lange und antwortete:

Ich: Wann soll ich da sein?

Eine andere Antwort gab es nicht. Ich wollte mir gar nicht vorstellen, wie er gerade auf seinem Bett saß, mit sich selbst und der Welt und all den Dingen kämpfte, die ihn beschäftigten. Von denen ich nicht mal ansatzweise eine Ahnung hatte.

Sam: Sobald du Zeit hast.

Das war dann wohl jetzt.

✦ ✦ ✦

Als ich ankam, stellte ich das Fahrrad ab und nahm mir ein paar Sekunden, um mich am Waldrand umzusehen. Überall zwitscherten Vögel, es raschelte im Laub und der Wind spielte mit den Blättern. Auf dem Hof standen keine Autos, weshalb ich dieses Mal den direkten Weg über den Balkon nahm. Nervös knetete ich mir die Hände und wusste nicht, wie ich Sam gegenübertreten sollte. Ich hatte keinerlei Erwartungen, dennoch spürte ich eine gewisse Nervosität.

»Hast du dich extra beeilt?« Seine tiefe Stimme ließ mich auf der Stelle zusammenzucken und ich sah nach oben. Mit der Andeutung eines kleinen, selbstgefälligen Grinsens stand er vor dem Balkongeländer und sah zu mir herunter.

»N-Nein?«, antwortete ich fünf Oktaven höher.

Als ich oben ankam, sah Sam mich an. Er trug ein langärmliges, weißes Oberteil und dunkle Shorts. Ich war verblüfft davon, wie gut ihm dieser unauffällige Look stand. Seine schwarzen Haare bestanden aus einem puren Chaos, das vielleicht sogar gewollt war, und ich musste mich zwingen, ihn nicht zu lange anzusehen, bevor es merkwürdig wurde.

Trotzdem konnte ich seine dunklen Augenränder und die eingefallenen Wangen nicht ignorieren. Seine Haut wirkte aschfahl, kränklich. Vor allem war er dünn geworden.

»Ich ärgere dich nur«, meinte er unvermittelt und setzte sich auf einen der Balkonstühle, die vor dem Fenster standen. Die Vorhänge seines Zimmers waren zugezogen, was wohl ein klares Statement bedeutete: Er wollte nicht, dass ich eintrat.

»Darf ich?«

Zaghaft deutete ich mit dem Finger auf die Makramee-Schaukel. Schon beim ersten Mal hatte ich dem Drang widerstehen müssen, mich dort hineinzusetzen. Sam nickte nur und ich spürte seinen Blick auf mir, während ich mich niederließ.

»Oh, die ist aber bequem!« Langsam schaukelte ich hin und her und hoffte, dass Sam die Stille durchbrach. Allerdings sah er nachdenklich auf den Wald hinaus, schien plötzlich ganz weit weg mit seinen Gedanken zu sein. Seine ebenmäßigen Gesichtszüge sahen angespannt und traurig aus. Die innere Zerrissenheit schaffte er nicht, zu überspielen, denn dafür spiegelten seine Augen zu viel Schwermut wider. Je länger ich ihn beobachtete, desto mehr wollte ich ihn nach seinem Befinden fragen. Aus Angst davor, dass er mich wieder wegschicken könnte, hielt ich mich lieber zurück.

Einige Augenblicke später ertrug ich die Stille trotzdem nicht mehr und fragte zögernd: »Und? Was sollen wir machen?«

Die Frage holte ihn schlagartig zurück in die Realität und sein Kopf schnellte in meine Richtung. Sam sah mich einen Moment lang an und seine Miene wurde dabei todernst.

»Ich dachte, wir machen jetzt miteinander rum. Dachte, wenn wir schon einen Neuanfang wagen, dann einen richtigen. Ich habe mich oft gefragt, wie es wohl ist, dich zu küssen.«

Was?! Das hier ist definitiv nicht der Sam, wie ich ihn kannte.

So etwas hätte er nie zu mir gesagt und ich hatte absolut keine Ahnung, wie ich das finden sollte. Wenn ich alles andere ausblendete und nur Sam sah, dann konnte ich nicht leugnen, wie attraktiv er war. Durfte ich das überhaupt denken?

Plötzlich vergaß ich, wie man atmete. Mir entgleisten jegliche Gesichtszüge, mein Mund klappte auf und ich saß stocksteif in der Schaukel. Nicht in der Lage zu begreifen, was er gerade von sich gegeben hatte. Seine tiefbraunen Augen blinzelten mich erwartungsvoll an und als er aufstand, blieb mir das Herz stehen. Mit einem kleinen Grinsen kam er auf mich zu. Meine Augen fielen immerzu auf seine herzförmige Oberlippe.

O Gott. Was tut er da? Und was tue ich da? Warum kann ich meinen Blick nicht von seinen Lippen abwenden?

Mir wurde schlagartig am ganzen Körper heiß und ich spürte, wie sich die nervösen Flecken an meinen Armen ausbreiteten. Seine nackten Füße berührten fast meine Flip-Flops und er beugte sich leicht zu mir herunter. Was zur Hölle passierte hier? Warum fand ich es gut, dass er mir so nah kam? Sam griff nach hinten und zog etwas aus seiner Gesäßtasche hervor.

»Hier. Die wolltest du doch wiederhaben.« Grinsend hielt er mir ein stark in Mitleidenschaft gezogenes, zusammengefaltetes Papier vor die Nase.

Meine Zeichnung.

Sprachlos sah ich ihn an und war völlig überfordert mit dem, was gerade zuvor passiert war. Wie nah er mir gekommen war.

»O Gott, hast du echt gedacht, dass ich dich hergebeten habe, um mit dir rumzumachen? Für wen hältst du mich?«

Na, wenn ich das wüsste ...

Mit hochrotem Kopf drehte ich mich weg, um mich der Situation zu entziehen.

»Hey.« Seine Stimme ertönte plötzlich ganz dicht hinter mir.

»Tut mir leid. Ich wollte dich in keine blöde Situation bringen.«
Sams Worte klangen zum ersten Mal aufrichtig und ehrlich.
»Hier.« Sanft umfassten seine langen Finger meine Oberarme und
drehten mich langsam um, sodass ich gezwungen war, ihn anzu-
sehen. Etwas unbeholfen stand er vor mir und deutete auf die
Zeichnung.

»Du kannst sie behalten. Guck mal, wie du damit umgegangen
bist«, antwortete ich beschämt. Ich hatte mein Herz in diese
Zeichnung gesteckt.

»Ja, das war ziemlich scheiße von mir.« Er kratzte sich am
Hinterkopf und senkte den Blick.

»Warum wolltest du, dass ich herkomme, Sam?«

Egal, was er antwortete – mich konnte nach dieser Aktion von
ihm nichts mehr schocken und blamiert hatte ich mich sowieso.
Allerdings war es jetzt Sam, der sich wegdrehte, um den Blick
über die Natur schweifen zu lassen. Mit einer Antwort ließ er sich
Zeit und fast dachte ich, dass er einfach gar nichts sagte. Er war
mir schließlich keine Rechenschaft schuldig.

»Ich ...«

Er biss sich auf die Lippe, knetete seine Hände und wirkte
plötzlich nervös. Unsere Blicke trafen sich und ich wünschte mir,
einfach in seinen Kopf hineingucken zu können. Damit ich
wenigstens nur einmal verstand, was in ihm vorging. Etwas lag
ihm auf der Zunge. Worte, die er nicht aussprach. Damals nicht
und jetzt nicht.

Und statt endlich mit dem herauszurücken, was ihn beschäftigte, drehte er sich um, flüchtete regelrecht in sein Zimmer und
knallte mir die Tür vor der Nase zu.

10   Sam

Überfordert von der Situation tat ich das Einzige, das mir in diesem Moment in den Sinn kam und sich halbwegs richtig anfühlte. Ich flüchtete.

Vor Mina.

Vor meinen wirren Gefühlen, die mir augenblicklich Kopfschmerzen verursachten, weil sie mich so überrollten. *Wieder einmal.*

Ich hatte gedacht, damit durch zu sein, aber je länger ich in ihrer Nähe war, desto mehr wurde ich daran erinnert, warum es beim letzten Mal nicht funktioniert hatte.

Das Problem war ich. Nicht nur, weil ich mit Depressionen kämpfte, sondern auch, weil meine Gefühle für Mina mehr waren. Immer schon gewesen. Sie waren mitunter der Grund, warum ich mich von ihr distanziert hatte. Warum es nicht mehr funktioniert hatte. Ihr in die Augen zu schauen, ihr Lächeln zu sehen – das alles kam irgendwie zurück. Dennoch wollte ich es nicht wieder verhauen. Nicht, wenn sie bereit war, unserer Freundschaft eine zweite Chance zu geben. Wie auch immer diese aussah. Nur wusste ich absolut nicht, wie ich mich verhalten sollte, weil alles so verdammt überfordernd war.

Ich wünschte, ich könnte einfach eine Maske aufsetzen. Weiterhin Arschloch-Sam sein, damit Mina nicht wiederkam. Gleichzeitig war ich es auch so leid, immerzu in diesem Teufelskreis gefangen zu sein.

»Sam?«

Minas warme Stimme drang von draußen in das Zimmer. Behutsam klopfte sie an der Scheibe. Obwohl die Vorhänge zugezogen waren, konnte ich mir genau vorstellen, wie sie vor der Glastür stand und nicht wusste, wie sie die Situation bewerten sollte. Erst bat ich sie, mich hier zu besuchen, nachdem ich sie immer und immer wieder verletzt und abgewiesen hatte. Und als sie mir noch eine Chance gab, schlug ich ihr die Tür vor der Nase zu.

»Ist alles in Ordnung? Soll … Soll ich gehen?«

Ratlos stand ich hier in diesem abgedunkelten Zimmer, das viel mehr einem Spiegel meiner selbst glich, und wusste nicht, was ich tun sollte. Alles drehte sich, mir war schwindelig und übel. Der dunkle Teil von mir wollte sie wegschicken, damit ich mich dem hingeben konnte, was in mir vorging. Allerdings sehnte ich mich danach, sie wieder hereinzulassen, mich ihr zu öffnen.

Ich schob den Vorhang etwas zur Seite und sah Mina direkt an. Den Blick kannte ich nur zu gut, denn sie setzte ihn jedes Mal auf, wenn ihr eine Zeichnung nicht gelang oder sie bei einem Problem nicht weiterwusste. Ihr Gesicht färbte sich rosa, ihre Augen schimmerten leicht und sie kniff die Brauen angestrengt zusammen.

Mit einer Mischung aus Sorge und Ratlosigkeit betrachtete sie mich. Es kam mir vor, als würde sie jeden Zentimeter und Winkel einspeichern, um dann direkt in mich hineinzusehen.

Zögernd legte ich die Finger um die Türklinke, drückte sie herunter und … stockte. Wenn ich sie ins Zimmer ließ, würde das bedeuten, dass sie praktisch in mein Leben stolperte, und das konnte ich nicht zulassen. Am Ende enttäuschte ich Menschen nur. Ihr Blick fiel auf meine Hand, die die Türklinke noch immer festhielt und nach unten drückte. Für eine Sekunde wirkte sie hoffnungsvoll, dass ich sie hineinließ. Ich sah in ihre Augen, die traurig nach einer Antwort suchten. Einer Antwort, die ich ihr nicht geben konnte.

Am Ende war es zwecklos, denn ich war ohnehin verloren und würde es auch bleiben. Langsam ließ ich die Klinke wieder einrasten und meine Hände wanderten zum Vorhang zurück, um ihn zu schließen. Bevor ich mich versah, schloss ich Mina und meine Gefühle aus und kehrte zurück in die Dunkelheit. Anschließend schmiss ich mich ins Bett, warf die Decke über den Körper und hoffte darauf, alles andere von mir abzuschotten zu können.

✧ ✧ ✧

Irgendwann musste ich eingeschlafen sein, denn als ich das nächste Mal die Augen öffnete, drang mir der Geruch von Essen in die Nase. Erschrocken strampelte ich die Decke weg und wischte mir über die verschwitzte Stirn. Das Langarmshirt klebte mir an der Brust und ich versuchte zu atmen, aber die frische Luft war komplett verbraucht. Mit schmerzenden Gliedern richtete ich mich auf und taumelte zum Vorhang, um ihn mit einem Ruck zur Seite zu ziehen, und riss die Tür auf.

Schwüle Abendluft streifte meine Wangen, als ich barfuß auf den warmen Balkonboden trat. Natürlich war Mina nicht mehr da. Sie war morgens hergekommen, jetzt dämmert es. Keine Ahnung, ob es so etwas wie Enttäuschung war, die ich in diesen Sekunden empfand.

Es war lächerlich, irgendwie gehofft zu haben, dass sie geblieben war. Warum sollte sie auch? Wieder hatte ich sie vor den Kopf gestoßen. Frustriert fuhr ich mir durch das zerzauste Haar und trat an das Balkongeländer.

Der Wald direkt vor meinen Augen sah genauso finster und trostlos aus, wie ich mich fühlte. Wie immer roch die Luft etwas modrig, dennoch frisch. Ich schloss die Lider, versuchte, mich von der Natur erden zu lassen und zur Ruhe zu kommen. Jedoch fuhren meine Gedanken Achterbahn, mein Magen drehte sich förmlich einmal um die eigene Achse. Ich hasste es. Diese innere Unruhe, das stetige Gefühl zu fallen. Es sollte aufhören. So oft hatte ich mich in den letzten Monaten gefragt, warum ich nicht so sein konnte, wie jeder andere auch.

Es hatte eine Zeit gegeben, in der ich von fremden Ländern geträumt hatte, von Kulturen, fernab von Deutschland. Ein *Work and Travel* hatte immer ganz oben auf meiner Liste gestanden und jetzt? Manchmal wagte ich es, noch davon zu träumen, allerdings wirkte dieser Schritt viel zu weit entfernt, um ihn wirklich realisieren zu können.

Tränen stiegen mir in den Augen, die dennoch keinen Ausweg nach draußen fanden. Schließlich wand ich mich von der Sicht des Waldes ab, um mich wieder in meinem Zimmer zu verkriechen. Im Augenwinkel fiel mir ein zusammengefaltetes Blatt Papier auf, das unter dem alten Blumenkübel steckte. Die Pflanze war längst vertrocknet und ich fühlte mich seltsam verbunden mit den trostlosen, hängenden Köpfen. Mit müden Beinen setzte ich mich auf den danebenstehenden Stuhl und zog das gefaltete Papier hervor. Es war wieder eine Manga-Zeichnung, die Mina mir dagelassen hatte. Eingehend betrachtete ich sie – die Figur ähnelte mir nun noch mehr als zuvor.

Vielleicht, weil sie sich nicht mehr bemühte, diese Tatsache unbewusst zu verstecken. Je länger ich auf die Zeichnung starrte, desto mehr brannten sich die Bilder ein und hinterließen ein eigenartiges, befremdliches Gefühl, das ich kaum deuten konnte.

Plötzlich vibrierte mein Handy in der Hosentasche.

Mina: Ich hoffe, du bist okay. Du musst nicht antworten ...
Ich will dir nicht zu nahetreten. Es reicht auch ein Daumen
hoch oder runter.

Ihre Worte lösten etwas in mir aus und ich musste schlucken.
Ohne den Blick vom Display zu nehmen, setzte ich mich hin und
scrollte durch unsere Nachrichten. Dabei schien die Sonne
angenehm auf mein Gesicht und spendete etwas Wärme.

> **Ich:** Danke, dass du mir schreibst, obwohl ich dir die
> Tür vor der Nase zugeknallt habe. Wieder einmal.

Ich entschied mich, erst mal nicht näher auf ihre Frage einzugehen.

Mina: Ich will nicht sagen, dass es okay für mich ist. Ich
weiß wirklich nicht, woran ich bei dir bin, Sam. Und das
bereitet mir Kopfschmerzen.

> **Ich:** Ich weiß. Tut mir leid.

Mina: Ich will nur, dass du keine Angst hast, mir den Sam
zu zeigen, der du eigentlich bist. Denn im Moment frage ich
mich, ob ich dich wirklich gekannt habe.

Ich seufzte schwer. Das Einzige, was ich wusste, war, dass ich
Mina nicht mehr verletzten wollte.

> **Ich:** Ich versuche von nun an weniger Arschloch-Sam zu
> sein, okay? Und das meine ich ernst. Kein Wegschicken
> mehr. Versprochen.

Mina: Bist du dir sicher?

Ich: Ja.

Ich warf wieder einen Blick auf ihre Zeichnung, die auf dem Nachttisch lag. Plötzlich hatte ich so viele Fragen an Mina. Träumte sie immer noch von eine Japanreise? Wollte sie nach dem Abitur Kunst studieren? Wie stellte sie sich ihre Zukunft vor?

Zuerst tippte ich los, bis ich die Zeilen wieder löschte, denn all das musste ich sie persönlich fragen. Ihre Mimik beobachten und verstehen, was in ihr vorging. Das setzte allerdings voraus, dass ich mich nicht wieder vor ihr verschloss, sondern anfing, mich endlich ein kleines bisschen zu öffnen ... Denn dieses Mal hatte ich es ihr versprochen: keine Zurückweisungen mehr.

11 Mina

Ich: Magst du Bubble Tea?

Sam: Ist das dieses Getränk mit den Kugeln? Viel zu süß!

Ich: Du enttäuschst mich. Ich hätte dich ansonsten eingeladen.

Sam: Eine Cola tut's auch ;-)

Ich: Haha. Bist du immer noch so süchtig danach?

Sam: Aber natürlich. Gewisse Dinge ändern sich nie. Übrigens ... Welchen Anime würdest du mir derzeit empfehlen?

Ich: Kommt drauf an, was du magst.

Sam: Bitte nicht so etwas wie Sailor Moon.

Ich: Ich ignoriere das jetzt mal, denn Sailor Moon ist Kult! Ich glaube, One Piece würde dir gefallen. Oder halt Inu Yasha, wie damals.

Sam: Klingt ganz gut. Meinst du, dass ich es auch noch als Pokémon-Trainer schaffen kann?

Ich: Es ist nie zu spät! :-D

Sam und ich schrieben das ganze Wochenende miteinander. Meist waren es belanglose Sachen, über die wir uns austauschten. Wir liebten beide immer noch Taylor Swift und irgendwie beruhigte mich das. Wieder mit ihm Kontakt zu haben, gab mir etwas Vertrautes zurück und gleichzeitig lernte ich ihn neu kennen. Mir war bewusst, dass wir nie wieder dieselbe Basis aufbauen konnten, wie wir einst gehabt hatten. Vielleicht mussten wir das auch gar nicht. Für den Anfang reichte es, mit ihm zu reden und für ihn da zu sein.

Der Montagmorgen kam viel zu schnell und eine neue Schulwoche stand an, für die ich mich nicht bereit fühlte. Elias begrüßte mich mit einer Umarmung, die ich dringend benötigte und anschließend betrachtete er mich eingehend.

»Magst du darüber reden, wie es bei Sam war?«, fragte er. »Ich muss ehrlich sagen, dass ich ein bisschen skeptisch bei der ganzen Sache bin. Nicht, dass ich nicht will, dass ihr wieder Kontakt habt, aber … Es ist schon einmal kaputt gegangen und ich will nicht, dass du verletzt wirst.«

Ich dachte kurz darüber nach, wie ich die letzten Tage zusammenfassen sollte und merkte, wie schwer mir das fiel.

»Es war eine Mischung aus allem. Ich denke, wir wagen gerade eine Art Neuanfang, lernen uns wieder kennen. Keine Ahnung, ob sich daraus noch mal eine Freundschaft entwickeln wird. Du brauchst dir keine Sorgen zu machen, okay?«

»Sicher?« Elias warf mir einen nachdenklichen Blick zu. »Wirst du ihn zur Rede stellen? Fragen, was da damals los war?«

»Ja, aber jetzt noch nicht. Es muss der richtige Zeitpunkt sein und ich glaube, den haben wir noch lange nicht erreicht.«

Plötzlich stieß er mir neckend in die Rippen. »Nicht, dass du mich jetzt ersetzt.«

»Keine Angst, das wird nicht passieren«, versprach ich und lächelte. »Ich will das nur irgendwie ins Reine bringen, verstehst du? Wir machen nächstes Jahr unseren Abschluss und dann will ich nicht mehr darüber nachdenken, was hätte sein können.«

»Klar, das versteh ich. Schade nur, dass Party-Mina bislang kein Comeback gefeiert hat.«

»Wird sie auch nicht.« Ich lachte über seine Worte. »Da kannst du lange drauf warten.«

Unsere Wege trennten sich, als er zum Bio-Leistungskurs ging und ich zu den Kunsträumen. Draußen wartete Yara auf mich. Sie winkte mir zu, als sie mich von Weitem sah.

»Du siehst müde aus«, stellte sie fest.

»Es war ein emotionales Wochenende«, gab ich offen zu.

»Ich denke, ich habe endlich einen Zugang zu Sam gefunden. Zumindest hoffe ich das.«

»Du glaubst gar nicht, wie sehr es mich freut, das zu hören.«

Ich lächelte matt. »Ist das denn gar nicht komisch für dich? Die ganze Situation ist mehr als nur verdreht.«

»Natürlich ist sie das. Aber war sie das nicht schon immer?«

»Ach komm, sieh mich nicht so an«, sagte sie. »Es war immer so merkwürdig. Eure Freundschaft hat sich in Luft aufgelöst, ohne dass ihr jemals darüber gesprochen habt. Denkst du wirklich, Sam hat nie etwas über dich erzählt? Ich habe das Gefühl, ich kenne dich besser als mich. Wenn es Bolognese gab, hat er immer heimlich zu dir rüber geguckt und meinte, das wäre dein Lieblingsessen. Und du hast keine Ahnung, wie oft er versucht hat, mich für Taylor Swift zu begeistern. Ich wusste, dass er dich nie ganz aufgegeben hat, auch wenn er es nicht offen zugab.«

Hitze stieg mir ins Gesicht und konnte nur vermuten, wie rot ich angelaufen war. Damit hatte ich nun nicht gerechnet.

»Nur, weil ihr nicht mehr miteinander geredet habt, heißt das nicht, dass du ihm nicht trotzdem noch wichtig warst. Andersrum ist es doch genauso, oder?«

Das war ein Punkt, dem ich nicht widersprechen konnte.

»Ich bin dir nach wie vor sehr dankbar, dass du mir hilfst. Oder besser gesagt: gerade für ihn da bist. Ich habe vor, mit ihm zu reden, wenn sich alles etwas beruhigt hat.« Sie schenkte mir ein letztes Lächeln und ging dann vor, hinein in den Kunstraum. Ich blieb stehen, starrte ihr hinterher und musste erst mal tief Luft holen, um wieder klar denken zu können.

Als ich ihr folgte, mich auf meinem Platz setzte und den Block herausholte, vibrierte plötzlich mein Handy in der Hosentasche. Es war Sam.

Sam: Und sitzt du schon gelangweilt auf deinem Platz?

Ich: Ich warte eigentlich, dass es losgeht. Montags in der ersten Stunde Kunst. Was kann es Besseres geben? :-)

Sam tippte und hörte auf einmal wieder damit auf. Ungeduldig wartete ich darauf, dass er mir antwortete, aber Fehlanzeige. Schließlich kam Herr Petrov in den Raum und ich bekam keine Gelegenheit mehr, noch mal zu überprüfen, ob er zurückgeschrieben hatte. Wenn Petrov eins nicht mochte, dann war es Unaufmerksamkeit und es kam nicht selten vor, dass er die Handys bis zum Unterrichtsende einzog. Da ich mir nicht gleich schon am Anfang des letzten Schuljahres Ärger einhandeln wollte, ging ich lieber kein Risiko ein.

Allerdings hörte ich auch nicht wirklich zu. Meine Gedanken waren nur bei Sam. Alles vermischte sich auf einmal. Unsere Erinnerungen, die wir teilten, bis es keine mehr gab. Die vielen Nachmittage, die wir in seinem Baumhaus verbracht hatten, Süßigkeiten aßen, bis wir Bauchschmerzen hatten. Ich dachte an unser letztes Silvester dort und wie merkwürdig die Stimmung gewesen war. Vor allem das Versprechen, dass sich zwischen uns nichts änderte, wobei ich genau wusste, dass sich alles verändert hatte. Gedankenverloren kritzelte ich auf meinem Block herum, bis Yara sich mir gegenübersetzte und ich vor Schreck die ganze Federtasche vom Tisch jagte.

»Hast du überhaupt etwas von dem gehört, was Petrov gesagt hat?« Sie musterte mich abwartend und half mir dabei, die Stifte wieder aufzusammeln. »Wir sind für die nächsten drei Wochen in Zweiergruppen eingeteilt worden. Es geht um Emotionen in der Kunst und wie wir sie darstellen können. Uns stehen dafür alle Möglichkeiten offen. Ich dachte, wir könnten sie zeichnen.«

Perplex starrte ich zu Petrov, der angeregt einer Gruppe etwas erklärte. Mir wurde schwindelig, als ich Yaras Worte realisierte. Emotionen in der Kunst. Emotionen und Kunst. Zwei Dinge, die so perfekt miteinander harmonierten. Zwei Dinge, vor denen ich mich in der Kombination fürchtete. Seit der Scheidung meiner Eltern hatte ich es nicht mehr geschafft, mich der Kunst komplett zu öffnen, weshalb ich jetzt leicht in Panik geriet. Aus Angst davor, was sie mit mir machen könnte, wenn ich den Gefühlen zu viel Raum gab … Erst seit ich mit dem Manga angefangen hatte, kam ich allmählich dem näher, was ich einst beim Zeichnen empfunden hatte: Ruhe und innere Zufriedenheit.

»Ich werde nichts zeichnen«, sagte ich ernst und meine Stimme ließ keinen Zweifel zu.

»Was? Warum nicht? Du zeichnest eindeutig besser als ich.«

»Ich … Ich kann nicht.«

Was wenn ich nicht gut genug war? Oder ich es nicht schaffte, meine Gedanken und Gefühlen aufs Papier zu bringen?

Yara ließ sich nicht beirren und reichte mir das Aufgabenblatt herüber. »Hier, lies dir das durch und lass es sacken. Vielleicht finden wir eine andere Möglichkeit, bestimmte Emotionen darzustellen.«

Bevor ich mich auch nur ansatzweise auf die Aufgabe konzentrieren konnte, entwickelte sich eine komplette Blockade, sodass die Worte vor meinen Augen verschwammen.

»Ich …«, stammelte ich und wusste nicht, was ich überhaupt sagen sollte. »Es geht nicht. Mir fällt nichts ein.«

Yara bemerkte, wie unwohl ich mich mit der Aufgabe fühlte und lenkte ein. »Uns bleiben ja ein paar Tage, um eine geeignete Idee zu finden.«

Als es endlich klingelte, fiel mir ein gewaltiger Stein vom Herzen. Bislang war ich noch nie so froh gewesen, dass der Kunst-Leistungskurs endete. Ohne ein Wort zu Yara zu sagen, stürmte ich aus dem Raum und direkt nach draußen, um frische Luft zu schnappen. Alles drehte sich, mein Kopf war wie in Watte gepackt. Es handelte sich nur um eine Zeichnung. Wir hatten freie Auswahl, mussten keine schweren Gefühle behandeln. Und trotzdem wurde ich ungewollt getriggert, dachte an meinen Vater. An unsere gemeinsame Liebe zu Mangas und Animes. Daran, wie er mich immer ermutigt hatte, der japanischen Kunst näherzukommen. Gleichzeitig sah ich noch immer den Tag deutlich vor mir, als er die Koffer genommen hatte und aus meinem Leben verschwunden war. Ohne sich zu melden und jemals wieder zurückzublicken. Er hatte uns einfach ausgelöscht, als würden wir gar nicht existieren. Das Schlimmste war, dass er an dem Tag seines Auszuges ebenfalls einen Teil von mir mitgenommen hatte.

Seitdem existierte meine Liebe zum Zeichnen nicht mehr, ich erkannte mich selbst nicht mehr wieder und war ständig auf der Suche danach, auch nur ein Fünkchen Leidenschaft zu spüren. Ich würde nicht in der Lage sein, das Kunstprojekt so auszuführen, dass ich am Ende zufrieden war.

Ich beschloss, den Rest des Tages zu schwänzen, weil ich mich sowieso nicht konzentrieren konnte.

Gerade wollte ich mich nur noch in meinem Bett verkriechen und mich vor der Welt verschließen. Damit Elias nachher keine Fragen stellte, schrieb ich ihm kurz, dass ich mich nicht gut fühlte, und ließ das Gedankenchaos hinter mir.

◇ ◇ ◇

Zu Hause wurde ich von einer friedlichen Stille empfangen, die meine angespannten Nerven beruhigte. Müde schmiss ich den Rucksack in die Ecke, hing die Jacke an den Haken und warf mich mit einem frustrierten Stöhnen auf das Sofa. Erst als das Handy klingelte, schaffte ich es, die Gedanken an die Schule zu verdrängen.

Sam: Und? Kunst überlebt?

Am liebsten hätte ich ihn gefragt, warum er mir erst jetzt antwortete, aber ich war zu erschöpft, um auf Gegenwind zu stoßen. Stattdessen schrieb ich mit schweren Lidern zurück:

Ich: Gerade so. Ich bin nach Hause gefahren.

Sam: Wieso? Geht es dir nicht gut?

Schon witzig, wie er mich einfach so nach meinem Befinden fragte, wo er mir bei jeder Gelegenheit auswich.

Ich hätte bloß schreiben müssen, dass ich Kopfschmerzen hatte. Ein gelogenes *Ja* hätte ausgereicht. Meine Finger tippten allerdings, ohne dass ich die Kontrolle darüber besaß.

Ich: Nein. Geht es nicht. Lange Geschichte.

Sam: Willst du vorbeikommen? Wir müssen nicht reden.

Ich: Ich weiß nicht, ob ich die beste Gesellschaft bin.

Sam: Kein Ding, ich kann damit umgehen.

Kurz wog ich ab, ob es eine gute Idee war, in dieser Stimmung zu Sam zu fahren. Alleine würde ich hier nur zu viel grübeln. Vielleicht würde Sams Anwesenheit tatsächlich helfen, damit ich mich etwas besser fühlte. Also stand ich auf, zog mir wieder Schuhe und Jacke an und fuhr mit dem Fahrrad zu Sam.

Dieser saß auf dem Balkon, als ich ankam. Er war wie immer dunkel gekleidet und obwohl ich lieber Farben mochte, standen sie ihm ausgezeichnet. Sein Oberkörper versank in dem schwarzen Kapuzenpulli, der gleichzeitig warm und gemütlich aussah.

»Hey«, begrüßte er mich und sah mich eindringlich an. »Ist in der Schule was vorgefallen?«

Ich schüttelte den Kopf und setzte mich auf den anderen Stuhl. Bevor ich antwortete, ließ ich die Aussicht auf mich wirken, schloss die Augen und versuchte, meine Atmung wieder zu beruhigen. Tatsächlich war ich ein bisschen schneller als gewöhnlich gefahren. Irgendwie hatte ich Angst bekommen, dass Sam sein Angebot zurückziehen würde.

»Nein«, antwortete ich nach einiger Zeit. »Heute ist nur kein besonders guter Tag.«

»Kann ich etwas für dich tun?«

»Schick mich nur nicht wieder weg. Das würde fürs Erste reichen.«

»Ich versuch's.«

Zwischen uns legte sich Stille und für einige Augenblicke war nur Vogelgezwitscher zu hören. Es war angenehm, der Natur zu lauschen, und meine Gedanken vom Morgen verflüchtigten sich langsam. Unsere Blicke begegneten sich und am liebsten hätte ich ihn für immer angeschaut.

»Was ist?«, fragte ich leise.

Die Stimmung zwischen uns war plötzlich zum Zerreißen dünn und ich wagte es kaum, Luft zu holen. Durch meine angefressene Laune war ich kurz davor, ihn zur Rede zu stellen. Danach zu fragen, was mit ihm passiert war, warum Yara nicht für ihn da sein konnte und warum unsere Freundschaft es nicht geschafft hatte.

Dann lächelte Sam sanft und ich vergaß meinen Groll.

»Nichts. Ich stelle nur gerade fest, dass ich es vermisst habe, mit dir abzuhängen.«

»Mir hat es auch gefehlt.«

Ein zarter Funken alter Vertrautheit legte sich zwischen uns. Er war zwar klein, dennoch reichte er, damit ich nun den Mut aufbrachte, um eine der Fragen zu stellen, die mich beschäftigten.

»Verrätst du mir, was passiert ist? Warum du diese Internatsgeschichte erfunden hast? Und warum du mich aus deinem Leben ausgeschlossen hast?«

Sam zögerte und fing an, auf seiner Unterlippe zu kauen. Das tat er immer, wenn er nervös war. Beinahe rechnete ich damit, wieder keine Antwort zu erhalten, doch dann sagte er:

»Ich habe dich nicht absichtlich ausgeschlossen, Mina. Nur

wusste ich es nicht besser. Zwischen uns war irgendwann alles so komisch. Und um ehrlich zu sein, habe ich mich genauso von dir ausgeschlossen gefühlt wie du dich von mir.«

Verwundert über seine Worte sah ich ihn an. Mein Hals war auf einmal staubtrocken und ich spielte am Saum meines Shirts, um die Anspannung zu unterdrücken.

»Ich hätte dich gebraucht, Sam. Das soll kein Vorwurf sein, aber da gibt es so vieles, was ich dir sagen will. Nur weiß ich nicht, wie. Ich will das, was wir uns gerade aufbauen, nicht wieder kaputt machen. Nur wenn ich dich ansehe, dann stellen sich da so viele Fragen.«

»Ich werde sie dir beantworten. Zu einem anderen Zeitpunkt. Wenn ... Wenn sich alles etwas leichter anfühlt.«

»Was ist mit Yara? Sie macht sich solche Sorgen um dich. Mit ihr solltest du noch dringender reden.«

»Auch das werde ich tun«, antwortete er leise.

Anschließend wurde es wieder still zwischen uns und jeder wirkte verloren in seinen eigenen Gedanken. Zum allerersten Mal seit drei Jahren hatte ich Antworten bekommen. Zugegeben, sie taten weh, aber sie waren dringend nötig gewesen.

Er atmete tief durch, wirkte erleichtert und ließ meine Hand los. »Ich finde es übrigens toll, dass du immer noch zeichnest«, sagte er irgendwann in die Stille hinein. »Dein Stil hat sich richtig gewandelt.«

»Meine Liebe zu Animes und Mangas hat sich nicht geändert. Aber es ist schwerer geworden. Du weißt ja, wie sehr mein Vater und ich das Zeichnen geliebt haben. Seit der Scheidung kann ich keinen Stift mehr in die Hand nehmen, ohne an ihn zu denken.«

»Ich wünsche mir sehr, dass du deine Leidenschaft wiederfindest. Es wäre schade, wenn dein Talent im Sand verlaufen würde«, sagte er aufrichtig. »Das mit deinen Eltern tut mir sehr leid. Ich hoffe, du weißt das. Hast du Kontakt zu deinem Vater?«

Ich schüttelte den Kopf und merkte, wie sich mein Magen umdrehte. Darüber zu sprechen, war jedes Mal beklemmend – und gleichzeitig stieg Wut in mir auf. »Er wohnt mit seiner Sekretärin in München und führt dort das Leben, das er hier nie hatte. Schon traurig, wie die Menschen einen täuschen können. Wir mussten aus dem Haus raus, weil Mama es nicht halten konnte. Jetzt wohnen wir in einer kleinen Wohnung in der Stadt.«

»O Gott, Mina. Das tut mir wirklich so leid. Du hast … eine Menge durchgemacht in den letzten Jahren.«

Ich lächelte halbherzig, schluckte den Kloß in meinem Hals hinunter und atmete tief durch. »Das haben wir beide«, antwortete ich, obwohl ich nicht wusste, wie groß seine Päckchen waren. An der Art wie er sprach, glaubte ich, zu erkennen, dass eine Menge auf seinen Schultern lastete.

»Ich bin froh, dass du hier bist.« Seine tiefe Stimme durchbrach meine Gedanken und ich drehte meinen Kopf in seine Richtung, nur um festzustellen, dass er mich mit einem Blick ansah, den ich nicht von ihm kannte.

»Du hast jeden Mittag an demselben Tisch in der hintersten Ecke der Mensa gesessen und gezeichnet. Jeden Tag. Immer, wenn jemand vorbeikam oder du das Gefühl hattest, jemand würde dich beim Zeichnen sehen, hast du schnell damit aufgehört. Ich hatte immer ein Auge auf dich, in der Hoffnung zu erkennen, wie es dir geht.«

Konnte ein Herzschlag einfach so aussetzten und die Zeit stehen bleiben? Seine Worte machten etwas mit mir, berührten mich auf eine Art, mit der ich selbst nicht rechnete. Sie trafen mich voller Wucht, verursachten einen kurzen Atemaussetzer und Herzkribbeln.

»Ich habe dich gesehen, Mina. Das habe ich immer. Ich wünschte, wir hätten es früher auf die Reihe bekommen.«

Tränen schossen mir in die Augen und ich glaubte kurz, mich verhört zu haben. Am liebsten wäre ich ihm um den Hals gefallen, um seine Nähe zu spüren und auch ganz sicher zu sein, dass ich es mir nicht einbildete. Denn ich mochte kaum glauben, dass Sam gerade so ehrlich zu mir gewesen war. Ich war ihm nicht egal, nie gewesen und diese Tatsache löste einen gewaltigen Knoten in mir.

»Dann ... dann vielleicht jetzt«, meinte ich ernst. »Neustart und so.« Vor lauter Überforderung versuchte ich, die Situation herunterzuspielen und fragte im Gegenzug: »Was machst du so in deiner Freizeit?«

Sam zuckte locker mit den Schultern. »Pornos gucken.«

Entrüstet starrte ich ihn an, aber er grinste unverfroren, bis er plötzlich zu lachen anfing. Es kam völlig unvorbereitet und der Klang seines tiefen Lachens traf mich mitten ins Herz, weshalb mir gar keine andere Wahl blieb, als mit einzusteigen. Wir lachten so lange, bis unsere Bäuche wehtaten und es mir vorkam, als hätten wir nie aufgehört zu reden.

Lange hatte ich ihn nicht so ausgelassen gesehen und es war schön, ihn dabei zu beobachten. Zu wissen, dass er vielleicht nicht komplett von der Dunkelheit umgeben war.

Sam rieb sich den Bauch und sagte dann: »Komm mit, ich zieh dich jetzt bei *Tekken* ab. Du weißt ja, dass ich ein Meister darin bin.«

»Ha, du hast ja keine Ahnung! Ich habe mit Elias geübt.«

Sein Lächeln verrutschte etwas. »Ich bin froh, dass du Elias hast und er für dich da ist.« In seinen Worten schwang Wehmut mit, doch bevor er zu viel von seinen Gefühlen preisgab, setzte er wieder eine Maske auf, erhob sich und zog die Tür zu seinem Zimmer auf. »Na, dann zeig mal, was du draufhast, Manga-Mädchen.« Er warf mir einen verstohlenen Blick zu.

Manga-Mädchen. So hatte er mich damals immer in der fünften Klasse genannt. Perplex blinzelte ich und fragte mich, ob Sam seine Worte wirklich ernst meinte und mich in sein Zimmer ließ? Die Unsicherheit in meinen Augen wurde von seiner Entschlossenheit davongetragen, als er einen Fuß ins Haus setzte. Als ich mich nicht rührte, warf er einen Blick über die Schulter. »Was ist? Hast du Angst zu verlieren?«

Am liebsten hätte ich laut mit *Ja* geantwortet, weil ich sehr wohl Angst hatte. Allerdings nicht in dem Sinne seiner Frage. Stattdessen hatte ich Angst vor dem, was noch vor uns lag. Vor den bitteren Wahrheiten, sobald wir sie laut aussprachen.

12 Sam

Mina saß viel zu dicht neben mir. Ich konnte hören, wie sie atmete, sehen, wie ihr Brustkorb sich hob und senkte. Wir saßen zusammen auf meinem Bett, hielten beide einen Controller in der Hand und ihr Blick lag konzentriert auf dem großen Bildschirm. Während meine Augen hingegen nur Mina anschauten und sie mich komplett aus dem Konzept brachte. Das erdbeerfarbene Haar fiel ihr wellig über die Schultern und selbst hier im abgedunkelten Zimmer konnte ich ihre Sommersprossen zählen. Wenn sie lächelte, fühlte es sich an, als würden etliche Glühwürmchen in mir leuchten und mich wärmen.

Immer noch. Es hat nie aufgehört.

Keine Ahnung, ob es noch Liebe war, die ich für sie empfand. Gerade war ich nur froh, dass sie da war. Als würde sie helfen, die Dunkelheit in meinem Inneren ein wenig zu durchbrechen. Wir zockten *Tekken* auf der Playstation, Mina besiegte mich gnadenlos und trug ein Lächeln auf den Lippen.

»Du bist immer noch so schlecht«, lachte sie und zog mich jetzt das dritte Mal in Folge ab. Eigentlich war ich ehrgeiziger, aber normalerweise ließ ich mich auch nicht so leicht ablenken. Nachdem die Runde beendet war, legte sie den Controller zur Seite und warf mir einen Blick zu. »Das kann nicht alles gewesen sein, oder?«

»Ich schätze, ich bin etwas aus der Übung«, log ich und zuckte mit den Schultern. »Vielleicht habe ich dich auch einfach extra gewinnen lassen. Schon mal daran gedacht?«

Gespielt empört boxte Mina mir gegen den Oberarm. Dabei bemühte sie sich um einen verärgerten Gesichtsausdruck, aber ich konnte sehen, wie sie ein Grinsen unterdrückte. Für einen kurzen Augenblick waren wir wieder in der fünften Klasse, nur wir beide und nichts, was zwischen uns kommen konnte.

»Das glaube ich nicht. Hinter mir liegt viel Training mit Elias. Auch er hat gegen mich keine Chance.«

Als sie Elias erwähnte, wurde mir schlagartig wieder bewusst, dass sich alles verändert hatte. Was waren wir gerade überhaupt? Wir hatten eine Vergangenheit, eine alte Freundschaft und nun? Meine Gedanken wanderten zu Yara.

Ich vermisste sie. Vermisste es, dass sie mich ohne große Worte verstand, weil sie genau wusste, was in mir vorging. Diese Gefühle überraschten mich und zeigten mir, dass ich mit meinem Schweigen vielleicht alles ruiniert hatte. Ich sollte mit Yara reden, herausfinden, wie ich es wieder gut machen konnte. Ich hatte einfach angenommen, dass es ihr ohne mich besser gehen würde. Wer würde es schon mit meinen Gedanken aushalten, wenn ich es nicht mal selber tat? Nun wurde mir langsam klar, dass das eine Entscheidung war, die ich nicht für andere treffen konnte. Yara hatte etwas Besseres verdient und ich bereute es, dass ich gerade so gar nicht wusste, was bei ihr los war.

»Das hat Spaß gemacht«, sagte Mina aufrichtig und rieb sich den Nacken. Ich wusste sofort, dass sie nervös war.

Sobald es auch nur eine Millisekunde zu still zwischen uns wurde, entwickelten sich gleich unangenehme Spannungen. Tausende unausgesprochenen Worte, verletzte Gefühle und Erinnerungen schwebten über uns. Jene, die mehr mit mir machten, als sie durften. Erinnerungen, die mir zeigten, dass wir nie wieder die Personen werden würden, die wir einst waren.

Wären wir doch niemals auf dieses Konzert gegangen.

Manchmal redete ich mir gern ein, dass dieser Abend der Anfang gewesen war. Als hätte ich mich vielleicht nicht in meine beste Freundin verliebt, wenn ich sie nicht zwischen der Musik, die uns verband, und den bunten Lichtern, die auf ihrer Haut tanzten, so angesehen hätte.

»Ja, fand ich auch«, sagte ich leise und hielt den Kopf gesenkt.

Im Hintergrund lief die Musik des Spiels, während Mina sich langsam umsah. Die Jalousien waren heute nicht ganz runtergelassen, weshalb mehr Licht als üblich ins Zimmer fiel und einen Blick darauf freigab, wie ich seit Wochen lebte. Plötzlich war es mir furchtbar peinlich, mich so zugemüllt zu haben. Früher war mir Ordnung wichtig gewesen. Aber wenn das Innerste wütete und nur noch aus Chaos bestand, dann war es unmöglich, die Fassade aufrecht zu erhalten.

»Eigentlich ist es hier nicht so unordentlich«, entschuldigte ich mich beschämt. »Es ist nur ...«

Mein Herz raste. Ich musste endlich reden, wollte reden, nur war es so verdammt schwer.

Mina musterte mich gespannt und lächelte zaghaft, als ich nicht weitersprach. Anstatt mich zu drängen, wartete sie ab, gab mir Zeit. Strähnen umrahmten ihr Gesicht und das Licht der Sonne, das ins Zimmer fiel, umspielte ihre blauen Augen. Wir sahen einander an, abwartend und mit einer Spur Neugier und die alte Sehnsucht keimte wieder in mir auf. Ganz langsam, wie eine fast verwelkte Blüte, die darum kämpfte, am Leben zu bleiben.

Ich handelte aus einem Impuls heraus, als ich die Hand hob und ihr eine Strähne hinter das Ohr steckte. Dabei streifte mein Daumen die weiche Haut ihrer Wange und Mina errötete. Wir waren beide überrumpelt von meiner Handlung und als ich bemerkte, was überhaupt vor sich ging, zog ich die Hand hastig zurück.

»T-Tut mir leid.«

O Gott, was war das denn gewesen? Mina räusperte sich und versuchte, sich nichts anmerken zu lassen. Der rosafarbene Schimmer auf ihrer Nase verriet sie allerdings.

Ich sprang auf, fuhr mir durch das zu langgewordene Haar und wünschte, die Grenze nicht übertreten zu haben. Eine gewaltige Ladung Nervosität traf mich und ich konnte keine Sekunde länger stillstehen. Dass Mina mich nicht aus den Augen ließ, machte es nicht besser. Plötzlich wurde alles zu viel. Meine Atmung beschleunigte sich so sehr, dass mir schwindelig wurde. In meinem Kopf drehte es sich wie bei einem Karussell und mir wurde übel. Vor lauter Überforderung schossen mir Tränen in die Augen, ich lief auf und ab und versuchte wieder klarzukommen, anstatt durchzudrehen.

All die alten Gefühle für Mina kamen mit einem Schlag zurück, überwältigten mich und ich war vollkommen machtlos. Ich dachte, mittlerweile weniger zu fühlen oder überhaupt nicht mehr in der Lage dazu zu sein, aber in diesen Sekunden fühlte ich alles. Es war so, als würde ich es noch einmal durchleben. Das ständige Herzklopfen, wenn ich in ihrer Nähe war, die Sehnsucht, weil ich mehr als nur Freundschaft für sie empfand. Und dann waren da auch all die Ängste, die so übermächtig waren. Die Frustration und Zerrissenheit, weil ich die Freundschaft nicht aufs Spiel hatte setzen wollen.

Es durfte sich nicht wiederholen.

Als ich mich umdrehte, stand Mina mir direkt gegenüber. Suchte einen Anhaltspunkt, um endlich zu verstehen, was los war, und ich wünschte so sehr, dass ich ihr nichts erklären müsste. Sie trat noch einen Schritt vor und mir war nach Flucht zumute, aber ich war wie versteinert. Und dann tat sie etwas, womit ich am wenigsten rechnete: Sie umarmte mich. Jeder Muskel verspannte sich unter der unerwarteten Geste, ich hielt sogar kurz die Luft an. Ihre Haare kitzelten mich an der Wange und ich sog den Duft ihres Shampoos ein.

»Ich bin da, Sam«, flüsterte Mina. »Ich bin da. Wenn du reden willst und wenn du nicht reden willst.«

Zunächst war ich stocksteif, weil ich gar nicht wusste, wie mir geschah, bis sich meine Arme mechanisch bewegten und die Umarmung erwiderten.

Ich spürte sofort, wie Minas Haltung etwas erschlaffte, als würden Tonnen von Anspannung von ihr abfallen, weil ich die Nähe zu ließ. Der Geruch von *Nivea*-Sonnencreme stieg mir in die Nase und ich musste lächeln.

»Ich habe diesen Duft vermisst«, flüsterte ich mehr zu mir selbst.

»Und ich habe dich vermisst.«

Automatisch zog ich sie enger an mich, sodass kein Zentimeter Platz zwischen uns blieb. Das hier ging weit über eine normale, freundschaftliche Umarmung hinaus und ich schob es auf die Umstände, auf diese riesige Sehnsucht in den letzten drei Jahren.

Mina stand auf Zehenspitzen, schmiegte ihren Kopf an meine Brust und wir bewegten uns kein Stück. So als wäre die Zeit stehen geblieben, als würden nur wir in unserem eigenen, kleinen Mikrokosmos existieren.

Letztlich war es Mina, die sich aus der Umarmung löste, nur so weit, dass sie mich ansehen konnte. Ihre Arme ließen mich nicht los und ich war ihrem Gesicht so nah, dass ich ihre Sommersprossen zählen konnte.

»Sam«, sagte sie gequält. »Wir müssen endlich reden.«

Das mussten wir, da führte gar kein Weg dran vorbei.

Aber all das war mir gerade nicht wichtig, ich wollte endlich Ruhe in meine Gedanken bringen und das tun, was ich seit Jahren wollte. Und bevor ich auch das zerdenken konnte, gab ich meinen Gefühlen das erste Mal nach und küsste sie.

13 Mina

Warme Lippen legten sich auf meine. Sanft und vorsichtig, als wäre ich aus Glas. Ich wusste nicht, wie mir geschah, was gerade passierte, als Sam mich wieder zu sich zog und mich erneut küsste.

Sam. Küsste. Mich.

War das hier richtig? Alles in mir glühte wie Lava, meine Knie wurden weich und ich fühlte mich auf eigenartige Weise für einen Sekundenbruchteil so glücklich wie nie zuvor.

Ach du lieber Gott.

Ich erstarrte, erwiderte den Kuss nicht, obwohl er sich angenehm anfühlte. In der ganzen Zeit, in der wir befreundet gewesen waren, hatte ich mich nie gefragt, wie es wohl wäre, Sam auf diese Weise näher zu kommen.

Als ob er meine Gedanken lesen konnte, zog er sich ruckartig zurück und starrte mich mit weit aufgerissenen Augen an.

»Mina, ich –«, setzte er an, jedoch fiel ich ihm ins Wort.

»I-Ich muss gehen«, stammelte ich, drehte mich und verließ sein Zimmer. Im selben Moment bereute ich es, ihn so stehen zu lassen und uns beiden die Chance zu nehmen, darüber zu reden. Nur war die Überforderung in mir stärker und setzte jeglichen logischen Gedanken einfach aus.

Noch nie fuhr ich so schnell mit dem Fahrrad durch die Straßen wie jetzt. Ich wollte nicht nachdenken, aber mein Kopf rief mir den Kuss natürlich trotzdem ins Gedächtnis. Versuchte zu verstehen, was genau ich in diesen wenigen Momenten wirklich gefühlt hatte.

Tränen traten mir in den Augen, weil ich so verwirrt war. Erst als mir die Luft in den Lungen brannte, blieb ich stehen und suchte in der Tasche nach meinem Handy. Mit zittrigen Händen rief ich Elias an, denn ich brauchte dringend seinen Rat.

»Nimm ab, nimm ab, nimm ab.«

Mir kam es wie eine halbe Ewigkeit vor, in der ich wartete, mir der Schweiß den Rücken herunterlief und ich kurz vorm Durchdrehen stand. Meine Lippen brannten, ich schmeckte den Rest von Cola und dachte unweigerlich an Sam.

»Verdammt!«

Elias meldete sich nicht und mit verschleierter Sicht sah ich mich um, nur um festzustellen, dass ich gar nicht wusste, wo ich war. Ohne darauf zu achten, hatte ich nur versucht, so viel Abstand zwischen Sam und mich zu bekommen, wie nur möglich. Ich war völlig durcheinander und hätte mich am liebsten auf den Bordstein gesetzt und geweint. Hilflos starrte ich auf das Display und wusste nicht, was ich tun sollte.

Sam hat mich geküsst.

Geküsst.

Es sollte mich nicht so berühren und ich wünschte mir, ich könnte es einfach vergessen. Aber das war nicht möglich, vor allem nicht, weil es so plötzlich passiert war. Hatte Sam nur aus einem Impuls gehandelt oder steckte mehr dahinter? Ich seufzte und schlug die Hände vor dem Kopf zusammen. Wäre ich nicht abgehauen, hätte ich jetzt meine Antworten.

Vielleicht ... Vielleicht gab es eine Person, die mir helfen konnte.

✧ ✧ ✧

Die Sonne verschwand allmählich hinter den Reihenhäusern und tauchte den Himmel in sanfte Pastelltöne. Yara und ich saßen auf einer Bank, von der aus wir einen Blick auf die weiten Felder und Gebirge von Sommerstedt hatten. Die Luft roch nach frisch gemähtem Gras, Grillfleisch und Erde. Es war der typische Landluftgeruch im Sommer, wenn die Abende allmählich kühler wurden.

Der Tag kam mir unendlich lang vor und müde rieb ich mir die Augen.

»Wirst du mir heute noch sagen, was los ist und warum du so aufgeregt am Telefon warst?«, fragte sie schmunzelnd.

Wir saßen nun schon seit einer ganzen Weile hier und obwohl ich mir dringend Luft verschaffen musste, tat ich es nicht. Ich suchte nach den passenden Worten, die mir entglitten, weil ich so durcheinander war. Weil ich immerzu an seine Lippen dachte.

»Ich war heute bei Sam. Der Nachmittag lief echt gut, bis …«

Vor lauter Aufregung konnte ich förmlich spüren, wie sich rote Flecken auf meinem Hals bildeten und ich im Gesicht aussah wie eine Tomate.

»Bis was?«

»Sam mich geküsst hat.« Meine Stimme stieg um drei Oktaven an.

Ich wusste nicht, was ich für eine Reaktion erwartet hatte. Vielleicht Verwunderung oder ebenfalls Aufregung. Stattdessen seufzte Yara schwer, ließ die Schultern hängen und lächelte schwach, beinahe traurig.

»Warum wirkst du nicht überrascht?«, fragte ich unsicher.

»Weil ich es nicht bin.« Wieder seufzte sie.

»Wie meinst du das?« Ein unangenehmes Ziehen breitete sich

in meiner Magengegend aus.

»Muss ich es wirklich aussprechen?«

Mir wurde übel und ich hatte Angst, ihre Antwort zu hören.

»Ich schätze, er hat immer noch Gefühle für dich.«   Von Weitem war der Verkehr zu hören und ein paar Vögel zwitscherten. Die Welt drehte sich weiter, doch für mich blieb sie stehen. Sam empfand etwas für mich? *Immer noch?* Mir schwirrte der Kopf und ich brauchte eine Pause, damit ich wieder klar denken konnte.

»Hast du es wirklich nicht gewusst?«

»Ich ... Ich wusste es nicht. Nein.«

»Oh, Mina. Es ist so, als würde ich ihn verraten, wenn ich dir mehr erzähle«, gab sie zu und zog die Augenbrauen zusammen. »Aber ... Ich schätze, ich habe jetzt was losgetreten, wo ich nicht mehr so leicht rauskomme, oder?«

»Ich weiß nicht, was ich sagen soll. Alles fühlt sich gerade so anders an. Und ich frage mich, wann das passiert ist und wie ich es nicht bemerken konnte.«

»Du kennst Sam. Er war schon immer gut darin, seine Gefühle für sich zu behalten. Bei dir allerdings ... Es war ihm bereits aus fünf Metern Entfernung anzusehen, dass er nur Augen für dich hatte. Aus diesem Grund weiß ich es, auch wenn er nie offen darüber gesprochen hat.«

Sam hatte Gefühle für mich. Wie lange war das schon so? Diese Tatsache lag mir wie ein Stein im Magen, denn natürlich suchte ich nach Anhaltspunkten, nach dem Moment, wann sich etwas entwickelt hatte. Noch mehr aber wuchs die Wut auf mich selbst, es einfach nicht bemerkt zu haben. Es hatte kaum einen Tag gegeben, den wir nicht zusammen verbracht hatten. Und wenn wir uns nicht sahen, gab es abendliche FaceTime-Gespräche. Die Veränderungen waren da gewesen, nur hatte ich nicht gedacht, dass es meinetwegen war.

»Kann das der Grund gewesen sein, warum er sich so zurückgezogen hat? Warum unsere Freundschaft kaputt gegangen ist?«

Yara rieb sich den Nacken und die tiefe Zerrissenheit darüber, ob sie das Richtige tat, wenn sie es mir erzählte, war nicht zu übersehen. Abwartend saß ich neben ihr und versuchte, die Situation irgendwie auszuhalten, bis sie sagte: »Es war nicht nur das, Mina. Das was er für dich empfunden hat, hat eine große Rolle gespielt, aber das war nicht allein der Grund. Sondern …«

»Sondern?«

Ich war absolut nicht bereit für die Wahrheit. So lange hatte ich versucht, zu verstehen, was der Auslöser gewesen war. Hatte gesucht und gesucht, nur um am Ende noch mehr zu verzweifeln. Sam jeden Tag zu sehen und nicht mehr mit ihm zu sprechen, war so unfassbar hart gewesen.

»Er muss es dir selbst sagen, Mina. Ihm das vorwegzunehmen, kann ich nicht bringen.«

»Bitte, Yara! Bitte, sag es mir. Ich weiß gerade absolut nicht mehr, was ich denken oder fühlen soll. Ich muss endlich wissen, was los ist. Nach dem Kuss weiß ich gar nicht, wie wir uns das nächste Mal gegenüberstehen sollen.«

Erneute Stille breitete sich aus, meine Kehle war staubtrocken und ich warf Yara einen abwartenden Blick zu. Natürlich wollte ich sie nicht drängen, vor allem nicht in eine unangenehme Lage bringen.

Yara erwiderte meinen Blick und sah auf einmal unfassbar niedergeschlagen aus. Sie wippte mit dem rechten Bein auf und ab, sodass ihre Anspannung auf mich überging.

»Sam hat Depressionen.«

Es war wie ein Schlag direkt in die Magengrube und ein Schauer lief mir eiskalt den Rücken herunter. Ich konnte es kaum glauben. Wollte es nicht glauben. Mein bester Freund hatte still gelitten und ich hatte nicht ein einziges Mal gefragt, wie es ihm ging.

»Wie konnte ich das alles nicht erkennen?«, fragte ich mit einem dicken Kloß im Hals. »Ich habe gemerkt, wie er sich verändert und zurückgezogen hat. Ich habe nichts getan und zugelassen, dass wir uns voneinander entfernen.«

Wie gern hätte ich die Zeit zurückgedreht, um alles anders zu machen. Ich kam mir so mies vor, weil ich nicht für ihn da gewesen war. Stattdessen hatte ich ihm oft Vorwürfe gemacht, weil er mir nicht zugehört hatte.

»Ich war so furchtbar zu ihm«, schluchzte ich.

»Bitte tu das nicht, Mina. Dich verantwortlich zu machen, bringt dich nicht weiter. Und ihn auch nicht. Es fing vor drei Jahren erst so richtig an und wurde dann schlimmer. Aber da kann niemand etwas für. Du nicht, ich nicht und am allerwenigsten Sam.«

»Ich hätte es trotzdem sehen müssen, Yara. Wir haben uns so oft gestritten und während ich immer lauter wurde, wurde er immer leiser. Jetzt ergibt alles einen Sinn. Die Abschottung, seine Gereiztheit. Vermutlich wurde ihm alles zu viel. Ich war zu viel. Habe immer nur von meinen Eltern gesprochen, bin auf Partys gegangen, um mich abzulenken und war sauer, weil er nie mitkam.«

»Hey, hör auf. Du konntest es nicht wissen. Ich selbst habe es nur durch einen Zufall erfahren. Sam hätte es mir wahrscheinlich sonst auch nicht gesagt.«

»Weißt du, wie sauer und enttäuscht ich war, weil er mit dir befreundet sein konnte und mit mir nicht?«

Auf einmal kam alles hoch. Die alten Gefühle, diese unbändige Enttäuschung.

»Ich habe nie verstanden, warum er mich fallen gelassen hat. Als ich euch zusammen gesehen habe, bin ich vor Eifersucht fast ausgerastet. Und jetzt … Jetzt verstehe ich langsam, dass es gar nicht seine Absicht war. Wir beide haben uns nicht gutgetan und Sam hat es vielleicht gar nicht besser gewusst.«

»Er war in dich verliebt, Mina. Ich denke, es war für ihn einfach zu hart, nur mit dir befreundet zu sein. Klar, ihr hättet reden können, aber wenn sich eine gewisse Distanz aufgebaut hat, dann ist es manchmal einfach zu spät. Ganz egal, wie gut ihr vorher befreundet wart. Distanzen verändern Freundschaften. Und als dann die Depressionen anfingen, war ohnehin alles zu viel.«

Am liebsten wäre ich umgedreht, um zu ihm zu fahren und ihn in den Arm zu nehmen. Damit ich ihm sagen konnte, dass ich da war und ihn nicht wieder im Stich ließ. Ich würde es ihm immer und immer wieder sagen, bis er mir glaubte. Es tat einfach verdammt weh, das alles von Yara zu hören.

»Darf ich fragen, wie du davon erfahren hast?«

Yara rieb sich die Augen und sah so erschöpft aus, wie ich mich fühlte. »Wir beide haben denselben Therapeuten und sind uns nach einer Sitzung zufällig begegnet. Es war uns super unangenehm, das kannst du mir glauben. Trotzdem hat es so letztlich angefangen, dass wir Zeit miteinander verbracht haben. Und bevor du fragst: Ich hatte lange Zeit Probleme mit dem Essen. Die Therapie hat mir sehr geholfen, den richtigen Weg zu finden, auch wenn es zwischendurch auch mal schlechte Tage gibt. Aber mir geht es gut.«

Mir war schon wieder zum Heulen zumute, aber ich hielt mich zurück. Vorsichtig berührte ich Yaras Arm und drückte ihn kurz. »Danke, dass du mir das erzählst. Das bedeutet mir wirklich viel. Nicht nur, dass du mir gesagt hast, was mit Sam los ist. Sondern auch, weil du mir vertraust.«

»Trotzdem hätte ich dich niemals bitten dürfen, mal nach ihm zu sehen, ohne zu wissen, was eigentlich los ist. Da gibt es immer noch eine ganze Menge.« Sie schniefte leise und stieß zittrig die Luft aus. »Es tut mir leid.«

»Muss es nicht. Tatsächlich habe ich für heute erst mal genug gehört«, antwortete ich mit einem kleinen Lächeln.

»Tatsächlich?« Ihre Stimme triefte nur so vor Sarkasmus.

Wir beide lachten und es tat unfassbar gut, dadurch etwas von der Schwere loszulassen. Mir ging es zwar nicht besser, dennoch konnte ich wieder leichter atmen.

»Und was war heute in Kunst mit dir los? Es war ganz offensichtlich, dass die Aufgabe von Petrov dich aufgewühlt hat.«

»Das ist eine gute Frage ...«

Es kam mir überhaupt nicht so vor, als wäre das erst heute Morgen passiert. Der Tag war wirklich so unendlich lang und ich sehnte mich allmählich nur noch nach Ruhe, auch wenn ich sie vermutlich nicht finden würde.

»Mein Vater hat mich zum Zeichnen gebracht und ich verbinde es mit ihm. Nur hat dieser meine Mutter für seine Sekretärin verlassen, ist nach München gegangen und seitdem habe ich nichts mehr von ihm gehört. Wir konnten das Haus nicht halten und sind in eine kleinere Wohnung gezogen. Von jetzt auf gleich hat das Leben, wie ich es kannte, aufgehört zu existieren, und ich konnte nichts dagegen tun. Seitdem er nicht mehr da ist, ist Kunst für mich nicht mehr dasselbe.«

Allein die Erinnerungen an ihn schmerzten, weil ich mich jedes Mal fragte, was eigentlich echt gewesen war. Hatte er unsere Familie überhaupt jemals aufrichtig geliebt?

»Ich schätze, wir alle tragen irgendetwas mit uns herum, hm?« Yara schaute auf den bunten Himmel über uns und schloss die Augen.

»Mach dir keine Sorgen um das Projekt. Ich habe schon ein paar Ideen und kriege das auch allein hin, wenn es dir damit nicht gut geht. Es kommen sicher noch andere Aufgaben, bei denen ich deine Hilfe brauchen werde.«

Ich blickte ebenfalls in den Himmel, ließ die Farben auf mich wirken, die etwas Beruhigendes besaßen. »Danke, dass du mir ein bisschen erzählt hast. Bei alldem, was bei dir los ist, darfst du nicht vergessen, dass es trotzdem Menschen gibt, die auch für dich da sind.«

»Ist das so?« Sie lächelte zaghaft.

»Ich denke, dass wir das spätestens heute bewiesen haben«, antwortete ich aufrichtig. »Wenn du mal eine Pause brauchst, weißt du, wo du mich findest.«

»Das Gleiche gilt für dich. Ich weiß ja, wie sehr du Bubble Tea liebst.«

Daraufhin lachten wir beide, ganz egal, wie beklemmend die Situation gerade war. Wir beide saßen eine ganze Weile auf der sonnenerwärmten Bordsteinkante. In dem Wissen, dass es sich lohnte, hinter die Fassade zu blicken, mit der jeder von uns lebte.

Sam

Sam, sechzehn Jahre alt
Tiefe Risse

In letzter Zeit war alles so anders. Dunkler. Farbloser. Egal was ich auch tat, es fühlte sich sinnlos an. Es war wie ein Teufelskreis, dem ich nicht entkam. Selbst mit Mina war alles noch merkwürdiger geworden. Wir hatten Geheimnisse voreinander, lebten aneinander vorbei und konnten unsere Versprechen nicht halten.

Meine Gefühle für sie hatten sich nicht verändert, ganz im Gegenteil: Sie waren an manchen Tagen kaum auszuhalten, weil sie mir so übermächtig erschienen. Als würden sie mir entgleiten und nur darauf warten, dass ich mich verplapperte. Dass ich laut aussprach, mich in meine beste Freundin verliebt zu haben.

Nein, das konnte ich nicht bringen. Nicht, wenn sowieso alles komisch war. Zwischen uns existierte eine meterhohe Mauer, die ich nicht erklimmen konnte. Unsere Gespräche waren weniger geworden, wir schwiegen mehr. Früher hätte mir die Stille nichts ausgemacht, doch derzeit war sie zum Zerreißen dünn.

Und dann war da diese Leere, die mich neuerdings ständig begleitete und dafür sorgte, dass ich mich nicht mehr wiedererkannte. Ich wollte Mina davon erzählen, aber fand nie die richtigen Worte. Nicht nur, weil sich diese Distanz entwickelt hatte, sondern auch, weil sie derzeit mit eigenen Problemen zu kämpfen hatte. Ihre Eltern stritten sich die ganze Zeit, sie stand zwischen den Stühlen. Mina sollte sich nicht noch um mich sorgen, denn das würde sie, sobald sie von meinen Gefühlen wüsste. Und so kam es, dass ich mich immer mehr zurückzog und mich dabei

Stück für Stück verlor.

Heute war wieder so ein Tag, an dem alles überfordernd war. Zu viele Hausaufgaben, zu viel Lernstress. Zu laut, zu stickig. Hintergrundgeräusche und das Klappern von Besteck. Das Essen vor mir war längst kalt geworden und ich hatte sowieso keinen Hunger. Alles drehte sich in meinem Kopf, nur fand ich den Ausschaltknopf nicht. Nachts war es am schlimmsten. Sobald ich die Augen schloss, fing das Gedankenkarussell an, drehte und drehte sich, bis mir übel wurde. Letztlich führte es dazu, dass ich kaum noch schlief.

Mit der Gabel rührte ich lustlos in der Sauce herum, versuchte, die Nebengeräusche auszublenden und somit den Kopfschmerzen zu entkommen. In der achten und neunten Stunde stand noch Englisch auf dem Programm und gerade wusste ich nicht, wie ich das überstehen sollte.

Mina saß mir gegenüber. Ich sah, wie ihr Mund sich ununterbrochen bewegte, aber ihre Worte kamen nicht bei mir an. Sie entglitten mir, weil ich mich nicht konzentrieren konnte, was mir gleichzeitig unfassbar leidtat. Ich war so ein verdammt schlechter Freund für sie, dabei brauchte sie mich eigentlich.

Ohne dich wäre sie besser dran.

Da war diese Stimme, die mir neuerdings einredete, dass ich nicht genug für Mina war. Dass sie jemanden brauchte, der sie unterstützte, für sie da war. Denn ich konnte es nicht sein. Nicht so, wenn es mir vorkam, als würde mein ganzes Leben zusammenbrechen. Verdammt, ich kam mir wie der größte Arsch vor. Ihre Eltern stritten sich seit Monaten und ich hatte keine Ahnung, was eigentlich los war, weil ich nicht zuhörte.

Meine Augen brannten und ich stand kurz vorm Einschlafen. Am liebsten hätte ich geschwänzt, nur dann würde es nur einen Anruf bei meinen Eltern geben. In letzter Zeit hatte ich häufiger gefehlt und auf krank getan. Der eigentliche Grund war, dass ich morgens gar nicht erst aus dem Bett kam.

»Sag mal, hast du mir überhaupt zugehört?«

Ich horchte auf und blickte hoch, direkt in Minas Gesicht. Im ersten Augenblick bemerkte ich wieder einmal mehr, wie schön sie war, und ich mich fragte, ob ich mich jemals wieder entlieben würde.

Dann fiel mir der Ausdruck in ihren Augen auf und ich schluckte, denn ich hatte ihn zuletzt viel zu oft bei ihr gesehen. Sie war wütend.

»Was ist?«, fragte ich im selben Ton, ehe ich mich schüttelte und merkte, dass ich gar nicht so harsch reagieren wollte.

»Ey, ich glaub's nicht. Du hast mir schon wieder nicht zugehört, oder?« Ihre Wangen färbten sich rot und sie rümpfte die Nase.

»Doch, ich …«, fing ich an, aber ließ es bleiben. Es brachte nichts, mich in Ausreden zu verlieren. »Ich —«

»Vergiss es. Im Moment habe ich das Gefühl, als wäre ich dir komplett egal. Ich rede und rede und was machst du? Du sagst kein einziges Wort und siehst mich nicht mal an.«

Diese Reaktion war mehr als verdient. Anstatt einzulenken oder sogar ehrlich zu sein und ihr zu sagen, was mich beschäftigte, machte ich komplett dicht. Es war, als wäre ich fremdgesteuert, auf Autopilot und jemand, der ich absolut nicht sein wollte.

»Sorry, dass ich mir dein Gerede nicht jeden Tag geben kann«, blaffte ich zurück.

»Wie bitte?« Mina zog die Augenbrauen zusammen und presste die Lippen fest aufeinander.

Das war nicht ich, der so mit ihr umging. Ich wehrte mich dagegen, weil ich wusste, wie sehr es sie verletzte. Aber etwas in mir sehnte sich nur noch nach Ruhe und wollte nicht länger ihren

Problemen zuhören.

»Ist doch so. Es geht sowieso nur um deine Eltern, oder? Wenn sie sich so oft streiten, dann sollen sie sich eben scheiden lassen. Ist jetzt auch kein Weltuntergang.«

Stille.

Mina sah mich an, ihre Lider blinzelten nervös und ihre Augen wurden ganz glasig. Stocksteif saß sie mir gegenüber und wurde noch ein bisschen blasser.

»Was hast du gerade gesagt?«

Ich krallte die Fingernägel in meine Oberschenkel, kniff mir selbst in die Haut und hätte alles dafür getan, um die Zeit zurückzudrehen.

»Sorry, das meinte ich nicht so«, entschuldigte ich mich eilig, nur war es zu spät. Natürlich war es das.

»Wie kannst du nur so etwas sagen?« Sie stand auf, griff nach ihrem Rucksack und rieb mit dem linken Handrücken über ihre Augen. »Wo auch immer mein bester Freund gerade steckt: Ich will ihn wiederhaben. Weil der Sam, den ich kenne, niemals so etwas sagen würde. Wenn du dir mein Gerede nicht jeden Tag geben kannst, dann ist es wohl besser, wenn wir erst mal nicht miteinander sprechen. Sag mir Bescheid, wenn der alte Sam wieder da ist.«

In eiligen Schritten lief Mina davon. Anstatt sie aufzuhalten, starrte ich ihr hinterher und tat nichts. Wieder einmal. Dabei verdiente sie eine aufrichtige Entschuldigung, eine Erklärung und alles, was ich ihr nicht geben konnte. Alles, nur nicht mich.

14 Mina

Mittlerweile war Sam kein Thema mehr in der Schule. Es war erschreckend, wie schnell all jene das Interesse verloren hatten, die zuvor die wildesten Gerüchte in die Welt gesetzt hatten. Bei den Jungs aus der Fußballmannschaft konnte man fast meinen, dass sie froh waren, ihren besten Spieler verloren zu haben, um nicht länger mit ihm konkurrieren zu müssen. Es schien so, als hätte Sam für die anderen niemals existiert.

Ansonsten hatte mich der Schulalltag komplett eingenommen. Dass es sich um den Endspurt handelte und es nur noch wenige Monate bis zu den Prüfungen waren, ließ sich nicht mehr ignorieren. An manchen Tagen saß ich bis spät abends am Schreibtisch, lernte und hatte kaum Zeit für andere Dinge. Eigentlich sollte es so sein. Trotzdem gab es für mich nur Sam.

Der Kuss.

Depressionen.

Seit dem Nachmittag war eine Woche vergangen, in der absolute Funkstille herrschte. Ich hatte ihm ein paarmal geschrieben, aber es kam nichts zurück.

Heute war ein Tag, an dem mir alles etwas zu viel war. Am liebsten hätte ich die Mittagspause in der Bibliothek verbracht. Es war Freitag und alle redeten bloß von der Back-to-school-Party. Vor drei Jahren hätte mich nichts halten können – jetzt wäre ich am liebsten nicht hingegangen. Leider hatte ich es Elias versprochen, der Feuer und Flamme war und die ganze Pause nur darüber sprach. Mit seinem Enthusiasmus hatte er auch Yara ins Boot geholt.

»Mina, du bist so still. Sag bloß, du hast keine Lust auf heute Abend?«, bemerkte sie und musterte mich aufmerksam.

»Ihr wart so in euer Gespräch vertieft, dass ich nicht zugehört habe«, entschuldigte ich mich. Natürlich entging Elias meine Notlüge nicht und er warf mir einen skeptischen Blick zu.

»Du denkst daran, heute Abend lieber zu zeichnen, anstatt mitzukommen, oder?«

Volltreffer. Er kannte mich zu gut und ließ sich nicht so leicht täuschen, denn dafür hatte ich die Nummer schon zu oft abgezogen. Beschämt senkte ich den Kopf und sagte nichts.

»Mina, ich weiß, dass du nicht gern auf Partys gehst«, meinte Elias sanft und lehnte sich vor. »Trotzdem ich bitte dich mitzukommen. Es reicht auch, wenn du dich für eine Stunde hinquälst. Sobald wir da sind, kannst du dir deinen imaginären Timer stellen und sofort verschwinden, wenn die Zeit abgelaufen ist.«

Seine Worte entlockten mir ein Lächeln. Er hatte immer so viel Verständnis für mich, dass ich mich oft genug schlecht fühlte, weil ich ihn so hängen ließ.

»Ich bleibe für dich bis zum bitteren Ende«, warf Yara ein und grinste.

Obwohl ich mir zuvor nie hatte vorstellen können, dass aus unserer Freundschaft ein Dreiergespann werden würde, war ich gerade sehr dankbar dafür. Yara bot einen Ausgleich, der ich für Elias nicht sein konnte. Dieser wirkte ebenfalls zufrieden mit dieser Lösung.

»Sollen wir uns dann bei mir treffen?«, fragte er hinterher. »Meine Ma bringt uns bestimmt hin.« Ich sah auf mein Handy, um nachzusehen, ob ich endlich eine *WhatsApp*-Nachricht bekommen hatte, aber Fehlanzeige. Enttäuscht senkte ich den Blick.

»Hat er dir immer noch nicht geschrieben?« Elias deutete mit einem Nicken auf mein Handy.

Ich schüttelte den Kopf. »Ich habe ihm noch an dem gleichen Tag geschrieben, dass ich gern mit ihm reden würde, aber er ignoriert mich. Ich warte das Wochenende noch ab und werde dann zu ihm fahren. So langsam bekomme ich die Krise.«

»Verständlich.« Elias schenkte mir ein aufmunterndes Lächeln und sah dann Yara an. »Habt ihr beide eigentlich wieder Kontakt?«

»Nein. Um ehrlich zu sein, drücke ich mich im Moment auch vor einer Aussprache.« Sie seufzte. »Es kann natürlich nicht ewig so weitergehen.«

Seitdem Yara sich mir etwas anvertraut hatte, was ihre Freundschaft zu Sam anging, verstand ich ihre Beweggründe um einiges besser. Zwar wusste ich immer noch nicht, was genau im Sommer passiert war, aber im Moment wollte ich das auch gar nicht. Dafür schwirrte mir selbst zu viel im Kopf herum. Vielleicht war die Party gar keine so schlechte Idee, damit ich mal auf andere Gedanken kam.

✧ ✧ ✧

Ich war froh, als ich am Nachmittag endlich das Schulgebäude verließ. Mit dem Fahrrad fuhr ich ins Stadtzentrum und steuerte und auf das neue Café zu, das erst vor ein paar Wochen eröffnet hatte. Im *TravelVegan* wollte ich nach einem Nebenjob fragen.

Als ich eintrat, wurde ich von dem frischen Farbgeruch empfangen, der sich mit dem Aroma von Kaffee vermischte. Durch die tief liegenden und breiten Fenster fiel die Nachmittagssonne hinein und ließ die hellen Holzmöbel glänzen. Ich sah die klassischen Hängelampen von *Ikea*, die jeder gute Haushalt besaß, und das warme Licht verbreitete sofort eine Wohlfühlatmosphäre. Überall standen Topfpflanzen in den Ecken, Musik von *Novo Amor* lief im Hintergrund und ich verliebte mich Hals über Kopf in den Bohemian-Vibe des Cafés.

Kurz dachte ich darüber nach, mich in eine der Sitznischen zu setzen und meinen Zeichenblock herauszuholen, anstatt nach einem Job zu fragen. Dann trat eine junge Frau mit schwarzen Haaren aus der Küche und begrüßte mich mit einem freundlichen Lächeln. Nervosität packte mich. Je länger ich mich hier umsah, desto weniger wollte ich jemals wieder gehen. Hier zu arbeiten, wäre wie ein Sechser im Lotto.

»Hallo, was kann ich für dich tun?«, fragte sie und sah mich abwartend an. Ich trat einen Schritt näher und las auf dem schmalen Schild, das oberhalb ihrer Brust angebracht war, den Namen Lucy.

»Ich, ähm ...« Schnell räusperte ich mich und fasste all meinen Mut zusammen, um mit der Tür ins Haus zu fallen. »Brauchen Sie zufällig noch eine Aushilfe? Ich bin auf der Suche nach einem Nebenjob.«

Lucy trat hinter dem Tresen hervor und sah sich nachdenklich um. Erst als sie sich mir wieder zuwandte, bemerkte ich, dass ich sie regelrecht angestarrt hatte, was an ihrem faszinierenden Aussehen lag. Durch ihr pechschwarzes, langes Haar, die herzförmige Gesichtsform und fast schon elfenhafte Figur, wirkte sie aus wie eine wahrgewordene Manga-Figur.

»Tatsächlich ja«, antwortete sie. »Du kommst genau richtig. Wenn es für dich passt, kannst du am Wochenende zum Probearbeiten kommen. Hast du Erfahrungen im Kellnern?«

»Oh, echt? Das wäre echt toll, wenn das klappen würde. Ich

habe noch keine Erfahrung, aber ich lerne schnell«, antwortete ich sofort. »Und am Wochenende würde ich gern vorbeikommen.«

Sie schenkte mir ein herzerwärmendes Lächeln. »Na, wenn das so ist.« Sie trat näher, um mir die Hand zu geben. »Ich bin Lucy. Und bitte siez mich auf keinen Fall, denn dann fühle ich mich alt.«

Erleichtert darüber, womöglich endlich einen Job gefunden zu haben, erwiderte ich ihre Geste. »Ich heiße Mina und bin gerade so froh, hier vielleicht arbeiten zu dürfen.«

»Es kann natürlich sein, dass es für die nächsten Wochen alles noch etwas spontan läuft, je nachdem wie so der Zulauf ist. Spätestens, wenn es kälter wird, können wir über mehr Stunden reden.«

$$\diamond \quad \diamond \quad \diamond$$

Endlich, dachte ich, als ich auf dem Heimweg war. Endlich konnte ich meine Mutter etwas unterstützen. Dass der Nachmittag so positiv verlaufen war, überschüttete mich regelrecht mit Endorphinen, weshalb sich die Party heute Abend gar nicht mehr so fürchterlich anhörte. Mit einem breiten Grinsen kam ich nach Hause und Clara lief sofort freudestrahlend auf mich zu. Sie schlang ihre dünnen Ärmchen um mein rechtes Bein und grinste zu mir hoch.

»Na, du kleiner Teufel«, neckte ich sie absichtlich. »Wie war es im Kindergarten?«

»Guuut! Lara hatte heute Geburtstag und sie hat mich im Stuhlkreis ausgesucht, damit ich neben ihr sitzen darf.«

Manchmal beneidete ich meine kleine Schwester dafür, die Welt aus den Augen eines Kindes sehen zu können. Es war leicht, sie aus tiefsten Herzen glücklich zu stimmen.

»Da ist ein Brief für dich angekommen«, rief Mama von der Couch aus. »Er sieht irgendwie wichtig aus, obwohl kein Absender vorhanden ist.«

Stirnrunzelnd kam ich in den offenen Wohn- und Essbereich und entdeckte den Brief auf dem Küchentisch. Das verstärkte, strahlend weiße Papier des Umschlags sah absolut edel aus.

»Hm.«

Hastig riss ich ihn auf und zog eine kleine Karte heraus.

Jegliche Glücksgefühle wurden mit einem Mal ausgelöscht. Einfach so, ohne dass ich mich dagegen wehren konnte. Mein Herz schlug schneller. Dabei fühlte es sich an, als würde es in tausend Einzelteile zerspringen.

»Schatz, ist alles okay?«

Ich nahm Mamas Stimme nur gedämpft wahr, während ich nicht aufhören konnte, auf die Einladung zu starren. Natürlich erkannte ich die Schrift sofort, denn sie gehörte zu meinem Vater.

»Mina?«

Erst als die Sorge in ihrer Stimme lauter wurde, kam ich wieder zu Sinnen, klappte die Karte zu und schob sie zurück in den Umschlag. Wenn ich meiner Mutter die Wahrheit erzählte, würde es ihr den Boden unter den Füßen wegreißen. Sie schien sich an die Situation mit der Wohnung und ihre Arbeitszeiten gewöhnt zu haben, wirkte weniger gestresst. Wenn ich jetzt mit der Hochzeitseinladung des Mannes kam, den sie trotz des Betruges immer noch liebte … Das konnte ich ihr nicht antun und es reichte, wenn sich einer von uns mit der Tatsache auseinandersetzte.

»Ja, ja klar. Ich war nur gerade in Gedanken. Die Karte ist bloß ein vorläufiger Entwurf für die Abiball-Einladungen.«

»Und deshalb bist du so blass?« Skeptisch beäugte sie mich.

»Sie sind hässlich und ich war kurz enttäuscht«, log ich. »Aber willst du etwas wirklich Tolles wissen?«

Der Themenwechsel lenkte sie glücklicherweise sofort ab und für den Augenblick schaffte ich es noch, nicht komplett wie ein

Kartenhaus zusammenzufallen.

»Ich habe wahrscheinlich einen Job in dem neuen Café in der Stadt gefunden. Und bevor du jetzt etwas sagst, was mit der Schule zu tun hat …« Ich hob die Hand, weil ich den protestierenden Gesichtsausdruck sofort erkannte. »Für die nächsten Wochen ist es sehr locker gehalten, sodass ich mich ganz entspannt daran gewöhnen kann und dem Lernen nichts im Weg steht.«

»Du weißt, dass es mir lieber wäre, wenn du dich voll und ganz nur aufs Abi konzentrieren würdest. Natürlich freue ich mich für dich, denn es klingt erst mal richtig gut.« Sie lächelte leicht. »Gehst du heute Abend zu der Party?«

Mein erster Impuls war es, diese Frage zu verneinen, doch ich schluckte ihn herunter. Wenn ich hierblieb, würde ich sowieso durchdrehen. Deshalb nickte ich knapp. »Ja, wir treffen uns später bei Elias. Ich ruhe mich jetzt noch ein bisschen aus und mache mich dann fertig.«

Meine Mutter musterte mich ein letztes Mal mit voller Skepsis, denn sie wusste genau, dass etwas nicht stimmte. Trotzdem hakte sie nicht weiter nach, weil ich für den Augenblick sowieso nicht reden würde. Was auch besser so war. Denn kaum war ich in meinem Zimmer verschwunden und hatte die Tür hinter mir zugeschlossen, brachen sämtliche Gefühle aus mir heraus. Ich musste mir die Hand auf den Mund halten, um das Schluchzen zu ersticken.

Tränen der Wut, Verzweiflung und Trauer rannen mir ungehalten über die Wange und ich konnte mich kaum auf den Beinen halten. Eilig lief ich zum Bett, ließ mich darauf fallen und holte die Karte wieder aus dem Umschlag heraus. Es musste sich um eine Verwechslung handeln, anders war die Einladung nicht zu erklären. Wie konnte mein Vater nach allem noch die Dreistigkeit besitzen, mich auf seine Hochzeit einzuladen? Als ob zwischen uns nie etwas passiert wäre! Fassungslos verschwammen die Buchstaben vor meinen Augen, weil die Tränen mich erneut überkamen und ich keine Ahnung hatte, wie ich dieses Gefühlschaos jemals wieder unter Kontrolle kriegen sollte. Es war das erste Mal seit dem Auszug, dass ich wieder von ihm hörte. Und dann in der Form einer Hochzeitseinladung, obwohl die Scheidung noch gar nicht lange vom Tisch war.

Mir war klar, dass ich niemals genug Abstand von den Ereignissen bekommen würde, denn dafür saß der Verrat zu tief. Das waren richtig tolle Voraussetzungen für die Back-to-School-Party heute Abend. Das Einzige, woran ich denken konnte, war der Schmerz, den mein Vater verursacht hatte, und ich hatte keine Ahnung, wie ich ihn ertragen sollte.

15 *Sam*

Die heutige Sitzung mit Dr. Martens hinterließ bei mir ein anderes Gefühl als sonst. Normalerweise war mein Kopf nach einer Therapiestunde in dichten Nebel gehüllt, der es mir unmöglich machte, das Besprochene zu reflektieren. Heute empfand ich es anschließend nicht als kompletten Gedankenstrudel und auch die gewohnte Erschöpfung ließ auf sich warten. Stattdessen saß ich mit einem Glas Cola auf dem Balkon und blickte auf die Natur hinaus.

Selbst die Stille machte mir nicht so viel aus und ich wagte es, tiefe Atemzüge zu nehmen und den Augenblick sogar zu genießen. Zumindest glaubte ich, dass sich Ruhe so anfühlte … Vor zwei Wochen hatten wir nach einer Sitzung beschlossen, die Medikamente zu ändern, und vielleicht war heute der Tag, an dem sie das erste Mal ihre Wirkung zeigten.

Oder es liegt daran, dass du dich getraut hast, offener zu sprechen.

Es war nicht geplant gewesen, mit Dr. Martens über Mina zu reden. Über den Kuss. Meine Gefühle für sie, die niemals aufgehört hatten zu existieren. Ich war nach wie vor in sie verliebt. Selbst jetzt, wo ich nicht mehr richtig wusste, wie man überhaupt fühlte, hatte sich diese eine Sache nicht verändert. Eigentlich hatte ich gedacht, überhaupt nicht mehr in der Lage zu sein, so zu emp-

173

finden. Es war überfordernd, da nach dieser langen Zeit auf einmal so viele Gefühle auf mich einprasselten. Es war verwirrend und gleichzeitig erleichternd. Erleichternd zu wissen, dass ich nicht ganz kaputt und verloren war und mein Herz noch schlug. Für mich, für dieses Leben.

Seltsamerweise bereute ich den Kuss nicht mal. Kurz nachdem Mina regelrecht geflüchtet war, natürlich. Da kam alles zusammen und ich war wieder dabei, mich in mich selbst zu verkriechen und von dem Gedankenstrudel mitziehen zu lassen. Dann spürte ich eine Art Erleichterung. Darüber, dass ich nun einfach ehrlich sein konnte. Ich hatte es satt, meine Gefühle zu unterdrücken und da Mina und ich ja nicht mehr so wie damals befreundet waren, spielte es auch keine Rolle. Es war okay, wenn sie es wusste.

Wir mussten reden. Über uns, darüber, was passiert war. Über die unendlich vielen unausgesprochenen Worte. Die Depressionen. Über den Tag, an dem ich mich in sie verliebt hatte und über den, an dem alles geendet hatte. Zum ersten Mal fühlte ich mich bereit für dieses Gespräch, hatte keine Angst mehr, sondern wollte es führen. Einen Abschluss, einen Neustart oder was auch immer sich anschließend daraus ergab.

Dr. Martens war stolz auf diese Entwicklung. Und ich konnte mir eingestehen, dass ich es auch endlich war. Es war ein Anfang, etwas, woran wir arbeiten konnten und woraus ich vor allem etwas Positives schöpfen konnte. In Mini-Schritten ging es voran, selbst wenn es sich zwischendurch nach Stillstand anfühlte.

Ich saß draußen, blickte auf die leere Schaukel und erwischte mich dabei, wie ich mir wünschte, dass Mina hier wäre. Es war mittlerweile nach acht, die Sonne kaum noch zu sehen, und es würde nicht mehr lange dauern, bis sich die ersten Sterne am Himmelszelt zeigten.

Ich bin da, wenn du reden willst und wenn du nicht reden

willst.

Ihre unzähligen Nachrichten der letzten Tage hatte ich alle unbeantwortet gelassen, obwohl ich sie bereits auswendig kannte. Ich brauchte den Abstand, um mir über die Dinge klar zu werden. Aber jetzt war es an der Zeit, über meinen Schatten zu springen.

Erst heute Nachmittag hatte sie mir geschrieben, dass sie wohl einen Job in einem Café in der Stadt gefunden hatte. Ich vermisste sie und hatte so oft kurz davorgestanden, ihr genau das zu schreiben.

Anstatt ihr zu antworten und sie vielleicht damit aus dem Kopf zu bekommen, stand ich auf und ging zum Balkongeländer. Eine leichte Brise spielte mit den unzähligen Blättern der Bäume und verwandelte die Stille in eine geräuschvolle Kulisse. Erst als es draußen zu kalt wurde und die Frische selbst durch den schwarzen Kapuzenpulli drang, ging ich wieder in mein Zimmer. Oder besser gesagt: Ich zog mich zurück ins Chaos. Zum ersten Mal seit einer Ewigkeit wagte ich es, die Deckenlampe einzuschalten und war überrascht darüber, wie hell sie leuchtete. Allerdings war es nicht das grelle Licht, das mich staunen ließ, sondern eher, was es zum Vorschein brachte.

»Ach du scheiße.«

Das Chaos vor meinen Augen ertrug ich keine Sekunde länger. Überall lag dreckige Kleidung auf dem Boden, angefangene Bücher, die ich nach der Hälfte abgebrochen hatte. Teller reihten sich stapelweise auf der Schrankkommode. Zwischen all dem verteilten sich Wasser- und Colaflaschen, alte Schuldokumente und belangloses Zeug, für das ich keine Kraft gehabt hatte, es aufzuräumen. Das Bild vor mir war ein Erzeugnis dessen, wie ich mich fühlte. Ich blinzelte einige Male, ließ den Eindruck vor mir wirken. Musste das so weitergehen? Die Dunkelheit? Die Leere? Würde ich ewig nur in meinem Zimmer bleiben, weil mir ansonsten alles zu viel wurde? Das konnte doch nicht mein Leben sein.

Nein, es musste einen Weg geben. Es musste einfach.

Je länger ich meinen Blick über die Unordnung schweifen ließ, desto unwohler wurde mir zumute. Ich ekelte mich regelrecht und fing an, die Plastikflaschen einzusammeln, die ich anschließend alle auf mein Bett schmiss, um überhaupt irgendwo einen Anfang zu finden. Letztlich verbrachte ich den ganzen Abend damit, das Zimmer von dem Chaos zu befreien, und war richtig erstaunt über mich selbst. Oder viel mehr stolz auf mich. Nachdem ich zum Schluss noch das Bett bezogen und ich mich danach auf dem sauberen Stoff ausgebreitet hatte, fühlte ich eine Zufriedenheit in mir, wie schon lange nicht mehr. Der Geruch von dem Weichspüler benebelte mir angenehm die Sinne.

Es war so neu und ein wenig beängstigend, diese Gefühle zulassen zu können, und eigentlich wartete ich nur darauf, dass mich die gewohnten, negativen Gedanken erdrückten. Aber nichts passierte.

Zwar fühlte ich mich müde, jedoch war es nicht mit der tiefen Erschöpfung zu vergleichen, die mich sonst vollkommen einnahm. In der Hoffnung, dass dieser Tag heute kein Einzelfall blieb und ich nicht aufwachte und feststellte, dass die Depressionen wieder überhandnahmen, schlief ich ein.

$$\diamond \; \diamond \; \diamond$$

Als ich das nächste Mal die Augen öffnete, war das Zimmer in Dunkelheit getaucht. Ich brauchte einen Moment, um zu registrieren, dass ich vor einigen Stunden eingeschlafen war und es nicht mal mehr geschafft hatte, mich zuzudecken. Dösig vom Schlaf, tastete ich nach meinem Handy, um nachzusehen, wie spät es war, und schreckte plötzlich hoch. Yara hatte mich vor einer halben Stunde dreimal versucht anzurufen und mir unzählige

Nachrichten geschickt. Beinahe hätte ich gedacht, dass ich träumen würde. Unser letzter Chat auf *WhatsApp* war Monate alt, doch als ich las, was sie geschrieben hatte, war ich hellwach.

Yara: Wahrscheinlich ist es ein blöder Zeitpunkt, aber du musst zur Back-to-School-Party kommen. Mina ist total betrunken und wir bekommen sie hier nicht weg.

Yara: Bitte geh an dein Handy.

Yara: Wir haben keine Ahnung, was mit ihr los ist. Elias sagte, er hat sie noch nie so gesehen.

Es ging die ganze Zeit so weiter, bis sie eine abschließende Nachricht abgeschickt hatte.

Yara: Vergiss es. Es war eine blöde Idee. Wir rufen ihr ein Taxi. Du wirst genauso wenig helfen können wie wir … Ich weiß auch nicht, warum ich überhaupt daran gedacht habe, dass du herkommen könntest.

Die letzte Nachricht hatte sie mir vor zehn Minuten geschickt und ohne zu zögern, schrieb ich zurück:

Ich: Ich bin auf dem Weg!

Erst im Nachhinein wurde mir bewusst, was ich gerade getan hatte. Entsetzt über mich selbst, starrte ich auf die Worte, hinter denen sofort blaue Häkchen erschienen und die Yara nur mit einem Daumenhoch-Emoji kommentierte.

»Fuck!« Fassungslos fuhr ich mir durch die Haare, rutschte auf die Bettkante und saß für einige Sekunden stocksteif da. Seit Wochen hatte ich das Haus nicht mehr verlassen, hatte wie ein Einsiedler gelebt.

Allein der Gedanke daran, in ein Auto zu steigen und mich auf den Verkehr zu konzentrieren, ließ den Druck in meiner Brust wieder anschwellen. Selbst wenn es nach Mitternacht war und die Straßen um die Uhrzeit leer waren. Meine Hände wurden schweißnass und nervös rieb ich sie mir am Oberschenkel ab. Ich kniff die Augen fest zusammen, versuchte, mich angestrengt auf meine Atmung zu fokussieren, anstatt auf die Unruhe, die dabei war, sich wie ein Tornado in meinem Kopf zusammenzubrauen.

Du kannst das, Sam. Du bist stärker als deine Krankheit.

Auch wenn es sich nicht so anfühlte. Wenn ich in den Wagen stieg, um zu der Party zu fahren, dann würde ich mich wieder der Außenwelt stellen. Im Grunde war es mir egal, was geredet wurde, aber die Leute würden nicht aufhören, mich mit Fragen zu bombardieren und dagegen war ich nicht gewappnet.

Alle gingen davon aus, dass ich ein neues Leben in Berlin führte und darauf hinarbeitete, von einem Talentscout entdeckt zu werden, der mich in die Fußball-Bundesliga brachte. Yara hätte niemals angerufen, wenn es nicht wirklich dringend gewesen wäre, immerhin kannte sie als Einzige die komplette Wahrheit.

Du fährst da einfach hin, holst Mina ab und kommst zurück. Vielleicht erkennt dich niemand ... Die Sache wird keine fünf Minuten dauern.

Die Fortschritte des Tages schienen wieder wie weggeblasen und ich stand an dem altbekannten Punkt.

Aber es handelte sich um Mina. Sie war meine unbeendete Geschichte, ein angefangenes Kapitel, das mitten im Satz aufhörte. Das musste sich jetzt ändern, denn sie brauchte *mich*.

Sie braucht mich.

Diese Tatsache verschaffte mir den nötigen Antrieb, um endlich aufzustehen, alles andere, was in mir vorging, kurzzeitig zur Seite zu schieben und mich auf den Weg zu machen. Natürlich schliefen meine Eltern längst und ich dachte kurz daran, ihnen Bescheid zu geben, nur dann würde ich wahrscheinlich nie von hier wegkommen. Sie wären ebenso erstaunt über mein Verhalten wie all jene, denen ich gleich begegnete.

O Gott.

Mir war kotzübel, als ich die Autoschlüssel in den Händen hielt und ich konnte von Glück reden, dass mein Wagen ein Automatikgetriebe besaß. Andernfalls hätte ich vermutlich nicht mehr gewusst, wie man überhaupt fuhr. Ich warf einen letzten Blick in den Spiegel im Flur und schluckte, denn der zögernde Ausdruck in meinen Augen war nicht unbedingt hilfreich. Schnell strich ich mir die welligen Haarspitzen glatt und schlüpfte in meine Sneakers.

Du bleibst lieber hier, versuchte mir die kleine Stimme in meinem Kopf einzureden. *Du wirst es so was von bereuen, wenn du jetzt durch diese Tür gehst.* Meine Finger drückten die Klinke bereits nach unten, als ich innehielt.

Der Moment erinnerte mich daran, wie Mina vor der Balkontür gestanden hatte und ich in mein Zimmer geflüchtet war, weil ich es nicht mehr ausgehalten hatte. Damals hatte ich mich dagegen entschieden, sie hineinzulassen und gleichzeitig auch gegen mich, einen Schritt vorwärtszugehen.

Ich bin da, wenn du reden willst und wenn du nicht reden willst.

Sie hatte es mir so oft zu verstehen gegeben, dass sie für mich da war, egal was passierte. Entschlossenheit packte mich und ich drückte die Türklinke nach unten. Jetzt war ich an der Reihe, für sie da zu sein. Ich hoffte nur, dass ich auch stark genug dafür wäre.

16   Sam

Angespannt hielt ich das Lenkrad so fest umklammert, dass meine Knöchel weiß hervortraten. Ich starrte auf die menschenleere Straße hinaus, die vom Regen nass war, sodass sich die Lichter der Laternen auf dem Asphalt spiegelten. Leise Musik lief im Hintergrund, die ich gar nicht richtig wahrnahm und obwohl die Klimaanlage eingeschaltet war, schwitzte ich. Die aufkeimende Anspannung wuchs in mir und ich wünschte, ich hätte es ignorieren können.

Die Abiparty fand wie jedes Jahr in der Stadthalle von Sommerstedt statt, die ansonsten gern für Hochzeiten oder größere Events genutzt wurde. Schon von Weitem erkannte ich einige Gäste, die auf dem Parkplatz standen, rauchten und sich angeregt unterhielten.

Als ich das Auto parkte, blieb ich zunächst sitzen, holte Luft und sammelte mich. Von der Halle schallte die Musik in die Herbstnacht hinaus und ich beobachtete die Menschen, die einige Meter entfernt an den Zigaretten zogen. Sie lachten, wirkten völlig unbeschwert. Vielleicht auch einfach nur betrunken, doch das machte keinen Unterschied, denn sie waren hier, feierten und genossen ihr Leben. Diesen Eindruck vermittelten sie zumindest

Ich verspürte den kurzen Anflug von Sehnsucht. Dazugehören. Ein Teil von einer Gemeinschaft sein, ganz egal, wie einsam ich mich fühlte. Die Partys damals waren zwar keine Lösung gewesen, aber durch die Musik hatte ich es manchmal geschafft, die Gedanken zum Schweigen zu bringen. Ich verlor mich in alten Erinnerungen, bis mein Handy vibrierte.

Yara: Bist du da?

Es gab kein Zurück mehr. Bevor mich der Mut wieder verließ, setzte ich die Kapuze auf und öffnete die Autotür, um nach draußen zu treten. Ich vergrub die Hände tief in den Hosentaschen und lief mit gesenktem Kopf schnell zum Eingang herüber. Um diese Uhrzeit kontrollierte kein Türsteher mehr den Personalausweis oder ob man Eintritt gezahlt hatte, weshalb ich einfach durchging und mich plötzlich mitten auf der Party befand.

Jene, zu der ich eigentlich auch gehört hätte. Ich lief durch die Menge und niemand schien mich zu erkennen. Die Beklommenheit packte mich trotzdem. Die Gewissheit, was gewesen wäre, wenn mir das alles nicht passiert wäre. Es tat weh. Ich zog mir die Kapuze tiefer ins Gesicht und suchte eine freie Ecke, um mir erst mal einen Überblick zu verschaffen, in der Hoffnung, Mina zu finden. Die Wärme und die stickige Luft des Saals waren kaum auszuhalten und erschwerten das Atmen enorm, doch am schlimmsten war das Gedränge und der wenige Platz, den man dadurch bekam. Mein Puls beschleunigte sich und ich merkte, wie mich die vielen Eindrücke völlig überforderten.

Reiß dich zusammen!

Es widerstrebte mir, noch einen Fuß vor den anderen zu setzen, nur hatte ich keine Wahl. Mit dem Versuch, Abstand zu halten, schlängelte ich mich zwischen einzelnen Gruppen und Körpern entlang und befand mich plötzlich mitten auf der Tanzfläche. Zu allem Übel wurde *Can't hold us* von Macklemore gespielt und die Menge rastete aus. Während sie lautstark jubelte und sich die Seele aus dem Leib sang, wollte ich einfach nur schreien. Am liebsten wäre ich sofort aus dem Saal gerannt, doch auf einmal umfasste jemand meinen Oberarm. Die plötzliche Berührung kam unerwartet und ließ mich zusammenzucken.

Als ich mich umdrehte, sah ich direkt in Yaras Gesicht. Die Welt stand auf einmal still, die Musik war nicht mehr zu hören. Sorge und Zweifel tanzten in ihren grünen Augen auf und sie sagte etwas, was ich gar nicht mitbekam. Meine beste Freundin nach Wochen wiederzusehen, bewegte etwas in mir. Ich wollte sie umarmen, mich entschuldigen. Für alles und nichts, dafür, dass ich ich war. Ihr schien es ähnlich zu gehen, denn ihre Augen wurden glasig, bis sie den Kopf schüttelte und sich besann.

»Komm mit«, schrie sie mir beinahe ins Ohr und zog mich daraufhin hinter sich her.

Wir drängten uns unsanft durch die tanzende Menge, ernteten dafür böse Blicke und zogen damit die Aufmerksamkeit ungewollt auf uns. Ich merkte sofort, wie uns hinterhergeguckt wurde und es jetzt nur noch eine Frage von Sekunden war, bis sich die Nachricht, dass ich mich auf der Party befand, wie ein Lauffeuer verbreitete. Meine Bedenken darüber spielten aber keine Rolle mehr, als ich Mina entdeckte.

Ihre Haare fielen ihr lockig über die Schultern, die Sommersprossen waren von Make-up bedeckt und nur zu sehen, wenn das Licht auf ihre blasse Haut fiel. Sie trug ein hautenges, schwarzes Minikleid, das ihre Kurven betonte. Es war dasselbe Kleid, das sie damals an Silvester getragen hatte und ich schluckte, weil die Erinnerungen hochkamen.

Unser *Pinky Promise*. Ein Versprechen, das wir uns gegeben, aber nicht hatten halten können.

Mina hatte zu viel getrunken, bewegte sich ausgelassen zum

Beat des Liedes und Hitze schoss mir in die Wangen.

Elias stand neben ihr, beobachtete sie genervt und als er mich sah, tippte er ihr auf die Schulter. Falls mein Erscheinen ihn überraschte, so ließ er es sich nicht anmerken. Wir hatten nie wirklich miteinander gesprochen, ich kannte ihn also nicht gut genug, um zu wissen, was für ein Typ er war. Mina öffnete halb die Lider und sah in meine Richtung. Ihre Augen waren vom vielen Alkohol gerötet und sie kam torkelnd auf mich zu.

»Es ist ein Wunder, dass sie überhaupt noch stehen kann. Wir hätten sie ja in ein Taxi gesetzt, allerdings scheint sie zu der Sorte Betrunkener zu gehören, die immer abhaut«, erklärte Yara und klang genauso genervt, wie Elias aussah.

»Keine Ahnung, was mit ihr los ist. Sie steht schon den ganzen Abend völlig neben sich.«

Mina torkelte weiter auf mich zu, schlang die Arme um meinen Hals und ließ sich gegen meine Brust fallen. Ich wusste gar nicht, wie mir geschah, als ich ihr unerwartet so nah war. Durch ihre ruckartige Bewegung zog sie die Kapuze nach unten und gab meine Deckung frei.

»Wss machs du hier?«, lallte sie. »Du has nie auf meine Nachrichen geantwortet. Warum mags du mich nich mehr?«

Ihre blauen Augen füllten sich mit Tränen. Vorsichtig fuhren Minas Hände durch mein Haar und diese etwas unkontrollierte, aber sanfte Berührung brachte mich völlig aus dem Konzept.

»Warum mags du mich nich?«, wiederholte sie traurig.

»Komm, ich bringe dich nach Hause«, sagte ich nur. »Du bist viel zu betrunken, um jetzt zu reden.«

Es dauerte einen Augenblick, bis die Worte bei ihr ankamen, doch ihre Traurigkeit schlug ohne Vorwarnung in Wut um und sie löste sich von mir. Mein Herz zog sich auf eine unbekannte Art zusammen, was ich schnell gekonnt ignorierte. Fast schon zornig drehte sie sich zu Yara und Elias um.

»Wer hat ihn angerufen?«

Bevor einer von den beiden antworten konnte, richtete Mina ihre Aufmerksamkeit wieder auf mich.

»Bissu nur deswegen hier? Weil du angerufen wurdes? Und nich, um mich zu sehen? Wir beide waren mal unzertrennlich. Du und ich, gegn den Rest der Welt. Wie konntes du das vergessen?«

Hatte ich nicht. Und würde ich auch niemals. Aber darüber in diesem Zustand mit ihr zu diskutieren, war zwecklos. Hilflos warf ich den anderen einen Blick zu, die nur mit den Schultern zuckten.

»Komm, wir bringen sie nach draußen«, meinte Elias und fasste nach Minas Hand, die sie aufgebracht wegschlug.

»Ich will nich nach Hause!«

So schnell konnten wir gar nicht reagieren, da drehte sie sich um und verschwand in der tanzenden Menge.

»Nicht schon wieder!« Yara legte stöhnend den Kopf in den Nacken. »Das geht die ganze Zeit so.«

»Am besten teilen wir uns auf«, antwortete ich fest entschlossen. »Und dann bringe ich sie nach Hause, wenn wir sie gefunden haben.«

Meine Panik, dass mich jemand erkennen könnte, oder das Bedürfnis, davonzurennen, wurden von der Sorge um Mina überschattet. Auch wenn es zu einer immer größeren Herausforderung wurde, mich hier aufzuhalten. Neugierige Blicke folgten mir nun auf Schritt und Tritt, Gespräche wurden unterbrochen und es gab sogar einige, die mit dem Finger auf mich zeigten. Ich wollte gar nicht wissen, was Montag in der Schule los sein würde.

Als ich der Cocktailbar näherkam, erspähte ich sie mit einem Glas Wein in der Hand. *Man sollte Betrunkenen verbieten, noch mehr Alkohol zu konsumieren.*

Ich atmete tief durch und war erleichtert, dass ich sie dennoch so schnell gefunden hatte. Das Gefühl wurde sofort von Wut abgelöst, als ich einen Typen dabei beobachtete, der wie selbstverständlich seine Hand auf Minas unterem Rücken platzierte, bis sie zu ihrem Po wanderte. Okay, das reichte.

In schnellen Schritten lief ich zu ihr, platzte in das Gespräch und schob den Kerl ganz nebenbei von ihr weg. Empört über mein Auftauchen warf er mir einen Blick von oben bis unten zu, der nur so vor Verachtung triefte.

»Was willst du denn hier? Solltest du nicht in Berlin sein?«

Erst jetzt erkannte ich, dass es sich bei dem Typen um Tom Richter handelte – ein Mitschüler aus dem Sport-Leistungskurs. Ich antwortete ihm nicht und wandte mich stattdessen Mina zu.

»Können wir jetzt endlich fahren?«

Sie warf mir bloß einen trotzigen Blick zu und trank einen extra großen Schluck aus ihrem Weinglas.

»Könntest du mal verschwinden? Du vermasselst mir die Tour!«, meldete sich Tom zu Wort.

»Welche Tour? Sie ist komplett betrunken«, antwortete ich. »Du gehst nirgendwo mit ihr hin.«

Tom schnalzte mit der Zunge und ging einen Schritt auf mich zu. »Und das hast du zu entscheiden, weil …?«

Eigentlich gar nicht. Bloß wenn ich ihm Mina schutzlos überließ, würde das böse enden und sie war ohnehin nicht mehr in der Lage, für sich selbst zu sprechen. Ohne ihn aus den Augen zu lassen, griff ich nach ihrer Hand und verschränkte unsere Finger miteinander. Ihr Kopf schnellte sofort in meine Richtung und dann auf unsere Hände.

»Weil wir zusammen hier sind und jetzt gehen werden.«

Ich presste die Kiefer fest aufeinander und meine Stimme klang gereizter, als beabsichtigt. In Toms Gesicht war deutlich abzulesen, wie wenig es ihm passte, dass ich da war.

»Du hältst dich wohl für ganz toll, was? Wie ich sehe, hast du dich kein Stück verändert. Zu schade, dass du nicht immer da bist, um auf sie aufzupassen.«

»Mach dir darüber mal keine Gedanken«, gab ich zurück.

Tom musterte Mina ein letztes Mal, bevor er an uns vorbeirauschte und mich dabei noch absichtlich anrempelte. Ich atmete aus, war erleichtert, als er endlich weg war. Mina hielt meine Hand extra fest, als hätte sie Angst, dass ich sie wieder losließ. Mit glasigen Augen betrachtete sie mein Gesicht und ihr Ausdruck wurde traurig.

»Ich habe dir so oft geschrieben«, sagte sie nun klarer. »Und du hast dein Versprechen gebrochen. Du tust mir immer nur weh, Sam.«

Du tust mir immer nur weh. Der Schmerz in ihrer Stimme traf mich direkt ins Herz und drang ohne Probleme durch all die Schutzmauern, die ich errichtet hatte.

»Ich weiß. Ich bringe dich nach Hause und dann … Reden wir morgen darüber?«

Sie stellte das halb volle Weinglas zurück auf den Tresen und schüttelte den Kopf, wodurch sie ins Wanken kam und sich an dem kalten Metall festhalten musste.

»Ich will nicht nach Hause. Alles, nur nicht nach Hause.« Tränen liefen ihr die Wange herunter, doch sie machte sich nicht die Mühe, sie wegzuwischen.

Irgendetwas sagte mir, dass ihr heutiges Verhalten auf einen tiefgehenden Grund zurückzuführen war. Jedoch war hier der falsche Ort, um darüber zu sprechen, und Mina würde wahrscheinlich jeden Moment im Stehen einschlafen. Ohne sie noch mal zu bitten, setzte ich mich in Bewegung und zog sie behutsam hinter mir her, darauf bedacht, dass sie nicht stolperte.

Als wir den Ausgang erreichten und uns die frische Luft entgegenschlug, sog ich sie gierig ein. Glücklicherweise setzte sich Mina kommentarlos auf den Beifahrersitz und lehnte den Kopf gegen die Scheibe, nachdem ich die Tür wieder geschlossen hatte. Anschließend schrieb ich Yara eine Nachricht, dass Mina bei mir war und ich sie nach Hause bringen würde. Daraufhin verabschiedete sich mein Akku. Mittlerweile war es kurz vor vier Uhr morgens. Mir kam der Tag so unendlich lang vor und ich musste aufpassen, dass mir selbst nicht die Augen zufielen. Aber ich war froh, endlich von hier wegzukommen. Die Stunde, die ich da gewesen war, hatte mich vollkommen ausgelaugt.

»Mina, du musst mir deine Adresse sagen. Ich weiß sonst nicht, wohin ich fahren muss. Ich war nie … in eurer neuen Wohnung.« Ich versuchte, sie zu wecken, als ich mich zurück ans Steuer setzte. Vorsichtig berührte ich ihre warme Haut, die ganz weich war.

»Nein … Nicht«, murmelte sie. »Bitte, ich will … nicht allein sein. Lass mich bitte nicht allein.«

Sie so zu sehen, tat auf eine Weise weh, mit der ich nicht gerechnet hatte. Auch wenn ich es selbst am besten wusste, vergaß ich manchmal, dass jeder von uns Päckchen mit sich trug, die er am liebsten ungeöffnet ließ. Haarsträhnen rutschten ihr ins Gesicht und verdeckten ihre Augen, die sie wieder geschlossen hatte. Vorsichtig beugte ich mich vor, hob zögernd die Hand und strich ihr die Haare zurück. Meine Fingerspitzen kribbelten bei dieser kleinen Berührung und trotzdem verharrte ich einen Moment so, konnte nichts gegen den Blick tun, der auf ihre Lippen fiel.

Irgendwann an diesem Abend hatte sie Lippenstift getragen, der nahezu verblasst war. Mein Herz raste und in meinem Bauch fühlte es sich so an, als würde dort jemand Purzelbäume schlagen.

Ich hatte es vermisst, sie anzusehen. Mich zu fragen, was sie wohl dachte. Ihr einfach nur dabei zuzuhören, wenn sie für Mangas und Animes ins Schwärmen geriet.

»Du warst mir immer wichtig, Mina. Und es tut mir so unfassbar leid, dass unsere Freundschaft nicht funktioniert hat.« Meine Stimme war auf einmal ganz rau und kaum zu hören. Es war ohnehin egal, denn sie würde sich nicht daran erinnern. Vermutlich würde ich die Idee, die mir schlagartig in den Sinn kam, spätestens morgen früh bereuen. Nur wusste ich auch keine Alternative – außer mir war danach, die ganze Nacht durch Sommerstedt zu fahren. Aber das war es nicht.

Also gab es nur eine Möglichkeit: Mina mit zu mir nach Hause zu nehmen.

17 Sam

Mina aus dem Auto zu bekommen, war ein Kraftakt. Nicht nur, weil sie sich selbst kaum auf den Beinen halten konnte, sondern auch, weil mir die nötige Kraft fehlte, sie zu stützen.

»Komm schon, du musst ein bisschen mithelfen«, stöhnte ich und pustete mir die Haare aus den Augen. »Oder willst du hier im Auto schlafen?«

»Wenn du bei mir bleibst«, nuschelte sie und grinste leicht.

Ich umfasste vorsichtig ihre Hände, um sie auf die Füße zu ziehen, aber sie bewegte sich kein Stück.

»Sag mal, machst du das extra?«

»Du bist süß, wenn du dich aufregst.«

Es war mittlerweile fast fünf Uhr, die Sonne ging auf und versprach einen weiteren, warmen Spätsommertag.

»Lass mich einfach hier schlafen«, grummelte Mina und drehte sich zur Seite.

»Nein, du stehst jetzt auf.«

Ein weiteres Mal versuchte ich, sie in den Stand zu bekommen, aber ohne Erfolg. Mir würde keine andere Wahl bleiben, als sie nach oben in mein Zimmer zu *tragen*. Zerknirscht musterte ich sie und mein Blick wanderte unfreiwillig zu dem hochgerutschten Kleid, das mehr von ihren Beinen zeigte, als sie vermutlich beabsichtigte. Beschämt sah ich weg und dachte nach. Ihr

Gewicht würde nicht das Problem sein, vielmehr beunruhigte mich mein Kraftmangel. Die sieben Kilo, die ich in den vergangenen Monaten abgenommen hatte, waren eben nicht nur Fettgewebe, sondern größtenteils Muskelmasse gewesen. Und dadurch, dass ich nur so unregelmäßig Mahlzeiten zu mir nahm und es manchmal sogar vergaß, zu essen, waren Kreislaufprobleme keine Seltenheit.

Allerdings blieb mir keine andere Wahl, wenn ich nicht ewig hier rumstehen wollte oder bestenfalls meine Eltern noch Wind davon bekamen. Meine Mutter würde aus allen Wolken fallen, Mina hier zu sehen. Bereits bei ihrem ersten Besuch hatte sie mich anschließend mit Fragen gelöchert.

Seid ihr wieder befreundet?

Warum war Mina hier?

Hast du dich ihr anvertraut?

Natürlich war ich all den Fragen ausgewichen, weil ich selbst keine Antwort gewusst hatte. Für meine Mutter war Mina immer so etwas wie eine Tochter gewesen und genauso hatte sie sie auch behandelt.

Als ich mich ihr langsam näherte, die Hände unter ihre nackten Oberschenkel schob und die warme Haut berührte, schluckte ich schwer. Zwar roch sie stark nach Alkohol, aber auch nach ihr selbst und dieser Geruch schaffte es trotzdem, alles andere zu überlagern und mich aus dem Konzept zu bringen. Ich war lange keinem Mädchen mehr so nah gekommen und es kostete mich einiges, überhaupt so weit zu gehen. Berührungen waren ein Fremdwort geworden und mein Körper reagierte mit Herzrasen und unkontrollierten Hitzewallungen. Mit einem Ruck hob ich sie hoch und schaffte sie aus dem Auto. Jetzt mussten wir es nur ins Haus und die Treppe hinauf schaffen. Dann würde endlich Ruhe einkehren. Zu blöd, dass ich die Rechnung ohne Mina gemacht hatte, die anfing, sich in meinen Armen zu winden, und murmelte, dass ihr übel wurde. Daraufhin ließ ich sie beinahe fallen und setzte sie unbeholfen im Gras ab. Hilflos stand ich da und betete nur, dass diese Nacht endlich ein Ende nahm.

»Oh, verdammt«, nuschelte sie und drehte sich zu mir um.

Zunächst registrierte ich nicht, was los war, bis ich auf ihr Kleid sah und das Gesicht verzog. Das konnte doch jetzt unmöglich ihr Ernst sein!

»Lass mich einfach hier«, fing sie zu schluchzen. »Oder ich gehe von hier zu Fuß nach Hause.«

Bevor sich der Anblick zu tief bei mir einspeicherte, führte ich Mina langsam und bestimmend zur Haustür. Ich versuchte, den Geruch nach Alkohol und Erbrochenem zu ignorieren, und öffnete die Tür für sie.

»Schaffst du es, leise zu sein, bis wir oben sind? Ich will meine Eltern nicht wecken. Und dann gehst du erst mal duschen.«

Mina gluckste. »Aye, aye, Chef. Wenn du das unbedingt so willst.«

Ich befürchtete schon das Schlimmste, aber wir schafften es ohne weitere Vorfälle ins Obergeschoss und ich brachte Mina direkt ins Bad. Behutsam setzte ich sie auf den Toilettendeckel und stellte das Wasser in der Dusche an.

»Am besten … duschst du dich und ich suche dir in der Zeit frische Kleidung raus. Lass … lass dein Kleid einfach hier liegen, ich kümmere mich darum.«

Sie antwortete nicht und es sah so aus, als wäre sie weggenickt. *Na super.* Mittlerweile gewann ich den Eindruck, dass die Nacht niemals enden würde, und meine Augen brannten vor Erschöpfung. Vorsichtig stupste ich sie an und daraufhin schlug sie meine Hand weg.

»Bitte geh dich duschen«, flehte ich.

Auf einmal stand sie auf, wankte kurz, aber schaffte es im letzten Augenblick, das Gleichgewicht zurückzuerlangen. Kurz darauf versuchte sie, die Träger ihres Kleides nach unten zu ziehen und rutschte unbeholfen immerzu ab.

»Hilf mir«, bat Mina kraftlos.

»Das wirst du doch wohl schaffen!«

Mit ihr zu diskutieren, führte zu nichts, zumal sie jetzt einfach nur vor mir stand und ihr die Augen sekündlich zufielen. Ich stöhnte widerwillig und redete mir in Endlosschleife ein, dass sie in ein paar Stunden sowieso nichts mehr davon wusste.

»Okay.« Angespannt schluckte ich. »Ich ... Ich ziehe dir das Kleid jetzt aus.«

Mein Herzschlag beschleunigte sich völlig unangebracht und mein Mund war auf einmal staubtrocken. Es lag nicht mal an Mina selbst, sondern daran, dass die Gesamtsituation so verrückt war. Und ... weil mich der viele Körperkontakt komplett überforderte. Mit zittrigen Händen berührte ich die dünnen Träger und schob sie von ihren kalten Schultern, darauf bedacht, ihr die ganze Zeit über ins Gesicht zu schauen.

Ich war erst an ihrem Dekolleté angekommen und hatte schon das Gefühl, in Flammen zu stehen. Wenigstens war es Mina nicht unangenehm, die davon überhaupt nichts wahrnahm. Als ich das Kleid über ihre Brüste nach unten zog, hielt ich vor lauter Anspannung die Luft an. Wahrscheinlich führte ich mich komplett idiotisch auf. Aber die Gefühle für sie liefen in diesen Sekunden wie ein Fass über.

Dennoch versuchte ich, mich zusammenzureißen, zog ihr den Stoff über die Hüften und war froh, als ich endlich ihre Füße erreicht hatte. Ich atmete schwer und war darauf bedacht, sie so wenig wie möglich zu berühren ... oder sie anzusehen. Mein Blick wanderte dennoch ungewollt über ihren schlanken Körper und die helle Haut, die übersäht mit Sommersprossen war. Die schwarze Unterwäsche ließ sie dabei noch blasser aussehen und ich wurde rot, weil mir ihr Anblick viel zu gut gefiel. Auch wenn die Gedanken in so einer Situation absolut unangemessen waren.

Zaghaft drückte ich ihr die Fingerspitzen in den Rücken, schob sie in die Duschkabine und übernahm auch den Rest, zu dem Mina offensichtlich nicht in der Lage war. Ganz langsam strich ich ihre Haare zurück, die glücklicherweise nur etwas nach Rauch rochen und ansonsten sauber waren. Zum Glück war sie zu betrunken, um meine Nervosität zu bemerken. Sie sagte kein Wort, als das warme Wasser über ihren Körper lief und ich nebenbei versuchte, ihr Duschgel in die Hände zu geben, damit sie sich waschen konnte.

Der Stoff ihrer Unterwäsche sog sich mit Feuchtigkeit voll, was die Lage nicht unbedingt angenehmer machte.

»Na los, so langsam könntest du ein bisschen mithelfen«, bat ich, nahm ihre Hand und legte sie auf ihre Schulter. Zumindest versuchte sie es, wenn auch eher fahrig, aber ich hatte den Eindruck, als würde es ihr helfen, wieder etwas wacher zu werden. Mir lief das Wasser von den Handgelenken über die Arme und durchnässte die Ärmel, die anschließend an der Haut klebten.

»Okay, ich denke, das reicht jetzt«, meinte ich nach einer Weile und stellte den Duschkopf ab.

Aus Angst davor, dass Mina ausrutschen könnte, nahm ich ihre Hände und zog sie wieder aus der Kabine heraus. Danach griff ich nach einem sauberen Handtuch, legte es ihr über die Schultern und setzte sie zurück auf den Toilettendeckel.

»Ich suche dir jetzt etwas Frisches zum Anziehen«, informierte ich sie. »Bleib ... Bleib einfach da sitzen.« Bevor ich das Badezimmer verließ, kramte ich eine zusätzliche Zahnbürste aus dem Schrank hervor, drückte sie ihr mit Zahnpasta in die Hand und verschwand aus dem Raum. Ich brauchte anschließend ein paar

Momente, stand wie angewurzelt im Flur und wartete, bis sich mein viel zu schneller Puls wieder beruhigte. Die Nähe zu diesem Mädchen hatte mich vollkommen aufgewühlt, sodass sich alles in meinem Kopf drehte. Ich zitterte und kam gerade so gar nicht klar.

Mittlerweile hatte ich komplett das Zeitgefühl verloren, nur das laute Zwitschern der Vögel verriet, dass der neue Tag längst angebrochen war. In meinem Zimmer zog ich flüchtig ein T-Shirt und Shorts aus dem Schrank und kehrte zurück ins Bad. Zu meiner Überraschung stand Mina mit dem Handtuch umwickelt vor dem Waschbecken und putzte sich die Zähne. Zögernd legte ich die Kleidung auf den Badewannenrand und verließ das Bad, ohne ein Wort zu sagen. Danach schlich ich nach unten in die Küche, schnappte mir eine Flasche Wasser und Ibuprofen. Als ich zurück nach oben kam, lag sie bereits in meinem Bett und schlief.

Sie hatte sich nicht mal mehr die Mühe gemacht und sich zugedeckt. Kopfschüttelnd beobachtete ich sie kurz. »Was mache ich nur mit dir?«

Die Tatsache, mich jetzt neben Mina zu legen und im selben Bett zu schlafen wie sie, brachte meine Wangen zum Glühen, aber ich war zu müde, um die Gedanken umherwandern zu lassen. Wir hatten zwar all die Jahre beinahe jeden Tag miteinander verbracht, dennoch war das hier war eine neue Ebene der Intimität. Mit erschöpften Beinen ging ich um das Bett herum, zog die Decke unter ihrem Körper hinweg und legte mich hin.

Mina lag mir mit ihrem Gesicht gegenüber. Ihr Mund war leicht geöffnet und sie schnarchte leise, was sich irgendwie niedlich anhörte. Ich musterte sie einen Augenblick lang, prägte mir ihren friedlichen Gesichtsausdruck ein und die Sommersprossen, die wieder deutlicher zum Vorschein kamen.

Du hast mir so gefehlt.

Mit diesem Gedanken fielen mir letztlich die Augen zu.

18 Mina

In meinem Kopf hämmerte es ununterbrochen. Ich schluckte und hustete, weil meine Kehle wie ausgedörrt war und es mir vorkam, als hätte ich Pappe im Mund. So wie jetzt hatte ich mich noch nie gefühlt. Als hätte man mich mit einem extra Schleudergang durch die Waschmaschine gejagt und bei der Vorstellung von den vielen Drehungen wurde mir ganz übel.

Ich wagte es kaum, die Augen zu öffnen, aus Angst vor den Konsequenzen, doch mein Körper verlangte ganz dringend nach Wasser. In meinem Bett war es schon lange nicht mehr so gemütlich gewesen wie jetzt und ich zog mir die Decke bis zum Kinn, fühlte mich kurz wie in einem warmen Kokon.

Ein altbekannter Geruch trat mir in die Nase. Er war herb mit einer süßlichen Note und erinnerte mich an Waldspaziergänge im Herbst. Wenn die ersten kalten Tage die dunkle Jahreszeit einläuteten, die Blätter fielen und die Natur sich veränderte. Allmählich wurde ich wacher und bemerkte, dass ich auf etwas Hartem lag. Vorsichtig tastete ich danach, öffnete die Augen und erschrak.

Was zur Hölle?

Ich lag definitiv nicht in meinem Bett, sondern in Sams, der mich fest umschlungen in seinen Armen hielt. Erst jetzt bemerkte ich auch das Shirt, das ich trug und das nichts mit meinem Kleid von gestern gemeinsam hatte.

Was ist auf der Party passiert?

Mir fehlten jegliche Erinnerungen, ganz egal, wie sehr ich versuchte, mich zu konzentrieren und sie zurückzurufen. Nicht mal Bruchstücke waren vorhanden. Innerhalb weniger Sekunden war ich hellwach, mein Herzschlag raste in einer ungesunden Geschwindigkeit und mir wurde abwechselnd heiß und kalt.

Ich wagte es nicht, mich zu bewegen. Aus Angst davor, was passieren würde, wenn ich mich umdrehte, blieb ich wie erstarrt liegen und versuchte, die Situation zu erfassen.

Hatten wir etwa …?

Nein, auf keinen Fall! Auch wenn ich mehr als verwirrt von diesem Kuss war, kannte ich Sam und wusste, dass er die Situation niemals ausgenutzt hätte. Meine Kopfschmerzen wurden unerträglich, sodass ich sie kaum noch aushielt und gleichzeitig komplett überfordert mit der Situation war.

Ich kniff die Augen zusammen, versuchte erneut, mich an irgendetwas zu erinnern, aber in meinem Kopf existierte bloß dichter Nebel. Schließlich hielt ich weder Sams Nähe noch die Situation aus, griff nach seinem Arm und schob ihn langsam zur Seite. In der Hoffnung, dass er nicht aufwachte. Danach richtete ich mich auf und erblickte auf dem Nachttisch eine Flasche Wasser und Ibuprofen. Das war so typisch Sam. Immer darauf bedacht, dass es mir gut ging.

Gierig griff ich danach, schluckte die Tablette und trank das Wasser bis zur Hälfte leer. Zumindest fühlte ich mich anschließend ein wenig frischer.

Mein Blick wanderte nach links und kurz hatte ich gehofft, mir das alles doch nur eingebildet zu haben, aber Sam lag wirklich neben mir. In einem grauen Langarmshirt, das sich eng an seine Haut schmiegte. Seine pechschwarzen Haare fielen ihm wellig ins Gesicht. Er hatte ein Muttermal auf der rechten Wange und eines auf dem Nasenflügel. Jetzt wo er schlief, wirkten seine Züge zum ersten Mal entspannt, seine herzförmige Oberlippe war leicht geöffnet und er sah friedlich aus. Ich konnte verstehen, warum Sam damals ein Mädchenschwarm gewesen war. Zwar hatte ich ihn nie als diesen angesehen und langsam wurde mir klar, warum ihn alle so attraktiv fanden. Ich hatte ihn auch attraktiv gefunden, doch auf eine andere Art und Weise als es jetzt der Fall war.

Am besten verschwand ich, bevor es zwischen uns unendlich peinlich wurde und kam nie wieder her. Mir brannten zwar die Fragen auf der Zunge, die ich auf der einen Seite dringend beantwortet haben musste. Auf der anderen Seite war es besser, die Wahrheit nie zu erfahren. Zumindest für diesen Moment nicht, denn ich wollte einfach nur weg und mich für immer verkriechen.

Ich scannte das Zimmer nach meiner Kleidung ab, die allerdings nirgends zu sehen war. Schwerfällig schwang ich die Beine aus dem Bett und brauchte kurz, um sicherzugehen, dass mir nicht übel wurde, als ich den Boden unter den Füßen spürte. Leider gehörte ich zu der Fraktion, die sich meistens übergeben musste, wenn sie zu viel getrunken hatte.

Ich klammerte mich an die Bettkante, starrte ins Leere und wusste nicht, was oben und unten war. Eigentlich hätte ich noch ein paar Stunden Schlaf vertragen können, nur hier war definitiv der falsche Ort dafür.

Hatte ich überhaupt meiner Mutter Bescheid gesagt? Nun wurde ich panisch. Noch nie war ich über Nacht weggeblieben, ohne dass sie davon wusste, und es war eine feste Regel, dass ich ihr zumindest schrieb, wenn ich woanders schlief.

Hektisch suchte ich erneut nach meinen Wertsachen.

»Alles okay?« Eine tiefe, verschlafene Stimme meldete sich hinter mir und ich bekam eine Gänsehaut, weil sie so ungewohnt rau klang.

Am liebsten hätte ich mich nicht zu ihm umgedreht, aber es nützte nichts. Beschämt blickte ich über die Schulter und verzog das Gesicht. Sam musterte mich mit verschlafenen Augen und fuhr sich durch das Haar.

Um Himmels willen.

Ich konnte den Blick gar nicht von ihm abwenden. Vor allem nicht von den Lippen, mit denen er mich geküsst hatte.

»Warum bin ich hier?« Meine Stimme klang kratzig, als hätte ich die ganze Nacht über der Kloschüssel gehangen.

»Du bist gestern …«, fing Sam an, brach den Satz ab und überlegte. Stattdessen sah er mich einen langen Moment mit einem Blick an, den ich nicht von ihm kannte. Es wirkte so, als würde er versuchen, in mich hineinzuschauen.

Hat er mich schon immer so angesehen?

Wenn ja, warum hatte ich es nie bemerkt? *Wie* konnte ich es nicht sehen?

»Geht es dir gut?« Seine Frage erwischte mich eiskalt. Anstatt dass ich mich an den vergangenen Abend erinnerte, dachte ich ohne Vorwarnung an die Einladung zur Hochzeit meines Vaters. Sie hatte mir den Boden unter den Füßen entzogen. Die Gefühle brauten sich wie ein Sturm in mir zusammen. Die Wut, der Frust, die grenzenlose Enttäuschung und diese geballte Ladung an Emotionen trieben mir Tränen in die Augen.

Dennoch nickte ich. »Wo sind meine Sachen?«

Sam räusperte sich und seine plötzliche Verlegenheit war kaum zu übersehen, da seine Haut eine ungewohnte Röte annahm. »In der Wäsche.«

»Was?«, fragte ich schrill. »In … In der Wäsche?«

»Ja … Du … Sie waren dreckig.«

Ich schlug die Hände vors Gesicht und gab einen gedämpften Schrei ab. Das konnte doch alles nicht wahr sein!

»Wo ist mein Handy?«

»Ich glaube noch im Auto. Soll ich es dir holen? Dann bringe ich dir auch deine Kleidung mit.«

Statt zu antworten, brachte ich nur ein Nicken hervor und setzte mich auf die Bettkante. Gerade hätte ich alles dafür gegeben, um die Zeit umzukehren und es ungeschehen zu machen. Egal, was es auch war und woran ich mich nicht erinnerte.

Sam krabbelte aus dem Bett und verließ eilig das Zimmer. Mit weit aufgerissenen Augen lag ich da und starrte zur Decke, versuchte, mich zusammenzureißen und nicht darüber nachzudenken, dass ich einen absoluten Kontrollverlust gehabt hatte. Etwas, das ich nicht von mir kannte. Zumindest nicht so.

Nicht seit den letzten drei Jahren.

Nicht seitdem ich mich zusammenhielt – mit allem, was nötig war.

Einige Minuten später kam Sam zurück und reichte mir meine Handtasche. Hastig wühlte ich nach dem Handy und entsperrte es in der Sekunde, in der ich es endlich in der Hand hielt.

Sechs verpasste Anrufe von Elias.

Drei Nachrichten von Yara.

Aber keine von meiner Mutter.

»Weißt du zufällig, ob ich meine Mutter gestern angerufen habe?«

»Nein. Tut mir leid.«

Ich öffnete *WhatsApp*, las die erlösende Nachricht von Elias und schnappte nach Luft.

Elias: Kannst mir später danken. Hab deiner Mutter geschrieben, dass dein Akku leer ist und du bei mir pennst. Ich brauche dringend Erklärungen!!!

»Was ist gestern passiert?«, fragte ich betreten. »Und bitte sei ehrlich.« Ich wagte es nicht, Sam in die Augen zu sehen, und starrte stattdessen auf meine Hände.

»Soll ich es dir wirklich erzählen?«

»Ich will es nicht wissen, aber ich denke, da muss ich jetzt durch.«

Sam seufzte. Schon als er die ersten Sätze laut ausgesprochen hatte, wäre ich viel lieber im Erdboden versunken, als weiter zuzuhören, wie ich mich völlig abgeschossen hatte. Am schlimmsten war die Sache mit der Dusche.

»Okay, ich habe genug gehört«, unterbrach ich ihn irgendwann und zog die Decke über den Kopf. »Es tut mir so leid. Das ist mir alles unglaublich peinlich.«

Am liebsten hätte ich mich für immer darunter verkrochen, doch Sam zog sie von mir weg und warf mir ein zaghaftes Lächeln zu.

»Es gibt Schlimmeres.«

»Danke. Dass du dich um mich gekümmert hast und ich hier schlafen konnte. Kommt nicht wieder vor.« Ich hoffte, er sah die Aufrichtigkeit in meinem Blick. »Was mich interessieren würde … Warum bist du gestern Abend hergekommen? Und jetzt sag nicht, weil Yara dir geschrieben hat.«

Sein kleines Grinsen verschwand und er rieb sich den Nacken, weshalb ich mit gesenkter Stimme sagte: »Du hast mich zwei Wochen lang ignoriert, nachdem … nachdem du mich geküsst hast.«

Da war es.

Laut ausgesprochen und nicht mehr zurückzunehmen.

»Willst du wirklich jetzt darüber reden? In diesem Zustand? So betrunken, wie du gestern warst, habe ich dich noch nie gesehen und ich weiß, dass das nicht du warst. Also wird irgendetwas passiert sein, nehme ich an.«

Es war erschreckend, wie gut Sam mich noch immer kannte und ich seufzte. Natürlich hatte er recht, vor allem, was das Gespräch betraf.

»Wenn wir jetzt nicht reden, werden wir das niemals tun«, antwortete ich betreten.

»Doch.« Der ernste Ton in seiner Stimme überraschte mich.

»Wir werden reden. Über alles und dieses Mal wirklich. Aber nicht, wenn du noch komplett verkatert bist.«

»Versprichst du es mir?«

Sam nickte ohne Umschweife. »Ich verspreche es dir. Ich will mit dir über alles reden, weil … weil ich sonst nie vorankomme. Nur muss das Timing stimmen, denn dafür ist es mir zu wichtig, okay?«

Ich sah Sam an, der völlig gefasst neben mir saß. In seinen braunen Augen lag etwas, das ich nicht von ihm kannte. Sowieso wirkte er ganz anders. Abgeklärter, nicht mehr so unendlich verloren. Und je länger ich ihn ansah, desto mehr vergaß ich alles andere um mich herum.

»Geht es dir gut?«, fragte er erneut.

Zu lügen, würde am Ende nichts bringen. Nicht bei ihm, nicht wenn ich ohnehin keine Kraft mehr hatte, vorzuspielen, dass alles in Ordnung war. Deshalb schüttelte ich schließlich den Kopf. »Nein, aber lass uns das auf die Themenliste für unser Gespräch setzen.«

»Soll ich dich erst mal nach Hause fahren?«

Ich nickte. »Wenn es dir keine Umstände macht?«

»Seit gestern ist alles irgendwie anders«, sagte Sam. »Ich bin zuvor wochenlang nicht mehr Auto gefahren, war nur zu Hause, weil alle dachten, dass ich in Berlin bin. Und dann hat mich gestern die halbe Oberstufe gesehen.«

»Und das nur meinetwegen. Es tut mir leid, dass du extra herkommen musstest.« Augenblicklich bekam ich ein schlechtes Gewissen, auch wenn ich mich nicht an den gestrigen Abend erinnern konnte.

Sam zuckte mit den Schultern und lächelte knapp. »Es ist mir egal, was die anderen denken oder was jetzt erzählt wird. Nach der Party gestern frage ich mich nur, was Montag in der Schule über dich erzählt wird.«

»Lass uns das Thema lieber ignorieren.« Ich verzog das Gesicht. Bei dem Gedanken an die Schule und das mögliche Gerede wurde mir schon wieder übel. »Fürs Erste will ich nur schlafen. Und mich umziehen.«

Er trat nach draußen, damit ich mich in Ruhe umziehen konnte. Das schwarze Kleid fühlte sich wie ein Fremdkörper an. Als ob ich versucht hatte, jemand zu sein, der ich gar nicht mehr war. Mit fünfzehn hatte ich solche Outfits geliebt, jetzt kam ich mir eigenartig darin vor.

Als ich fertig war, gesellte ich mich zu Sam auf den Balkon und ließ den Augenblick auf mich wirken. Dieser schob die Hände in die Hosentaschen und sah mich aus dem Augenwinkel an.

»Du hast in den letzten zwei Wochen immer wieder etwas geschrieben, über das ich nachgedacht habe. *Ich bin da, wenn du reden willst und wenn du nicht reden willst.* Das Gleiche gilt auch für dich. Nur für den Fall, dass du jemanden zum Zuhören brauchst. In meinem Leben läuft so vieles falsch. Ich habe viele Fehler gemacht, Mina. Nicht um unsere Freundschaft gekämpft zu haben, bereue ich jeden Tag und wenn ich könnte, würde ich die Zeit zurückdrehen. Im Moment arbeite ich wirklich hart an mir, weil ich das alles auf die Reihe kriegen muss. Mein Leben, meine Freundschaft zu Yara und jetzt auch uns. Ich will nur, dass du das weißt. Ich arbeite daran.«

Gerührt von seinen Worten ließ ich mich dazu hinreißen, einen Schritt auf ihn zuzugehen und meine Arme um ihn zu schlingen. Erst hinterher wurde mir bewusst, dass Sam Probleme mit Nähe hatte, und ich wollte mich von ihm lösen, doch da legte er seine Arme ebenfalls um meinen Körper. Seine Wange schmiegte sich sanft gegen mein Haar und ich schloss die Augen. Das hier, Sam und ich. Seine Nähe, sein regelmäßiger Herzschlag, der plötzlich schneller wurde, und sein Geruch. Mehr brauchte und wollte ich nicht. Trotz der rasenden Gedanken, der Wut auf meinen Vater und allem, was gerade los war. Mit Sam an meiner Seite hatte ich das Gefühl anzukommen und genau dort zu sein, wo ich immer hingehört hatte. Dieser Moment drückte mehr aus, als Worte es jemals gekonnt hätten.

Wir standen da, hielten uns fest.

Und in diesen Sekunden genügte genau das.

Sam

Pinky Promise.

Es war eine Ewigkeit her, seit Mina und ich uns ein Versprechen gegeben hatten. Eines, das unsere Freundschaft retten sollte.
Stattdessen lag sie in Trümmern, ohne Aussicht darauf, wieder
zusammengesetzt zu werden.

Unsere beinahe täglichen Treffen, endlosen Gespräche über
Japan, Bücher und unsere Träume und die FaceTime-Gespräche,
die manchmal nächtelang dauerten – all das existierte nicht mehr.

Wir existierten nicht mehr.

Es war, als hätte es unsere Freundschaft niemals gegeben und
anstatt, dass jemand von uns offen aussprach, was in ihm vorging,
ließen wir es einfach geschehen. Ich redete mir ein, dass es besser
so war. Für sie, für meine Gefühle. In ihrer Nähe zu sein und all
das für mich zu behalten, war so unfassbar hart gewesen. Es hatte
mich jedes Mal beinahe zerrissen, für sie nur der beste Freund zu
sein, wobei ich mehr für sie sein wollte. So viel mehr. Nur blieb
ich allein damit, denn Mina sah mich als das, was ich hätte sein
sollen: ihr bester Freund. Hätte sie anders empfunden, hätte ich
das sofort bemerkt. Allein schon, weil sie schlecht darin war, ihre
Gefühle zu verbergen.

Vielleicht musste es so kommen. Vielleicht war sie jetzt glücklicher, mit anderen Menschen an ihrer Seite, die für sie da sein
konnten. Die ihr das gaben, was ich nicht konnte.

Ein halbes Jahr war seit unserem *Pinky Promise* vergangen

und ich redete mir noch immer ein, dass es jetzt besser war. Dass es in Ordnung war. Zu sehen, wie Mina neue Freunde fand, lachte und glücklich aussah, gab mir nur die Bestätigung, keinen Fehler begangen zu haben. Mit mir hatte sie zuletzt nicht so gelacht, wir hatten oft gestritten und uns gegenseitig heruntergezogen.

Es ist besser so.

Trotzdem tat es verflucht weh.

Jedes Mal, wenn ich sie in der Mensa von Weitem sah.

Wenn sich unsere Blicke für eine Millisekunde trafen und Hoffnung in mir aufkeimte, dass wir vielleicht wieder miteinander reden würden. Nur bis einer den Blickkontakt abbrach und die Hoffnung im Keim erstickt wurde.

Seit einiger Zeit hing sie mit dem schlausten Typen der Stufe ab – Elias Namwandi. Mina sah wieder glücklich aus und das war alles, was ich für sie wollte.

»Werden die Herzchen in deinen Augen jemals kleiner?«

Erschrocken sah ich zu dem Mädchen, das schräg gegenüber von mir saß und in das Buch vor sich vertieft war. Sie warf mir einen kurzen, fast schon amüsierten Blick zu.

»Jetzt guck nicht so. Es ist sehr offensichtlich, dass du in Mina verknallt bist.«

»Bin ich überhaupt nicht«, verteidigte ich mich und klang dabei wie ein kleiner Junge.

»Deine Herzchen-Augen sagen etwas anderes. Man sieht aus drei Metern Entfernung, wie sehr du sie anhimmelst.« Das Mädchen zuckte mit den Schultern. Sie trug einen wasserstoffblonden Pixie Cut, einen bunten Cardigan und ein Crop-Top.

»Du bist Yara, oder?« Nur sie besaß diesen ganz eigenen Stil, das wusste selbst ich, obwohl Mode mir egal war. Wir gingen in eine Stufe, aber hatten keinerlei Berührungspunkte miteinander. Zumindest bis jetzt.

Sie nickte. »Sorry, ich wollte dir nicht zu nahe treten. Ihr beide seid doch eigentlich richtig gut befreundet oder täusche ich mich? Warum sagst du es ihr nicht?«

Automatisch drehte ich den Kopf in Minas Richtung. Sie biss genüsslich von ihrem Burger ab und lächelte anschließend. Es sah merkwürdig aus, weil sie den Mund voll mit Essen hatte und gleichzeitig war es auch supersüß.

»Wir sind nicht mehr befreundet«, antwortete ich betreten. Yara anzulügen, ergab wohl wenig Sinn, weshalb ich einfach offen sprach.

»Nicht? Warum nicht?«

»Warum denkst du wohl?«

Ich schnaubte und Yara verstand sofort.

»In die beste Freundin verliebt zu sein, ist scheiße. Habe ich auch durch.«

»Will ich wissen, wie es ausgegangen ist?«

Mit einem schwachen Lächeln deutete Yara auf das Buch vor sich. »Warum denkst du, sitze ich in der Mittagspause allein und lese, obwohl ich Bücher nicht mal sonderlich mag? Ich ich bin immer für Ehrlichkeit, deshalb bereue ich es nicht. Mir war klar, dass es unsere Freundschaft versaut, nur konnte ich nicht mehr so weitermachen.«

Wenn der Hintergrund ihrer Worte nicht so schmerzlich gewesen wäre, hätte ich wohl einen Spruch zu ihrer Buch-Meinung abgegeben, denn die war inakzeptabel. Aber ich blieb an ihren Worten hängen und fühlte mich seltsam verbunden mit ihr. »Hast du es Mina deshalb nicht gesagt? Weil du Angst hast, dass sie nicht mehr dir redet?«

Ich nickte und lachte frustriert auf. »Ich dachte, es wäre besser so. Wir haben uns dadurch immer weiter entfernt, bis sich eine solche Distanz aufgebaut hat, die nicht mehr zu ändern ist. Wir hätten reden müssen und haben es nicht. Tja, und jetzt ist es zu spät. Wer weiß – vielleicht hätte es etwas geändert, wenn ich den Arsch in der Hose gehabt hätte.«

»Dann sag es ihr jetzt. Für so etwas sollte es nie zu spät sein.«

»Wir reden seit Monaten nicht mehr miteinander. Glaub mir: Es ist zu spät. Außerdem weiß ich gar nicht mehr, wer sie überhaupt ist, wenn ich sie ansehe.«

»Das klingt wahnsinnig traurig. Tut mir leid für eure Freundschaft. Ich habe oft gedacht, wie süß ihr zusammen ausseht und ob da nicht mehr ist.«

Dazu sagte ich nichts. Mir war auch nicht danach, weiter über Mina zu reden. Wir hatten gleich Sport und es war jedes Mal eine Qual, wenn wir in dieselbe Mannschaft gesteckt wurden. Der Lehrer dachte wohl, er würde uns damit etwas Gutes tun.

»Was hast du gleich noch für Stunden? Ich habe gerade echt keinen Bock mehr, hier zu sein«, meinte ich.

Ein Grinsen breitete sich auf ihren Lippen aus und sie packte ihre Sachen an. »Ich glaube, ich mag dich«, sagte sie locker. »Auf geht's.«

Eigentlich hatte ich nur gefloskelt und wäre lieber allein geblieben, doch Yaras Anwesenheit war gar keine so schlechte Alternative. Zumal uns die gemeinsame Erfahrung mit der kaputten Freundschaft verband. Was gleichzeitig ziemlich bitter klang.

Insgeheim war ich dennoch froh, vielleicht jemanden gefunden zu haben, der durch dieselbe Scheiße ging wie ich …

19 Mina

Montagmorgen kam und ich fühlte mich nicht bereit. Nicht für die Schule, nicht für die Gespräche. Einfach für gar nichts. Alle auf der Party hatten natürlich mitbekommen, wie betrunken ich gewesen war und Elias hatte den gestrigen Tag damit verbracht, meine Gedächtnislücken des Abends zu füllen und mich zu trösten.

Trotzdem hatte ich Angst, jetzt das Schulgelände zu betreten. Ich wollte gar nicht wissen, was die Menschen dort über mich redeten und ärgerte mich darüber, dass ich so die Kontrolle verloren hatte.

Elias und Yara warteten bereits auf mich und im Schneckentempo stellte ich mein Fahrrad ab, um mir Zeit zu verschaffen. Ich dachte viel lieber darüber nach, in welches Gesprächsthema ich sie auf der Stelle verwickeln könnte, nur um von mir abzulenken. Nur war mein Kopf wie ein Sieb und am Ende blieb mir nichts anderes übrig, als mich dem zu stellen, was mich erwartete.

»Hey, alles wieder in Ordnung?«, fragte Yara sofort und musterte mich von oben bis unten, als würde sie überprüfen, ob ich gesund war.

»Ja, mir geht es so weit gut. Tut mir echt leid, wie das gelaufen ist. Ich hatte nicht vor, so abzustürzen.« Geknickt lächelte ich und sah beschämt zu Boden.

»Ist doch kein Problem. So etwas kann passieren. Sollte nicht, aber kann. Die Hauptsache ist, dass es dir jetzt gut geht.«

Es konnte nicht die Rede davon sein, dass es mir gut ging. Das war nicht der passende Moment, um von der Hochzeitseinladung zu erzählen.

»Ich will da nicht rein. Bestimmt werden mich alle ansehen.«

»Wahrscheinlich schon. Viel mehr wird Sam das Gesprächsthema sein.« Er warf Yara einen Blick zu. »Bist du sicher, dass du dir das geben willst? Das Gerede hat gerade erst aufgehört.«

»Passt schon«, nuschelte sie.

Elias legte mir flüchtig einen Arm um die Schultern. »Wir sehen uns nachher im Deutsch-Leistungskurs. Falls was ist, schreib mir.«

»Es wird schon nicht so schlimm werden«, redete ich mir selbst ein und winkte ihm zum Abschied zu. Innerlich wappnete ich mich bereits gegen die Gerüchteküche.

Als wir nur noch zu zweit waren, fragte Yara: »Wie geht es Sam? Habt ihr geredet?«

»Um ehrlich zu sein, war ich überrascht davon, wie abgeklärt er war. Ich habe das Gefühl, dass er gerade wirklich an sich arbeitet.«

Yara zog überrascht die Augenbrauen hoch. »Das ist gut. Das ist richtig gut.«

»Wir wollen uns heute treffen und endlich ein paar Dinge besprechen. Ich denke, er wird bald auch auf dich zukommen.«

»Meinst du?« Plötzlich lag Hoffnung in Yaras Stimme.

»Ganz sicher.«

»Ich hoffe es. Allein, dass er zur Party gekommen ist, bedeutet eine Menge. Nicht nur, was dich betrifft. Sondern auch, dass er endlich wieder auf dem Weg zu sich selbst ist.«

Sie blickte zu den Schülern und Schülerinnen, die auf der Tischtennisplatte saßen, Zigaretten rauchten und deren Art so wirkte, als würde ihnen die Schule gehören.

Yara sah mich an und stieß mir mit dem Ellenbogen in die Seite. »Bist du bereit?«

»Mir bleibt nichts anderes übrig«, meinte ich, reckte das Kinn nach oben und nahm eine aufrechte Haltung ein, obwohl ich mich ganz und gar nicht selbstbewusst fühlte.

✧ ✧ ✧

In der Mittagspause platzte mir fast der Kopf. Natürlich war Sam Thema Nummer eins und *natürlich* wurde ich bis zum Mittagessen dauerhaft nach ihm gefragt.

Warum war er auf der Party?
Warum ist er nicht in Berlin?
Wieso war er meinetwegen da?

Ich hatte auf keine dieser Fragen geantwortet, sie über mich ergehen lassen und war jetzt froh, einfach meine Ruhe zu haben. Elias und Yara hatten extra einen Tisch in der hintersten Ecke freigehalten, damit ich nicht länger im Fokus stand.

»Geht es dir gut? Du siehst echt erschöpft aus.« Elias reichte mir ein Stück Schokolade. »Hier, du brauchst das jetzt.«

»Ich brauche mehr als nur Schokolade«, grummelte ich und verschränkte die Arme vor der Brust. »Wann hört das wieder auf?«

Yara tätschelte mir aufmunternd die Schulter. »Bis Ende der Woche interessiert es niemanden mehr, glaub mir.«

Am liebsten hätte ich mich in Luft aufgelöst, um dem ganzen Drama zu entkommen. Niemals hätte ich gedacht, mal im Fokus zu stehen und fand es absolut grauenhaft.

»Wann wollt ihr euch heute treffen?«, hakte Elias nach.

»Irgendwann gegen Nachmittag. Falls ich hier lebend herauskomme.« Ich rieb mir die Schläfen und gähnte. »Im Moment fühle ich mich überhaupt nicht bereit dazu. Ich meine, ich habe mir jahrelang nichts anderes gewünscht und jetzt ist mein Kopf komplett leer.«

»Sag ihm einfach, was du denkst und wie es dir ergangen ist.«

»Ja, richtig, Elias. Weil das ja auch so leicht ist«, gab ich eine Spur zu bissig zurück.

Dieser ließ sich von meiner Stimmung nicht herunterziehen und wirkte völlig unbeeindruckt. »Ist es nicht. Natürlich nicht, aber es ist Sam, über den wir hier reden. Dein Sam.«

»Mein Sam?« Sofort wurden meine Wangen ganz warm. »Was soll das denn heißen?«

Yara gluckste und unterdrückte ein Lachen.

»Habe ich was nicht mitbekommen?«

»Na ja, auf der Party hast du sehr viel und intensiv über diesen Kuss gesprochen. Dass er überraschend kam und ruhig etwas länger hätte gehen können«, meinte Elias mit einem Grinsen.

Ich verschluckte mich beinahe an meiner eigenen Spucke. »Das habe ich garantiert nicht gesagt.«

»Doch hast du«, sagte Yara.

Abwechselnd sah ich die beiden an. Egal wie sehr ich mich anstrengte, die Details des Abends kamen nicht zurück. Sie würden mich niemals anlügen, nur klang das so gar nicht nach mir. Anderseits war der komplette Abend eine Katastrophe gewesen … Der Kuss hatte etwas in mir verändert, nur wollte ich es nicht zugeben und versuchte, diesen Gedanken von mir wegzuschieben. Denn was bedeutete es, dass ich mir in stillen Momenten wünschte, dass Sam mich noch mal küsste?

Elias lehnte sich ein Stück vor, als würde er mir nun ein Geheimnis verraten wollen.

»Es war Freitag mehr als eindeutig, dass Sam immer noch in dich verliebt ist. Er wird vielleicht darüber reden wollen.«

211

»Darüber will ich noch nicht nachdenken.«

Mehr wollte ich dazu nicht sagen. Nicht hier, nicht jetzt und vor allem nicht mit meiner Laune.

»Weißt du, Mina, Gefühle können sich auch verändern. Das ist nichts Schlimmes. Ja, Sam war dein bester Freund, aber so, wie du über ihn gesprochen hast, könnte er jetzt auch mehr für dich sein.« Er zuckte mit den Schultern.

Er könnte ... mehr für mich sein?

War es wirklich möglich, dass sich meine Gefühle für Sam veränderten? Und ich mir einfach nicht genug Raum gab, es zu bemerken? Denn wenn es so war, dann würde es so ziemlich alles verändern – und das war beängstigend.

Ich konnte nur hoffen, dass das bevorstehende Gespräch endlich Klarheit schaffte.

20 Sam

Es war einer der letzten warmen Tage in diesem Jahr. Die Blätter verfärbten sich, die Sonne ging früher unter, morgens roch die Luft nach dem bevorstehenden Herbst.

Zu dieser Jahreszeit war es im Wald am schönsten. Umgeben von einem Meer aus goldenen Farben, frischer Erde und Vogelgezwitscher fiel mir auf, wie sehr ich es vermisst hatte. Rauszugehen, in der Natur zu sein. Zu atmen. Früher hatte ich mir oft ein Buch mitgenommen und stundenlang auf einer Parkbank gelesen. Es war mein Weg gewesen, um alles andere von mir fortzuschieben, um meinen Kopf für wenige Momente zum Schweigen zu bringen. Irgendwann hatte selbst das nicht mehr funktioniert.

Langsam merkte ich, dass es besser wurde. Klarer, als würde sich ein dichter Nebel lösen, der mich eingekesselt hatte. Dr. Martens hatte mir geraten, kleine Tagesaufgaben zu erledigen, um Erfolgserlebnisse zu erhalten. Um mich zu motivieren, aus dem Zimmer zu kommen. Nun war ich bei dem echten Wunsch angekommen, mir mein Leben zurückzuholen und den Depressionen den Kampf anzusagen. Yara, Mina, meine Eltern.

Ich hatte Mina versprochen, dass wir reden würden. Wirklich redeten, offen zueinander waren und nach drei Jahren endlich über das sprachen, was uns entzweit hatte. Und ich war bereit, ihr zu erzählen, was im Sommer passiert war und warum Yara Abstand benötigte.

Wir waren an dem alten Hochsitz im Wald verabredet. Zwar war es nicht wie unser altes Baumhaus, allerdings brauchte ich einen neutralen Ort, wenn wir damit anfingen, die Kapitel unserer Vergangenheit zu öffnen. Mein Zimmer eignete sich dafür auf keinen Fall, aber hier ... Inmitten der Natur überkam mich die Ruhe und Sicherheit, die ich für das Gespräch benötigte.

Wahrscheinlich war es nicht erlaubt, hier oben zu sein und ich hoffte, dass an diesem Nachmittag niemand Interesse hatte, herzukommen. Ich erkannte Mina an ihrem erdbeerblonden Haar bereits vom Weiten und winkte ihr zu.

»Wir sollten uns lieber nicht erwischen lassen, oder?«, fragte sie grinsend, als sie die Leiter nach oben stieg.

»Ich dachte, es ist ganz passend hier. Wie ... wie früher.«

»Die Lichterketten und dein Bücherchaos fehlen«, gab sie zurück und sah sich um. Es war so leicht, sich in alten Erinnerungen zu verlieren, die einem das Gefühl von Sicherheit verliehen.

»Ich mag die Aussicht«, fügte sie hinzu und lächelte. Es ließ sich nicht vermeiden, dass sich innerhalb weniger Sekunden Spannungen aufbauten und die Luft auf einmal zum Zerreißen dünn wurde.

Ich kannte uns. Wir beide hassten Konfliktgespräche, gingen ihnen lieber aus dem Weg. Meine Fingerspitzen waren eiskalt und ich fröstelte, weil ich die Anspannung kaum aushielt. Dieses Mal gab es kein Zurück und je länger ich wartete, desto unangenehmer wurde es zwischen uns.

»Ich weiß gar nicht, wo ich anfangen soll«, gestand ich schließlich. »Okay, eigentlich weiß ich es schon, nur gibt es so unendlich viel, was ich dir sagen muss.« Aus meiner Hosentasche holte ich einen Zettel hervor. »Deshalb habe ich etwas mitgebracht. Ich habe dir vor drei Jahren einen Brief geschrieben, aber nie gegeben. Nur ich glaube, der fasst einiges zusammen, was ich dir sagen will.«

Zum Glück hatte ich den Brief nicht verbrannt, wie ich es eigentlich mal vorgehabt hatte. Er war mir beim Aufräumen in die Finger geraten und ich war froh, ihn jetzt bei mir zu haben. Mit zitternden Händen faltete ich das Papier auseinander und räusperte mich, weil mein Hals auf einmal ganz trocken war.

»Ist es okay für dich, wenn ich ihn dir vorlese?«

Mina nickte stumm. Ihre Haut war noch blasser als sonst. Nun war der Moment gekommen, vor dem ich mich immer gefürchtet hatte. Ein Alles-oder-nichts-Moment. Fakt war, dass er alles veränderte, ganz egal, wie wir anschließend zueinander standen.

Ich erinnerte mich genau daran, wie ich diesen Brief geschrieben hatte und felsenfest davon überzeugt gewesen war, ihn Mina zu geben. Nur dann hatte ich sie am nächsten Tag in der Schule mit Freunden gesehen und sie wirkte so glücklich wie noch nie … Damals hatte ich gedacht, dass ich sie mit meinen Worten nur belasten würde. Dabei hatte ich den Brief als letzten Versuch angesehen, unsere Freundschaft zu retten.

»*Liebe Mina*«, las ich vor und merkte, wie mein Herz allein dabei zu rasen begann. »*In letzter Zeit muss ich immer daran denken, wie leicht es zwischen uns war. Ich weiß nicht, wann alles so anders zwischen uns wurde. So kompliziert. Ich hasse es. Du warst immer die erste Person, mit der ich reden wollte, wenn mir etwas wichtig war. Das bist du immer noch, nur kann ich nicht mehr mit dir reden. Ich will ja, ob du es glaubst oder nicht. Aber dann lasse ich es bleiben, weil ich Angst vor dem habe, was du denken könntest. Unsere Freundschaft war all die Jahre immer das Wichtigste für mich. Du warst meine Person, doch jetzt...*

Jetzt ist alles anders und das ist meine Schuld. Ich habe diese Freundschaft und uns kaputt gemacht und ich weiß nicht, wie ich das geradebiegen soll.

Wie ich dir sagen soll ... Scheiße, selbst geschrieben ist es genauso schwer. Eigentlich ist es auch egal, denn es ist sowieso alles verloren zwischen uns und ich halte an einer Version von uns fest, die es so nicht mehr gibt.«

Ich überflog die Worte, die ich schon hundertmal gelesen hatte und die immer noch dieselbe Wirkung hatten. Mina saß mir gegenüber, schien wie erstarrt und wich meinem Blick sofort aus.

»Lies weiter ... Bitte«, sagte sie nur leise. »Ich will es hören.«

Ich schluckte, richtete mich etwas auf und wappnete mich für die letzten Zeilen. Für die Worte, die ich eine halbe Ewigkeit mit mir herumschleppt hatte und von denen ich gehofft hatte, sie würden irgendwann weniger wehtun.

»Ich ...«, setzte ich an, doch brach ab. Vor mir stand der eine Satz, der so vieles verändert hatte, der Gefühle in mir hervorrief, die mich überforderten.

Erneut starrte ich auf die Sätze, die ich ohnehin auswendig kannte. Ich nahm all meinen Mut zusammen und blickte Mina an, als ich ihr endlich die Wahrheit sagte.

»Es tut mir leid, Mina. Es tut mir leid, dass ich mich in dich verliebt habe und mich zurückgezogen habe. Ich wollte, dass sich nichts zwischen uns verändert und damit habe ich dann alles kaputt gemacht. Aber ich hatte so eine Scheiß-Angst, was meine Gefühle für dich bedeuten, dass ich lieber geschwiegen habe. Es war leichter und gleichzeitig so verdammt schwer. Am Ende habe ich jeden Tag bereut, an dem ich geschwiegen habe.«

Zwar fiel mir ein gewaltiger Stein vom Herzen, dennoch hatte ich das Gefühl, als würde mich jemand an den Schultern packen und zu Boden drängen. Ganz im Gegenteil: Nun lag es komplett an Mina, wie sie mit dem Geständnis umging, und dieser Kontrollverlust war kaum zu ertragen. Ich warf ihr einen Blick zu und stellte fest, dass sie mich mit glasigen Augen musterte.

»Es tut mir leid«, wiederholte ich und trotzdem würde es niemals genügen.

»Ich wünschte, du hättest es mir damals gesagt«, antwortete sie beinahe flüsternd.

»Ich auch. Glaub mir, ich auch. Auch wenn es nichts geändert hätte.«

Leise Tränen liefen ihre Wangen hinunter, bis sie hastig den Kopf schüttelte. »Das kannst du nicht wissen. Vielleicht hätte ich —«

»Nein, sag das nicht. Sag nicht, dass es möglich gewesen wäre. Das macht es nicht besser.«

»Ich wäre trotzdem gern für dich da gewesen. Hätte so gern gewusst, was in dir vorgeht. Vielleicht hätte es uns verändert, nur vielleicht gäbe es dann wenigstens noch ein *Uns*.« Mina schniefte und zupfte an ihrem Ärmel herum. »Wann hast du es gewusst?«

»Seit dem Taylor-Swift-Konzert.«

»Seit dem Konzert?« Fassungslos schüttelte sie den Kopf und stand auf. »Verdammt, Sam. Das ist eine Ewigkeit her. Ich hätte es merken müssen … Wir hätten darüber reden können.«

»Hätten wir. Natürlich. Trotzdem bringt es nichts, sich darüber den Kopf zu zerbrechen, was hätte anders laufen sollen.«

»Es tut mir auch leid«, meinte sie auf einmal. »Ich war dir keine gute Freundin. Dir ging es nicht gut und ich habe es nicht gesehen. Ich wusste, dass wir uns voneinander entfernen, aber habe nichts dagegen unternommen und es zugelassen, anstatt für uns zu kämpfen.«

Ich stand ebenfalls auf, blickte ihr direkt in die Augen und hätte am liebsten drei Schritte nach vorn gewagt, um die Entfernung zu überbrücken. Um sie in die Arme zu nehmen und alles zu vergessen, was hinter uns lag.

»Meinst du, dass wir das wieder hinkriegen?«

»Ich weiß es nicht«, antwortete ich ehrlich. »Ich wünsche mir nichts sehnlicher, als dass wir wieder so miteinander reden wie früher. Aber meine Gefühle für dich haben sich nicht geändert und dann sind da noch ...« Ich stoppte mitten im Satz, weil ich dabei war, auszusprechen, was ich die ganze Zeit ausgeklammert hatte. »Dinge, von denen du nicht weißt.«

»Dann sag sie mir, bitte. Ich will es nur verstehen, Sam. Ich wünsche mir nichts mehr, als dass wir wieder Freunde sind.«

Sie machte einen Schritt auf mich zu, blieb dann allerdings stehen. Die Verzweiflung stand ihr förmlich ins Gesicht geschrieben. »Bitte, Sam. Lass es uns versuchen.

In deinem Tempo. Und wenn es dir zu viel wird, finden wir eine Lösung. Nur dafür müssen wir reden.«

Ich setzte mich wieder und warf einen Blick in die Ferne. Auf das goldene Meer voller Bäume und Herbst. Als ich nichts sagte, tat Mina es mir gleich. Allerdings mit deutlich weniger Abstand.

»Ich will für dich da sein. Bitte lass es dieses Mal zu«, meinte sie aufrichtig.

»Macht das überhaupt nichts mit dir, dass ich in dich verliebt bin?«, platzte es plötzlich aus mir heraus, bevor ich die Worte aufhalten konnte.

»Natürlich macht es etwas mit mir. Genauso wie dieser Kuss, an den ich nicht aufhören kann, zu denken. Du bist mir wichtig, Sam. Vielleicht auf eine andere Weise als damals. Aber dafür muss ich wissen, was in dir vorgeht. Und wir müssen ehrlich miteinander sein. Sonst funktioniert das nicht. Lass es uns gemeinsam herausfinden.«

Ihre Worte überraschten mich und obwohl ich es nicht wollte, keimte Hoffnung in mir auf. Etwas, das ich gar nicht mehr kannte und mich jetzt eiskalt erwischte.

»Du denkst an den Kuss?«

»Ja, Sam. Mehr als ich zugeben will.« Sie lächelte verlegen und mied meinen Blick.

Eine wohlige Wärme durchströmte meinen Körper und auch ich musste lächeln. Wenn das wirklich funktionieren sollte, dann gab es nun kein Zurück mehr. In diesem Moment beschloss ich, dass ich ehrlich sein musste. Zu Mina, zu mir selbst. »Hat Yara dir eigentlich nichts erzählt? Über das, was im Sommer passiert ist? Oder was mit mir los war?«

»Willst du wirklich, dass ich dir darauf antworte?« Minas Schultern sackten leicht zusammen und anhand ihrer Reaktion erahnte ich die Antwort.

»Du weißt es«, stellte ich fest. »Was hat sie dir erzählt?«

»Nur ein bisschen. Sei bitte nicht sauer auf sie, okay? Sie wollte mir nichts sagen, aber ich war echt verzweifelt.« Mina drehte den Kopf in meine Richtung. »Möchtest du darüber reden? Wenn dir nicht danach ist, ist es in Ordnung. Ich bin da. Heute, morgen. Wann immer du mich brauchst. Ich will nur, dass du weißt, dass ich dich dieses Mal nicht hängen lasse.«

Es war das erste Mal, dass ich ihren Worten wirklich glaubte, ohne direkt daran zu zweifeln. Diese Erkenntnis ließ mich schlucken, Tränen brannten mir in den Augen, ohne dass ich es verhindern konnte. Und dann brach alles über mir zusammen. Ich schlug die Hände vors Gesicht, wollte auf der Stelle verbergen, wie es mir ging, weil ich es nicht anders kannte. Mina rückte sofort näher an mich heran, legte ihren Arm um meine Schultern und ließ mich weinen.

Obwohl ich so bitterlich weinte, heilte gleichzeitig etwas in mir.

Eigentlich war das völlig paradox, doch ich spürte tief in mir, wie ich ein bisschen Frieden fand, weil ich meine Gefühle endlich zuließ. Mina drückte ihren Kopf an meinen, sagte nichts und war einfach nur da.

»Ich habe so vieles kaputt gemacht«, schluchzte ich. »So oft wollte ich mit dir reden und alles hinter uns lassen. Nur ich konnte nicht. Und dann wurden die Depressionen immer schlimmer. Ich habe es an manchen Tagen überhaupt nicht mehr aus dem Bett geschafft. Yara hat alles Mögliche versucht, um für mich da zu sein, aber irgendwann war ich so gefangen in meinem eigenen Film, dass ich sie nur noch von mir gestoßen habe. Und dann ...«

Und dann geriet im Sommer alles außer Kontrolle.

21 Mina

Ich hielt Sam so fest ich konnte. Diesmal war ich da und würde nicht wieder davonlaufen.

Mit dem Handrücken wischte er sich die Tränen aus den Augen. »Willst du wirklich hören, was in den Sommerferien passiert ist?«

Sofort nickte ich, auch wenn ich mich nicht bereit fühlte. Sam schwieg einen Moment, als würde er sich sammeln müssen, warf mir einen letzten prüfenden Blick zu und atmete dann tief durch.

»In den Sommerferien wurde auf einmal alles zu viel. Die Gedanken, die schlaflosen Nächte und diese endlose Leere. Es war schon öfters vorgekommen, dass ich etwas eingeschmissen hatte, um den Kopf für einen Moment freizubekommen. Bitte verurteile mich nicht. Ich weiß, wie scheiße das war.« Sam rümpfte die Nase. »Eines Abends habe ich im Spiegelschrank die Schlaftabletten meiner Mutter gefunden und sie mir mit Wodka runtergespült. Ich wollte nur noch Ruhe, nur einmal schlafen, ohne dass mich diese Dunkelheit wachhielt. Als ich das nächste Mal die Augen öffnete, lag ich auf der Intensivstation. Ich hatte versehentlich eine Überdosis genommen und wenn Yara mich nicht gefunden hätte …«

Die Wahrheit traf mich eiskalt, brutal und ohne Vorwarnung. Wie ein Schlag ins Gesicht. Ich hatte mit allem gerechnet, aber nicht damit. *Das* war das große Geheimnis. Das, was Yara und Sam entzweit hatte. Wenn sie ihn nicht gefunden hätte … O Gott. Mir kamen sofort die Tränen.

»Ich kam danach in eine Klinik und habe dort die restlichen Sommerferien verbracht. Aufgrund der Depressionen konnte ich nicht zurück zur Schule, selbst wenn ich gewollt hätte. Die Internatsgeschichte war aus der Not heraus entstanden, was im Nachhinein natürlich total blöd war. Meine Eltern wussten sich nicht anders zu helfen. Seitdem bekomme ich Privatunterricht.«

Ich starrte Sam an, mir rauschte das Blut in den Ohren, während ich jedes einzelne Wort aufnahm und in Endlosschleife abspielte.

»Was denkst du?«, fragte er mit brüchiger Stimme.

Mein Mund öffnete sich, schloss sich wieder, in der Hoffnung, es würde mir leichter fallen, wenn die Zeit verstrich. Aber das würde es nicht. »Ich … Deine Worte tun weh. Ich wünsche mir so sehr, dass es dir besser geht und es dir gelingt, etwas anderes zu empfinden als das, was du beschrieben hast. Ich weiß nicht, was ich sagen soll. Es tut mir einfach leid, dass du das durchmachen musstest und dass es dir so ging.«

Sam schniefte und rieb sich über die Augen. »Ich wollte das nicht. Wirklich nicht. Und es war auch nie meine Absicht, dadurch so ziemlich jeden zu verlieren, der mir etwas bedeutet. Yara kann mich nicht mehr anschauen und mit meinen Eltern ist es auch immer noch schwierig. Dank meines Therapeuten nähern wir uns langsam wieder an, aber es wird dauern.«

»Du hast Yara nicht verloren«, antwortete ich. »Sie wartet darauf, dass du den ersten Schritt machst, wenn du dich bereit dazu fühlst.«

»Bist du dir sicher?«

»Es vergeht keinen Tag, an dem sie nicht von dir spricht. Du fehlst ihr. Und ich bin mir ganz sicher, dass ihr das hinbekommt.«

Sam seufzte laut. Ich konnte mir kaum vorstellen, wie viel Anspannung in den vergangenen Minuten von ihm abgefallen war.

»Jetzt weißt du es. Die letzten Wochen habe ich gemerkt, dass sich etwas verändert hat. Wir haben die Medikamente umgestellt, ich sehe wieder etwas klarer und kann meine Gedanken leichter sortieren. Natürlich ist es trotzdem hart und manchmal glaube ich, dass ich es nicht schaffe, mit all den Gefühlen umzugehen, die ich endlich wieder spüre. Aber … Ich versuche die dunklen Tage nicht gewinnen zu lassen.«

»Danke, dass du mir das erzählt hast, Sam. Weißt du, wie viel Stärke das braucht? Du kannst so stolz auf dich sein, ich bin es auf jeden Fall«, sagte ich.

»Ich weiß, dass ich in dem Sinne nicht geheilt werden kann und einen Weg finden muss, mein Leben zu leben. Trotz der Krankheit. Es ist eben nur so leicht gesagt, zu lernen, damit umzugehen, wenn sich jeder Schritt wie ein Kampf anfühlt.«

»Ich wünsche es mir sehr für dich.«

Sam lächelte dankbar und sah mir tief in die Augen.

»Glaubst du, wir bekommen das noch mal hin?«

Mir war danach, unmittelbar zu antworten, aber dann nahm ich mir einen Moment, um in mich zu gehen und zumindest kurz sacken zu lassen, was ich überhaupt gehört hatte. Es war eine Menge und auch, wenn Yara mir einen Teil schon gesagt hatte, musste ich es erst mal verarbeiten.

»Ich denke, wir beide sollten uns auf jeden Fall die Zeit geben, die wir brauchen. Wir können die Jahre nicht einfach aufholen, nachdem so viel passiert ist. Das Wichtigste ist jetzt, dass wir reden und ehrlich sind. Egal wie unangenehm die Situation auch ist. Wir reden und schließen uns nicht gegenseitig aus.«

Sam nickte bedächtig. »Das klingt gut. Auch wenn ich dir nicht versprechen kann, dass das immer funktionieren wird.«

Ein kleines Lächeln zeigte sich auf seinen Lippen und die ganze Anspannung löste sich allmählich zwischen uns.

»Willst du drüber reden, was auf der Party mit dir los gewesen ist?«, fragte er und die Frage traf mich vollkommen unerwartet.

Ich nahm einen tiefen Atemzug, um mich zu sortieren. Sam gegenüber war es nur fair, wenn ich nun auch ehrlich war. Immerhin hatte er sich mir anvertraut.

»Am Tag der Party kam eine Einladung von meinem Vater«, begann ich und es fühlte sich an, als würde mir jemand einen Knoten in den Magen drehen. Allein der Gedanke daran, dass er wieder heiratete und uns als Familie völlig ignorierte, war wie ein Messerstich direkt ins Herz.

»Es ist eine Einladung zu seiner Hochzeit.«

»Bitte was?« Er schüttelte fassungslos den Kopf.

»Jap … Dabei habe ich seit der Trennung meiner Eltern keinen Kontakt mehr zu ihm. Nicht, seitdem klar ist, dass er meine Mutter betrogen hat. Und seit er in München lebt, hat er sich sowieso kein einziges Mal gemeldet.«

»Das tut mir so leid zu hören. Ich weiß ja, was dir dein Vater bedeutet hat. Denkst du denn drüber nach, trotzdem hinzugehen?«

Mina zog die Augenbrauen zusammen. »Die Frage kannst du nicht ernst meinen! Ganz offensichtlich will *er* mich nicht in *seinem* Leben haben. Ansonsten hätte er sich melden können, anstatt mir jetzt mit einer beschissenen Hochzeitseinladung zu kommen. Für wen hält er sich überhaupt?« Ich merkte, wie meine Stimme lauter wurde, denn ich konnte mich kaum beherrschen.

Sam musterte mich, sagte darauf allerdings nichts und gab mir Zeit, um wieder runterzukommen.

»Findest du wirklich, ich sollte hingehen?«, fragte ich, nachdem ich mich wieder etwas gefangen hatte.

»Die Hochzeit ist im Dezember, also hast du noch ein bisschen Zeit, um es dir zu überlegen. Es wäre eine Chance, um für dich zu entscheiden, ob du ihn danach komplett aus deinem Leben streichen willst oder nicht.«

Zwar waren seine Gedanken nachvollziehbar, aber ich konnte mich nicht mit ihnen anfreunden. Allein die Vorstellung, meinem Vater gegenüberzustehen, bereitete mir Magenschmerzen. Zumal ich meiner Mutter die Einladung ebenfalls verschwiegen hatte.

»Ich muss darüber nachdenken.«

»Nimm dir die Zeit, die du brauchst. Selbst wenn du die Einladung nicht annimmst, ist es in Ordnung.«

»Danke, dass du das sagt.«

Obwohl wir uns verändert hatten, war es dennoch wieder so leicht, mit Sam zu reden. Mich ihm anzuvertrauen und einfach in seiner Nähe zu sein, ohne dass es komisch zwischen uns war.

Ich hoffte so sehr, dass wir diese Basis beibehalten konnten und wir wieder einen Weg zueinander fanden. Wir würden nicht dieselbe Freundschaft aufbauen wie damals und das wollte ich auch gar nicht. Stattdessen lernten wir uns jetzt neu kennen und erst die Zukunft würde zeigen, wohin uns das führte ...

Teil 2

22 — Sam

Die nächsten Wochen verbrachte ich viel Zeit damit, mein Leben buchstäblich aufzuräumen. Ich sprach regelmäßig mit Dr. Martens. Er half mir, die Dinge anzugehen, vor denen ich sonst davonlief. Das beinhaltete insbesondere die Beziehung zu meinen Eltern. Wir nahmen an einer Familientherapie teil, um daran zu arbeiten, genau das wieder zu werden: eine Familie. Vor allem das Verhältnis zu meinem Vater wurde dadurch endlich besser. So lange hatten wir nur geschwiegen, waren uns aus dem Weg gegangen. Er hatte mich nicht mal ansehen können.

Jetzt waren meine Eltern und ich so weit, dass wir wieder regelmäßig am Wochenende frühstückten und zwischendurch auch mal einen Film zusammen ansahen. Es war ein riesiger Fortschritt, der vor einigen Monaten noch undenkbar gewesen war. Ich konnte nicht glücklicher darüber sein, vor allem merkte ich erst jetzt, wie sehr sie mir wirklich gefehlt hatten. Mein Vater und ich hatten uns lange ausgesprochen, über die Ängste geredet, die ich ausgelöst hatte. Er war noch nie so offen gewesen und hatte mir Einblicke in seine Gefühlswelt gegeben. Wahrscheinlich würde es nie wieder ganz so wie früher sein, sondern einfach anders. Wir achteten jetzt mehr aufeinander, übten uns in Ehrlichkeit und versuchten, die Dinge sofort anzusprechen, wenn sie einen beschäftigten. Dr. Martens begleitete diesen Prozess. Einmal in der Woche trafen wir uns alle, sprachen darüber, was gut lief und was nicht. Meistens schlichen sich Kommunikationsprobleme ein, an denen wir arbeiten.

Mina und ich trafen uns ebenfalls regelmäßig. Sie zeichnete, ich las und manchmal fühlte es sich an wie früher. Meine Gefühle für sie hatten sich nicht geändert, aber tatsächlich schaffte ich es, besser mit ihnen umzugehen als damals. Wir klammerten sie zwar aus, doch für den Augenblick war das in Ordnung für mich.

Es tat unheimlich gut, wieder mehr vom Leben zu spüren, auch wenn es gleichzeitig überfordernd und beängstigend war. Ich wartete regelrecht darauf, dass die Dunkelheit zurückkam und meine Fortschritte zunichte machte. Und ich wusste, dass es passieren würde. Aber dieses Mal wusste ich auch, wie ich damit umgehen konnte. An wen ich mich wenden konnte. Dass es okay war, wenn ich nicht okay war. Ich hatte in der letzten Zeit so sehr an mir gearbeitet. Daran, mich selbst und meine Gefühle zu akzeptieren und mir die Fehler der Vergangenheit zu verzeihen. Es war ein weiter Weg, der vor mir lag. Ich versuchte, nicht so hart zu mir zu sein und mich mit all meiner Dunkelheit zu lieben. Denn ich wusste nun, dass das Licht wiederkommen würde.

Meine Hände waren tief in den Hosentaschen vergraben, als ich gemächlich zwischen den Blättern spazierte und mich treiben ließ. Meistens war ich eine halbe Stunde unterwegs, manchmal auch zweimal am Tag.

Heute war Montag, ich spazierte zwischen den Blättern durch den Wald und ließ mich von der Ruhe treiben. Zumindest so lange, bis ich mir bewusst machte, was heute bevorstand.

Yara.

Ich wollte endlich, dass sie wieder zu meinem Leben gehörte, und dafür mussten wir uns aussprechen. Vor einigen Tagen gab ich mir einen Ruck, meldete mich bei ihr und zu meiner Überraschung war sie sofort dazu bereit, sich mit mir zu treffen. Als ich sie auf der Bank sitzen sah, bemerkte ich sofort, dass sie nervös war. Sie wippte dann immer sehr schnell mit den Beinen und als sie mich sah, sprang sie hastig auf.

Plötzlich wurde ich von Erinnerungen heimgesucht, die ich am liebsten für immer ausradiert hätte.

Mein Hals war staubtrocken und schmerzte von den Schläuchen, die mir erst vor Kurzem entfernt worden waren. Alles war verschwommen, ich konnte meine Augen kaum offenhalten. Nur das regelmäßige Piepen der Maschinen erinnerte mich die ganze Zeit daran, dass mein Leben nie wieder so sein würde, wie es mal war. Alles hatte sich verändert, ohne dass ich es mitbekommen hatte.

Dabei wollte ich nur ein bisschen Normalität, Frieden, Ruhe, irgendetwas.

Alles, nur nicht diesen Zustand, den ich jetzt umso mehr spürte. In jedem Muskel, in jedem Knochen. Ich konnte dem nicht entfliehen, ganz egal wie sehr ich es versucht hatte.

Stumme Tränen rannen mir über das Gesicht und ich öffnete wieder die Augen, starrte geradewegs auf die Deckenbeleuchtung.

»Sam ... Bitte, rede mit mir. Warum ...?«

Yara saß neben mir, hielt meine Hand so fest, dass es wehtat. Vielleicht, um mir zu signalisieren, dass sie mich nicht allein ließ oder aber, um sich an mich zu klammern.

Ich hatte gehört, wie die Ärzte über einen Suizidversuch gesprochen hatten und wie viel Glück ich gehabt hätte.

In meinem Kopf hatte ich geschrien, dass ich nicht wusste, wovon sie sprachen. Aber da die Schläuche in meinem Hals gesteckt hatten, konnte ich nicht sprechen. Nicht sagen, was in mir vorging. Nicht erklären, dass es in meinem Kopf wie in einem Hamsterrad zuging und ich es nicht mehr aushielt.

Es tat weh, mich in ihre Richtung zu drehen. Viel schlimmer allerdings war es, in ihr leichenblasses Gesicht zu blicken. Tausende Ängste spiegelten sich in ihren grünen Augen wider, weitere Fragen – und das alles war meine Schuld.

»Ich wollte nicht ...«, krächzte ich, doch stockte dann.

Noch nie hatte Yara mich so enttäuscht angesehen und es war ein Blick, den ich niemals wieder vergessen würde. Er würde mich für immer verfolgen, denn meine Eltern sahen mich genauso an. Das war alles, was ich war.

Eine pure Enttäuschung.

»Hey«, begrüßte ich Yara zögernd.

»Hey«, antwortete sie ebenso.

Mit einem gewissen Abstand setzte ich mich neben sie und wusste plötzlich nicht mehr, was ich sagen sollte. Dieses Mal hatte ich keinen Brief, der mir half. Zwar hatte ich mir ein paar Worte zurechtgelegt, doch diese entglitten mir gerade, weil ich genauso nervös war wie sie. Mir wurde bewusst, wie viel ich in ihrem Leben verpasst hatte. Ich wusste überhaupt nicht, was bei ihr los war oder wie es ihr ging. Eine Traurigkeit überkam mich, die ich sofort runterschluckte. Deshalb war ich hier, um genau das zu ändern.

»Danke, dass du gekommen bist«, sagte ich und ohrfeigte mich gleichzeitig, weil es total plump rüberkam.

Es war Yara, die neben mir saß! Yara, meine beste Freundin. Und die Person, die mir das Leben gerettet hatte! Da sollte ich wirklich mehr zu sagen haben.

»Ich ...«, setzte ich an, allerdings war mein Kopf wie leergefegt.

Ohne Vorwarnung umarmte Yara mich plötzlich.

»O Gott, ich bin so sauer auf dich, Sam. So verdammt wütend, hörst du? Gleichzeitig bin ich einfach froh, dass du hier bist.« Sie ließ mich los und wandte sich ab. »Scheiße, ich wollte nicht weinen.«

Sanft umfasste ich ihre Oberarme, um sie anzusehen. Mir standen ebenfalls Tränen in den Augen und ich schämte mich deswegen nicht. Statt mich zurückzuziehen, sobald mich meine Gefühle überkamen, stellte ich mich ihnen. Genauso wie ich es jetzt mit diesem Gespräch musste. Bei Mina hatte ich es geschafft, also musste es jetzt auch möglich sein.

»Ich hätte dich niemals ausschließen dürfen.«

Yara senkte den Kopf, nestelte an dem Saum ihres Shirts herum. »Nein, das hättest du nicht. Aber du hast es trotzdem getan. Eigentlich will ich dir keine Vorwürfe machen, okay? Ich möchte einfach nur, dass es dir gut geht.«

»Ich hätte viel eher mit dir reden müssen, das weiß ich. Ich wusste nicht wie. Du hast mir das Leben gerettet und ich habe dich von mir gestoßen, weil ich nicht wollte, dass mich jemand so sieht. Und dabei habe ich mich nicht mal bei dir bedankt. Ich bin dir so dankbar, Yara. Und ich verstehe absolut, dass du Abstand brauchtest. Wenn ich gekonnt hätte, dann hätte ich auch Abstand von mir genommen.«

Beim letzten Satz lachte ich leicht auf, damit ich die Stimmung etwas auflockerte.

»Deine Worte bedeuten mir viel«, sagte sie und lachte ebenfalls. »Manno, eigentlich wollte ich sauer auf dich sein. Und dir so richtig die Meinung sagen. Aber jetzt bin ich einfach nur froh, dass du da bist. Und dass du du bist.«

Vorsichtig umfasste ich ihre Hände und erwiderte ihr Lächeln.

»Ich bin okay«, antwortete ich ehrlich. »Oder eher gesagt, auf dem Weg dahin. Mir geht es auf jeden Fall viel, viel besser. Und ich hoffe, dass du mir irgendwann verzeihen kannst, was ich dir und unserer Freundschaft angetan habe.«

»Ich bin wirklich sehr stolz auf dich.« Die Aufrichtigkeit in ihrer Stimme rührte mich erneut zu Tränen.

»Die Gespräche mit Dr. Martens bringen mich weiter. Am Anfang habe ich mich sehr schwer damit getan, offen zu sprechen. Dann habe ich gemerkt, wie wichtig es ist. Außerdem habe ich eine höhere Dosierung der Medikamente bekommen. Das klingt vielleicht erst mal schlimm, aber sie helfen.« Ich atmete durch, weil es schien, als wäre endlich der Damm in mir gebrochen, der es mir erlaubte, freier zu sprechen.

»Dr. Martens bezeichnet sie gern als Krücken. Sie unterstützen mich und irgendwann sollte ich in der Lage sein, wieder allein laufen zu können. Dafür muss ich noch viel an mir arbeiten. Vor allem, was das Mindset angeht.« Ich tippte auf meine Schläfe. »Ich wünschte nur, der Weg aus der Dunkelheit wäre weniger beschwerlich.«

Yara musterte mich eindringlich. »Ich will für dich da sein. Nur ich habe auch Angst, dass so etwas noch mal passiert. Das würde ich kein zweites Mal schaffen.«

»Es wird nicht wieder passieren«, versicherte ich ihr. »Das verspreche ich dir, okay? Ich werde nie wieder irgendwelche Drogen nehmen. Natürlich ist jetzt nicht alles rosarot und es werden wahrscheinlich auch immer mal wieder Phasen kommen, in denen es schwierig für mich ist. Aber ich arbeite daran, für diese Phasen Wege zu finden, um mir selbst zu helfen.«

»Ich … Ich würde gern für dich da sein. Wieder Teil von deinem Leben sein.«

»Du warst immer ein Teil davon, Yara.« Ich lächelte schwach. »Danke, dass du mich nicht aufgeben hast.«

»Danke, dass du noch da bist.«

Wir fielen in eine Umarmung, hielten uns minutenlang fest und ließen einige der Wunden der letzten Monate heilen. Sie würden verblassen und manche von ihnen irgendwann sogar ganz verheilen. Natürlich war jetzt nicht sofort wieder alles gut, aber ich war unendlich erleichtert, mit Yara gesprochen zu haben. Ich war stolz auf mich, es so weit geschafft zu haben und fühlte mich bestärkt.

Als sie mich losließ, boxte sie mir leicht gegen die Schulter.

»So und jetzt: *Spill the tea*. Ich will alles wissen, was mit Mina zutun hat.«

»Da gibt es nicht viel zu erzählen. Im Moment bin ich froh darüber, wie es läuft. Wir sehen uns regelmäßig, hängen zusammen ab und es fühlt sich gut an.«

»Und was ist mit deinen Gefühlen für sie?«

Mein Lächeln verrutschte leicht. »Unverändert.«

»Glaubst du, dass sich vielleicht etwas entwickeln könnte?«

Ich zuckte mit den Schultern. Eigentlich wollte ich mir darüber keine Gedanken machen, um nicht am Ende noch enttäuscht zu werden.

»Keine Ahnung. Unser Verhältnis ist natürlich jetzt anders als damals. Wir stehen uns nicht mehr auf diese Art nah und ...« Mir fehlten die passenden Worte, um auszudrücken, was ich empfand. »Vielleicht sieht sie mich irgendwann auf die Art, wie ich es mir wünsche. Auf jeden Fall gehe ich jetzt anders damit um. Gerade bin ich einfach froh, dass sie wieder in meinem Leben ist. Alles andere wird sich vielleicht mit der Zeit zeigen.«

»Ich würde es mir sehr für euch wünschen. Mina ist wirklich toll. Und du hast ein Happy End verdient.«

Ein Happy End. Ich würde mir nichts sehnlicher wünschen, aber an erster Stelle kam für mich, gesund zu werden und meine Zukunft in die Hand zu nehmen. Und vielleicht spielte Mina eine

Rolle darin, die über eine Freundschaft hinaus ging, nur lag diese Entscheidung ganz bei ihr ...

23   Mina

Es war früh am Morgen, meine Hände waren eiskalt und ich kuschelte mich tiefer unter die Decke. Wir saßen draußen auf seinem Balkon, neben uns heißer Kakao und die ersten Spekulatiuskekse. Die Temperaturen waren in den letzten Tagen gefallen, aber es hätte keinen besseren Ort geben können, um das neue Album zu hören. In meinem Bauch waren dieses aufgeregte Kribbeln und eine Vorfreude, die ich lange nicht gespürt hatte. In wenigen Minuten würde Taylor Swifts neues Album *Midnights* in deutscher Zeit erscheinen.

Sam und ich hatten unsere alte Tradition aufgenommen und uns zum Release getroffen. Das hatten wir damals schon immer gemacht, ganz egal, ob wir am nächsten Tag früh raus mussten. Und ich merkte erst jetzt richtig, wie sehr ich diese Tradition vermisst hatte.

Hier mit Sam unter dieser Decke. Über uns Millionen von Sternen. Unsere Schultern streiften sich zwischendurch und an diesem Morgen nahm ich seine Nähe überdeutlich wahr. Ich schob es darauf, dass er frisch geduscht war und der Geruch des Duschgels noch so intensiv an ihm haftete. Und diese Aufregung und das Herzbeben? Das lag mit Sicherheit nur am Release und nicht daran, wie nah wir uns waren.

»Ich bin echt nervös«, meinte ich und warf einen Blick in den

Himmel. Die Sonne zeigte sich nur langsam.

»Und … Ich habe das hier vermisst. Erinnerst du dich daran, wie wir früher oft stundenlang die Sterne gezählt haben? Manchmal kam ich mir dabei richtig verloren vor.«

Sam warf einen Blick auf das leuchtende Himmelszelt über unseren Köpfen. »Ich glaube, es ist normal, sich so zu fühlen. Mittlerweile habe ich gelernt, dass es immer mal wieder Phasen gibt, in denen das so ist. Man muss im Leben nicht jeden Tag wissen, was man eigentlich will. Es ist in Ordnung, ein bisschen verloren zu sein.«

»Wenn du das so sagst, klingt es irgendwie beruhigend. Ich weiß immer noch nicht, was ich nach dem Abi machen will. Gerade ist es okay für mich, auch wenn das später bestimmt wieder anders aussieht.«

»Dann lass uns einfach nicht daran denken«, schlug Sam vor und lachte auf einmal. »Wir waren damals solche Nerds. Aber mir hat das auch gefehlt. Diese Gespräche mit dir.«

Ich musterte ihn aus dem Augenwinkel und mir wurde ganz warm bei dem Anblick seines Lächelns.

»Wenn ich uns hier so ansehe, macht mich das glücklich. In Momenten wie diesen wird mir klar, dass sich wenigstens zwischen uns nichts geändert hat.«

»Was genau meinst du?« Sofort erklang Sorge in seiner Stimme.

»Meine Eltern. Ich denke jeden Tag an meinen Vater, obwohl ich es nicht will. Daran, was passiert ist und dass er mir trotzdem fehlt. Und dann wird mir bewusst, dass sich einfach alles verändert hat. Wie sehr ich mich verändert habe.«

Warme Finger legten sich auf meine und drückten sie unter der Decke. Die Berührung brachte mich kurz aus dem Konzept, bevor ich weitersprach.

»Seit der Scheidung habe ich nicht nur Probleme damit, meine

Kreativität wiederzufinden. Sondern auch, anderen Menschen zu vertrauen. Aber … wenn wir hier so sitzen und reden, dann merke ich, dass manche Dinge trotz allem gleich bleiben. Und diese Gewissheit finde ich gerade sehr tröstlich.«

»Geht mir auch so«, sagte Sam leise.

Mit dem Daumen fuhr er über meine Haut und ich bekam überall eine Gänsehaut. Ich war mir nicht sicher, ob Sam bemerkte, was er da gerade tat, denn er wirkte komplett versunken in seinen Gedanken. Er war so sanft und verträumt dabei und ich versuchte mir diesen Augenblick einzuprägen, damit ich mich später daran erinnerte. Nur, um ihn immer und immer wieder durchleben zu können.

Wir hatten in letzter Zeit oft genau solche Momente gehabt. Zufällige Berührungen, lange Blicke. Sehnsuchtsgefühle bei mir, die stärker wurden und mich nachts manchmal nicht schlafen ließen.

Sie waren neu, völlig überwältigend und ich hatte so etwas zuvor noch nie erlebt. Natürlich war ich das ein oder andere Mal bereits verknallt gewesen, hatte für jemanden geschwärmt, aber das hier war anders. Ich weiß nicht genau, wann ich begonnen hatte, so über Sam nachzudenken. Nur gab es jetzt kein Zurück mehr. Das wollte ich auch gar nicht. Sam war derjenige, dem ich alles erzählen konnte. Der immer da war, mich zum Lachen brachte und bei dem ich mich geborgen fühlte. Vielleicht fühlte es sich nun anders an, weil wir so ehrlich zueinander waren. Weil wir uns Zeit ließen. Auch, wenn ich mittlerweile viel zu oft daran dachte, wie es wäre, ihn erneut zu küssen.

Gefühle können sich verändern. Das hatte Elias zu mir gesagt und obwohl ich es abgestritten hatte, konnte ich es jetzt nicht länger leugnen.

»Mina?«

Seine tiefe Stimme riss mich aus den Gedanken und ich schüttelte verdattert den Kopf.

»Woran hast du denn gerade gedacht?«

»Äh ... Ich, ähm, habe versucht, mich daran zu erinnern, was dein Lieblingssong von Taylor ist. Es war *This Love*, oder?«

Mir fiel auf die Schnelle keine bessere Frage ein, um von mir abzulenken. Allerdings veränderte sich Sams Mimik binnen Sekunden und ich wusste, dass ich etwas Falsches gesagt hatte. Plötzlich wandte er den Blick ab und rutschte einen Zentimeter zur Seite, was sich anfühlte, als würde sich eine Mauer zwischen uns errichten.

»Das Album ist draußen.«

»Hey, was ist los? Habe ich was Falsches gesagt?«

Sam schwieg und wirkte plötzlich ganz weit weg mit seinen Gedanken.

»Bitte rede mit mir«, versuchte ich es erneut und endlich sah er mich an.

»Ja, das Lied *war* mein Lieblingslied von ihr, weil ... es mich immer an dich erinnert hat. Als es auf dem Konzert gespielt wurde ... Das war der Moment, in dem ich wusste, dass ich in dich verliebt bin.«

Oh, verdammt.

Natürlich. Innerlich ohrfeigte ich mich selbst dafür, so gedankenlos gewesen zu sein, und hätte am liebsten meine Worte zurückgenommen. Mit einem kurzen Schulterzucken deutete er auf die Kopfhörer.

»Sam –«, begann ich, doch er winkte ab.

»Egal.« Er versuchte, zu lächeln, was eher einer Grimasse ähnelte. »Ist schon okay. Komm, lass uns das Album hören. Es wird langsam kalt hier.«

Das liegt daran, weil du nicht mehr so nah neben mir sitzt.

Ich hatte das Gefühl, diesen besonderen Moment zerstört zu haben. Die Gespräche, der Sternenhimmel über uns und diese Magie verblassten und alles wirkte plötzlich nur noch grau.

»Sam, es tut mir leid. Das war blöd von mir.«

Er zuckte mit den Schultern. »Mach dir keine Gedanken. Irgendwann werde ich schon über dich hinwegkommen.« Sein Lachen klang hohl und erreichte seine Augen nicht.

Perplex starrte ich ihn an, während ich mir den Kopfhörer ins Ohr steckte. *Lavender Haze* ertönte, bloß so richtig nahm ich die Melodie gar nicht wahr. Stattdessen echoten seine Worte in meinem Kopf.

Irgendwann werde ich schon über dich hinwegkommen.

Völlig unvorbereitet trafen sie mich und brannten sich in meine Gedanken ein. Und irgendwie ... tat es weh.

Sam wandte sich ab, schloss die Augen und tauchte hinab in seine eigene Welt. Ich konnte mich nicht auf das Lied konzentrieren, sondern musterte ihn nur. Die langen, dichten Wimpern, die gerade Nase mit dem Muttermal auf dem linken Flügel. Seine Lippen standen leicht geöffnet und wenn ich mich jetzt vorlehnte, könnte ich ihn küssen. Seine Lippen wieder auf meinen spüren, herausfinden, wohin uns das bringen würde. Dieses Mal würde ich nicht zurückweichen.

»Mina? Was ist? Findest du das Lied nicht gut?«

»D-Doch, ich finde es super.«

»Du bist auf einmal ganz blass.«

Er kam näher, überbrückte die Distanz von eben und musterte mich besorgt. Wieder sog ich seinen Geruch ein und mein Puls schoss in die Höhe.

»Hey, es ist wirklich alles okay. Ich bin nicht sauer oder so, wenn du das jetzt denkst.«

»Nein, ich ...«

Das war definitiv nicht das, was ich dachte.

Stattdessen war ich dabei, mich in Sam zu verlieben – und ich wollte nicht, dass er über mich hinwegkam.

24   *Mina*

Eigentlich waren wir für eine Lernsession bei mir zu Hause verabredet, doch seit Elias von der Hochzeitseinladung wusste, gab es nur noch ein Thema. Ich hatte sie aus Versehen offen liegen lassen, als meine kleine Schwester nicht aufgehört hatte, an meine Tür zu klopfen. Und als im selben Moment Elias geklingelt hatte, war sie kurz in Vergessenheit geraten.

»Ich kann nicht glauben, dass er das echt durchzieht«, wetterte er. »Und das so kurz nach der Scheidung.«

»Tja, er hat nur darauf gewartet, bis sie endlich durch war«, antwortete ich und versuchte, gleichgültig dabei zu klingen. Natürlich schaffte ich es nicht.

»Mina, das tut mir so leid. Alles war sowieso schon heftig genug, aber dass du dich nun auch noch damit auseinandersetzen musst … Ich wünschte, ich könnte etwas für dich tun. Was sagt deine Mutter denn dazu?«

»Ähm …« Ich senkte den Blick und wich ihm aus.

»Sag nicht, dass sie es nicht weiß!«

»Ja … also … nicht so richtig.«

»Mina!«

Ich seufzte schwer und fuchtelte wild gestikulierend mit den Armen herum. »Ich wusste nicht, wie ich es ihr erklären sollte, ohne sie damit zu verletzten. Die Scheidung war so schwer für sie und jetzt geht es ihr gerade gut. Ich will nicht, dass es ihr wieder so schlecht geht.«

»Aber dafür bist du nicht verantwortlich«, sagte Elias eine Spur sanfter. »Du musst mit ihr darüber reden.«

Das wusste ich, nur fand ich einfach nicht den passenden Augenblick. Vor allem nicht, weil seit dem Erhalt der Einladung schon so viel Zeit vergangen war.

Als mein Handy klingelte, wurden wir beiden abgelenkt und das Thema war für den Moment vom Tisch.

Elias lehnte sich ein Stück nach vorn, um zu sehen, wer mir geschrieben hatte und ich drehte mich schnell zur Seite.

»Du wirst ganz rot. Dann kann es nur Sam sein.« Er verdrehte theatralisch die Augen. »Außerdem benimmst du dich wie ein kleines Mädchen. Wenn du gerade dein Grinsen sehen könntest.«

»Hör auf, du machst es nicht besser.«

Er musterte mich eingehend. »Was geht da jetzt zwischen euch?«

Ich schüttelte den Kopf und versuchte, mich gleichzeitig auf mein Handy zu konzentrieren, um Sam zu schreiben.

»Nichts. Also, keine Ahnung. Seit dem Abend neulich bei ihm …« Sofort dachte ich daran zurück, wie wir zusammen unter der Decke gesessen hatten, er dabei meine Hand hielt und ich nur daran denken konnte, ihn zu küssen. Es war noch so neu, Sam nicht mehr als meinen besten Freund zu sehen, sondern als jemanden, der etwas anderes für mich bedeutete.

In den ich mich verliebt hatte.

»Erde an Mina! Was hat er geschrieben?«

»N-Nichts. Nur, dass er sich auf heute Abend freut und er eine Überraschung für mich hat.«

Elias wackelte mit den Augenbrauen. »Also ist es ein Date.«

»Nein, Sam und ich haben keine Dates.«

»Stimmt, damals hattet ihr keine Dates. Aber jetzt, wo alles etwas anders ist, kann man das schon so nennen. Ich will nachher alle Details.«

Meine Wangen wurden ganz warm und ich schüttelte nur den Kopf, ohne weiter darauf einzugehen.

»Du verdienst das, Mina. Das weißt du, oder?«

»Was meinst du?«

»Na ja … Ich habe dich noch nie so gesehen wie jetzt. So glücklich. Zum ersten Mal sehe ich dich so, wie ich es mir für dich wünsche. Also bitte versuche, nicht alles zu zerdenken, okay? Es ist Sam. Dein Sam.«

Mein Sam.

Wieder musste ich lächeln und versuchte, seine Worte für mich anzunehmen und genau das zu tun, was er gerade gesagt hatte: und zwar nicht alles zu zerdenken.

✧ ✧ ✧

Draußen war es stockduster, die Vorhänge der großen Fenster waren zugezogen und es stand kein Auto auf dem Hof, als ich bei den Webers ankam. Sam hatte mich darum gebeten, zu klingeln, anstatt wie gewohnt über den Balkon zu kommen. Was mich wunderte, da er mir den Grund nicht genannt hatte.

Als ich vor der Haustür stand, klingelte ich und als er mir öffnete, hielt ich kurz die Luft an. Er trug eine dunkle Jeans und ein weißes Shirt, das sich eng um seine Brust schmiegte. Ich erwischte mich dabei, wie ich ihn ein, zwei Sekunden zu lang musterte, ehe ich in seine Augen blickte.

Diese braunen Augen, die mir so vertraut waren. Dennoch hatte ich auf einmal das Gefühl, eine völlig neue Seite an Sam kennenzulernen.

»Hi.«

Der Klang seiner tiefen Stimme machte es nicht besser. Sam trat nach draußen und um mich herum, damit er hinter mir stand. Sein Oberkörper streifte meinen Rücken und ich spürte ganz deutlich, wie seine Brust sich hob und senkte und mir dafür der Atem stehen blieb. Sanft legte er mir die Hände auf die Schultern.

»W-Was hast du vor?«

Heiße Luft streifte meinen Nacken und ich bekam eine Gänsehaut. Sam trug Parfüm mit einer süßlichen Note, das unaufdringlich roch und perfekt zu ihm passte.

»Na ja, zu einer Überraschung gehört eben auch ein bisschen Spannung. Vertraust du mir?«

»Wenn du mich so fragst, dann nicht.« Ich lachte, fügte dann aber hinzu: »Natürlich vertraue ich dir.«

Er lachte ebenfalls, seine Lippen waren meinem Ohr so nah und ich drehte innerlich durch. Ungeahnte Empfindungen schossen mir dank dieser seichten Berührung direkt in den Unterleib. Okay, das hier war so was von neu und traf mich völlig unvorbereitet. Ich wusste überhaupt nicht, wohin mit mir, weil ich so überfordert war. Als seine Hände sich von meinen Schultern lösten, um stattdessen meine Augen zu bedecken, war ich komplett verloren.

»Lass dich einfach von mir führen.« Sanft, aber bestimmend schob er mich ins Haus hinein und kaum standen wir im Warmen, roch es köstlich nach Essen. Sofort knurrte mir der Magen.

»Hast du etwa gekocht?«

»Lass dich überraschen.« Sams Lippen streiften meine Ohrmuschel und ich unterdrückte ein Seufzen, indem ich mir auf die Lippe biss. Machte er das extra? Hatte er überhaupt eine Ahnung, was er mit mir anstellte? Mein ganzer Körper stand in Flammen, mir sprang das Herz fast aus der Brust. Das plötzliche Verlangen nahm mich vollkommen ein und ich wusste nicht, was ich dagegen tun sollte.

»Bist du bereit?«, hauchte er in mein Ohr und ich merkte, wie er lächelte.

Ich brachte nur ein stummes Kopfnicken hervor. In quälender Langsamkeit löste Sam seine Hände von meinem Gesicht und platzierte sie auf meinen Schultern.

»Und? Was denkst du?«

Ungläubig sah ich mich im Wohnzimmer um, brauchte ein paar Augenblicke, bis ich mich an das Bild vor mir gewöhnt hatte. Überall auf dem Boden standen weiße Lampions, die von LED-Kerzen beleuchtet wurden, Lichterketten hingen an den Wänden und es roch köstlich nach Miso-Suppe und Sushi. Um den Wohnzimmertisch, der mit Schüsseln, Schalen und Essstäbchen gedeckt worden war, waren Kissen platziert.

»Was …« Ich blinzelte ein paarmal, um sicherzugehen, dass ich nicht träumte. »Das ist wunderschön.« Aus meinem Mund traten nur einzelne Wortfetzen. Mir hatte es komplett die Sprache verschlagen. Sam griff nach meiner Hand, stellte sich mir gegenüber, um mich anzusehen.

»Ich wollte dich überraschen, weil … weil du so viel für mich getan hast und ich nicht weiß, wie ich dir sonst danken soll.«

Eigentlich wollte ich sagen, dass er sich dafür nicht zu bedanken brauchte, doch Sam legte mir seinen Zeigefinger auf die Lippen und schüttelte den Kopf. »Nimm es einfach so an, okay? Das hast du mehr als verdient.«

Wieder nickte ich nur und ließ mich zum Wohnzimmertisch führen, um Platz zu nehmen. Auf dem Wandregal standen Räucherstäbchen, die sich mit dem Essensgeruch vermischten und erneut sah ich mich staunend um.

»Du liebst Japan so«, sagte Sam und ging zur Küche herüber. »Und weil du so schnell nicht nach Japan kommst, dachte ich …

ich bringe Japan zu dir. Aber du musst mir verzeihen. Ich habe leider nicht selbst gekocht.«

»Das gibt einen Abzug in der B-Note«, scherzte ich und war froh, meine Stimme wiedergefunden zu haben. »Es ist wirklich toll geworden. Wo sind denn deine Eltern?«

»Die sind unterwegs«, antwortete er. Schwang da etwa Aufregung in seiner Stimme mit? Elias ' Worte fanden einen Weg zurück in mein Gedächtnis und mir wurde schlagartig warm. Ich wollte den Abend genießen, anstatt zu viel hineinzuinterpretieren, auch wenn Sam es mir nicht gerade leicht machte. Alles war so anders. Neu, aufregend und gleichzeitig vertraut.

Er breitete das Essen vor uns aus und setzte sich mir gegenüber.

»Was würdest du als Erstes tun, wenn du in Japan wärst?«

»Die Frage ist eher: Zu welchem Zeitpunkt ich dorthin reisen würde.« Augenblicklich geriet ich ins Schwärmen.

»Natürlich würde ich am liebsten zum Kirschblütenfest im Frühling nach Japan fliegen und den Ueno Park oder Asukayama Park besuchen. Und mir anschließend den Bauch mit Sushi vollschlagen. Ich würde meinen ganzen Koffer voll mit Kleidung, Gesichtspflege und Mangas füllen und dann glücklich und zufrieden nach Hause fliegen.«

Wieder einmal merkte ich, wie groß mein Wunsch war, das Land zu bereisen und die Kultur kennenzulernen. Sofort ergriff mich das Fernweh.

»Ich habe richtig Angst vor dem Abi«, sagte ich leise. »Die letzten Jahre haben sich nur darum gedreht. Man arbeitet bloß darauf hin, zu bestehen und das Zeugnis in den Händen zu halten. Aber was ist, wenn man sich gar nicht bereit dafür fühlt, diesen Abschnitt zu beenden?«

Sam sah mich nachdenklich an. »Ja, nach dem Abitur stehen

uns alle Türen offen. Die meisten können es kaum erwarten, endlich etwas Neues anzufangen und studieren zu gehen. Und ich frage mich dann oft: Was ist, wenn ich mich für die falsche Tür entscheide?«

»Genau das meine ich. Und Elias und Yara sind momentan in der Schule mein *Safe Space*. Ich kann mir gar nicht vorstellen, wie es ist, sie nicht mehr jeden Tag zu sehen.«

Erst im letzten Moment merkte ich, was ich da eigentlich gesagt hatte. Ich schlug die Hände vor den Mund und musterte Sam betroffen. »O nein, tut mir leid. Das war taktlos von mir.«

»Was denn? Dass du gern zur Schule gehst, ist kein Geheimnis.« Er lächelte leicht. »Für mich war das Fernabi die beste Entscheidung. Du weißt, wie sehr ich mich immer gequält habe und wie schwer mir das alles gefallen ist.«

» Ich denke oft an unsere Zeiten in der Bibliothek. Oder daran, wie wir uns im Sportunterricht nur ins selbe Team haben wählen lassen. Ich glaube, manchmal haben uns die anderen echt gehasst.«

»Quatsch. Sie waren bloß neidisch auf das, was wir hatten.«

Ich ließ seine Worte auf mich wirken und spürte auf einmal eine tiefe Melancholie in mir. Auf das, was hinter uns lag. Die Angst vor der Zukunft kam immer mal wieder in Wellen und da war all das, was sich gerade zwischen uns entwickelte. Sam wusste nichts von meinen wachsenden Gefühlen für ihn, aber ich wollte sie auch nicht ewig für mich behalten. Stattdessen musste ich herausfinden, wohin sie mich führten, wenn ich mich traute, zu ihnen zu stehen.

Ich blickte auf seine Hand, die auf dem Tisch ruhte und nur wenige Zentimeter von meiner entfernt lag. Nervosität machte sich breit, dabei war es nur ein kleiner Schritt, sie zu ergreifen. Ihm zu zeigen, dass sich etwas bei mir veränderte. Dennoch fehlte mir der Mut, ehrlich und offen zuzugeben, was in mir vorging.

Und dann war der Augenblick vorbei. Sam stand auf und deutete auf die Couch.

»Wollen wir noch was auf Netflix oder so gucken? Abräumen kann ich später noch.«

Ich nickte, stand ebenfalls auf und versuchte, nicht allzu sauer mich selbst zu sein, den passenden Moment nicht wahrgenommen zu haben. Vielleicht war es auch in Ordnung, es erst mal nur für mich zu genießen. Zu sehen, was passierte, wenn ich mich einfach von meinen Gefühlen leiten ließ.

Zusammen mit *Naruto* machten wir es uns gemütlich. Ich hatte die Beine angewinkelt, Sam saß im Schneidersitz neben mir und unsere Schultern berührten sich. Ihm schien die Nähe gar nicht so bewusst zu sein, ich jedoch wagte es kaum, mich zu bewegen. Immer wenn Sam lachte, lachte ich auch. Er war jemand, der mit Leib und Seele das Geschehen auf dem Fernseher verfolgte, zusammen mit den Charakteren litt und gar nicht merkte, wie sehr er in der Handlung versank. Wenn ich ihn so dabei beobachtete, wurde mir nur allzu klar, warum ich das Zeichnen so liebte. Denn mein Wunsch war es, genau diese Emotionen hervorzurufen – selbst wenn mir das nur bei einer einzigen Person gelang. Wenn es nur einen Menschen auf dieser Welt gab, der meine Kunst so sehr liebte, dass er dabei lachen oder weinen musste, dann hatte ich mein Ziel erreicht.

»Sitzt du eigentlich bequem?«, fragte er irgendwann.

»Äh ...«

Ohne auf eine Antwort zu warten, zog Sam meine Beine auf seinen Schoß, warf mir ein Grinsen zu und konzentrierte sich dann wieder auf den Bildschirm.

Seinen langen Finger ruhten nun auf meinem Knie und Schienbein und zogen gedankenverloren sanfte Linien. Ich beobachtete sie dabei, schluckte schwer und hoffte einfach, dass er nicht bemerkte, wie sehr ich vor Aufregung zitterte.

Je länger wir so dicht nebeneinandersaßen, Sam meine Beine streichelte und ich die Berührungen genoss, desto mehr wurde mir bewusst, dass dieser Abend perfekt war, wie er gerade stattfand.

Ein Abend voller Leichtigkeit inmitten unseres eigenen Japans. Mit den unzähligen Lampions auf dem Boden, die Lichterketten an den Wänden, dem Sushi und unseren Gesprächen. Das neue Kennenlernen, die kleinen Berührungen und sein ehrliches Lachen. Es kam tief aus seiner Brust, befreit und glücklich. Und Sam so zu sehen, bedeutete mir an diesem Abend mehr als alles andere.

25 Mina

Die nächsten Wochen waren mit Klausuren und Lernstress verbunden. Der November kam, bis er sich fast schon dem Ende zuneigte und ich mich fragte, wie lange ich noch verdrängen konnte, was sich in meiner Schreibtischschublade befand.

Ich hatte es erfolgreich geschafft, meiner Mutter nichts zu erzählen, doch der Winter ließ nicht mehr lange auf sich warten und ich musste allmählich eine Entscheidung treffen. Wollte ich meinem Vater begegnen und mit ihm reden? Ja. Wollte ich auf diese Hochzeit? Auf keinen Fall.

Mir war klar, dass dieses Gespräch nicht auf seiner Hochzeit stattfinden konnte. Dafür war es viel zu emotional aufgeladen. Vielleicht war es möglich, dafür an einem anderen Tag nach München zu fahren. Der Gedanke an diese Begegnung löste ein Gefühlschaos in mir aus. Ich war immer ein Papa-Kind gewesen. Niemand hatte mich und meine Leidenschaft für Kunst stets so verstanden wie er. Ich wusste, dass ich ihm in die Augen schauen und nach dem Warum fragen musste. Ohne diese Antwort würde ich niemals vorankommen.

Mein Blick fiel auf die Konzerttickets, die an meinem Spiegel hingen und sofort wanderten meine Gedanken zum Alltag zurück.

Da wir alle eine Pause vom Abistress brauchten, kam ein Aufritt der Coverband *Stigma* sehr gelegen. Yara hatte mich vor Monaten auf die Band gebracht und seitdem hörte ich ihre Musik auf *Spotify*. Auf *YouTube* waren sie bereits richtig groß und dass sie heute in der Stadt spielten, war ein echter Zufall. Natürlich gefielen mir die Cover von Taylor Swift am meisten und ich hoffte darauf, heute Abend das ein oder andere Lied zu hören.

Zum ersten Mal würden wir alle zusammen weggehen.

Yara, Elias, Sam und ich. Ich freute mich sehr darauf, einfach einen schönen Abend mit meinen Freunden zu verbringen und eine gute Zeit zu haben.

Und auf den Jungen, in den du dich verliebt hast.

Ich lächelte und ließ das Herzkribbeln zu, anstatt mich dagegen zu wehren. Dafür war das Gefühl zu schön und es nützte ja auch nichts, es von mir wegzustoßen. Ich hatte mich in ihn verliebt, in den Sam, der er jetzt war, vermischt mit all den Erinnerungen an unsere Vergangenheit. Und ich wollte es nicht länger für mich behalten, denn es wurde immer schwieriger für mich in seiner Nähe. Ich sehnte mich danach, ihm nah zu sein, ihn zu küssen und offen zu meinen Gefühlen zu stehen. Vielleicht heute Abend, nach dem Konzert. Wenn man noch ein bisschen verzaubert von der Atmosphäre war und das Gefühl hatte, genau in dem Moment zu leben.

Ich liebte das Haus der Webers am Abend. Die Innenbeleuchtung durchflutete sanft die Dunkelheit und strahlte eine gemütliche Atmosphäre aus. Mehr Herbstvibes waren wirklich nicht möglich.

Mama hatte am Straßenrand gehalten und mich dort rausspringen lassen. Yara würde erst uns und dann Elias abholen, der näher am Zentrum wohnte. Weshalb ich mit Sam besprochen hatte, zu ihm zu kommen, damit sie uns zusammen einsammeln konnte. Ich lief gerade über den Hof, als die Haustür aufging und Hannah hinaustrat.

»Oh, hallo«, begrüßte ich sie überrascht und trat näher.

»Mina?« Sofort lief sie auf mich zu und lächelte breit. »Es ist so schön, dich hier zu sehen. Als Sam davon erzählt hat, dass ihr beide wieder befreundet seid … Ich konnte es erst gar nicht glauben. Er hat solche Fortschritte gemacht und dass du jetzt wieder Teil seines Lebens bist«, Hannah wirkte ganz ergriffen, »ist wirklich schön. Komm demnächst mal zum Abendessen. Ich mache dir deine Lieblingsbolognese.«

Auf der Stelle knurrte mein Magen. Damals hatte ich die selbstgemachte Bolognese von Hannah geliebt.

»Das würde ich sehr gern, danke.«

»Ich muss jetzt leider los. Lass uns das ganz bald machen, okay?«

Ich nickte und winkte ihr zum Abschied. Da Hannah mir die Tür aufgelassen hatte, trat ich ein und wurde sofort von dem leckeren Geruch von selbstgebackenen Keksen eingehüllt.

Im Haus war es ruhig, um diese Uhrzeit war Sams Vater Paul meist beim Fußballgucken. Ich zog die Schuhe aus und ging die Treppe nach oben, als ich bereits vom Flur aus laute Musik hörte. Gleich darauf ertönte Sams Stimme, die lauthals *What makes you beautiful* von One Direction mitsang und ich lachte. Er war nicht der beste Sänger und die Leidenschaft in der Stimme war nicht zu überhören.

Ich klopfte an seine Tür, aber wegen der Musik hörte er mich wahrscheinlich nicht. Für einen Moment wartete ich, ehe ich beschloss, einfach reinzukommen und in derselben Sekunde erstarrte. Mit großen Augen sah ich ihm ins Gesicht.

Er sah mich.

Bis mein Blick ganz automatisch über seinen nackten Oberkörper glitt und ich mich nicht lösen konnte, obwohl ich sollte.

Sam verharrte in seiner Bewegung, bis er merkte, dass ich wie eingefroren war. Ein freches Grinsen umspielte seine Lippen. Er ließ sich nicht von mir beirren und wartete ab. Man konnte nicht mehr sagen, dass ich ihn musterte. Ich starrte ihn an.

Schlanke Muskeln definierten seinen Oberkörper, er war nicht mehr ganz so dünn wie vor einigen Wochen und sah gesund aus. Die dunkle Hose schmeichelte nicht nur seiner schmalen Hüfte, sondern auch der dezenten V-Leiste, an der meine Augen einige Sekunden zu lang kleben blieben. Langsam zog er sich ein weißes Shirt über. Danach fuhr er sich ein paarmal durch sein schwarzes, welliges Haar und verschränkte grinsend die Arme vor der Brust.

»Hi«, sagte er locker. »Wenn du magst, kann ich dir das nächste Mal ein Foto schicken.«

»Was?« Ich stand immer noch im Türrahmen. Mit weichen Knien, klopfendem Herzen, ohne zu wissen, was oben und unten war.

»Willst du da stehen bleiben oder reinkommen?«, fragte Sam belustigt.

»Ich … Ja, klar.« Auf wackeligen Beinen ging ich in sein Zimmer und setzte mich auf die Bettkante. Sam räumte seine Klamotten zur Seite und ich beobachtete ihn stumm dabei.

»Ist alles in Ordnung?«, erkundigte er sich. »Du bist so ruhig.«

Gerade war nichts in Ordnung. Ich versuchte, mich wieder daran zu erinnern, wie man vernünftig atmete, damit mein Herz wieder einen normalen Rhythmus annehmen konnte. Wieso hatte mich der kurze Anblick seines Oberkörpers nur so aus der Fassung gebracht?

»Alles bestens«, entgegnete ich und wusste genau, wie knallrot mein Gesicht war.

Sam schnappte sich seine Jacke vom Schreibtischstuhl und zog sie sich über.

»Wollen wir los?«

Ich nickte nur und stand auf. Heute schien er in einer guten Verfassung zu sein. Er wirkte entspannt, die Ringe unter seinen Augen waren verschwunden und seine Körperhaltung war aufrecht. Jedes Mal zu sehen, wie stark er war und versuchte, sein Leben wieder in die Hand zu nehmen, erfüllte mich mit Stolz.

Ich folgte ihm nach unten und schob mich an ihm vorbei, während er sich die Schuhe anzog. Doch als ich die Haustür öffnen wollte, um zum Auto zu gehen, griff er nach meiner Hand und hielt mich zurück. Sein Daumen strich mit einer sanften Zurückhaltung über meine Haut und ich stand augenblicklich in Flammen.

»Du siehst heute sehr schön aus.«

Bumm, bumm, bumm, bumm, bumm. Mir stockte der Atem, mein Herz sprang beinahe aus der Brust.

»Also.« Sam lächelte verlegen. »Du siehst immer schön aus. Leider gab es irgendwie noch nie den richtigen Moment, um es dir zu sagen.«

»D-Danke«, brachte ich nur hervor, aber bezweifelte, dass er mich überhaupt verstanden hatte. Das Blut rauschte mir in den Ohren und ich hatte das Gefühl, jeden Moment umzukippen.

Sam findet mich schön.

Schön.

Nicht süß, niedlich oder was man sonst so sagte.

Sondern schön.

Ein kleines Adjektiv mit einer riesigen Bedeutung. Das hier war vielleicht der Augenblick, in dem ich einen Schritt auf ihn zu machen sollte, um deutlich zu zeigen, dass ich anfing, mehr für ihn zu empfinden. Und herausfinden wollte, wohin es führen würde, wenn ich die Gefühle weiter zuließ.

26   Sam

Menschen. Wärme. Dutzende Gespräche. Ich mittendrin. Die Band spielte erst in fünfzehn Minuten und wir waren noch nicht lange da – dennoch wurde mir schon jetzt alles zu viel. Ich wollte das schaffen. Nein, ich konnte das schaffen. Nur einen Abend lang. In meiner Vorstellung war das alles so viel leichter gewesen, als es nun wirklich war. Natürlich freute ich mich über die Gespräche mit Yara oder darüber, Elias näher kennenzulernen. Auch lachte ich über die anzüglichen Bemerkungen zu Mina und mir und darüber, wie rot sie dadurch wurde. Aber es laugte mich aus und hinzu kam die Menschenmenge, die sich schon nach wenigen Minuten wie ein Gefängnis für mich anfühlte. Weil der Sam, der ich sein wollte und der Sam, der ich wirklich war, in einen Konflikt gerieten. Smalltalk, die vielen Menschen auf so engem Raum.

Je länger wir hier standen, desto mehr bereute ich es, zugesagt zu haben. Dabei hatte ich gedacht, dass mir dieser Abend unter Menschen guttun würde. Wie sehr man sich täuschen konnte.

»Alles okay? Sind dir das zu viele Menschen?«, flüsterte Mina mir zu, als Yara und Elias in ein Gespräch vertieft waren. »Du wirkst sehr angespannt.«

Ich zwang mich zu einem Lächeln und nickte. »Ja, ist alles etwas viel.«

»Sollen wir rausgehen? Brauchst du frische Luft?«

»Nein, ich gewöhne mich gleich schon daran. Außerdem fängt *Stigma* jeden Moment an zu spielen.«

Minas skeptischer Gesichtsausdruck war Antwort genug darauf, dass sie mir nicht glaubte. Ich hasste es. Sie sollte sich keine Sorgen um mich machen, denn dann bekam ich das Gefühl, als wäre ich eine Belastung für sie oder dass sie sich nur mit mir abgab, weil ihr Pflichtgefühl es so verlangte. Dadurch wurde ich zu jemandem, der nicht allein zurechtkam. Und es war Fluch und Segen zugleich, dass sie mich so gut kannte. Ich konnte ihr nichts vormachen und versuchte es trotzdem immer wieder.

Ihr Mund öffnete sich, um etwas zu sagen, aber das Licht ging plötzlich aus und der Club wurde von tosendem Beifall erfüllt.

Yara klatschte begeistert in die Hände, zog Mina nach vorn, weiter in die Menge und damit auch Elias und mich. Wäre es nach mir gegangen, wäre ich gern an dem Platz stehen geblieben, denn hier lag der Ausgang in unmittelbarer Nähe. Eine Fluchtmöglichkeit, falls ich sie benötigte, und ab und zu drang ein frischer Windzug durch die stickige Luft. Jetzt stand ich mittendrin im Geschehen und merkte, wie sich Schweißperlen unter meinen Haaren auf der Stirn ausbreiteten.

Während jeder im Publikum gespannt darauf wartete, dass es losging, sehnte ich mich schon nach dem Ende. Mein Herz pochte ungleichmäßig, es stolperte und ein gewaltiger Druck legte sich auf meine Brust.

Ich stand kurz davor, das Weite zu suchen, aber dann trat die Band auf die Bühne und mir wurde die Möglichkeit genommen, rechtzeitig die Flucht zu ergreifen. Von *YouTube* wusste ich, dass sie sowohl Coversongs als aus ihre eigenen sangen. Um der Menge anzuheizen, starteten sie mit einem Cover von *Bitter Sweet Symphony*. Ein Song, der gar nicht zu meiner Laune passte.

Ich blickte zur Seite, sah, wie Minas Augen glänzten, und sie verträumt zu dem Beat der Musik mitwippte. Sie fühlte den Moment, die Melodie und ich beneidete sie dafür.

Auch Yara und Elias waren von der Band eingenommen, genossen die Stimmung und ich … Ich merkte nur, wie die Überforderung in mir wuchs und wuchs. Das Lied erreichte den Höhepunkt und plötzlich spürte ich, wie sich warme Finger mit meinen verschränkten.

Was passierte hier? Träumte ich?

Ich wünschte mir so sehr, dass diese Geste mehr bedeutete. Konnte es möglich sein, dass sie mehr für mich empfand?

Mina grinste in sein hinein, hielt den Blick auf die Band gerichtet, während ich nur Augen für sie hatte. Hitze durchströmte meinen Körper, die ein Kribbeln an all den Stellen entfachte, die sie berührte.

Und dann wurde *This Love* von Taylor gespielt. Unser Lied. Das, was uns immer wieder begleitete und mehr ausdrückte, als ich jemals in Worte fassen konnte.

Erneut sah ich zu Mina und unsere Blicke trafen sich im selben Moment. Sie lehnte den Kopf an meine Schulter und war mir näher, als ich es mir hätte ausmalen können.

Es hätte perfekt sein können. Wir beide, unser Lied und der Augenblick. Unsere Hände, die miteinander verschränkt waren. Die Gefühle, die zwischen uns brodelten. Es hätte perfekt sein müssen. Nur war es das nicht. Ich fühlte mich völlig fehl am Platz, gehörte nicht hierher. Mina drehte ihren Kopf nach oben, um mich anzusehen und wirkte gespannt, als würde sie auf eine Reaktion von mir warten. Vielleicht, dass ich mich zu ihr hinunterbeugte und küsste? So gern hätte ich diesen Schritt gewagt, hätte es riskiert. Stattdessen ließ ich ihre Hand los. Natürlich bemerkte sie, dass etwas nicht stimmte. Ihr Lächeln verblasste, Enttäuschung und Sorge funkelten in ihren blauen Augen, die durch die schwache Beleuchtung dunkler wirkten.

»Es tut mir leid«, sagte ich und obwohl es genauso gemeint war, klang es dumpf und leer. Danach drehte ich mich um und bahnte mir einen Weg nach draußen.

Mir wurde schwindelig und flau im Magen, noch bevor ich den Ausgang erreichte. Kalter Schweiß rann mir den Rücken herunter und ich japste nach Luft, als ich endlich draußen war und über den Parkplatz taumelte. Ich atmete angestrengt, kniff die Augen zusammen und ging in die Hocke. Mein verdammtes Herz raste so heftig, dass es mir gefühlt aus der Brust springen wollte. Alles drehte sich, mir war nach Schreien zumute. Stattdessen liefen mir heiße Tränen über die Wange. Vor lauter Verzweiflung, Stress und Überforderung.

Ich wusste nicht, wohin mit mir. *This Love* schallte nach draußen, hinaus auf den Parkplatz und erinnerte mich daran, dass ich den Moment komplett versaut hatte.

»Sam?« Die helle Stimme würde ich überall wiedererkennen, weil sie jene war, die mir oft genug geholfen hatte, die Orientierung wiederzufinden. Aber ich drehte mich nicht zu ihr um, denn Mina sollte mich nicht so sehen.

Nicht schon wieder.

»Mina, geh zurück. Bitte. Ich brauche nur einen Moment für mich allein.«

Ich wartete auf Schritte, die sich von mir entfernten, stattdessen kamen sie näher.

»Was ist los? Ist es dir zu viel geworden? Warum hast du denn nichts gesagt?« Auch wenn ihre Fürsorge gut gemeint war, konnte ich nicht damit umgehen und stieß gereizt die Luft aus.

»Lass gut sein«, zischte ich.

Letztlich war ich es, der sich zu ihr umdrehte. Ihre Augenbrauen waren fest zusammengezogen und sie suchte nach einem Anhaltspunkt, irgendetwas, um zu verstehen, was los war. Da waren wir schon zwei.

»Bitte«, meinte ich nun eine Spur sanfter. »Ich brauche einen Moment für mich.«

Mina ging einige Schritte zurück, blieb aber in Sichtweite stehen.

»Ich warte hier, okay? Und wenn du so weit bist, bin ich da.«

Die kalte Novemberluft tat gut, ich lief ein paar Schritte auf und ab und atmete tief durch. Versuchte, daran zu denken, was Dr. Martens mir auf den Weg mitgegeben hatte, wenn alles zu viel wurde. Ich schloss die Augen, fokussierte mich nur auf meine Atmung, um die wilden Gedanken auszusperren. Um mich daran zu erinnern, dass es nicht nur diese dunkle Gasse gab, sondern so viel mehr. Aber es war jedes Mal ein Kampf, mich nicht wieder von der Dunkelheit mitreißen zu lassen.

Wird das jemals aufhören?

Ich sackte auf die Knie, schlug die Hände vor dem Kopf zusammen und kämpfte mit den Tränen, weil ich mich so schwach fühlte. Als hätte ich versagt, weil ich es nicht mal für einen Abend schaffte, normal zu sein.

»Hey.« Minas Stimme drang an mein Ohr und ihre Arme legten sich schützend um meinen Körper. »Lass uns nach Hause gehen, Sam.«

Erschöpft nickte ich, die Wärme ihrer Umarmung ging auf mich über und ließ die Kälte verschwinden. Nach Hause. Genauso fühlte sich diese Umarmung an. Doch ich stand mit wackligen Beinen auf und zwang mich, diese Gefühle herunterzuschlucken.

✧ ✧ ✧

Selten war eine Autofahrt so erdrückend wie diese. Mina hatte ein Taxi gerufen, in dem wir nun saßen, während ich Yara eine WhatsApp schickte, dass wir auf dem Weg nach Hause waren. Wie in einem Hamsterrad drehten sich meine Gedanken und die altbekannte Stimme redete mir ein, dass ich versagt hatte und es nie schaffen würde, wieder ein normales Leben zu führen. Sie war laut, so laut. Redete mir ein, dass jede noch so kleine Handlung für immer unendlich viel Kraft kostete, ich diese Kraft aber nicht hatte. Dass ich schwach war und nie das Leben führen würde, von dem ich träumte.

»Kannst du darüber reden?«, fragte sie in die Stille hinein. »Deine Gedanken sind gerade unfassbar laut und ich würde gern versuchen, sie zu verstehen.«

Beinahe hätte ich gelacht. Mit starrem Blick sah ich nach draußen in die Nacht hinein, auf die Straßenlichter, die an uns vorbeizogen. »Glaub mir, da sind wir schon zwei«, gab ich zurück. »Es tut mir leid.«

»Ich weiß nicht, was dir leidtun müsste«, antwortete Mina aufrichtig. »Du hast es versucht, okay? Du warst heute Abend da. Das ist alles, was zählt.«

»Rede es nicht schön, okay? Ich schaffe es nicht mal einen Abend unter Menschen zu sein. Wie soll das nur weitergehen? Ich bin ein verdammter Loser.«

Mir stiegen Tränen in die Augen, die ich hastig davon blinzelte.

Sie wandte sich mir zu, nahm mein Gesicht in ihre Hände und zwang mich somit, mich anzusehen.

»Du bist kein Loser, Sam. Gerade muss das so schwer für dich sein, anders zu denken, und ich verstehe das. Aber bitte mach dich nicht dafür fertig, dass du heute Abend mutig gewesen bist.«

»Mutig.« Nun lachte ich und senkte den Blick, weil ich es nicht mal schaffte, Mina in die Augen zu sehen. »Es tut mir leid, dass ich dir nicht mehr geben kann. Bestimmt ist es einfach nur frustrierend für dich.«

Ich löste mich aus ihrer Berührung, rückte so nah an die Seite, wie ich konnte, und lehnte meinen Kopf an das kühle Fenster. Minas Blick lag auf mir, allerdings sagte sie nichts weiter.

Obwohl es nur eine halbe Stunde war, kam mir die Fahrt unendlich lang vor. Ich wollte nur noch ins Bett, um mich dort zu verkriechen. Als wir mein Haus erreichten und das Taxi auf den Hof fuhr, stand mein Inneres davor, endgültig wie ein Kartenhaus zusammenzufallen.

Kaum kam das Auto zum Stehen, sprang ich schon aus dem Wagen. Allerdings hatte ich die Rechnung ohne Mina gemacht, die mir wie selbstverständlich folgte.

Irritiert blieb ich stehen. »Was hast du vor?«

»Glaubst du wirklich, dass ich dich jetzt allein lasse? Wenn du meine Gesellschaft nicht willst, dann akzeptiere ich das und bleibe meinetwegen vor deiner Tür sitzen. Aber ich lasse dich nicht allein.«

Ungläubig starrte ich sie an und war unfähig, ihr zu antworten. Sie wagte einen Schritt nach vorn und nahm meine Hand.

»Ich bin, da wenn du reden willst und wenn du nicht reden willst. Das habe ich dir versprochen.«

Meine Beine wurden butterweich und es kostete mich meine letzte Kraft, nicht vor ihr loszuheulen. Ich versuchte, ihr ein Lächeln zu schenken, was sich eher wie eine Grimasse anfühlte.

In meinem Zimmer angekommen, schmiss ich mich sofort aufs Bett und fühlte mich gleich viel sicherer. Mina setzte sich derweil auf die Bettkante.

Ich streckte die Hand nach ihr aus und schloss müde die Augen. »Kannst du dich neben mich legen?«

»Natürlich.«

Gleich darauf schmiegte sie sich dicht an mich und ihre Körperwärme sorgte dafür, dass ich mich zumindest ein wenig geborgen fühlte. Eine ganze Zeit lang redeten wir nicht und ich war dankbar, dass sie mich nicht dazu drängte, mich erklären zu müssen. Mir half es sehr, wieder hier in meinem Zimmer zu sein, umgeben von Vertrautheit und Ruhe. Und dadurch wurden auch die Gedanken leiser, mein Puls fuhr herunter und ich konnte wieder besser atmen.

»Ich wollte den Abend heute wirklich genießen«, sagte ich irgendwann. »Aber ich habe mich so unwohl zwischen all den Menschen gefühlt. Dabei dachte ich, dass ich so weit wäre. Einfach normal zu sein, wie ein achtzehnjähriger Teenager nun mal ist.«

»Solche Situationen werden mit Sicherheit immer mal wieder vorkommen, Sam. Und wenn sie dir zu viel werden, heißt das trotzdem nicht, dass du versagt hast. Sondern, dass du dich immer wieder aufs Neue den Herausforderungen stellst. Du bist nicht schwach, Sam. Du bist stark. Der stärkste Mensch, den ich kenne.«

Ihre Worte trafen mich wie aus dem Nichts.

Mina so nah zu sein, brachte mein Herz auf einer anderen Ebene zum Schlagen und ich spürte ein Ziehen in der Brust. Sehnsucht überkam mich und eine Spur Frustration, weil ich ihr so nah war und trotzdem nie mehr für sie sein würde. Dennoch dachte ich nur daran, wie es wohl wäre, sie jetzt zu küssen.

Mein Blick blieb einige Sekunden zu lang an ihren Lippen hängen, denn als ich endlich wieder in ihre Augen blickte, lächelte sie. Eine Röte hatte ihre Wangen überzogen. Und plötzlich veränderte sich etwas.

»Mit dir hier zu liegen, fühlt sich einfach so richtig an«, sagte ich mit klopfendem Herzen.

Nun war es Minas Blick, der über mein Gesicht wanderte.

»Mir geht es genauso«, brachte sie hervor. Mit zittriger Hand fuhr sie die Konturen ihres Mundes nach, wanderte danach zu meinen Haaren und strich mir die Strähnen aus dem Gesicht. Ich schluckte schwer, hörte kurzzeitig auf zu atmen, weil die Luft so voller Spannung lag.

»Und ich wünschte, du könntest fühlen, wie schnell mein Herz schlägt, weil ich nur daran denken kann, wie es ist, dich zu küssen«, flüsterte Mina.

Ihre Worte hallten in enormer Lautstärke in meinem Kopf nach. Hatte ich mir das gerade eingebildet? Oder hatte sie das wirklich gesagt? Ich rückte einen Zentimeter von ihr ab, damit ich ihr Gesicht besser sehen konnte. Und ihr schüchternes Lächeln bestätigte mir, dass ich mir das nicht eingebildet hatte.

27 Mina

»Das ist völlig falsches Timing, oder?«, fragte ich atemlos.

Für eine Sekunde hatte ich alles ausgeblendet und nur das für mich sprechen lassen, was ich fühlte, wenn ich Sam so nah kam. Ich wollte ihm noch näher sein, ihn berühren, seine Finger auf mir spüren und herausfinden, was ein erneuter Kuss mit mir anstellen würde.

Sam schmunzelte leicht. »Es kommt ... überraschend. Aber für solche Worte gibt es kein falsches Timing.«

»Mein Herz schlägt so schnell«, flüsterte sie. »Jedes Mal, wenn wir uns sehen, ist das so. Seit dem Tag, an dem wir *Midnights* gehört haben, hat sich was verändert.«

»Bist du dir sicher?« Skepsis lag in seiner Stimme, die ich ihm nicht verübeln konnte.

»Bin ich.« Mit den Fingerspitzen fuhr ich über seine weiche Haut und die kleinen Bartstoppeln an seinem Kinn. »Ich würde gern herausfinden, wo das hinführt.«

Mit einem intensiven Blick musterte er mich und wirkte auf einmal nachdenklich. »Wenn es schief geht, dann haben wir es endgültig versaut. Sollen wir das wirklich tun?«

»Ich schätze, das Risiko müssen wir eingehen. Und wer sagt, dass wir es versauen?«

In dem Moment, als seine Lippen sich auf meine legten und

wir uns so nah kamen wie noch nie zuvor, vergaß ich alles andere um mich herum. In meinem Bauch explodierte ein Feuerwerk, das sich in meinem ganzen Körper ausbreitete. Der Kuss fühlte sich wie Ankommen an. Bei mir, bei Sam, bei uns. Meine sonst so rasenden Gedanken stoppten, beruhigten sich, als Sam den Kuss vertiefte.

Es war ein unschuldiger Kuss. Ich wagte es nicht, einen Schritt weiterzugehen, weil ich erst abwarten wollte, wie Sam mit all den Empfindungen zurechtkam. Doch als er mit seiner Zunge über meine Lippen fuhr und um Einlass bot, ließ ich ihn allzu gern gewähren. Er drückte mich fester an sich heran, ich sog seinen vertrauten Geruch ein und ließ mich von dem Kuss berauschen. Ich liebte die Art, wie er mit seinen langen Fingern durch meine Haare fuhr und der Grund war, warum mein Herz kurz davor stand, mir aus der Brust zu springen. Als er mich auf sich zog, unterbrach er den Kuss, nahm mein Gesicht in seine Hände und musterte mich mit geröteten Wangen. Wir beide waren ziemlich außer Atem, was uns keine drei Sekunden später zum Lachen brachte. Es fühlte sich befreiend an. Endlich gaben wir diesen Gefühlen nach, die viel zu lange ignoriert wurden.

»Ich wollte das schon so lange machen.«

Ich grinste. »Ist das so?«

Mit seinem Daumen fuhr er meine linke Augenbraue nach, steckte mir das Haar hinter die Ohren und sah zufrieden aus.

»Du hast ja keine Ahnung.«

»Ich hoffe, es ist okay. Ich wollte dich nicht unterbrechen oder dir das Gefühl geben, dir nicht zuzuhören.«

»Ich habe mir den Abend anders vorgestellt«, gab Sam zu. »Und ich bin enttäuscht von mir selbst. Aber ich denke, dass du recht hast. Solche Situationen werden immer wieder vorkommen und ich muss lernen, mit ihnen fertig zu werden. Gerade jetzt möchte ich trotzdem nicht reden.«

Bevor ich antworten konnte, verloren wir uns wieder in Küssen und Berührungen. Diesmal stürmischer, ohne Atempausen. Seine Hände fuhren meine Seiten entlang, dann meinen Rücken hinab, und ich war mir sicher, dass er genau wusste, welche Wirkung er auf mich hatte. Sam drückte mich noch enger an sich und ich legte meine Hände sanft auf seine Brust. Ich spürte, wie sein Herz ebenfalls eine Spur zu schnell schlug. Auf einmal war alles so richtig, so vollständig. Fast so, als hätten wie nie etwas anderes getan.

»Sag mir bitte, wenn es dir zu schnell geht, aber … Könntest du dir vorstellen, heute Nacht hier zu bleiben? Ich würde dich einfach gern im Arm halten und mit dir reden.«

Ging mir das zu schnell? Ich überlegte kurz und dachte eher daran, wie viel Zeit wir verloren hatten. Bei Sam fühlte ich mich sicher, geborgen und wie zu Hause. Deshalb gab es nur eine Antwort für mich.

»Ich bleibe, solange du willst.«

Wir blieben die ganze Nacht auf, redeten und lachten. Alles fühlte sich so an, wie es sein sollte. Hier zu sein, in diesem Augenblick, war richtig und absolut vollkommen.

»Habe ich dir eigentlich jemals erzählt, dass ich Astronaut werden wollte?«, fragte er und hielt mich dabei fest umschlungen.

»Astronaut? Nein, das hast du mir noch nie erzählt.«

»Ja, ich habe mich als Kind echt lange für Astronomie interessiert. Das klingt jetzt total kitschig, aber ich wollte den Sternen immer so nah wie möglich kommen. Nur dann habe ich realisiert, dass das unmöglich ist, und fand den Gedanken irgendwie ziemlich traurig.«

»Das ist er auch«, stimmte ich zu und wurde nachdenklich. »Kannst du dir eigentlich mittlerweile vorstellen, wie es nach dem Abitur für dich weitergehen soll?«

Sam seufzte und seine Gedanken wurden plötzlich wieder laut. Ich sah es an der Art, wie er das Gesicht verzog.

»Nein. Ich weiß auch nicht, was mich interessiert. Vielleicht setze ich erst noch ein Jahr aus und mache etwas anderes. Je nachdem ... wie es mir geht. Ich will immer noch das *Work and Travel* machen, bloß es erscheint mir an manchen Tagen so unendlich weit weg.«

»Du hast so oft von Australien gesprochen«, erinnerte ich mich. »Ich kann verstehen, dass so ein *Work and Travel* für dich unerreichbar erscheint. Vielleicht kannst du dich damit ja noch mal mehr auseinandersetzen, wenn du dich besser fühlst. Es wäre auf jeden Fall eine Möglichkeit, oder nicht?«

»Also wenn das so läuft wie heute Abend, dann werde ich wohl für immer hierbleiben.«

Ich gab Sam einen Kuss auf die Nasenspitze. »Sei nicht so hart zu dir. Es wird kein Dauerzustand sein.«

Darauf antwortete er nicht und machte deutlich, dass er fürs Erste nicht weiter darüber reden wollte. Ich ließ ihm ein wenig Raum, um sich zu sortieren, meine Worte auf sich wirken zu lassen.

»Ich mag das. Mit dir hier zu liegen und zu reden«, meinte ich nach einer Weile.

»Tja, das hättest du schon viel früher haben können«, sagte Sam lachend.

»Hey!« Ich stützte mich auf und sah ihn gespielt böse an. »Das ist nicht fair.«

Das Grinsen verschwand aus seinem Gesicht und er sah mich mit ernstem Blick an. »Ich glaube, jetzt ist unser Timing genau richtig. So und nicht anders.«

»Ich empfinde es genauso.«

Es wurde allmählich spät und auch mir fielen die Augen zu,

aber ich wollte mit aller Macht wach bleiben, um jede Sekunde mit Sam zu genießen. Letztlich verlor ich dennoch den Kampf gegen die Müdigkeit und sickerte in einen traumlosen Schlaf.

Als ich das nächste Mal wach wurde, fiel mir als Erstes auf, dass mir die Wärme fehlte, die von Sam ausging. Schlaftrunken merkte ich, dass ich nicht mehr in seinem Arm lag und tastete nach ihm.

»Ich bin hier«, rief er vom Balkon aus.

Obwohl es frisch draußen war, stand er dort barfuß in kurzer Shorts und Hoodie. Schnell schnappte ich mir die Decke, warf sie mir um die Schultern und sog die kalte Luft ein. Es war noch dunkel, der Tag startete erst. Ich stand auf und folgte ihm auf den Balkon.

»Ich mag Sonnenaufgänge«, meinte ich mit belegter Stimme und sah mich um, als ich mich direkt neben ihn stellte. Sam schlüpfte mit unter die Decke und umarmte mich mit beiden Armen von hinten.

»Mir gefallen Sonnenuntergänge mehr. Vor allem die im November. Von der Farbintensität sind sie so ganz anders als die in den Monaten davor oder danach.«

An seine raue Morgen-Stimme würde ich mich wahrscheinlich nie gewöhnen können und ich biss mir auf die Lippe. Zusammen beobachteten wir den Sonnenaufgang, lauschten den Vögeln und warteten, bis sich der Nebel verzog.

»Wie lange bist du schon hier?«

»Noch nicht lange«, antwortete er. »Es ist so eine Art Morgenroutine von mir geworden. Nach dem Aufwachen hier zu stehen, die frische Luft einzuatmen und in den Tag zu starten.«

Ich ließ den Blick über den Waldrand schweifen und verspürte eine seltsame Ruhe, gemischt mit einer Spur Melancholie.

»Was hast du heute noch geplant?«, fragte er verschlafen und rieb sich die Augen. Ihm sah man die kurze Nacht auf jeden Fall an.

»Ganz ehrlich? Ich denke, es wird Zeit, meiner Mutter von der Hochzeitseinladung zu beichten. Wenn ich nur daran denke, wird mir ganz schlecht und mittlerweile bereue ich es, ihr nicht einfach sofort davon erzählt zu haben. Ich dachte, es würde leichter werden, aber da habe ich mich wohl selbst getäuscht.«

Sam drückte mir einen Kuss auf die Schläfe.

»Wenn du danach reden möchtest, bin ich für dich da. Deine Mutter wird bestimmt verstehen, warum du es ihr nicht sofort erzählt hast.«

»Ich hoffe es.«

Er warf einen Blick über die Schulter und knuffte mir dann in die Seite.

»Allerdings ist es mittlerweile zu kalt geworden, um stundenlang auf dem Balkon zu sitzen. Gut, dass wir einen anderen Platz gefunden haben.«

»Einen anderen Platz?«

»Also ich finde mein Bett deutlich gemütlicher für uns beide.«

Ich lachte. »Solange deine Eltern nicht auf einmal hineinplatzen.«

»Keine Angst. Das tun sie nicht. Obwohl sie von nichts anderem reden, als dich wieder zum Abendessen hier haben zu wollen.«

»Ich bin froh, dass es mit deinen Eltern wieder so gut läuft und ihr auf dem richtigen Weg seid.«

»Wir gehen regelmäßig zu Dr. Martens. Es hat uns wirklich enorm geholfen. Vor allem die Beziehung zu meinem Vater verbessert sich langsam. Er ... hat mir lange nicht geglaubt, dass die Überdosis ein Versehen war. Deshalb kam es so oft zum Streit, weil ich nicht wusste, wie ich es ihm begreiflich machen soll.

Mama stand oft zwischen uns. Jetzt ist es wirklich besser geworden, weil wir gelernt haben, auf unsere Bedürfnisse zu achten und zu reden.«

Ich lehnte meinen Kopf an seine Schulter und zog die Decke etwas fester um unseren Körper. Sam drückte mir einen Kuss auf den Scheitel und wir blieben noch eine ganze Weile draußen stehen.

Aber die Realität wartete nicht, ganz egal wie lange man versuchte, ihr zu entkommen.

✧ ✧ ✧

Als ich zu Hause ankam, spürte ich zum ersten Mal die Müdigkeit in allen Knochen und hätte mich am liebsten sofort ins Bett geschmissen. Nur leider wartete da diese eine Sache auf mich, die ich nicht weiter verdrängen konnte.

»Ich dachte, es würde nicht so spät werden«, begrüßte Mama mich mit einem wohlwissenden Grinsen.

Räuspernd streifte ich die Schuhe ab, hing die Jacke auf und setzte mich zu ihr auf die Couch.

»Um ehrlich zu sein, hat sich da etwas ergeben.« Trotz der Anspannung tanzten Schmetterlinge in meinem Bauch herum und ich konnte das Lächeln nicht unterdrücken.

»Oh, dich hat es ganz offenbar doll erwischt. Ich habe mich schon gefragt, wann du es dir endlich eingestehst, in Sam verliebt zu sein.«

Als ich mich neben sie setzte, tätschelte sie liebevoll meinen Oberarm.

»Elias hat so etwas auch schon gesagt. Haben es denn alle außer mir gemerkt?«

»In den letzten Wochen warst du wie ausgewechselt. Du lächelst viel mehr. Es freut mich sehr, dich so zu sehen. Da war mir natürlich klar, dass wahrscheinlich Sam der Grund dafür ist. Zumindest habe ich es mir ein kleines bisschen erhofft.«

Sie musste nicht aussprechen, woran sie dachte. Die Affäre meines Vaters, die Scheidung. Ich hatte einen Teil von mir selbst verloren, den ich seitdem nicht wiedergefunden hatte. Gerade lernte ich eine neue Seite an mir kennen, eine, die ebenfalls in der Lage war, glücklich zu sein.

»Du hast es dir erhofft?«

Sie nickte. »Auch wenn ihr beide immer die besten Freunde gewesen seid, habe ich natürlich bemerkt, wie er dich angesehen hat. Und jedes Mal habe ich gedacht: Hoffentlich empfindet Mina irgendwann dasselbe. Denn so jemanden wie Sam, den findet man nur einmal.«

Augenblicklich musste ich lächeln, weil sie so lieb über Sam sprach. So, wie er es verdiente. Ihre Worte rührten mich mehr, als ich zugeben konnte. Am liebsten hätte ich stundenlang über Sam geredet, doch das ging nicht. Nicht, wenn ich ihr so dringend von der Einladung beichten musste und genauso viel Angst vor ihrer Reaktion hatte.

Das Lächeln auf meinen Lippen verschwand und somit auch all die positiven Gefühle.

»Mama, da gibt es etwas, das ich dir sagen muss.« Nervös knetete ich mir die Hände.

»Ich hoffe, es hat nichts mit Verhütung oder so zu tun!« Mama lachte und auch wenn ich sie für ihren Humor liebte, so stieg ich nicht mit ein.

»Was ist los?«, fragte sie.

In meinem Kopf hatte ich alle Sätze zurechtgelegt, damit sie ohne Umschweife ausgesprochen wurden. Jetzt waren diese wie weggeblasen. Stattdessen steckte mir ein dicker Kloß im Hals und ich wünschte, wir hätten dieses Gespräch nie führen müssen.

Natürlich bemerkte Mama, wie sehr ich mit mir haderte und wurde ebenfalls unruhig.

»Schatz? Du kannst mit mir reden.«

»Ich weiß. Ich weiß nur nicht, wie ich es dir sagen soll.«

Tränen brannten mir in den Augenwinkeln und das Herz schlug mir bis zum Hals. Meine Mutter rückte näher an mich heran und legte mir einen Arm um die Schultern.

»Um was geht es?«

»Um …« Ich zitterte am ganzen Körper und schaffte es kaum, zu antworten. »Es geht um Papa. Der Brief neulich … Als ich meinte, dass es Vordrucke für die Abiball-Einladungen sind. Das war gelogen.« Ich fühlte mich elend und bereute es so sehr, die Einladung so lange für mich behalten zu haben.

»Es war eine Hochzeitseinladung. Papa heiratet wieder.«

Binnen weniger Sekunden verlor meine Mutter jegliche Gesichtsfarbe und ich konnte zusehen, wie sie von den Worten überrollt wurde. Sie musste nichts sagen, um deutlich zu machen, dass etwas in ihr zerbrach. Vielleicht war es die letzte Hoffnung, die sie tief im Inneren noch gehabt hatte, dass er zurückkam. Um ehrlich zu sein, hatte ich bis zur Einladung auch darauf gehofft.

Es waren nur Sekunden, in denen ich ihre gebrochene Hoffnung erkannte. Und es waren weniger als einige Herzschläge, in denen sie sich schon wieder zusammenriss und ihr Pokerface aufsetzte. Ihre Lippen waren zu einem dünnen Strich verzogen, jedoch richtete sie sich auf und sah mich an. Es war mir ein Rätsel, wie sie es schaffte. Wahrscheinlich wollte sie stark für mich sein und das war ihr Grund genug, die Gefühle herunterzuschlucken.

»Wann?«

»Mitte Dezember. Aber ich werde nicht hingehen, okay? Es fühlt sich falsch an.«

»Du solltest hingehen, Mina.« Die Entschiedenheit in ihrer Stimme ließ keinen Zweifel zu.

»Nein. Das kann ich nicht bringen. Es fühlt sich wie ein Verrat dir gegenüber an.«

»Er ist dein Vater, Schatz. Denkst du, ich weiß nicht, wie sehr du ihn vermisst?«

Mit offenem Mund starrte ich sie an. Irgendwie hatte ich eine komplett andere Reaktion erwartet. Nur hatte meine Mutter sich schon immer für uns zusammengerissen, dieser Moment war kein Einzelfall. Es stimmte mich traurig, dass sie sich mir nicht öffnete und sagte, was sie empfand. Nur manche Wunden brauchten mehr Zeit, um zu heilen. Ich wünschte mir nur, dass ich ihr dabei helfen könnte. Es stimmte mich unruhig, dass ich nicht genau einschätzen konnte, ob sie mir nur etwas vorspielte oder ob diese ruhige Art wirklich ihr Ernst war.

»Macht das gar nichts mit dir?«, fragte ich aufgebracht.

»Mina, was willst du hören? Dass es mich wütend macht oder ich traurig darüber bin?«

»Ja, verdammt! Ich renne seit Wochen damit rum und weiß nicht, wie ich mit all den Gefühlen umgehen soll. Und du sitzt hier, bleibst seelenruhig und –«

»Weil mir keine andere Wahl bleibt!« Auf einmal stand sie auf und tigerte durch das Wohnzimmer. »Ich habe keine andere Wahl! Natürlich kann ich hier jetzt vor dir in Tränen ausbrechen und darüber jammern, wie sehr mich das verletzt. Nur so läuft das leider nicht. Und das will ich auch nicht mehr. Clara ist noch so klein, sie versteht überhaupt nicht, was los ist. Wäre es dir lieber, wenn ich jeden Tag hier säße und weine?«

»Nein, aber –«

Ich stand ebenfalls auf, gestikulierte hilflos mit den Händen und fühlte mich komplett überrumpelt von der Situation. Es hatte so viele Gespräche mit Mama gegeben. So unendlich viele. Mit Tränen, mit Geschrei und Wut über meinen Vater, der unsere Familie zerstört hatte. Der es vorzog, uns zu verlassen und ein neues Leben zu beginnen. Und ja, ich vermisste ihn jeden Tag. Unsere Gespräche, unsere Leidenschaft für Japan, Animes und Mangas. Seine Stimme, seine Umarmungen. Einfach alles. Gleichzeitig hasste ich ihn auch.

»Schatz, was dein Vater getan hat, ist nicht zu verzeihen. Und natürlich tut der Gedanke weh, dass er wieder heiratet und das … so kurz nach der Scheidung. Aber trotzdem darfst du ihn vermissen und ihn sehen, wenn du das möchtest und dich bereit dafür fühlst. Das hat überhaupt nichts damit zu tun, was ich darüber denke oder wie es mir dabei geht. Wenn du ihn gern sehen möchtest, dann bin ich die Letzte, die dir im Weg steht. Ich dachte, das wüsstest du.«

»Nein ich … Eigentlich wollte ich es dir gar nicht sagen, weil … Ich wollte dich schützen.« Heiße Tränen liefen mir über die Wangen, alles war auf einmal so furchtbar kompliziert. Ich schlug die Hände vor das Gesicht, wünschte mir bloß, dass meine Familie wieder ganz wurde. Dass das alles niemals passiert wäre.

Früher hatte ich gedacht, dass meine Eltern für immer zusammenbleiben würden. Als Kind war es so leicht, seine Familie zu idealisieren, nur das Gute zu sehen und zu glauben, dass sich das niemals ändern würde. Tja, und dann zerbrach diese Idealvorstellung, kollidierte eiskalt mit der Realität und der Fall danach? Der hörte scheinbar niemals auf.

Mama kam auf mich zu, nahm mich fest in ihre Arme und ich schluchzte so sehr, dass ich kaum noch Luft bekam.

»Schatz, du musst mich nicht schützen, okay? Bitte denk nicht, dass ich mit so einer Nachricht nicht umgehen könnte. Geh zu dieser Hochzeit, wenn du glaubst, dass es dir ein bisschen Seelenfrieden gibt. Und wenn du meinst, dass es dir nicht guttut, dann bleibst du hier.«

»Ich weiß es nicht. Ich weiß es wirklich nicht.«

Ein Teil von mir wollte ihm so dringend verzeihen. Allein schon, weil ich das für mich brauchte. Für mein inneres Kind, das sich jeden Tag fragte, ob sein Vater es überhaupt jemals geliebt hatte. Nur hatte ich keine Ahnung, ob ich dazu überhaupt jemals in der Lage sein würde.

28 — Sam

Neben Silvester gab es einen Tag, den ich mindestens genauso hasste: meinen Geburtstag. Ich hatte ihn noch nie gemocht. Die Aufmerksamkeit, die ich dadurch automatisch erhielt, war mir unangenehm. Die Frage nach meinen Wünschen war jedes Mal ein Krampf. Denn je älter ich wurde, desto weniger wusste ich eine Antwort darauf.

Dieses Jahr war es anders.

Ich wollte glücklich sein. Mehr nicht.

Auf eine sehr harte Tour hatte ich gelernt, dass Glück nicht selbstverständlich war. Es war vergänglich, wenn man es nur für einen Moment unbeobachtet ließ. Ich wollte mir vornehmen, besser darauf aufzupassen und besonders die kleinen Augenblicke im Leben viel mehr auszukosten. Bewusster wahrzunehmen.

Dieses Vorhaben an meinem Geburtstag fing bei meinen Eltern an. Sie wussten, dass dieser Tag normalerweise nicht mein Ding war. Aber ich dachte mir, dass ich sie überraschte und somit zeigte, wie ernst und vor allem wichtig mir die beiden waren.

»Das ist echt süß von dir. Ich wusste gar nicht, dass du so eine Seite hast.« Yara lachte leise und deckte den Tisch.

Da sie ein Talent zum Backen besaß, hatte ich sie um Hilfe gebeten und war mehr als froh, sie jetzt hier zu haben. Der Kuchen stand in der Mitte des bereits gedeckten Frühstückstisches und sah wirklich zum Anbeißen lecker aus. Sie hatte sich für einen Naked Cake mit Erdbeerfüllung entschieden und mein Magen knurrte allein bei dem Anblick.

»Tja, ich stecke voller Überraschungen«, flüsterte ich und betrachtete das Gesamtwerk. Meine Eltern waren absolute Frühaufsteher, weshalb Yara und ich seit halb fünf in der Küche standen und hofften, dass sie nicht wach wurden und uns hörten.

»Oder du steckst voller Liebe, weil Mina und du jetzt zusammen seid? Ist das schon ganz offiziell?«

Tatsächlich wurde mir schlagartig warm und ich drehte mich weg.

»O mein Gott, du wirst ja sogar rot. Sam! Ich glaub 's ja nicht.« Yara lachte laut auf und hielt sich im nächsten Moment die Hand vor den Mund.

»Du machst es größer, als es ist«, meinte ich.

»Hey, du bist in sie verliebt seit … Keine Ahnung, eigentlich seit immer. Und jetzt erwidert sie deine Gefühle. Das *ist* ein Riesending! Ich hoffe, ihr denkt an Verhütung.«

Am liebsten hätte ich etwas nach Yara geschmissen, doch dann hörte ich, wie meine Eltern die Treppe nach unten kamen.

»Darüber reden wir noch mal«, grinste sie.

Ich streckte ihr bloß die Zunge raus und sah dann gespannt zur Treppe, um die Reaktion meiner Eltern zu verfolgen.

»Was ist denn hier los?«, fragte mein Vater verblüfft und blieb auf der Stufe stehen.

Ich trat einen Schritt vor und fuhr mir durchs Haar. Auf einmal war ich nervös. »Ich dachte, wir könnten meinen Geburtstag feiern.«

Als meine Mutter uns erblickte und dann auf den gedeckten Tisch sah, stiegen ihr Tränen in die Augen.

»Sam, es ist *dein* Geburtstag. Wenn wir gewusst hätten –«, entgegnete mein Vater, aber ich unterbrach ihn schnell.

»Nein, mir war das hier wichtig, um euch zu zeigen, dass ich das hier will.« Ich zeigte auf uns. »Eine Familie sein.«

Mein Vater überbrückte mit einem Satz die Distanz zwischen uns und zog mich in eine feste Umarmung. Besonders mit ihm war es schwierig geworden, wir hatten den Zugang zueinander verloren. Jetzt in seinen Armen spürte ich nichts mehr davon. Sondern nur die Liebe für mich.

»Okay, dann hole ich mal die Geschenke für dich«, sagte Mama und im Augenwinkel sah ich, wie sie sich die Tränen aus dem Gesicht wischte.

Kurz darauf saßen wir alle am Tisch und als ich in die Runde blickte, nahm ich mir einen Augenblick, um diesen Moment für mich einzuspeichern. Bis vor ein paar Wochen hätte ich nicht gedacht, überhaupt mal wieder mit meinen Eltern am Tisch zu sitzen und zu reden, zu lachen und das Gefühl zu haben, dass alles in Ordnung war. Yara saß neben mir und drückte meine Hand. Sie schien meinen Blick bemerkt zu haben.

»Happy Birthday, Sam«, sagte sie und lächelte. »Ich hoffe, du weißt, wie stolz du auf dich sein kannst.«

Meine Eltern reichten mir ein großes Paket, das im ersten Moment richtig schwer aussah. Das Gegenteil war allerdings der Fall.

»Okay, bei so großen Geschenken bin ich dann schon aufgeregt.«

»Und das, obwohl du deinen Geburtstag nicht magst?« Yara lehnte sich vor. »Mach schon auf. Ich will auch wissen, was das ist.«

Das war so typisch Yara und ich lachte leicht. Es war nicht selbstverständlich, dass sie hier war und es sich zwischen uns so anfühlte, als hätten wir bloß ein paar Kapitel übersprungen.

Wobei das nicht stimmte – sie waren gefüllt mit Zeilen voller Wut, Schmerz und Enttäuschung. Aber wir hatten das hinter uns gelassen und waren uns stattdessen näher als jemals zuvor.

Ich packte das Geschenk von meinen Eltern aus und hielt daraufhin einen Reiserucksack in den Händen.

»Das ist …«

»Wir dachten, dass du den gebrauchen könntest. Wenn nicht nächstes Jahr, dann vielleicht irgendwann. Australien war immer dein Traum.« Mama lächelt und deutet auf den Rucksack. »Das ist der, den du immer haben wolltest, oder?«

Im ersten Moment konnte ich die Gefühle nicht zulassen, die plötzlich über mir einbrachen und mich überwältigten. Sie glaubten an mich und daran, dass ich es schaffte. Trotz allem, was passiert war. Mein Hals war staubtrocken und mir fehlten die Worte, um etwas zu sagen. Ungläubig starrte ich auf den Rucksack, mit dem ich durch Australien reisen könnte. Der es mir möglich machen würde, alles bei mir zu haben, was ich benötigte.

Und dann sah ich es direkt vor mir.

Wie ich in den Flieger stieg und nach Sydney flog. In einem Café arbeitete oder auf einer Farm im Outback. Natürlich war so eine Reise nicht zu unterschätzen und vor allem durfte sie nicht romantisiert werden. Aber ich merkte, wie in mir ein Feuer entfachte, das mich antrieb, diesen Wunsch ernsthaft wieder aufleben zu lassen.

»Danke euch«, sagte ich ergriffen. »Dass ihr an meinen Traum glaubt und daran, dass ich es schaffen kann. Es bedeutet mir wirklich eine Menge.«

Es bedeutete mir alles. Denn wenn meine Eltern weiterhin an mich glaubten, dann konnte ich das auch, oder?

Wir saßen den ganzen Vormittag am Tisch, aßen fast den gesamten Kuchen auf und ich genoss zum ersten Mal diese Art von Aufmerksamkeit.

»Kommt Mina eigentlich vorbei?«, erkundigte sich meine Mutter, als wir anfingen, den Tisch langsam abzuräumen.

Ich nickte. »Ja, heute Abend. Nicht umsonst habe ich mir deine selbstgemachte Bolognese gewünscht.«

»Ach, daher weht der Wind. Darf ich fragen ... ob ihr beide jetzt zusammen seid? Auch wenn du denkst, dass wir das nicht mitkriegen – wir wissen, wie oft sie bei dir ist.«

Ich gluckste und verschluckte mich an meiner eigenen Spucke.

»Hannah, guck dir deinen Sohn an. Sobald nur der Name Mina fällt, leuchten in seinen Augen kleine Herzchen.« Yara räumte das restliche Geschirr vom Tisch und stellte es in die Küche. »Die beiden sind sowas von zusammen. Hat ja gefühlt auch nur hundert Jahre gedauert.«

»Na, das wurde aber auch wirklich Zeit«, meldete sich mein Vater von der Couch aus.

Lachend verdrehte ich die Augen und zuckte mit den Schultern. »Tja, was soll ich euch jetzt noch antworten?«

»Wir freuen uns sehr, Sam«, sagte Mama und lächelte in sich hinein. Ich wusste, dass sie sich insgeheim immer gewünscht hatte, dass sich mehr zwischen uns entwickeln würde.

Um ehrlich zu sein, konnte ich bislang selbst kaum glauben, dass Mina mehr für mich empfand. Sofort kribbelte es in meinem Bauch, als hätte ich Tonnen von Knisterpulver gegessen und ich konnte es kaum erwarten, sie nachher zu sehen.

✧ ✧ ✧

Am Abend saß ich auf meinem Bett und starrte den Rucksack an. Niemals hätte ich erwartet, dass mir dieses Geschenk – oder eher die Geste so viel bedeutete. Seitdem wog ich das Für und Wider ab, mich damit näher zu befassen und ein *Work and Travel* in

Betracht zu ziehen. Letztlich war die Angst zu groß, dass ich scheiterte und wieder von den Depressionen eingeholt wurde. Und das in einem fremden Land, Tausende Kilometer von zu Hause entfernt?

Nein, das traute ich mir nicht zu. Jedenfalls noch nicht.

Ich stand kurz davor, mich in einem Gedankenstrudel zu verlieren, der all die guten Momente von heute mit sich ziehen und auslöschen würde. Dann klopfte es an der Balkontür und Mina trat im nächsten Augenblick ins Zimmer.

»Happy Birthday«, rief sie freudig, zog Schuhe und Jacke aus und setzte sich neben mich. Danach gab sie mir einen Kuss auf die Wange.

»Du kannst ruhig an der Tür klingeln«, sagte ich lachend und stieß die negativen Gefühle beiseite. Ich wollte den Abend mit Mina genießen und mir nicht über mögliche Dinge den Kopf zerbrechen, die noch Zeit hatten. »Meine Eltern wissen Bescheid, dass du so gut wie jeden Abend da bist.«

»Oh, verdammt. Haben sie mich gesehen?«

»Ich schätze schon. Aber mach dir keine Gedanken. Sie freuen sich sehr darüber.«

Mina deutete mit einem Nicken auf den Rucksack. »Hey, der ist ja cool. Haben dir deine Eltern den geschenkt?«

»Ja. Irgendwie hat mich das echt mitgenommen. Weil sie mit dem Rucksack deutlich gemacht haben, wie sehr sie daran glauben, dass ich ein *Work and Travel* schaffen kann. Nur steh ich mir selbst im Weg.«

»Weil du Angst hast, den Schritt zu gehen?«

»Nicht nur. Eher davor, was passiert, wenn es dort zu Situationen kommt, mit denen ich nicht umgehen kann und … es wieder schlimmer wird.«

»Ja, das verstehe ich. Vielleicht lässt du das Vorhaben noch ein bisschen auf dich wirken und guckst, wie es sich in ein paar Wochen für dich anfühlt?«

Ich nickte. »So werde ich das machen und ich hoffe, dass ich dann für mich herausgefunden habe, wie es nächstes Jahr im Sommer weitergeht.«

Mina stand auf und holte ihre Tasche. »Ich habe lange überlegt, was ich dir schenken soll, da ich ja weiß, dass du Geburtstage eigentlich regelrecht verabscheust. Mir war es wichtig, dass du etwas Persönliches bekommst, auch wenn es mich den letzten Nerv gekostet hat.«

»Jetzt machst du es aber spannend«, sagte ich und sah gebannt auf ihre Tasche.

Langsam zog sie eine Mappe hervor und ich konnte ihre Anspannung regelrecht spüren.

»Ich habe ein bisschen Angst, dir das zu geben.«

»Sind es Nacktfotos?«, fragte ich und lachte.

Minas Gesichtszüge entgleisten kurz, ehe sie mir gegen die Schulter boxte. »Du bist unmöglich. Nein, es sind keine Nacktfotos. Hier.«

»Schade«, antwortete ich und öffnete die Mappe.

Ich brauchte ein, zwei Sekunden, um zu realisieren, dass es sich um die Manga-Zeichnung handelte. Die, mit der alles wieder angefangen hatte zwischen uns.

»Blätter weiter«, sagte Mina und rutschte etwas näher an mich heran.

»Hast du es beendet?«

Mit großen Augen sah ich mir die einzelnen Zeichnungen an, die Bilder und Texte, die eine kleine Geschichte ergaben.

»Es ist nur ein Entwurf. Für einen kompletten Manga bräuchte ich wahrscheinlich mein ganzes Leben. Es sind einzelne Szenen, in denen man sieht, wie der Charakter sich verändert. Hier siehst du – am Ende zeigt er sein Gesicht.«

»Du meinst, wie *ich* mich verändere? Immerhin bin ich deine Muse«, sagte ich etwas albern, dennoch schlug mir das Herz bis zum Hals, weil es mich so rührte.

Mina verdrehte die Augen und lachte. »Kein Kommentar. Ich dachte, du freust dich vielleicht.«

»Siehst du mich denn so? Wieder glücklich?«

»Ich sehe jemanden, der auf dem Weg ist, zu sich selbst zu finden. Dabei ist man nicht jeden Tag glücklich, aber das ist in Ordnung.«

»Du findest immer die richtigen Worte, oder?« Ich nahm ihre Hand und zog sie auf meinen Schoß. »Danke dir. Für alles.«

»Ich hätte da auch noch eine Frage an dich.« Mina wurde auf einmal ernst und knetete ihre Finger. Eine Angewohnheit von ihr, sobald sie nervös war. »Du musst nicht sofort antworten und kannst es dir durch den Kopf gehen lassen. Es geht um die Einladung meines Vaters, die ich nicht annehmen werde. Dennoch glaube ich, dass ich nach München fahren sollte, um zumindest mit ihm zu sprechen. Eigentlich war ich dagegen aber …« Mina zuckte mit den Schultern. »Ich glaube, dass es wichtig für mich ist. Wenn ich es nicht tue, kann ich niemals abschließen.«

Ich fuhr mit dem Zeigefinger über ihren Nasenrücken, streichelte sanft die Konturen ihrer Wangenknochen nach und musterte sie eindringlich. »Ich halte das für die richtige Entscheidung.«

»Hoffentlich. Aber ich möchte nicht allein dort hin. Und ich dachte, dass ich mich vielleicht wohler fühlen würde, wenn jemand an meiner Seite ist. Wenn *du* an meiner Seite bist. Bitte lass dir Zeit darüber nachzudenken. Ich weiß, dass das viel verlangt ist. Die Zugfahrt könnte stressig werden und zur Weihnachtszeit ist es besonders voll dort.«

Mir war klar, dass sie auf den Abend im Club anspielte und

wusste es zu schätzen, wie behutsam Mina war. Allerdings konnte ich mich nicht ewig verstecken und auch wenn eine Reise nach München mit Stress verbunden war, wollte ich sie unterstützen.

»Ich bin für dich da, Mina. Das schaffe ich schon, natürlich komme ich mit«, sagte ich sofort, ohne auch nur weiter darüber nachzudenken. Sie brauchte mich, ich war hier. So einfach war das.

»Bist du dir sicher?«

»Absolut. Ich möchte es versuchen. Für dich, für mich, für uns. Wenn es zu viel wird, bist du an meiner Seite und das allein beruhigt mich schon sehr.«

Mina lächelte erleichtert und gab mir einen flüchtigen Kuss. »Danke. Das bedeutet mir eine Menge.«

Ohne länger Zeit zu verlieren, küsste ich sie zurück, diesmal fordernder. Sofort erwiderte sie den Kuss, meine Zunge tauchte in ihren Mund und wir verloren uns ineinander.

»Darauf habe ich den ganzen Tag gewartet«, hauchte ich an ihre Lippen, fuhr zärtlich mit meinen Fingern über ihren Rücken und genoss ihre Nähe.

»Nicht nur du.«

Da alles so frisch und neu zwischen uns war, hatten wir bislang noch nicht über das Thema Sex gesprochen. Wir ließen es langsam angehen, erkundeten unsere Körper mit jedem Treffen ein bisschen näher. Eine Zeit lang hatte ich gedacht, niemals wieder mit einem Mädchen zu schlafen. Das Interesse war nicht da und die Tatsache, sich einem anderen Menschen emotional so hinzugeben, war nicht möglich gewesen. Mit Mina war es deshalb eine völlig neue Erfahrung.

Sie legte ihre Hände sanft um meinen Nacken und rutschte noch dichter an mich heran. Allein diese Bewegungen brachten mich um den Verstand. »Was machst du nur mit mir?«, fragte ich und drehte uns so, dass ich über ihr lag.

Unsere Küsse wurden drängender. Sanft glitten ihre Hände unter mein Shirt, über meine nackte Haut und mein Körper reagierte sofort auf diese Berührungen. Jede Faser meines Körpers stand unter Strom. Instinktiv bewegte ich meine Hüften, Mina kam mir entgegen und seufzte auf, was mir absolut den Rest gab.

Vorsichtig fing ich an, die Knöpfe ihrer Bluse zu öffnen, als sie den Kuss auf einmal unterbrach. In ihren Augen flackerte Lust.

»Mina ...«

»Soll ich aufhören?«

Statt zu antworten, küsste ich sie wieder und ließ sie fortfahren. Als ihre Bluse komplett aufgeknöpft war, betrachtete ich ihren Körper einen Moment. Ihre Brust hob und senkte sich wieder, weil sie so außer Atem war. Sie war wunderschön. Alles an ihr. Die unzähligen Sommersprossen, die sich auf ihrem gesamten Körper verteilten – am liebsten hätte ich jede einzelne geküsst.

»Ich wünschte, ich könnte dir sagen, was gerade alles in mir vorgeht«, flüsterte ich leise. »Selbst, wenn es möglich wäre, würde es nicht reichen.«

Mir schlug das Herz bis zum Hals und gerade war es perfekt. Hier mit ihr, in meinem Zimmer.

Ich streifte die Träger ihres BHs ab, beobachtete jede Reaktion von ihr, als ich den Rand ihrer Brust berührte und den Stoff nach unten schob, um sie in die Hand zu nehmen. Mina hörte kurz auf zu atmen und wand sich unter meiner Berührung. Anschließend lehnte ich mich vor, verteilte Küsse auf ihrem Dekolleté, nahm ihre Brustwarze in den Mund und genoss es, als sie aufstöhnte.

Gleichzeitig glitt ihre Hand in meine Hose und ließ mich Sterne sehen.

»Ist das okay so?«, fragte sie keuchend.

»Ja, mehr als okay«, brachte ich etwas außer Atem zustande.

Langsam ließ ich meine Lippen von ihren Brüsten, über ihren Bauch bis hinunter zum Bund ihrer Jeans wandern. Das Seufzen, das sie dabei von sich gab, klang wie Musik in meinen Ohren. Gerade als ich meine Finger an den Knopf ihrer Jeans legte und mich kaum noch kontrollieren konnte, hörte ich plötzlich die Stimme meine Mutter.

»Sam, kommt Mina noch? Das Abendessen ist gleich fertig.«

Und damit war die Stimmung vorbei.

»O nein, das gibt's jetzt nicht!«, stieß ich aus und war sofort peinlich berührt. Frustriert ließ ich meinen Kopf in Minas Schoß sinken. Sie begann daraufhin zu lachen. Ich richtete mich auf den Unterarmen auf und sah zu ihr hoch. Ihre Wangen glühten, die Haare waren ein einziges Chaos und die Lippen waren ebenfalls geschwollen, während sie einfach nur lachte. Ein Bild, das ich so schnell nicht vergessen wollte.

»Nein, Mina kommt nicht«, lachte sie und wischte sich die Tränen aus den Augen.

»Meine Mutter und ihr Timing«, jammerte ich.

»Vielleicht ist es aber auch ganz gut so. Wollen wir wirklich miteinander schlafen, wenn deine Eltern im Haus sind?«

»Macht man das nicht so?«, fragte ich grinsend. »Für den Nervenkitzel.«

Mina knöpfte sich ihre Bluse wieder zu und richtete sich auf.

»Unser erstes Mal soll etwas Besonderes werden. Wenn das Timing wirklich stimmt.«

»Klingt vernünftig.« Ich lehnte mich zu ihr und gab ihr einen Kuss auf die Nasenspitze. »Dann sollten wir meine Eltern mal nicht länger warten lassen.«

Ich stand auf, reichte ihr die Hand, um sie hochzuziehen, und gab ihr einen letzten Kuss auf den Mund. »Ich glaube, langsam fange ich an, Gebursttage zu mögen.«

Und genauso meinte ich es.

29 _Mina_

Im Hintergrund lief leise Musik und im ganzen Café roch es nach Blaubeermuffins und Kakao. Vor ein paar Tagen hatte Lucy mir gesagt, dass ich nun für regelmäßige Schichten eingeteilt war, was mich ungemein freute. Das bedeutete mehr Geld, mit dem ich meine Mutter unterstützen konnte.

Elias saß am Tresen, schrieb nebenbei Karteikarten und leistete mir Gesellschaft. Es war ruhig an diesem Nachmittag und dank ihm kam ich zum Glück nicht allzu sehr ins Grübeln.

Dennoch konnte ich die Gedanken nicht komplett abschalten.

»Ich tue das Richtige, oder? Mit München, meine ich.«

Elias legte den Stift beiseite und sah auf. »Du tust das Richtige. Ich hoffe wirklich, dass du danach ein bisschen Klarheit für dich hast.«

»Ja, das hoffe ich auch. Obwohl ich echt Schiss habe … Aber jetzt gibt es keinen Weg zurück. Morgen früh geht unser Zug.«

»Ich finde es toll, dass Sam dich begleitet. Muss ihn einiges an Überwindung gekostet haben.«

Zwar kannte er nicht die ganze Geschichte, doch im Groben wusste Elias, was mit Sam los war. Die beiden hatten früher keinerlei Berührungspunkte gehabt, aber das hatte sich geändert, seitdem Sam und ich zusammen waren. Gerade als ich antworten wollte, traten er und Yara durch die Tür.

»O Gott, ich sterbe vor Hunger«, klagte sie. »Ich muss dringend was essen. Was kannst du empfehlen?« Sie klatschte ihre Tasche auf den Tresen, setzte sich neben Elias und griff sich eine Speisekarte. Sam lehnte sich vor, gab mir einen flüchtigen Kuss auf die Stirn und lächelte. Es war nicht so sein Ding, sich in der Öffentlichkeit zu küssen.

»Die Nudeln mit Pesto sind hier richtig gut. Alles frisch und selbstgemacht«, meinte ich. »Oder die Buddha Bowl. Die geht auch immer.«

»Ich glaube, ich nehme die Nudeln. Am besten mit einer Extraportion.«

Elias warf ihr einen Blick zu. »Was ist denn mit dir?«

»Ich habe den ganzen Tag gelernt. Ohne Witz, Lernen ist viel anstrengender als irgendein Workout.«

Wir lachten über ihren Kommentar und ich sah die drei abwechselnd an. Obwohl wir ein gemischter Haufen waren, war ich dankbar für diese Konstellation. Aufgrund der Umstände, die uns zusammengebracht hatten, hätte ich es nie für möglich gehalten, dass sich daraus eine Freundschaft entwickeln könnte.

Hier waren wir nun.

»Ich werde dein neuer Stammgast, Mina. Zwar kann ich nicht immer etwas kaufen, aber wie toll ist der Vibe hier bitte? Ich liebe den Boho-Style.«

Ich sah auf die geflochtenen Rattan-Lampen, die über den Tischen hingen, die hellen Holzmöbel und unzähligen Pflanzen. Zustimmend nickte ich.

»Ich finde es auch echt super.«

Erneut blickte ich auf meine Freunde und durch das Café und wurde auf einmal von einer Welle Glück getroffen. Gerade war alles gut, so wie es war. Sam, Yara, Elias und ich. Meine Arbeit. Die Schule. Ich fühlte mich zum ersten Mal weniger verloren, mehr angekommen.

Nur irgendwie hatte ich Angst, dass mir die Reise nach München und die Begegnung mit meinem Vater genau das nehmen würde ... Hier befand ich mich im Augenblick in meiner Seifenblase, die ich am liebsten nie wieder verlassen hätte. Natürlich war das nicht möglich. Und die Realität würde mich schon morgen mit offenen Armen empfangen.

✧ ✧ ✧

Erst als ich im Zug nach München saß, wurde mir klar, was ich hier eigentlich tat. Dass ich davorstand, meinem Vater nach Monaten gegenüberzutreten und absolut keine Ahnung hatte, wie dieses Treffen laufen sollte. Ich hatte ihm per Mail geschrieben, dass ich nach München kommen würde, aber nicht zur Hochzeit.

Das fühlte sich einfach nur unendlich falsch an. Nicht nur meiner Mutter gegenüber, sondern auch um meinetwillen. Ihm dabei zuzusehen, wie er erneut den Bund fürs Leben einging, wo es beim ersten Mal schon nicht funktioniert hatte – nein, danke. Das würde ich nicht überstehen. Dafür waren die Wunden auch immer noch zu frisch.

Aber so fuhr ich nun nach München, um ihn zu sehen. Und mit etwas Glück würde alles gut laufen und Sam und ich hatten eine schöne Zeit.

Warme Finger verschränkten sich mit meinen und ich sah in zwei braune Augen, die mich liebevoll musterten.

»Wenn es zu viel wird, dann verschwinden wir.« Sam schenkte mir ein aufmunterndes Lächeln und ich lehnte meinen Kopf an seine Schulter.

»Danke, dass du mich begleitest. Ich weiß, dass das für dich ein riesiger Schritt ist. Und wenn es dir zu viel wird, dann sag sofort Bescheid, okay?«

»Mir geht es gut«, antwortete Sam und lächelte. »So gut, wie schon lange nicht mehr. Wenn wir die Sache mit deinem Vater mal auslassen, dann freue ich mich einfach nur, mit dir ein schönes Wochenende zu haben. Ich glaube, es tut uns mal gut, raus aus Sommerstedt zu kommen.«

Ich nickte gedankenverloren. »Ich gehe immer wieder durch, wie es wohl sein wird, ihn zu sehen. So richtig kann ich es mir eigentlich gar nicht vorstellen.«

»Lass es auf dich zukommen. Bleib bei dir und deinen Gefühlen. Denn sie haben ein Recht darauf, ehrlich ausgesprochen und gehört zu werden.«

»Wahrscheinlich werde ich die ganze Zeit nur heulen«, ich lachte auf.

Sam drückte meine Hand und fuhr mit dem Daumen über meine Haut. »Und selbst wenn, dann ist das in Ordnung.«

»Eigentlich habe ich von mir die Vorstellung, dass ich ihm diese Genugtuung gar nicht geben will. Er soll nicht sehen, wie er mich verletzt hat.«

»Vielleicht sollte er das. Wenn er nicht selbst schon weiß, was das mit dir gemacht hat, wird er es spätestens dann wissen.«

»Wie auch immer … Wir beide machen uns eine schöne Zeit.«

»Das machen wir.«

Gemeinsam beobachteten wir die etlichen Felder und Häuser, die an uns vorbeizogen. Es war ein kühler Dezembertag, der erste Schnee ließ zwar noch auf sich warten, aber es dauerte sicherlich nicht mehr lange. Wir verbrachten den ganzen Tag im Zug und als wir nach fast sechs Stunden endlich den Münchener Hauptbahnhof erreichten, sehnte ich mich nur noch nach einer ausgiebigen, heißen Dusche.

Es war spät am Abend, mein Hintern schmerzte vom Sitzen und auch Sam war anzusehen, dass er eine Pause brauchte. Die ganze Zeit über hatte ich mir Gedanken darüber erlaubt, was es für uns bedeutete, hier zu sein.

Weg von Sommerstedt, nur wir zwei. Mal abgesehen von dem mentalen Thema und meinem Vater, war es schon ziemlich aufregend, mit Sam diesen Kurztrip zu machen. Und ... er war insgeheim mit gewissen Erwartungen verknüpft. An seinem Geburtstag hatten wir fast miteinander geschlafen und zu sagen, dass ich es nicht wollte, wäre glatt gelogen. Das Timing musste dafür stimmen, dafür war es uns beiden zu wichtig. Vielleicht würde es hier in München so weit sein, vielleicht aber auch erst zu einem anderen Zeitpunkt. Die Vorstellung davon, Sam auf diese Weise nah zu kommen, brachte alles in mir in Wallung. Meine Haut prickelte, wenn ich nur darüber nachdachte, wie und wo er mich berühren würde.

Am Bahnhof war es stressig. Selbst am späten Abend herrschten Trubel und Hektik. Von überall strömten Menschen an die Gleise, rannten und zogen Koffer hinter sich her. Durchsagen wurden gemacht, die kaum zu verstehen waren, und die verschiedensten Essensgerüche drangen an meine Nase. Es war nicht zu vergleichen mit Sommerstedt, mit der Idylle und Ruhe einer Kleinstadt, und ich merkte, wie sehr mich diese Situation stresste.

Sam sagte nicht viel und führte uns stattdessen so schnell wie möglich aus dem Bahnhof heraus.

»Alles in Ordnung?«, fragte ich, als wir frische Luft schnappten.

»Es war gerade echt viel. Ich hatte vergessen, in was für einem Kaff wir wohnen. Ich brauche erst mal einen Moment.« Er streckte sich ausgiebig, nahm einen tiefen Atemzug und sah sich um. »Aber dir geht es gut?«

»Ich bin müde und will duschen. Und ich sterbe vor Hunger. Ansonsten geht es mir gut.«

»Okay, also wärst du jetzt ein Sim, wären all deine Bedürfnisse rot.« Mit dem Zeigefinger deutete er auf die Taxis, die am Straßenrand warteten. »Komm, dann lass uns zusehen, dass wir dich wieder in den grünen Bereich bekommen.«

Als wir im Taxi auf der Rückbank saßen, beobachtete ich Sam dabei, wie er begeistert versuchte, die vorbeiziehenden Lichter der Stadt mit seiner Handykamera einzufangen. Er trug einen versonnenen Ausdruck im Gesicht, der seine ganze Faszination und Begeisterung ausdrückte.

»Warum strahlst du so?«, fragte ich neugierig und lehnte mich zu ihm herüber.

»Ich weiß nicht. Die Lichter, die Atmosphäre. Ich fühle mich gerade auf eine gute Art völlig überwältigt. Als ob ...« Sam brach den Satz ab und lachte verlegen in sich hinein. »Okay, das klingt irgendwie kitschig.«

»Was denn? Verrat es mir. Es klingt bestimmt nicht kitschig.«

Erneut sah er nach draußen, die vielen Lichter erhellten die linke Seite seines Gesichtes in sanften Farben.

»Ich habe das hier gebraucht. So eine Art Ausbruch. Ich habe gerade echt Angst, dass es Vorboten für einen Breakdown sind, nur ... Es fühlt sich an, als würde ein Teil von mir wieder zum Leben erwachen. Was eigentlich gar keinen Sinn macht, denn wir sitzen nur hier im Taxi.«

Seine Worte überschlugen sich halb. Ihm dabei zu lauschen, wie glücklich er sich in diesem Augenblick anhörte, setzte dasselbe Gefühl in mir frei. Ihn so zu sehen, war alles, was ich mir für ihn gewünscht hatte.

»Ich weiß, dass du müde bist, aber könntest du dir vorstellen, noch in die Stadt zu gehen? Natürlich nach einer kurzen Verschnaufpause. Ich würde dieses Glücksgefühl gern ausnutzen, bevor es wieder verschwindet.«

»Vielleicht wird es nicht verschwinden«, antwortete ich hoffnungsvoll.

»Das ist genau der Grund, warum ich immer von Australien geträumt habe. Nicht nur, weil mich das Land fasziniert. Sondern weil dieses Kribbeln das Reisen ausmacht. Diese Lust, ständig etwas zu entdecken. Frei zu sein. Gott, ich habe das so vermisst.« Sam lächelte und wirkte völlig überwältigt von seinen Emotionen.

Ich ließ ihm diesen Moment und schloss die Augen, um ein bisschen Energie zu tanken.

$$\Diamond \quad \Diamond \quad \Diamond$$

Als wir im Hotelzimmer ankamen, warf Sam sich samt Schuhen und Jacke sofort aufs Bett. »O mein Gott, wir werden wohl hierbleiben! Ich werde nie wieder aufstehen.«

»Ist es so bequem?« Ich stellte meinen Koffer an die Seite, zog Jacke und Schuhe aus und sah mich um.

Das Zimmer war ein gewöhnliches Hotelzimmer, ohne großen Schnickschnack. Wir hatten nicht so viel Geld ausgeben wollen, da wir uns ja ohnehin nicht oft hier aufhalten würden.

»Was ist? Willst du dich nicht zu mir legen?«, fragte er lässig und hob fragend die Augenbrauen.

»Ich muss erst mal duschen. *So* will ich mich nicht neben dich legen.«

Sam richtete sich auf. »Na, dann komm ich eben mit duschen.«

Stille. Ich hatte alles erwartet, aber nicht das. Entschlossen beobachtete er mich, während sich in mir gerade eine Welle der Aufregung zusammenbraute und mich absolut sprachlos machte.

»Du … Ich … Ich dachte, du willst es langsam angehen lassen?«

»Tu ich doch.« Langsam stand er auf, kam auf mich zu und legte die Hände auf meine Taille. »Wir schlafen ja nicht gleich miteinander. Das heißt nicht, dass wir nicht andere Dinge tun können.«

»Bist ... Bist du dir sicher?«

Er nickte. »Bin ich. Allein die letzten Stunden haben mir gezeigt, wie sehr ich dieses Leben will. Alles davon. Mit dir zusammen.«

Mit großen Augen starrte ich ihn an, während mein Herz in Flammen aufging und meine Beine weich wie Wackelpudding wurden. Er grinste frech und deutete auf das Badezimmer.

»Also los. Sieh zu, dass du unter die Dusche kommst.«

»Jetzt hast du es aber eilig, was? Gib mir noch ein paar Minuten«, sagte ich lachend, hörte trotzdem auf ihn und verschwand im Bad. Wenn es nach mir ginge, bräuchte ich zunächst kaltes Wasser, um überhaupt wieder klar denken zu können.

Ich zog mir eilig die Kleidung aus, überprüfte mich im Spiegel und war froh darüber, mich heute Morgen noch rasiert zu haben. Danach stieg ich unter die Dusche, stellte das Wasser an und schloss seufzend die Augen, als mein Körper die Wärme empfing. Dafür, dass das Hotelzimmer eher schlicht gehalten war, gab die Dusche einiges her. Sie besaß dunkle Wände und einen großen, abnehmbaren Duschkopf mit Regenfunktion, die ich gleich einstellte.

»Darf ich reinkommen?«, hörte ich Sam rufen.

Automatisch packte mich die Nervosität. Ich stellte das Wasser etwas kälter und ballte die Hände kurz zu Fäusten, um das Zittern in den Griff zu kriegen.

»Ja, klar!« Meine Stimme bestand aus einem schrillen Ton, der mich selbst erschreckte und für den ich mich am liebsten geohrfeigt hätte. Als die Duschkabine aufflog, hielt ich die Luft an. Sam stand direkt vor mir, komplett nackt und musterte mich eindringlich, so wie ich ihn. Schlanke Muskeln zeichneten sich auf seinem Oberkörper ab und mit einem verschmitzten Grinsen trat er ein.

Ich setzte einen Schritt zurück, bis ich die kalte Duschwand im Rücken spürte.

»Alles okay?«, erkundigte er sich.

Aufgeregt nickte ich. »Ich bin nur nervös, denke ich.«

Falls Sam genauso empfand, merkte ich es ihm nicht an. Selbstbewusst griff er nach meiner Hand, zog mich mit einem Ruck zu sich, sodass unsere Oberkörper sich direkt berührten. Ich umschlang mit den Armen seine Hüften, wir sahen uns tief in die Augen und plötzlich blieb die Zeit stehen.

»Wir lassen es langsam angehen, okay?«

Obwohl ich zustimmte, war ich mir nicht so sicher, ob das wirklich möglich war. Jetzt, wo ich seine Haut an meiner spürte, war alles gleich viel intensiver.

»Können wir das Wasser etwas wärmer stellen? Sonst erfriere ich.« Sam griff um mich herum, stellte die Temperatur wieder hoch und nahm das Shampoo in die Hand. Ohne ein Wort zu sagen, drehte er mich um, drückte die Flüssigkeit aus der Tube in seine Hände und fing an, es mir in die Haare zu massieren. Genüsslich schloss ich die Augen, ließ mich von dem Moment mitreißen und konzentrierte mich nur noch auf seine Finger, die mir die Kopfhaut massierten. Zumindest bis er den Duschkopf in die Hand nahm, mir das Shampoo ausspülte und seine Hände über meine Schultern nach unten glitten, entlang meiner Brüste.

»Gefällt dir das?«, hauchte er in mein Ohr und drehte mich auf einmal um.

Sofort stellten sich meine Nackenhaare auf, ein wohliger Schauer lief mir den Rücken entlang. Ich brachte nur ein Kopfnicken zustande, verlor mich in seinen Berührungen. Seine Erektion presste er gegen mich, während seine Fingerspitzen weiter über meinen Bauch fuhren und kurz vor der empfindlichsten Stelle meines Körpers innehielten.

»Soll ich weitermachen?« Sams Atem ging schwerer.

Heißes Wasser fiel auf uns herab, tauchte die Kabine in Nebel und meine Beine zitterten vor Erregung.

»Ja«, keuchte ich.

Ich stöhnte auf, als er mich dort berührte, wo ich es am dringendsten brauchte und mit seinem Finger in mich eindrang. In einem perfekten Rhythmus brachte er mich um den Verstand, bis der Druck sich immer weiter aufbaute und ich Sternchen sah. Meine ganze Nervosität war verschwunden. Stattdessen genoss ich jede Berührung, jeden Atemzug und Sam auf diese Weise nah zu sein. Er war so behutsam und sanft, gleichzeitig wusste er genau, was er tat und diese Kombination brachte mich um den Verstand. Sam war alles für mich, immer schon gewesen.

In mir explodierte ein Feuerwerk, als er mich zum Höhepunkt katapultierte und ich mich kaum noch auf den Beinen halten konnte. Komplett benebelt von diesem Gefühl, drehte ich mich zu ihm um und hielt mich an seinen Schultern fest, weil ich Angst hatte, das Gleichgewicht zu verlieren. Da mir die Worte fehlten, zog ich ihn zu mir herunter und legte all die Empfindungen in den Kuss, die mich beinahe überforderten.

Lust, Verlangen, Zuneigung und Liebe. Noch nie hatte ich mich einem Menschen so nahe gefühlt, dass es fast wehtat. Wir standen eng umschlungen voreinander, nicht in der Lage, uns voneinander zu lösen.

Ich fing an, seinen Körper ebenfalls zu erkunden, fuhr die Konturen seiner Armmuskeln nach, immer wieder auf und ab. Sam musterte mich, seine tiefbraunen Augen verloren sich in meinen und er nahm mein Gesicht in seine Hände, um mich erneut zu küssen.

»Ich will, dass du das Gleiche fühlst«, raunte ich an seine Lippen und ließ die rechte Hand nach unten sinken, um ihn zu berühren. Sams Küsse wurden fahriger, je schneller ich wurde, bis auch er sich komplett in dem Augenblick verlor und fallen ließ.

Ihn dabei zu sehen, wie er mir so viel Vertrauen und Liebe schenkte, war fast noch schöner als alles andere, was ich zuvor empfunden hatte. Bis er mich erneut küsste und ich so glücklich war, dass mein Herz fast explodierte.

30 Nina

Es war kurz vor zwölf und ich stand ein paar Meter entfernt von dem Restaurant, in dem mein Vater und ich uns treffen wollten. Mir schlug das Herz bis zum Hals, mein Mund war staubtrocken und ich fror. Noch nie in meinem Leben hatte ich unter solch einer Anspannung gestanden wie in diesen Sekunden. Am liebsten hätte ich mich irgendwo in einer Ecke zusammengerollt und geweint, weil es der einzig denkbare Weg war, um mit der Überforderung zurechtgekommen. Jetzt wünschte ich mir, ich hätte Sam bei mir gehabt. Wir hatten vereinbart, dass er in der Zeit die Stadt erkundete und ich mich meldete, wenn ich fertig war. Zunächst hatte er darauf bestanden, mich zu begleiten, aber ich musste da allein durch.

Jegliche Fragen, so ziemlich alles, was ich mir vorher an Sätzen zusammengelegt hatte, waren aus meinem Kopf verschwunden. Stattdessen war er wie leergefegt. Ich umklammerte meine Tasche so fest wie möglich, als wäre sie mein Anker, der mir irgendwie Halt verschaffte, wo sich alles nach einem freien Fall anfühlte.

Und dann sah ich ihn.

Christian Fischer.

Gekleidet in einem teuren Anzug von *Tom Ford*. Sein Rücken war durchgedrückt, seine Gangart aufrecht. Er wirkte, als hätte er schon immer nach München gehört. Zur High Society von

Deutschland. Mir wurde schlecht und ich sah an mir herab. Wie immer trug ich etwas Unauffälliges – meine Lieblingssneakers, denen man schon von Weitem ansah, wie alt sie waren, dazu eine Jeans, Pulli und darüber meine Winterjacke. Jemand wie ich gehörte hier nicht hin, würde es nie und wollte es auch nicht. Es fühlte sich so an, als stünden wir auf zwei verschiedenen Seiten, die lieber nicht miteinander in Berührung kamen. Dennoch gab es kein Zurück, wenn ich Klarheit haben wollte. Ganz egal, wie groß der Schaden werden würde, sobald diese zwei Welten aufeinanderprallten. Ich nahm einen letzten, tiefen Atemzug, bevor ich mich in Bewegung setzte.

Mein Vater drehte sich suchend um und als er mich erblickte, erhellte sich seine Miene. Das typische Lächeln trat in sein Gesicht. Das, was immer mir gehört hatte. Es war wie ein Schlag in die Magengrube, nach all den Monaten so von ihm angesehen zu werden. Als ich ihn fast erreicht hatte, breitete er seine Arme aus, um sie um mich zu schließen. Dieses Lächeln hatte sich nicht geändert, aber ich mich dafür umso mehr. Das konnte er natürlich nicht wissen. Schlagartig blieb ich stehen.

»Hey«, sagte ich stattdessen und signalisierte mit meiner Körpersprache deutlich, dass ich nicht bereit war, ihm diese Nähe zu gewähren. Seine Mundwinkel verrutschten auf der Stelle, er wirkte enttäuscht. Sofort bekam ich ein schlechtes Gewissen, weil ich dachte, dass es ihm egal war. Mit dieser Reaktion hatte ich nicht gerechnet, doch dann musterte ich ihn erneut. Meine Gewissensbisse verschwanden, denn der Mann vor mir war mir fremd.

»Hallo, Mina.« Er fasste sich schnell und lächelte erneut. »Es ist so schön, dich zu sehen. Sollen wir reingehen? Ich habe uns einen Tisch reserviert.«

»Klar.«

Es brauchte nur diese wenigen Augenblicke, um zu bemerken, *wie* fremd mir mein eigener Vater geworden war. Plötzlich wurde mir schlecht bei dem Gedanken, die nächsten Stunden allein mit ihm zu verbringen.

»Gut siehst du aus«, sagte er förmlich, als wir uns gegenübersetzten.

Natürlich musste es ein teures Restaurant sein. Vor zwei Jahren hätten wir uns einfach in einen Schnellimbiss gesetzt und Pommes gegessen, anstatt in so einem Laden Unmengen an Geld auszugeben. Ohne einen Blick in die Speisekarte zu werfen, wusste ich, dass das hier definitiv nicht meine Preisklasse war. Neben uns saßen Gäste in schicken Kleidern und Anzügen, mit aufwendigen Frisuren und auffälligem Make-up.

In der Nähe spielte jemand auf einem weißen Flügel, feine Weingläser erhoben sich von Zeit zu Zeit und mir drehte sich der Magen bei dem Gedanken um, wie teuer der Inhalt war. Ich fühlte mich so unwohl wie noch nie zuvor und hätte am liebsten alles abgebrochen.

»Wie geht es dir, Mina?«

Seine warme, vertraute Stimme holte mich zurück und jetzt sah ich ihn zum ersten Mal wirklich an. Durch den teuren Anzug wirkte er nicht wie der Mann, den ich einst gekannt hatte. Seine Haut war sonnengebräunt, also viel zu dunkel für einen Winter in Deutschland. Ich tippte auf Urlaube an der Côte d'Azur oder auf Ibiza, wo sich die High Society tummelte, um eben das Klischee zu erfüllen. Die Augenfältchen, die früher bei jedem Lächeln aufgetreten waren, waren verschwunden. Seine Haut wirkte straffer.

Wer sitzt da eigentlich gerade vor mir?

Obwohl mein Vater immer gutes Geld verdient hatte, war ihm Bodenständigkeit wichtig gewesen. Anscheinend hatte er diese Eigenschaft mit dem Umzug abgelegt.

»Was denkst du denn?«, entgegnete ich schroff.

Seine blauen Augen huschten irritiert über mein Gesicht und er schob mir die Speisekarte zu, um davon abzulenken, dass er meine Gegenfrage einfach ignorierte.

»Sie haben hier den besten Lachs, den du in der Stadt essen kannst«, meinte er bemüht locker.

Toll und was bringt mir das?

Als ich die Preise sah, wäre ich fast vom Stuhl gefallen. Auf einmal packte mich Wut, denn während Mama sich in den Nachtschichten abquälte, Überstunden machte und versuchte, Clara und mir gleichzeitig eine gute Mutter zu sein, aß mein Vater hier sündhaft teures Essen.

»Danke, aber mir ist gerade der Appetit vergangen«, sagte ich trocken und legte die Karte beiseite. »Du scheinst es dir hier richtig gut gehen zu lassen.«

»Mina ...«

»Hast du überhaupt eine Ahnung, was du angerichtet hast?«

Er sah sich nervös um, aus Angst, dass jemand unser Gespräch mit anhörte, weil meine Stimme lauter geworden war. Fassungslos lachte ich auf und schüttelte bloß den Kopf.

»Können wir nicht erst mal in Ruhe essen und uns danach unterhalten?«

»Ich werde hier nichts essen.«

»Mina.«

»Hör auf, meinen Namen zu sagen, als würde ich dir noch etwas bedeuten!« Es war mir egal, wer uns hörte oder wie unangenehm es für ihn war. Mich traf eine Welle voller Emotionen – ungefiltert und ohne Kontrolle. Selbst wenn ich gewollt hätte, hätte ich sie nicht aufhalten können. Ruckartig stand ich auf und starrte ihn wütend an.

»Wie kannst du hier dein Leben einfach so weiterleben? Als

würden wir überhaupt nicht existieren? Du hast uns im Stich gelassen – für was?« Ich nahm die Speisekarte in die Hand und schleuderte sie ihm entgegen. »Dafür? War es dir das wert?« Meine Stimme brach, Tränen liefen mir über das Gesicht und ich stand kurz davor, zusammenzubrechen.

Die Gäste warfen uns neugierige Blicke zu. Es war still geworden im Restaurant, was mir völlig egal war. Mit hochrotem Kopf saß mein Vater auf dem Stuhl und versuchte, mit der Hand sein Gesicht vor den anderen abzuschirmen. Ich war ihm peinlich. Es interessierte ihn gar nicht, was ich gerade sagte, denn ihn kümmerte nur sein öffentliches Ansehen.

»Hast du uns überhaupt jemals geliebt?«

Die Frage schmerzte. Sie schmerzte so sehr, in jeder Faser meines Körpers. Als würden tausend Messer in meine Brust stechen. Anstatt mir eine Antwort zu geben, schwieg er und sah mich kein einziges Mal an.

»Weißt du was?« Meine Stimme zitterte so sehr, dass ich mein eigenes Wort kaum noch verstand. »Vergiss es. Das alles hier. Du bist für mich gestorben!«

Erst jetzt wagte er einen Blick in meine Richtung, aber anstatt Mitgefühl zu zeigen, blieb seine Miene ausdruckslos. Als würde er sich keiner Schuld bewusst sein.

Schluchzend stürmte ich aus dem Restaurant, sah nicht nach links oder rechts. Ich wollte bloß weg, Abstand zwischen meinen Vater und mich bringen. Der Mann, der zwar mein Vater, allerdings schon lange nicht mehr *Papa* für mich war. Die Erkenntnis traf mich und war nicht mehr zurückzunehmen.

Ich rechnete nicht damit, dass er mir folgte. Früher hätte er nicht zugelassen, dass wir in solch einem Streit auseinandergingen, jedoch war jetzt alles anders. Dieser Mann von eben? Er war ein Fremder.

Ich stolperte über meine eigenen Füße, hatte keinen Schimmer, wohin ich lief. Weg, weg, weg. Am liebsten hätte ich München sofort verlassen.

Dann packte mich jemand am Oberarm, wirbelte mich herum und ich blickte in die blauen Augen, die mir einst so vertraut gewesen waren.

»Mina, bitte bleib stehen und lass uns reden.«

Ich riss mich von ihm los und taumelte ein paar Schritte zurück, um Abstand zu bewahren.

»Über was sollen wir reden? Darüber, wie du es mit deiner Sekretärin getrieben hast?«

So zu reden und ausfällig zu werden, war überhaupt nicht typisch für mich. Allerdings kochten meine Emotionen komplett über, ich hatte mich noch nie so gefühlt wie jetzt. Als würde ich kurz vorm Explodieren stehen.

»Ich habe das verdient«, sagte er mehr zu sich selbst und sah mich an. »Ich kann die Dinge nicht ungeschehen machen, das weiß ich. Und ich kann verstehen, dass du mir nicht verzeihen kannst, aber … Bitte lass uns reden.«

Ich vergrub die Hände tief in meiner Jackentasche und bewahrte absichtlich Abstand zu ihm, als wir uns in Bewegung setzten.

»Es tut mir leid«, sagte er. »Wenn ich die Zeit zurückdrehen könnte, dann würde ich es tun. Ich würde Clara und dir ein besserer Vater sein, ganz unabhängig davon, was alles passiert ist.«

»Oh, du meinst, wie du unsere Familie für eine Affäre zerstört hast?«

»Ich … Ich habe mich eben verliebt. Das war nicht geplant, es ist einfach so passiert. Wie sich die Sache entwickelt hat und wie ich damit umgegangen bin, ist nicht zu verzeihen, schon klar. Das ist die einzige Sache, für die ich mich nicht entschuldigen kann.«.

»Ich will keine Erklärungen hören, warum du das getan hast«, meinte ich. »Es würde nichts ändern, außer dass es noch mehr weh tut. Die ganze Zeit über wollte ich dich danach fragen. Warum hast du Mama betrogen? Warum hast du uns fallen gelassen und bist danach von der Bildfläche verschwunden? Aber wenn ich mich hier so umsehe, dann kann ich es sogar ein kleines bisschen verstehen. Immerhin hast du hier alles, was du in Sommerstedt nie hattest. Freiheit, Luxus. Muss schön sein, jeden Morgen so aufzuwachen.«

Ein Teil von mir wünschte sich, dass er mir widersprach, weil ich falsch lag. Dass ich mich irrte und er mich in den Arm nahm und mir eine Erklärung lieferte, die ich nachvollziehen konnte.

Als ich es wagte, ihn anzusehen, und die Tränen in seinen Augen sah, wusste ich, dass ich nichts davon erhielt. Denn ich war diejenige, die mit jedem Wort ins Schwarze getroffen hatte.

Ein dicker Kloß bildete sich in meinem Hals und mir wurde schwindelig. »Ich weiß gar nicht mehr, wer du bist.«

Seit seinem Auszug hatte er mir jeden Tag gefehlt. Die gemeinsame Zeit mit ihm, das Zeichnen von Mangas und endlose Abende mit Animeserien.

Nur langsam realisierte ich, dass dieser Mensch nicht mehr existierte. Die Person, die vor mir stand, war nicht mein Vater, der mich großgezogen hatte. Er hatte sich aufgelöst, als er uns verlassen hatte.

»Du hast mir so gefehlt. Die ganze Zeit habe ich mir gewünscht, dass du wiederkommst und wir wieder eine Familie sein können. Und jetzt sehe ich dich an und ich weiß nicht mehr, wer du bist. Ich weiß nur, dass du mir unfassbar wehgetan hast. Und ich kann nicht länger an einer Version festhalten, die du mal gewesen bist. Du bist kein Teil mehr in meinem Leben, ich auch nicht in deinem. Und heute kann ich endlich sehen, dass das in

Ordnung ist. Es muss in Ordnung sein, ansonsten werde ich niemals nach vorn sehen können.«

Seine Mundwinkel verzogen sich nach unten und er legte die Stirn in Falten. »Mina, ich ...« Er setzte zwar an und ließ es dann bleiben.

Zwischen uns gab es so viel zu sagen, nur niemand sagte etwas, bis Stille eintrat. Wir verschlossen die Gedanken, die Gefühle, weil es keinen Sinn hatte.

»Ich hätte für euch da sein müssen. Für Clara und dich. Dich auf die Hochzeit einzuladen, war ... Es war eine dumme Idee. Um ehrlich zu sein, hatte ich lange gehofft, mein altes und neues Leben irgendwie miteinander zu kombinieren.«

»Nicht auf diese Weise«, gab ich stumpf zurück. »Aber du kannst, nein, du *musst* für Clara da sein. Sie versteht nicht, was los ist und verdient es, den Vater in ihrem Leben zu haben, der du mal für mich gewesen bist. Sei einfach da für sie, bitte.«

Zwar hatte ich es nicht für möglich gehalten, aber mein Herz brach noch ein kleines bisschen mehr. Es war verwundet, blutete und ich wusste nicht, wie lange es brauchen würde, um sich davon zu erholen. Ich sah meinem Vater an, dass sein Herz ebenfalls brach, vor allem als ich die Erinnerungen erwähnte, die ich an ihn hatte.

»Was mich betrifft ...« Ich atmete tief durch und versuchte, etwas zu empfinden, allerdings war mein gesamter Körper taub. Vermutlich ein Schutzmechanismus, damit ich die Situation hier irgendwie meisterte und zu einem Ende brachte.

»Für mich ist im Moment alles gesagt. Und auf eine verkorkste Art und Weise bin ich sogar froh, dass du mich eingeladen hast. Denn so konnte ich mich mit eigenen Augen davon überzeugen, dass dieser Schritt notwendig für mich ist.«

Die Tränen kämpften sich durch meine taube Schutzmauer

und liefen ungehindert meine Wangen hinunter.

»Ich will das Zeichnen wieder lieben können«, sagte ich mit einem traurigen Lächeln. »Das geht nur, wenn ich endlich einen Punkt finde, um abschließen zu können. Ich will ... Ich will die Version von dir in Erinnerung behalten, bevor das alles passiert ist. Und keine andere.«

Ich sah ihm in die Augen und wusste, dass es vorerst das letzte Mal sein würde. Er sah plötzlich viel älter aus, als er eigentlich war. Als hätte er nun jegliche Hoffnung verloren. Das charmante Grinsen und der lockere Ton waren verschwunden, dafür sah ich deutlich, wie er die Tränen zurückhielt.

»Es ... Es tut mir so leid«, gab er leise zurück.

»Mir auch.«

In mir zerbrach etwas. Mit einem lauten Knall, den ich in den Ohren scheppern hörte. Mein Herz lag in tausend Splittern auf dem Boden, aber es musste so sein. Denn nur so konnte es irgendwann anfangen zu heilen.

31   Sam

Die Tage nach München waren hart für Mina. Sie versuchte, stark zu bleiben, aber natürlich sah ich ihr an, wie sehr die Sache mit ihrem Vater sie mitgenommen hatte. Weihnachten stand vor der Tür, Silvester würde folgen und ich konnte kaum glauben, dass das Jahr damit zu Ende war.

Mina war der größte Weihnachtsfan, den ich kannte. Früher hatte sie bereits im November zu dekorieren angefangen, der Weihnachtsbaum folgte am ersten Dezember und gefühlt wurden jeden Tag Kekse gebacken.

Deshalb stimmte es mich besonders traurig, dass sie dieses Jahr all ihre Traditionen auf Eis legte und so nachdenklich gestimmt war. Um ihr eine Freude zu machen, wollte ich das Weihnachtsfest einfach ein paar Tage vorziehen. Nur wir beide allein und ohne Druck, dass der Abend ereignisreich werden sollte. Anders wie es an Weihnachten der Fall war, wo immer gewisse Erwartungen mitschwangen, damit das Fest auch schön wurde.

Bevor ich mich heute mit ihr traf, stand aber noch ein anderer Punkt auf dem Plan. Und zwar ein Gespräch mit Dr. Martens.

Australien ging mir nicht aus dem Kopf. Ich lag nachts wach, weil ich immerzu daran dachte, ob ich den Schritt wagen sollte oder nicht. Wenn ich im Sommer ausreisen wollte, dann musste langsam eine Entscheidung her, da gewisse Vorbereitungen getroffen werden mussten. Das Visum, die Frage, ob ich mit einer Organisation flog oder die Reise allein in die Hand nahm. Das waren alles Dinge, die Zeit benötigten.

Ich wollte mit ihm über mein Vorhaben sprechen und seine Einschätzung hören. Er kannte meine Geschichte am besten, begleitete mich schon, seitdem die Depressionen begonnen hatten und war vor allem in diesem Jahr zu einer Person geworden, der ich uneingeschränkt vertraute.

Wenn er mir zutraute, diese Reise zu schaffen, dann würde ich sie ernsthaft in Betracht ziehen. Mit meinen Eltern war ich zuletzt oft hier gewesen, doch es war jetzt das erste Mal, dass ich seine Praxis wieder allein betrat. Irgendwie kam mir das wie ein Fortschritt vor, wenn ich darüber nachdachte, dass ich vor ein paar Monaten das Haus gar nicht verlassen hatte.

In seiner Praxis war es vorbildlich sauber und kein Staubkorn war in dem obligatorischen Bücherregal zu finden. Ich hatte vergessen, wie warm es in dem Wartebereich war.

Als er mich zu sich ins Zimmer rief, warf er mir ein freundliches Lächeln zu. Es gehörte zu jenen, bei denen man sich gleich willkommen fühlte. »Sam, gut siehst du aus. Warst du beim Friseur?«

»Ja, gestern um genau zu sein. Das war wirklich mal nötig, oder?« Ich fuhr mir durchs Haar und stellte erneut fest, wie ungewohnt die Länge war. Wie in Minas Manga versteckte ich mein Gesicht nicht mehr und war bereit, mich der Welt zu stellen. Ich setzte mich ihm gegenüber auf das Sofa.

Dr. Martens setzte sich ebenfalls und rückte seine Brille zurecht. Bevor wir zum eigentlichen Anliegen kamen, sprachen wir über die Feiertage, Gott und die Welt. Wenn ich mich mit ihm unterhielt, hatte ich nicht das Gefühl, dass er nur seinen Job erledigte, sondern ihm wirklich mein Wohlergehen am Herzen lag.

»Also, Sam, was kann ich für dich tun? Du klangst am Telefon sehr aufgeregt, aber auf eine gute Art.«

Sofort klopfte mein Herz schneller und ich wäre am liebsten auf der Stelle mit allem herausgeplatzt, was mich beschäftigte. Mittlerweile musste ich mich nicht mehr überwinden, mit ihm zu sprechen. Es hatte so unendlich viele Sitzungen gegeben, in denen ich nicht reden konnte, weil mir die Worte gefehlt hatten, um auszudrücken, wie es mir ging. Und es gab immer noch Tage, an denen mir das passierte. An denen ich nicht greifen konnte, was in mir vorging. Aber nach jeder Sitzung merkte ich wieder, wie sehr sie mir halfen.

»Es gibt da etwas, über das ich mit Ihnen reden will. Ich habe mir in den letzten Wochen immer wieder Gedanken dazu gemacht, nur bin ich mir unsicher, was meine mentale Gesundheit betrifft. Während ich in München war ...« Sofort trat ein Lächeln auf meine Lippen, als ich mich an die vielen Lichter der Stadt zurückerinnerte. Daran, etwas anderes als Sommerstedt zu sehen. An das Gefühl eines Ausbruchs, der so unfassbar gutgetan hatte und seitdem ich beinahe täglich diesen Drang verspürte, meinen Rucksack zu packen und mir ein Flugticket zu kaufen. Ich erzählte von all diesen Empfindungen und von der Leichtigkeit, die ich während des Sightseeings gefühlt hatte.

»Ich fühlte mich frei. Die ganze Zeit hatte ich gedacht, dass es mich überfordern würde, von zu Hause weg zu sein, aber das Gegenteil war der Fall. Auf einmal war da ein innerer Frieden, den ich so nicht kenne«, sagte ich. »Sie wissen, wie lange ich schon von Australien träume. Davon, für ein halbes Jahr ein *Work and Travel* zu machen. Und seit einiger Zeit denke ich wieder häufiger dran, diese Reise in Erwägung zu ziehen. Meine Eltern haben mir sogar einen Reiserucksack zum Geburtstag geschenkt. Nur bin ich mir unsicher, ob ich das wirklich packe. So weit weg von

310

zu Hause zu sein, in einem fremden Land. Ich frage mich immer, was ist, wenn es wieder schlimmer werden sollte. Und ob ich mental überhaupt genug gefestigt für diesen Schritt bin oder das Ganze vielleicht zu sehr romantisiere?«

Dr. Martens hörte aufmerksam zu, verzog allerdings keine Miene und ließ meine Worte zunächst auf sich wirken.

»Erst mal finde ich es toll, dass du dir Gedanken darum machst, wie es für dich weitergehen soll. Dass du Pro und Contra abwägst, zeigt mir, wie sehr du gewachsen bist. Vor allem, dass du nicht blauäugig an die Sache herangehst, sondern dir bewusst ist, dass es Hindernisse geben kann. Das ist okay und du lernst immer mehr, wie du damit umgehen musst.« Er musterte mich eindringlich. »Es gibt Menschen, die an Depressionen erkrankt sind und in einer Langzeitreise eine Art Flucht sehen. Ohne zu wissen, dass der ständige Ortswechsel, die verschiedenen Menschen und der teilweise damit einhergehende Schlafmangel die Krankheit verstärken können.«

»Das ist mir bewusst«, antwortete ich. »Deshalb bin ich so unsicher. Ich habe viel an mir gearbeitet und tue es auch weiterhin. Dass ich zum Beispiel keine Medikamente derzeit mehr brauche, ist ein großer Schritt für mich. Auf der einen Seite denke ich schon, dass ich bereit dafür bin. Vielleicht für ein halbes Jahr, um mich währenddessen für das Sommersemester zu bewerben und dann studieren zu gehen. Aber da ist dann eben auch die andere Seite mit den Hindernissen.«

Es entstand eine längere Pause zwischen uns, in der mir unbehaglich zumute wurde.

»Du hast sehr große Fortschritte in einer relativ kurzen Zeit gemacht«, merkte er an. »Darf ich ehrlich sein? Ich finde, du solltest es probieren. Zumindest, wenn du bereit bist, ein paar Abstriche zu machen.«

»Abstriche?«

»Ich denke, für dich ist es wichtig, dass du ein vertrautes Umfeld hast, das nicht ständig wechselt. Das bedeutet, dass du unter Umständen länger an einem Ort bleiben solltest, als es üblich für eine solche Auslandserfahrung ist. Gerade ein *Work and Travel* lebt ja meist davon, in kurzer Zeit viel zu reisen und Geld zu verdienen. Könntest du dir das vorstellen?«

Ich nickte. »Mir ist erst mal wichtig, überhaupt diesen Schritt zu wagen. Anzukommen, mir einen Job zu suchen und dann zu gucken, wie ich damit klarkomme. Australien ist ein beliebtes Land für *Work and Travel*, es wird bestimmt nicht leicht sein, sofort etwas zu finden.«

»Vielleicht kannst du dir einen Reisepartner suchen, damit du nicht die ganze Zeit allein unterwegs bist. Jemand, der dir etwas Stabilität und Sicherheit gibt.«

»Klingt logisch«, antwortete ich nachdenklich. Und gleichzeitig auch überfordert, denn ich musste mir am besten schon im Vorfeld jemanden suchen, der mit mir zusammen die Reise durchzog. Dem ich bestenfalls vertraute und auf den ich mich verlassen konnte.

Mein Enthusiasmus wurde getrübt und Dr. Martens bemerkte natürlich sofort den Stimmungsabfall.

»Was geht dir durch den Kopf?«

»Eine ganze Menge. Ich glaube, ich muss einiges erst mal sacken lassen. Die Sache mit dem Reisepartner wirkt jetzt im ersten Moment eher überfordernd, weil ich nicht weiß, wie und wo ich jemanden finden soll.«

»Was ist denn mit Mina?«

Mit großen Augen sah ich ihn an. »Mina?«

»Das ist doch deine Freundin, oder nicht? Was hat sie denn für Pläne?«

»Ähm ... Sie ist auch noch ziemlich planlos.«

Dr. Martens lächelte. »Dann rede mal mit ihr. Vielleicht kann sie sich vorstellen, dich zu begleiten. Wenn du das Gefühl hast, dass dir die Gedanken zu der Reise zu viel werden, dann können wir jederzeit darüber reden. Auch wenn du vor Ort bist, finden wir eine Möglichkeit, wenn du Bedarf hast.«

Bislang hatte ich gar nicht in Erwägung gezogen, Mina zu fragen, ob sie mich vielleicht begleiten würde. Sie träumte von Japan und für mich war das immer so klar gewesen, dass ich gar nicht weiter darüber nachgedacht hatte.

Am Ende der Sitzung fühlte ich mich gefestigter in meinem Vorhaben, mir den Traum von Australien zu erfüllen. Dr. Martens hatte mir vor Augen geführt, wie viele Fortschritte ich gemacht hatte. Mir auch noch mal bewusst gemacht, dass es nicht immer leicht werden würde. Es war wichtig für mich, mich nicht von dieser grenzenlosen Euphorie beflügeln zu lassen, sondern realistisch zu bleiben. Zu wissen, was ging und was nicht. Und er hatte auf jeden Fall recht, dass zu viele Ortswechsel nicht unbedingt gut für mich waren. Es wäre besser, mich vielleicht erst mal nur auf Sydney oder Melbourne zu fokussieren.

»Danke, Dr. Martens«, sagte ich beim Verlassen des Sprechzimmers. »Sowieso für alles. Ohne Sie wäre ich nie so weit gekommen.«

Er warf mir ein warmes Lächeln zu. »Am Ende hast du es ganz allein geschafft. Ich habe dich dabei unterstützt, aber du musstest es selbst wollen. Und das hast du. Du hast dich nicht aufgegeben, hast gekämpft und wenn ich dich jetzt ansehe, dann sehe ich einen jungen Mann, der bereit ist, sein Leben zu leben.«

Und diesmal zweifelte ich nicht daran, dass er recht hatte.

✧ ✧ ✧

Mit meinem vorweihnachtlichen Geschenk bepackt, stand ich am Abend vor der Haustür der Fischers und wartete darauf, dass Mina mir öffnete.

Die Worte von Dr. Martens schwirrten mir im Kopf herum und seit der Sitzung konnte ich nicht anders, als mir Mina und mich auf großer Reise vorzustellen. Allerdings konnte ich absolut nicht einschätzen, wie sie dazu stehen würde.

Die Tür ging auf und keine drei Sekunden später fiel Mina mir um den Hals. Mit ihr im Arm taumelte ich kurz einen Schritt zurück. Sie hielt mich länger fest als gewöhnlich.

»Ist alles okay?«, fragte ich deshalb und drückte sie ein bisschen fester an mich.

»Ich wünschte ja ... Nur seit München kann ich einfach nicht mehr klar denken. Es fühlt sich an, als würde dort ein riesiges Loch existieren.« Sie deutete auf ihr Herz. »Du weißt, wie sehr ich Weihnachten liebe ... Dieses Jahr will ich nur, dass es vorbeigeht.«

Mina so niedergeschlagen zu sehen, tat weh. Ich nahm sie an die Hand, drückte die Haustür zu und zusammen gingen wir ins Wohnzimmer. Wir waren den Abend über allein, ihre Mutter und Clara waren an der See und ich wollte alles tun, damit sie ein bisschen zur Ruhe kam.

»Gib dir Zeit, es zu verarbeiten. Jemanden gehen zu lassen, ist nie einfach. Und wir reden hier von deinem Vater.«

»Habe ich richtig gehandelt? Ich muss die ganze Zeit darüber nachdenken, ob ich zu voreilig war. Aber dann denke ich gleichzeitig daran, wie weh er uns getan hat und dass ich ihm das nicht verzeihen kann.«

Ich legte meinen Arm um ihre Schultern und zog sie an meine Brust. »Es muss ja keine endgültige Situation sein. Du hast ihm auch gesagt, dass du nicht weißt, wie es in der Zukunft aussieht. Vielleicht findet ihr noch mal zueinander.«

Mina seufzte und es vergingen ein paar Atemzüge, Ruhe kehrte ein und sie entspannte sich in meinen Armen.

»Ich wünschte, das wäre nicht vor Weihnachten passiert. Eigentlich wollte ich mit dir die Feiertage genießen.«

»Kein Problem«, grinste ich, richtete mich auf und deutete auf meine Tasche. »Wir ziehen Weihnachten heute vor.«

»Wie meinst du das denn?«

»Ich weiß, wie traurig du bist, und deshalb dachte ich mir, dass wir heute ein bisschen feiern. Hier, ich habe dir was mitgebracht.«

Verdutzt sah sie mich an und nahm das Geschenk entgegen. Sofort erhellte sich ihr Gesicht.

»Oh, jetzt bin ich gespannt.«

Vorfreude tanzte in ihren Augen und bis sie in ihrer Bewegung verharrte.

»D-Du schenkst mir ein iPad?«

»Du hast so oft davon gesprochen, auf *Digital Arts* umzusteigen und *ProCreate* auszuprobieren. Es ist schon vorinstalliert, nur damit du Bescheid weißt.«

»Sam, ich weiß nicht … Ich weiß nicht, was ich sagen soll.« Sie drückte das iPad an ihre Brust. »Es ist viel zu viel.«

»Nein, ist es nicht. Sieh es als Neuanfang in deiner Kunstkarriere. Du weißt, wie sparsam ich eigentlich bin, deshalb geht das Geschenk schon in Ordnung. Ich habe meinen alten Nebenjob zwar nicht mehr, aber bislang habe ich nie etwas von dem Geld ausgegeben, was ich damals bekommen habe.«

Mina prustete los. »Kunstkarriere?«

»Du bist eine Künstlerin, Mina. Auch wenn du dich überhaupt nicht so siehst.«

»Meinst du, dass ich das Zeichnen irgendwann wieder lieben werde?« In ihrer Stimme schwang erneut Traurigkeit mit und sie betrachtete die Hülle von allen Seiten.

»Wirst du. Natürlich wirst du es auf eine Art immer mit deinem Vater verbinden, aber du hast deinen ganz eigenen Stil. Du musst dich nur trauen, aus dir herauszukommen.«

»Danke, Sam«, gab Mina leise zurück und legte das iPad zur Seite. »Ich bin jetzt echt ein bisschen sauer dich.«

»Wieso das denn?«

»Du schenkst mir ein iPad und mein Geschenk ist dagegen peinlich. Jetzt werde ich dir etwas Neues kaufen müssen.«

Ich lachte. »Ich werde mich freuen. Ganz sicher.«

»Unter gar keinen Umständen.«

Statt auf sie zu hören, stand ich auf und lief in Richtung ihres Zimmers. »Ich wette, ich finde es sofort. Also: Entweder gibst du es mir oder ich nehme es mir einfach.«

Hastig sprang Mina auf, folgte mir und schob sich an mir vorbei, um das Geschenk zu holen.

»Oh Mann, du bist blöd. Es ist mir wirklich unangenehm.«

Mit einem kleinen Päckchen in der Hand kam sie kurz darauf wieder aus dem Zimmer und setzte sich aufs Sofa.

»Ich fand es damals süß, als ich es gesehen habe.« Beschämt kaute sie auf ihrer Unterlippe.

»Jetzt zeig erst mal her.«

Nur widerwillig reichte sie es mir und konnte mir kaum in die Augen sehen. »O Gott, ist das peinlich.«

Minas Reaktion war Gold wert und auch wenn sie das Geschenk so kleinredete, war ich mir sicher, dass ich es mögen würde. So wie ich sie kannte, würde sie niemals etwas Unüberlegtes kaufen. Mit wenigen Fingergriffen öffnete ich das Papier und hielt daraufhin ein viereckiges Kästchen in der Hand.

»Ein Sternenlichtprojektor?«, fragte ich überrascht.

»Du sagtest mal, dass du davon geträumt hast, Astronaut zu werden, bis du gemerkt hast, dass du die Sterne niemals erreichen

316

kannst. Mit dem Sternenlichtprojektor dachte ich ...« Verlegen zog sie die Augenbrauen zusammen. »Das ist so peinlich.«

»Was dachtest du?«, fragte ich sanft und rückte näher.

»Ich wollte, dass sie für dich erreichbarer sind.«

Mir sackte das Herz in die Hose und sprachlos sah ich sie an.

»Du findest es kitschig, oder?«, hakte sie zerknirscht nach.

Ich stellte den Projektor auf den Wohnzimmertisch und schüttelte langsam den Kopf. »Nein. Ich glaube, ein schöneres Geschenk hättest du mir nicht machen können.« Ohne nachzudenken, umarmte ich sie. »Ich liebe alles daran. Vor allem deine Gedanken dazu.«

Mina erwiderte die Umarmung und einen viel zu langen Moment saßen wir so auf der Couch, ganz egal, wie unbequem es wurde.

»Trotzdem. Dein Geschenk ...«

Nur widerwillig löste ich mich von ihr, behielt aber die Hände auf ihren Schultern, um die Dringlichkeit hinter meinen Worten zu verstärken. »Mina, ich habe das gern für dich gemacht, okay? Da gibt es übrigens noch etwas, über das ich mit dir reden möchte.«

Ohne Umschweife erzählte ich ihr von der Stunde bei Dr. Martens, von den Plänen und die Möglichkeit, Australien wirklich in Betracht zu ziehen. Ich wollte noch ein paar Tage darüber schlafen, mir ernsthafte Gedanken machen, ob ich nun bereit dafür war oder besser hierblieb. Dennoch konnte ich mich mit der einen Frage nicht zurückhalten.

»Ich würde gern etwas wissen. Du musst nicht sofort antworten und fühl dich auch nicht unter Druck gesetzt, ja? Es ist nur so ... Dr. Martens ist der Meinung, dass es besser wäre, wenn ich mit jemandem zusammen reise, anstatt komplett auf mich gestellt zu sein. Und da habe ich gedacht, dass du mich vielleicht begleiten könntest. Ich muss selbst noch mal tief in mich gehen und abwägen, ob ich wirklich dazu in der Lage bin, aber ... Natürlich wäre es schön zu wissen, ob du dabei wärst.«

Mina blickte mich an und ich konnte absolut nicht erahnen, was gerade in ihr vorging.

»Wie findest du den Vorschlag?«, hakte ich nach, als sie nicht antwortete.

»Um ehrlich zu sein, bin ich überwältigt«, gab sie zurück. »Also positiv. Ich kann dir nur noch keine Antwort geben, weil ich da natürlich erst mal drüber nachdenken muss. Für mich gab es bislang immer nur Japan und mit nach Australien zu kommen, wäre ein riesiger Schritt. Ich weiß nicht, ob ich meine Familie so lange allein lassen kann und finanziell ist das sicher auch nicht leicht. Auch wenn wir uns durch das *Work and Travel* die Reise natürlich mitfinanzieren. Bloß einen gewissen Puffer braucht man ja schon. Ist es okay, wenn ich erst mal mit meiner Mutter darüber rede?«

»Natürlich. Wie gesagt, ich will mich jetzt auch nicht sofort festlegen. Ich muss auch erst mit meinen Eltern reden. Nur habe ich gedacht, dass es schön wäre, wenn du dabei wärst.«

Sie lächelte und nahm meine Hand. »Ich mag die Idee. Vielleicht könnte man Japan und Australien sogar verbinden, wenn ich danach nicht komplett arm wäre. Und ich finde es total süß, dass du mich dabeihaben willst.«

»Natürlich will ich das. Ich will dich am liebsten jeden Tag sehen, dich küssen, berühren und in deiner Nähe sein. Die Vorstellung, dich für eine längere Zeit nur via Facetime zu sehen, ist schon ziemlich beschissen.« Ich nahm Minas Gesicht in meine Hände. »Und weißt du, warum? Weil ich dich liebe«, gestand ich offen. »Ich wollte dir das schon seit einer Ewigkeit sagen, nur hat es irgendwie nie richtig gepasst. Aber jetzt hier, in dieser Sekunde mit dir? Ich bin so unendlich doll ich dich verliebt.«

Mein Magen schlug Purzelbäume und alles in diesen Moment gehörte in ein Marmeladenglas. Fest verschlossen, damit ich ihn nie wieder vergaß.

Mina lächelte, bis ihre Augen ganz glasig wurden. Zaghaft berührte ich ihre Wange, fuhr mit den Fingern sanft über die warme Haut.

»Ich liebe dich«, sagte ich erneut und wollte nie wieder damit aufhören.

Auf einmal hörte die Welt auf sich zu drehen. Wir sahen uns an und verloren uns in den Augen des jeweils anderen.

»Es scheint, als hätte es dir die Sprache verschlagen«, bemerkte ich lachend. »Ich wollte dich damit nicht überfordern, aber es musste endlich raus.«

Mina sah mich noch einen Moment an, ehe sie sich nach vorn lehnte und mich küsste. Sofort breitete sich die vertraute Wärme in meinem Inneren aus, die ich nur spürte, wenn wir zusammen waren. Unsere Lippen teilten sich, ich empfing ihre Zunge und stöhnte leise auf, als sich der Kuss intensivierte. Sie setzte sich rittlings auf mich, presste ihren Oberkörper an meinen und versuchte, mir so nah wie möglich zu sein.

Nichts stand mehr zwischen uns. Keine Last oder schweren Gedanken. Da waren nur wir, unsere schlagenden Herzen und unsere Liebe füreinander. Ihre Hände glitten fahrig über meinen Hals und meine Brust entlang. Ich schlang die Arme um ihren Körper, versuchte, sie noch enger an mich zu drücken, doch wir beide hatten definitiv zu viel Kleidung an.

»Was hast du vor?«, hauchte ich fragend an ihre Lippen.

»Ich will dich, Sam. Jeden Moment mit dir, jede Sekunde. Einfach alles. Und ich denke, wir haben genug gewartet«, erwiderte sie bloß.

Sie stand von meinem Schoß auf, griff nach meiner Hand und führte mich in ihr Zimmer. Gleich darauf fanden wir wieder zueinander und taumelten auf ihr Bett zu. Bestimmend zog sie uns auf die Matratze, ich drückte mich zwischen ihre Beine und Mina schlang diese um meine Hüften. Dadurch rutschte ihr Shirt ein Stück weit nach oben und ich nahm diese Gelegenheit zum Anlass, um sanfte Küsse auf ihrem Bauch zu verteilen. Mina wand sich unter den Berührungen, seufzte wohlig auf, als ich mich nach oben arbeitete und ihre Brüste streichelte.

»Du bist so schön«, flüsterte ich.

Es dauerte nicht lange, bis wir nur noch in Unterwäsche nebeneinanderlagen, unsere Herzen im selben Takt schlugen und ich mich ihr so verbunden fühlte wie niemals zuvor. Seltsamerweise war ich gar nicht nervös. Stattdessen spürte ich nur diese Vertrautheit mit ihr wie mit keinem anderen Menschen zuvor.

Ihre warmen Fingerspitzen hinterließen heiße Spuren, als sie über meine nackte Brust strichen, hinab wanderten und am Bund der Boxershorts innehielten.

»Sam, bevor wir miteinander schlafen, muss ich dir auch noch was sagen.« Mina wurde auf einmal ernst. »Früher warst du mein bester Freund, aber jetzt bist du zu dem Menschen geworden, mit dem ich mir eine Zukunft aufbauen will. Ich liebe dich, Sam. Ich liebe alles an dir. Selbst wenn eine Zeit kommen sollte, in der du dich weniger lieben solltest, liebe ich dich dafür umso mehr.«

Mir blieb kurz der Atem weg, so berührt war ich von ihrem Geständnis. »Sag das noch mal.«

»Ich liebe dich, Sam.«

Mina lächelte, ich lächelte und alles zwischen uns war genauso, wie es sein sollte. Unsere Lippen zogen sich erneut wie zwei Magnete an und ich sog die Luft scharf ein, als Minas Hand endlich in meine Boxershorts glitt. Ich sah kleine Sternchen vor meinem inneren Auge tanzen, wurde auf eine neue Ebene der Gefühle katapultiert. Alles war so intensiv, real und lebendig.

Mit einer schnellen Drehung rollte ich mich auf sie, bedeckte ihren Oberkörper mit Küssen, bevor ich mich weiter nach unten arbeitete und ihr den Slip von den Beinen zog. Gleich darauf streichelte ich ihre empfindlichste Stelle und sie stöhnte auf.

Schließlich erreichten wir beide den Punkt, an dem wir es nicht mehr aushielten, ich nach dem Kondom in meinem Portemonnaie griff und es mir überstreifte. Ich zitterte leicht, als ich mich wieder zu Mina herunterbeugte, was von ihr nicht unbemerkt blieb.

»Ist alles in Ordnung?«

»Ja. Es ist nur … Mit dir ist alles so anders. Ich will es nicht vermasseln.«

Sie nahm mein Gesicht in ihre Hände, kam mir mit ihren Hüften entgegen. »Liebe mich, Sam.«

Liebe mich. In diesen kleinen Worten lag so viel Vertrauen für mich. Ich küsste sie wieder und drang in sie ein.

Liebe mich.

Genau das tat ich. Mit jeder Faser meines Körpers ließ ich Mina spüren, was sie mir bedeutete. Ihr gehörte ein Teil meines Herzens, der erst wieder gelernt hatte zu funktionieren. In meiner dunkelsten Phase war sie wieder in mein Leben getreten, hatte mich nicht aufgegeben und sich trotzdem in mich verliebt. Sie war an meiner Seite, als ich mich wieder ans Licht gekämpft hatte. Als ich wieder zu mir gefunden hatte.

Mina hatte immer nur mich gesehen, nicht die Dunkelheit, die solange mein Leben beherrscht hatte. Als ich mich selbst verloren hatte, fand sie mich und half mir, zurück zu mir zu finden. Zwischen all diesen chaotischen Gefühlen und Facetten des Lebens sah sie mich.

Nur mich.

32   Mina

Nach Silvester ließ ich mir zwei Wochen Zeit, um darüber nach-zudenken, wie es nach dem Abitur weitergehen sollte. Ich hatte Angst, eine endgültige Entscheidung zu treffen, einen Fehler zu machen und nicht die Richtung einzuschlagen, in die ich eigent-lich gehen sollte.

Diese Japanreise *musste* ich machen, anders ging es nicht. Ich brauchte etwas, das ich nur für mich tat, und es war wichtig, zumindest einmal raus aus Sommerstedt zu kommen. Um heraus-zufinden, wer ich eigentlich war.

Japan stand also fest. Zumindest für mich. Mit meiner Mutter hatte ich noch nicht darüber gesprochen, weil ich nicht wusste, wie ich anfangen sollte. Auf der einen Seite wollte ich unbedingt weg, etwas von der Welt sehen und frei sein. Auf der anderen Seite hatte ich einen Riesenschiss vor diesem Schritt. Davor, in einem fremden Land nicht klarzukommen, vor Herausforde-rungen zu stehen, die ich nicht bewältigen konnte. Und davor, Mama und Clara allein zu lassen. Ich passte oft genug auf meine Schwester auf, versuchte, meine Mutter so viel wie möglich zu unterstützen. Es fühlte sich irgendwie egoistisch an, für eine Weile durch die Welt zu tingeln, während sie jeden Tag an ihre Grenzen kam. Auch wenn sie es nicht wollte, hatte ich sie mit meinem Geld im Café unterstützt und davon würde jetzt einiges wegfallen, damit ich mir einen Puffer erarbeiten konnte.

Neben der Japanreise schlich sich Sams Angebot ein, ihn nach Australien zu begleiten. Es war noch nichts in Stein gemeißelt, aber die Tendenzen bewegten sich in die Richtung, dass er diesen Schritt wirklich gehen würde. Es wäre der perfekte Übergang, da ich nach der Japanreise immer noch nicht wusste, was ich studieren sollte. War ein Kunststudium das Richtige? Sollte ich etwas anderes ausprobieren? Wo sollte ich studieren? Wollte ich das überhaupt oder war eine Ausbildung für mich geeigneter? Wie würde es mit Sam und mir weitergehen? Wenn ich ihn nicht begleitete, würden wir eine Fernbeziehung führen und das konnte ich mir überhaupt nicht vorstellen. Allein der Gedanke daran, ihn monatelang nur über FaceTime zu sehen, tat weh.

Gott, diese ganzen Fragen ließen mich nachts nicht schlafen und es war an der Zeit, dass ich endlich eine Entscheidung traf. Ich rieb mir die Schläfen, als würde es irgendwie helfen, den Gedankennebel zu vertreiben, und seufzte laut auf.

»Okay, Mina, was ist los?«

Meine Mutter drückte mit der Fernbedienung auf *Stopp* und das Standbild von einem lächelnden Tony Stark flimmerte über den Fernseher. Kein so schlechter Anblick.

Es war Freitagabend, Mama und ich hatten endlich wieder Zeit für Chili-Cheese-Fries und die Couch gefunden, aber ich war nicht bei der Sache. Mir kam es vor, als würde ich mindestens zehn Kilo mehr wiegen, weil all diese Fragen an mir hafteten.

»Nichts«, log ich. »Alles gut.«

»Sag nicht *alles gut*, wenn es nicht so ist. Ich war jetzt wirklich lange genug geduldig mit dir. Habe akzeptiert, dass du über München erst mal nicht reden willst und deine Zeit brauchst. Aber deine Gedanken sind heute so laut, nur kenne ich keinen einzigen davon. Also?«

Mit großen Augen starrte ich Mama an. Um zu vermeiden, dass ich reden musste, stopfte ich mir schnell ein paar Pommes in den Mund, bis sie mir die Schüssel wegnahm.

»Oder ist etwas mit Sam? Muss ich etwas wissen? Bist du …«

Ich wusste genau, was sie sagen wollte, und verschluckte mich vor lauter Schreck. Tränen schossen mir in die Augen und ich japste nach Luft.

»Ich bin nicht schwanger!«, brachte ich keuchend hervor.

Mama fasste sich an die Brust und atmete aus. »O Gott sei Dank! Ich habe mich wirklich darauf gefasst gemacht, das heute Abend von dir zu hören.«

»Sag mal, was denkst du eigentlich, was Sam und ich die ganze Zeit machen?«

Okay, die Frage hätte ich nicht stellen dürfen.

»Darauf antworte ich jetzt besser nicht. Ich war auch mal jung.« Sie seufzte nochmals tief und musterte mich. »Aber was ist es dann? Du bist noch nachdenklicher als sonst und das besorgt mich. Du weißt, dass du mit mir reden kannst. Egal über was.«

Natürlich wusste ich das. Nur manchmal war es eben nicht so leicht. Vor allem, wenn man selbst nicht ganz genau wusste, was überhaupt los war. Ich fing an, Fussel von der Decke zu zupfen, um Zeit zu schinden. Letztlich brachte mich das nicht weiter, denn ich wusste ja selbst, dass ich endlich mit der Sprache herausrücken musste. Und vielleicht würde das endlich etwas Klarheit bringen. Meine Mutter gab schließlich immer die besten Ratschläge.

»Sam hat mich gefragt, ob ich ihn nach Australien begleiten will.«

Eine Pause entstand und es fühlte sich so an, als hätte ich eine Granate geworfen und die Explosion ließ noch auf sich warten.

»Und?« Mama wirkte völlig unberührt von meiner Aussage.

»Wie und? Ist das alles, was du dazu sagst?«

»Möchtest du Sam denn gern begleiten?«

Zögernd nickte ich. »Irgendwie schon. Also ich kann es mir zumindest vorstellen.«

Ihre Reaktion machte mir Angst. Eigentlich dachte ich, dass sie mir vielleicht Gründe nannte, was alles dagegensprach. Stattdessen sagte sie nichts.

»Ich werde wahrscheinlich nicht mitgehen. Im Moment weiß ich überhaupt nicht, was ich nach dem Abitur machen soll. Da ist der Wunsch, für ein paar Wochen nach Japan zu reisen, Sams Angebot, ihn für das *Work and Travel* zu begleiten und die Tatsache, dass ich aber eigentlich gar nicht gehen kann.«

Plötzlich legte Mama mir ihre Hände auf die Schultern und kam ein Stück näher, um mir tief in die Augen zu sehen.

»Okay, Luft holen, Schatz!« Sie lächelte sanft. »Erst mal: Japan und Australien schließen sich gegenseitig nicht aus. Nur über die Dauer der Reise solltet ihr euch im Klaren sein, falls ihr dieses Jahr noch mit einem Studium oder einer Ausbildung beginnen wollt.«

Sie steckte mir eine Strähne hinter das Ohr und legte den Kopf schief. »Warum denkst du, dass du nicht wegkannst?«

Ich sah mich um und gestikulierte nach links und rechts, um auf die Wohnung zu deuten. »Das liegt auf der Hand, oder? Ihr braucht mich hier. Und ich habe gar nicht genug angespart, um mir das leisten zu können. Allein die Flüge von hier nach Tokio sind teuer und dann noch nach Australien? Verpflegung, Unterkunft, Visa, Impfungen –«

»Mina, atme!« Mama schenkte mir ihr typisches Lächeln. Eines, das ihre Augen erreichte, echt war und mich wissen ließ, dass alles gut werden würde.

»Ich weiß es wirklich sehr zu schätzen, dass du dich um mich und Clara sorgst. Und versuchst, den Überblick zu behalten, die Stellung zu halten, und eine Rolle einnimmst, die gar nicht deine sein sollte. Aber ich habe dir auch schon sehr oft gesagt, dass das nicht deine Aufgabe ist.«

Ich schluckte, weil die Stimmung auf einmal so ernst wurde.

»Wenn du gern nach Japan oder Australien möchtest oder beides zusammen – dann kriegen wir das hin. Natürlich sieht es finanziell nicht mehr so leicht aus wie früher, als dein Vater noch hier war. Trotzdem kann ich dich unterstützen und dir helfen, das zu ermöglichen, wenn das dein Wunsch ist.«

»Das kann ich nicht annehmen und will ich auch gar nicht. Ich sehe doch, wie sehr du dich abarbeitest mit den Nachtschichten und jeden Cent umdrehst.«

»Mina, hör auf. Bitte.« Mama schloss die Augen und zog gequält die Brauen zusammen. »Es geht hier um deine Zukunft. Ich will nicht, dass du dir länger darüber Gedanken machst, wie ich klarkomme. Denn das tue ich.«

»Und wie soll das funktionieren, wenn ich nicht da bin? Wer passt auf Clara auf, wenn du arbeiten bist oder nach einer Nachtschicht schlafen musst?«

»Sie geht in den Kindergarten, schon vergessen? Außerdem ist es nicht so, dass ich nicht was am Dienstplan ändern kann. Natürlich habe ich mehr Nachtschichten gemacht, weil es durch dich möglich ist. Aber das muss nicht mehr so sein.«

Mir war nicht wohl dabei, absolut nicht. Und gerade fühlte es sich unglaublich schwer an, die richtige Entscheidung zu treffen. Ich wollte nicht mit dem Gedanken fliegen, dass hier möglicherweise das Chaos hereinbrach.

Mama umfasste meine Hände und drückte sie leicht. »Möchtest du nach dem Abitur reisen?«

Es war eine simple Frage, aber die Antwort würde weitreichende Wellen schlagen. Eigentlich wollte ich verneinen, nur würde sie mir das nicht abkaufen.

»Ich will, dass du endlich mal an dich denkst, Mina. Nur an dich und an das, was du willst.«

Ohne Vorwarnung brach ich in Tränen aus. Ich hatte nicht mal die Chance, sie zurückzuhalten, mich zusammenzureißen und ihr eine Antwort zu geben. Ich weinte bloß dicke Krokodilstränen, die wie Wasserfälle heiß über meine Wange liefen.

Mama nahm mich in die Arme, mir entwich ein heftiges Schluchzen und sie drückte mich an sich.

»Schatz, es ist okay. Wirklich. Wir bekommen das hin. Deine Reise und dass Clara und ich trotzdem genug auf dem Teller zu Essen liegen haben.«

»Das ist nicht witzig«, sagte ich halb weinend, halb lachend.

»Wir kommen klar, hörst du? Ich will, dass du diese Reise machst.«

»Ich weiß noch gar nicht, ob das überhaupt alles stattfindet. Sam ist sich auch noch unsicher. Er hat mich nur gefragt, ob ich mir das vorstellen könnte.«

Sie gab mir einen Kuss auf die Stirn und sah mich erneut an. »Dann wird es Zeit, dass du ihm eine Antwort gibst.«

»Ich …«

»Jetzt sag nicht, dass du das nicht kannst. Gib mir dein Handy.«

»Was?« Fragend blinzelte ich.

»Na, wenn du ihm nicht sagst, wie du dich entschieden hast, dann mache ich es für dich.« Mama hob provozierend die Augenbrauen. »Einer muss das jetzt für dich machen. Entweder du oder ich.«

»Mama!«

Sie machte eine ausladende Handbewegung und ließ keine weiteren Zweifel zu.

»Du meinst das echt ernst, oder?«, fragte ich. »Ich soll das durchziehen.«

»Ja, du sollst das durchziehen.«

Mir entwich ein Schnauben und ich wartete ein paar Augenblicke ab, um mich zu sammeln. Um meine Gedanken zu sortieren und mir klar zu werden, dass soeben eine Entscheidung gefallen war. Nur dass ich diese noch gar nicht realisierte. Ich war erleichtert und überfordert zugleich, was ein merkwürdiger Mix aus Emotionen war. Die ganze Zeit hatte ich es vor mir hergeschoben, um zu verhindern, eine Wahl treffen zu müssen. Weil ich manchmal Angst vor der Endgültigkeit hatte. Vor der Auswirkung und was diese mit sich brachte. Jetzt war irgendwie alles leicht und es fühlte sich ein bisschen wie Schweben an, weil diese Last von mir gefallen war.

Ich nahm mein Handy vom Couchtisch und starrte auf das schwarze Display.

»Wenn ich Sam jetzt schreibe, dann ... dann gibt es kein zurück. Dann mach ich das wirklich.« Ich sagte es eher zu mir selbst als zu Mama, die mich anstrahlte. Ihr Lächeln ging auf mich über und auch wenn all die Sorgen noch nicht ganz verschwunden waren, so wusste ich, dass ich sie an meiner Seite hatte. Wir würden das hinkriegen.

Mama nickte zustimmend und wischte mir die Tränen aus dem Gesicht. »Ich bitte darum. Du hast das verdient, Mina. Sei glücklich.«

Meine Finger zitterten, alles in mir stand nun unter Strom. Das hier. Das hier fühlte sich wie einer der Momente an, nach denen ich immer gesucht hatte. Von denen ich genau wusste, dass sie etwas veränderten. Nicht nur ein bisschen, sondern einfach einen großen Teil im Leben.

Ich öffnete Sams und meinen Chat und zögerte. Sah zu Mama

und zurück auf das Handy. Hin und her. Immer und immer wieder.

»Du hast meine komplette Unterstützung und gemeinsam kriegen wir das hin. Wenn es das ist, was du möchtest.«

Ein letztes Mal musterte ich sie, suchte Zweifel in ihren Augen, um mich selbst abzuhalten. Allerdings lag in ihrem Blick pure Entschlossenheit. Und dann ließ ich den Gedanken zu. Verwandelte Unsicherheit in Sicherheit. Ich wollte Japan, Australien. Zusammen mit Sam.

»Soll ich ihm auch schreiben, dass du dachtest, ich wäre schwanger?«, fragte ich grinsend.

Mama winkte ab und griff nach den Chili-Cheese-Fries. »Lieber nicht. Nachher setze ich euch noch einen Floh ins Ohr.«

Ich schüttelte bloß den Kopf. Manchmal fehlten mir für sie wirklich die Worte.

Bevor ich Sam schrieb, atmete ich noch einmal tief durch. Das hier war jetzt also der Moment. Vor lauter Anspannung wurde mir ganz flau im Magen und gleichzeitig war ich beflügelt von Endorphinen.

I'M IN!, schrieb ich. Ich war an Bord, bereit für die Abenteuer, die auf mich warteten.

Mama zog mich in eine Umarmung und ich merkte, wie ich mich augenblicklich entspannte. »Ich bin unglaublich stolz auf dich, Mina. Diese Reise wird genau das Richtige für dich sein.«

»Ich hoffe es. Nach München und dem Gespräch mit Papa«, ich räusperte mich, »ich meine mit … Christian … Manchmal gucke ich in den Spiegel und weiß nicht, wer ich bin. Als hätte ich einen Teil von mir dort gelassen.«

»Ich wünsche mir, dass du ein bisschen Frieden findest. Ich habe großen Respekt davor, wie du die Beziehung zu deinem Vater handhabst, aber ich weiß auch, wie weh dir das getan hat.

Und noch immer tut. Deshalb ist es mir so wichtig, dass du endlich etwas für dich tust.« Sie gab mir einen Kuss auf die Stirn.

»Danke, Mama. Einfach dafür, dass du da bist.«

Erneut musste ich weinen, diesmal waren es Tränen der Freude, Erleichterung und vielleicht auch ein bisschen Überforderung. Ich würde ein neues Kapitel in meinem Leben beginnen. Ganz unbeschrieben und ohne zu wissen, was auf mich zu kam.

$$\diamond \quad \diamond \quad \diamond$$

»Okay, was hältst du davon, wenn wir von Frankfurt nach Tokio fliegen? Der Flug würde um die achthundert Euro kosten. Ich weiß, nicht gerade günstig, aber es ist Ferienzeit. Für die ersten Nächte nehmen wir uns ein *Airbnb* und dann entscheiden wir, wohin es uns treibt?«

Seit Tagen klebte Sam förmlich am Laptop. Es wunderte mich, dass er das Ding überhaupt noch aus den Händen legte. Seitdem wir uns beide entschieden hatten, ein paar Wochen nach unserem Abschlussball zu fliegen, gab es für ihn kein Halten mehr. Wir hatten lange und ausführlich über die Pros und Contras gesprochen, sogar Listen geschrieben. Mein Hauptkriterium war vor allem die Finanzierung. Wir mussten so günstig wie möglich reisen, damit das Geld für die ersten Wochen in Australien reichte.

Und für Sam stand natürlich seine mentale Verfassung an erster Stelle. Sobald wir in Japan und später auch in Australien waren, würden wir langsam reisen, anstatt jeden dritten Tag woanders zu sein. Ankommen, verweilen und im Augenblick zu leben, war für uns wichtiger, als viele Orte in kurzer Zeit zu sehen.

»Von Japan nach Australien gibt es Flüge für dreihundert Euro. Das ist zwar immer noch viel, aber tut nicht ganz so weh.«

Ich warf einen Blick auf die To-do-Liste, die wir uns geschrieben hatten. In den kommenden Monaten standen die Beantragungen der Visa, Impfungen und die Suche nach Jobs auf dem Plan. Wir würden zwar in Australien erst vor Ort richtig die Möglichkeit haben, etwas zu finden, aber wir wollten zumindest schon mal gucken, in welchen Bereichen wir arbeiten konnten.

Sam hatte Lust, bei einer Surfschule zu arbeiten und nebenbei das Wellenreiten zu lernen. Ich konnte mir einen Job als Nanny gut vorstellen, da ich viel Erfahrung mit Kindern hatte. So oder so würden wir schon etwas finden, wenn wir uns erst mal richtig eingelebt hatten.

»Ist das okay für dich?« Sam legte eine Hand auf meinen Oberschenkel und sah mich an. »Wenn es zu viel ist –«

»Nein, es ist noch im Rahmen. Gerade so«, antwortete ich. »Es wird leichter werden, wenn wir erst mal arbeiten. Kannst du dir vorstellen, dass wir Anfang Juli im Flieger sitzen? Vier Wochen Japan ... Wenn ich nur daran denke, bekomme ich vor Aufregung Gänsehaut. Und dann geht es für ein halbes Jahr nach Australien.«

Wir hatten uns für sechs Monate entschieden, um auf jeden Fall den Sommer dort mitzunehmen. Wenn wir Ende August dort ankamen, würde er nicht mehr lange auf sich warten lassen.

Und später zurück in Deutschland würden wir gucken, wie es weiterging. Ob ein Studium oder eine Ausbildung infrage kamen. Das lag gerade noch viel zu weit in der Ferne, um sich darüber den Kopf zu zerbrechen.

Ich lehnte mich an Sams Schulter und lächelte.

Jetzt, in diesem Augenblick, war alles perfekt. Ganz genau so, wie es war. Lächelnd schloss ich die Augen und stellte mir vor, wie wir bereits im Flieger saßen. Bis wir wiederkamen, wussten wir vielleicht, wie es mit unserer Zukunft aussehen würde. Aber wenn nicht und wir immer noch ein wenig planlos und unsicher waren, war das in Ordnung. Irgendwo würde der richtige Weg auf uns warten.

33 Mina

Durch die ganze Planung für die Reise ging plötzlich alles ganz schnell. Die Wochen zogen an mir vorbei, bis ich mitten in den Abiturprüfungen steckte. Es war wie ein Wimpernschlag, ein kurzes Blinzeln und plötzlich sprachen alle nur noch über die Abi-Klausuren, Noten und natürlich den Abschlussball. Auch an uns ging dieser Stress nicht vorbei, doch wir hatten einen Lichtblick: Die Reise zu zweit, die wir im Sommer antreten würden.

Sams und meine Pläne wurden immer konkreter, die Visa waren beantragt und Termine für die notwendigen Impfungen gemacht. Wir zogen das echt durch und ich hätte über diese Entscheidung nicht glücklicher sein können. Vierzehn Tage nach unserem Abiball würde es losgehen.

Vier Wochen Japan, angefangen in Tokio. Wir würden durch das Land reisen und ich würde die Kultur und Lebensweisen endlich so kennenlernen, wie ich es mir immer gewünscht hatte. Mich dem Zeichen hoffentlich wieder verbunden fühlen. Zum Geburtstag im März hatte Sam mir einen Manga-Zeichenkurs geschenkt, der einige Tage lief, wenn wir in Tokio waren.

Er war definitiv der beste Geschenkgeber. Seit Weihnachten waren das iPad und ich fest verwachsen, ich zeichnete nächtelang auf *ProCreate*. Nach einigen Startschwierigkeiten kam ich damit mittlerweile gut zurecht und liebte es, in meiner eigenen Welt zu versinken.

Um mich neu kennenzulernen, um herauszufinden, wer ich sein wollte, war diese Reise genau das Richtige. Nach der Scheidung meiner Eltern hatte ich einen Teil von mir verloren. Etwas, das ich nicht wiederfand, weil es unmöglich war, an dem alten Leben festzuhalten. Lange hatte da eine klaffende Wunde in meiner Brust existiert, aber das war nun vorbei.

Und heute war der Tag, an dem mein Leben erst richtig anfing. Vorausgesetzt, ich bestand die Prüfungen.

»Ich kann nicht glauben, dass es jetzt echt vorbei ist.« Völlig fertig lehnte Elias sich zurück und trank mit einem Schluck die Cola leer. So erschöpft hatte ich ihn noch nie gesehen. Das *TravelVegan* war heute Vormittag ziemlich leer und im Hintergrund lief leise Musik.

»Erst mal müssen wir bestehen, wobei ich mir bei dir keine Gedanken mache. Irre ich mich, oder klingst du fast ein bisschen traurig darum?«

»Ich bin erleichtert und traurig zugleich. Dir ist klar, dass wir uns jetzt nicht mehr jeden Tag sehen werden, oder?« Elias zog eine Schnute und sah damit aus wie ein kleiner Welpe.

»Dafür kommen Yara und du uns in den Semesterferien besuchen.«

Nachdem Sam und ich uns für die Reise entschieden hatten, war für unsere Freunde sofort klar gewesen, zu uns zu fliegen, sobald sich die Möglichkeit ergab. Elias wollte für sein Medizinstudium unbedingt nach Heidelberg und Yara nach Berlin, um dort Modedesign zu studieren. Unsere Wege würden sich kurzzeitig trennen und genauso schnell wieder zusammenfinden. Da war ich mir sicher.

»Ich bin stolz auf dich, weißt du das?« Elias sah aus dem Fenster und wurde ernst. »Am Anfang des Schuljahres warst du … Du warst verloren. Und wenn ich dich jetzt ansehe, dann strahlst du richtig. Du lachst viel mehr. Das habe ich vermisst.«

»Danke, dass du das sagst.« Ich lehnte mich vor und berührte seinen Unterarm. »Ich habe endlich das Gefühl, meinen Weg zu finden. Während der Zeit auf Reisen will ich mir Gedanken machen, ob ein Kunststudium nächstes Jahr für mich infrage kommt. Meine Mutter muss sich nur wieder einkriegen. Sie weint gefühlt jeden Tag und ist jetzt schon voller Abschiedsschmerz.«

Elias lachte. »In ihren Augen wirst du erwachsen.«

»O Gott, das klingt irgendwie ganz komisch. Lassen wir das.«

Genau in dem Moment betraten Sam und Yara das Café. Beide mit roten Wangen und müden Augen. Auch ihnen war die Erleichterung darüber anzusehen, endlich frei zu sein. Als Sam mir zur Begrüßung einen Kuss auf die Wange gab, wurde mir ganz warm und das Gefühl von Vertrautheit breitete sich aus.

»Da seid ihr ja endlich«, sagte Elias. »Warum hat das so lange gedauert?«

»Weißt du, wie schwer es ist, Wunderkerzen im Sommer aufzutreiben? Richtig. Es gibt keine. Zumindest haben wir keine gefunden, bis mir eingefallen ist, dass ich noch welche in der Schublade hatte«, antwortete Yara und deutete auf ihre Tasche. »Also, los geht's.«

$$\Diamond \ \Diamond \ \Diamond$$

Zu viert saßen wir wieder einmal unerlaubterweise auf dem Hochsitz. Das Wetter war herrlich, von überallher war der Singsang der Vögel zu hören und der Sommer ließ sich förmlich riechen.

Yara packte die Wunderkerzen aus und reichte sie uns.

»Irgendwie fühlt sich das hier wie ein Abschied an«, bemerkte sie und sah in die Runde. »Dabei bleiben uns noch ein paar Tage, bevor ihr fliegt.«

»Ich kann nicht glauben, dass jetzt ein neues Kapitel beginnt. Wer weiß, vielleicht werden wir in ein paar Jahren deine Kleidung im Geschäft kaufen können«, meinte ich. Sofort faszinierte ich davon, Yaras ausgefallene Kleider selbst tragen zu können.

Sam stieß seiner besten Freundin mit dem Ellenbogen sanft in die Seite. »Oder aber Yaras Kollektion wird neben Gucci und Chanel ihren Platz finden.«

»O Gott, hört auf, ja? Hier.« Sie holte ein Feuerzeug heraus. »Lasst uns die Wunderkerzen anzünden. Als Zeichen dafür, was wir erreicht haben und was jetzt vor uns liegt.«

Ich liebte Wunderkerzen. Den Geruch, das Geräusch, wenn sie abbrannten, und den Anblick von diesem Mini-Feuerwerk in meiner Hand. Wenn die kleinen Funken meine Haut berührten und es sofort prickelte.

»Darauf, dass sich all unsere Wünsche erfüllen. Auf uns, dass wir uns gefunden haben, als wir es am wenigsten erwartet haben. Und vor allem: Dass wir niemals die Freundschaft aufgegeben haben, selbst wenn es so schien.«

Wir alle sahen Yara an. Normalerweise war sie kein Fan großer Worte und blieb eher im Hintergrund. Deshalb berührten mich ihre Worte umso mehr.

Elias stieg mit ein. »Darauf, dass wir uns nicht aus den Augen verlieren, ganz egal, wo wir uns gerade auf der Welt befinden.«

Ich sah meinen besten Freund lieber nicht an, denn dann hätte ich losgeheult.

»Darauf ...«, fing ich an, doch dann überkam es mich trotzdem.

Elias lachte nur und winkte ab. »Das war so klar, dass du weinen musst. Hör auf, sonst fange ich auch gleich an.«

Als ich ihm einen Blick zuwarf, erkannte ich, dass seine Augen ebenfalls glasig waren. Sam legte einen Arm um mich und zog mich an sich.

»Darauf, dass sich nichts ändern wird. Nächstes Jahr oder danach oder irgendwann werden wir hier wieder sitzen. Es wird sich nichts ändern, wenn wir uns wiedersehen.«

Und selbst wenn sich etwas änderte, so hatte ich dieses Jahr gelernt, dass es nicht zwingend schlecht sein musste. Veränderungen konnten gut sein, sie waren wichtig, um sich weiterzuentwickeln.

Es war sowieso ein verrücktes Jahr gewesen. Eines voller Schmerz, Freude und Träumen. Alte und neue Träume, die nur darauf warteten, gelebt zu werden. In ein paar Wochen würden Sam und ich eine völlig neue Welt kennenlernen. Zusammen.

Noch vor einem Jahr hatte ich gedacht, nie wieder ein Wort mit ihm zu reden. Dass wir für immer getrennte Wege gehen würden und unsere Geschichte unvollständig blieb.

Im Nachhinein betrachtet waren das alles Zwischenkapitel gewesen. Sie hatten verdammt wehgetan und zu gern hätte ich einige Seiten herausgerissen. Allerdings gehörten sie zu uns, denn ohne sie hätten wir nicht wieder zusammengefunden.

Denn vielleicht bestand das Leben nicht immer nur aus den großen Momenten. Sondern aus unzähligen kleinen, die am Ende das Gesamtbild ergaben. Ich hatte mir immer gewünscht, so einen Moment erleben zu können, ohne zu merken, dass mein Leben voll von ihnen war. Ich war nur erst jetzt in der Lage, sie wahrzunehmen.

Und eines war sicher: Sams und meine Geschichte fing gerade erst an.

Epilog   Sam

Das Abiturzeugnis in den Händen zu halten, fühlte sich merkwürdig an. Nicht real und trotzdem hatte ich diesen Meilenstein erreicht. Noch im vergangenen Sommer hatte ich gar nicht daran geglaubt, überhaupt so weit zu kommen. Aber jetzt wartete ein Neuanfang auf mich. Das Kapitel, das mich begleitet hatte, würde immer präsent sein und trotzdem war ich bereit, mich der Welt zu stellen und endlich stark genug, dem Sturm zu strotzen.

Ich hatte einen Teil von mir selbst wiedergefunden, war immer noch auf der Suche nach mehr. Nach mehr mir, mehr Sam und ich freute mich über jeden Tag, an dem ich mich besser kennenlernte. Lernte, mir mehr zu vertrauen, auf mein Herz zu hören und mich nicht von Gedanken bestimmen zu lassen, die nicht zu mir gehörten.

Der Abiball war der Startschuss für ein anderes Leben. Ein Ende, das gleichzeitig den Neuanfang bildete. Ich war emotionaler, als ich eigentlich sein wollte und schluckte schwer, weil ich merkte, wie die Gefühle mich zu überrollen drohten. Mit Tränen in den Augen blickte ich auf die Sterne über mir und sah ein Flugzeug in der Ferne.

Noch ein paar Tage ...

Ich konnte es nicht mehr erwarten, im Flieger zu sitzen und das Abenteuer anzutreten.

»Woran denkst du?« Yara saß in der Schaukel und sah ebenfalls zu dem Flugzeug hinauf.

»Daran, dass unser Leben jetzt erst richtig anfängt.«

Meine beste Freundin lächelte. »Das wird es.«

Anders als Elias und Mina hatte sie auf das Abendessen für die Familien in der Stadthalle verzichtet. Stattdessen war sie zu mir gekommen, um mit meinen Eltern gemeinsam zu essen.

»Wir haben es tatsächlich geschafft«, sagte sie nachdenklich. »Es ist irgendwie ein ganz komisches Gefühl, oder? Plötzlich stehen uns alle Türen offen. Wir müssen uns nur für eine entscheiden. Vielleicht sollte ich auch mit nach Australien kommen. Das klingt viel entspannter, als nach Berlin zu ziehen.«

»Tu dir keinen Zwang an.«

Sie winkte ab und schüttelte sich. »Nee, mit euch beiden will ich nicht unterwegs sein. So viele Packungen Ohrstöpsel kann ich gar nicht kaufen, um das zu ertragen.«

Ich ließ ihre Bemerkung unkommentiert und lachte nur. Stattdessen schloss ich die Augen, sog die warme Abendluft tief ein und Erinnerungsfetzen zogen an mir vorbei.

Die Dunkelheit, die mich wie ein treuer Begleiter festgehalten hatte. Die Leere, in der ich ertrunken war. Die Welt war wunderschön, mit all ihren Farben. Selbst wenn sie mir manchmal nur blau und grau vorkam, trostlos und ohne Hoffnung, gab es immer einen Grund, um weiterzumachen.

»Danke, dass du noch da bist, Yara.«   Mit glasigen Augen warf sie mir einen Blick zu und so, wie sie aussah, hatte sie ebenfalls einiges noch mal Revue passieren lassen.

»Du auch, Sam.«

Unsere Freundschaft hatte die Widrigkeiten überstanden, war stärker als jemals zuvor, auch wenn Narben zurückgeblieben waren. Sie erinnerten uns nur daran, was wir gemeinsam erreicht hatten, und natürlich würden sie hin und wieder weh tun, aber Yara war da, immer gewesen und das würde sich nie ändern.

»Was wirst du sagen, wenn dich heute Abend jemand fragt, was du das Jahr über gemacht hast?«

»Ich werde die Wahrheit erzählen«, entgegnete ich. »Es gibt keinen Grund, warum ich es verheimlichen sollte.«

Seit feststand, dass ich auf den Abiball gehen würde, hatte ich über dieses Szenario nachgedacht. Zunächst hatte ich überlegt, weiterhin zu lügen, nur was brachte mir das?

Depressionen waren nichts, wofür ich mich schämen brauchte. Ganz im Gegenteil – es war viel leichter, wenn ich offener damit umging. Yara wischte sich eine Träne aus den Augen und lächelte. »Wollen wir los? Wenn das so weiter geht, muss ich mich gleich neu schminken.«

Ich warf einen Blick auf die Uhr und nickte. »Das kann ich natürlich nicht verantworten.«

✧ ✧ ✧

Die Stadthalle war von außen festlich geschmückt, sodass es mich an einen amerikanischen *Prom* erinnerte. Ein roter Teppich war ausgerollt worden, überall hingen Lichterketten und Blumengirlanden. Aufgrund der warmen Temperaturen standen viele Abiturienten und Gäste draußen, hielten Sektgläser in den Händen und quatschten miteinander.

»Die anderen werden gleich Augen machen«, grinste Yara, als wir auf dem Parkplatz standen und sie mich von Kopf bis Fuß musterte.

Keine Ahnung, wann ich das letzte Mal einen Anzug getragen hatte, aber er war schon jetzt unbequem. Mina hatte mich extra gebeten, etwas Blaues zu tragen, weshalb ich mich für einen marinefarbenen Anzug mit Weste und einem kragenlosen Hemd entschieden hatte. Zwar saß das weiße Hemd wie angegossen, trotzdem kam ich mir verkleidet vor.

»Du siehst aus wie ein heißer CEO.«

»Hör auf!«, klagte ich und wurde rot. Nach wie vor konnte ich mit Komplimenten nicht gut umgehen. »Wenn ich wie ein CEO aussehe, dann bist du heute Lady Di.«

Yara wurde ebenfalls rot und sah an sich herunter. »Ich habe das Kleid selbst entworfen.«

Der elfenbeinfarbene Stoff schmeichelte ihrer Haut und fiel sanft über ihren Körper. Das Kleid ging ihr bis zu den Knien, unzählige Pailletten waren eingearbeitet worden, sodass es im Licht glitzerte, aber nicht aufdringlich erschien. In ihrem roséfarbenen Pixie Cut steckte ein schwarzer Haarreif. Sie sah absolut fantastisch aus.

»Und du hast dich selbst übertroffen.« Ich hielt ihr meinen Arm hin, damit sie sich einhaken konnte, und deutete mit einer Kopfbewegung auf den Eingang.

»Bist du bereit?«

»Wann immer du es bist.« Trotzdem holte ich einmal tief Luft.

»Mach dir keine Sorgen. Das wird ein toller Abend. Du erfüllst Mina sogar einen geheimen Traum«, sagte Yara und grinste verschmitzt.

»Einen geheimen Traum?« Ich wurde hellhörig. »Was hat sie dir erzählt?«

»Ach, nichts.« Unschuldig zuckte sie mit den Schultern und gemeinsam betraten wir die Stadthalle.

Stickige Luft empfing uns, überall war Gemurmel zu hören und die Musik spielte laut im Saal. Plötzlich wurde ich nervös und räusperte mich. Mein Herz schlug mir bis zum Hals, ich rieb mir die freie Hand an der Hose ab und sah mich um. Mina war nirgends zu sehen, was mir etwas Zeit verschaffte, um mich zu sammeln.

»Alles okay?« Yara blieb stehen und musterte mich besorgt.

»Es ist nur ... Mir wird gerade richtig bewusst, dass es ja auch irgendwie mein Abiball ist und ...« Ich konnte die Gedanken nicht in Worte fassen.

»Und deshalb ist es gut, dass du da bist«, versicherte sie mir. »Wir werden heute den ganzen Abend Spaß haben, tanzen und nur daran denken, dass wir es geschafft haben. Okay?«

Zögernd nickte ich. »Okay.«

Die Stimmung war ausgelassen und die gute Laune praktisch greifbar. Jeder schien dieselbe Erleichterung zu verspüren, das Gefühl von Freiheit war allgegenwärtig. Niemand dachte an morgen oder daran, was vor einem lag. Nur der Augenblick zählte, die heutige Nacht. Ich holte mein Handy aus der Hosentasche, um Mina zu schreiben, dass ich da war, als Yara mir auf die Schulter tippte und geradeaus zeigte.

»Guck mal, wer da ist.«

Sie ließ meinen Arm los, drückte mich nach vorn, damit ich mich bewegte. Mina stand allein an einem Stehtisch, beobachtete lächelnd die tanzende Menge und ich hätte am liebsten ein Foto von diesem Moment gemacht. Der Glanz der bunten LED-Lichter fiel ihr sanft ins Gesicht, sie schien ganz verloren in den eigenen Gedanken zu sein und ihr Lächeln auf den Lippen löste Herzklopfen bei mir aus. Sie trug ein schulterfreies Kleid, das in demselben Blau wie mein Anzug gehalten war. Im Gegensatz zu den Kleidern der anderen jungen Frauen hier war es eher unauffällig.

Es fiel bis zum Boden und betonte Minas Kurven. Ein Teil ihrer erdbeerblonden Haare war in einem lockeren Knoten zusammengebunden, während ihr der Rest in sanften Wellen über die Schultern fiel.

»Jetzt hör auf zu sabbern und geh endlich zu ihr.«

Mir war gar nicht aufgefallen, dass ich stehen geblieben war und sie aus der Entfernung beobachtete. Als Yara mich weiter nach vorn schob, blickte Mina in meine Richtung und ein breites Lächeln erschien auf ihren Lippen, das nur für mich bestimmt war.

Wir steuerten direkt aufeinander zu, ich nahm ihr Gesicht in meine Hände und küsste sie. Mina schmeckte nach Himbeerlipgloss und Vertrautheit. Nach Zuhause, Hoffnung und einer Zukunft.

»Ich hatte kurz Angst, dass du nicht kommst«, sagte sie, als wir uns voneinander lösten.

»Denkst du, ich lasse mir den Abend mit dir entgehen?«, entgegnete ich lächelnd und küsste sie wieder.

»Oh verdammt, wir sind hier in der Öffentlichkeit«, hörte ich Elias rufen, der mir gleich darauf auf die Schulter klopfte. »Ihr beide seht zusammen unverschämt gut aus, ist euch das eigentlich klar?« Er rollte theatralisch mit den Augen, legte die Arme um uns und schliff uns auf die Tanzfläche. »Jetzt kann der Abend endlich losgehen, oder? Mina hat die ganze Zeit schon sehnsüchtig auf ihr Handy gestarrt.«

»Elias, musst du immer alles verraten?« Sie warf ihrem besten Freund einen dunklen Blick zu, der aber nicht ernst gemeint war. Yara lief zur Bühne, um dem DJ einen Musikwunsch aufzutragen, und kam grinsend wieder.

»Das nächste Lied ist nur für dich, Mina. Wir wollen dir ja deinen Traum erfüllen und so«, rief sie mir zu.

»Welchen Traum?« Neugierig sah ich Mina an, die bloß ihre Arme um meinen Nacken legte und verlegen auf meine Brust starrte.

»Nichts, nichts. Tanz einfach mit mir, okay?«

»Yara hatte schon so etwas angedeutet, aber ich weiß überhaupt nicht, worum es geht.«

»Eigentlich ist es albern.«

Nachdem das Lied zu Ende gespielt hatte, griff der DJ zu seinem Mikro und sagte: »Der nächste Song ist ein spezieller Musikwunsch und ich würde euch bitten, ein bisschen näher zu rücken, die Handytaschenlampen anzumachen und den Moment zu genießen.«

Kurz wurde es still, weil niemand wusste, was jetzt passierte. Der DJ wartete ab, bis die meisten der Gäste die Lichter aktiviert hatten und er die komplette Beleuchtung ausschalten konnte.

Aufgeregt sah Mina sich um und wirkte ergriffen von dem Augenblick.

Dann begann *This Love* von Taylor Swift zu spielen. Yara und Elias grinsten Mina an, hielten die Handys in die Luft und bewegten ihre Arme zum Takt des Liedes. Die anderen auf der Tanzfläche taten es ihnen nach und es entstand ein kleines Meer aus Lichtern. »O mein Gott.«

Minas Augen glitzerten und sie sah sich um.

»Das war also dein Traum?«, fragte ich.

»Mit dem Lied hat es damals geendet ... Und jetzt fängt es wieder richtig an. Unser Leben, wir beide.« Sie lächelte nervös. »Ich habe mir immer diesen einen perfekten Moment vorgestellt. Dann, wenn man merkt, dass sich etwas verändert oder er so besonders ist, dass man ihn nie wieder vergisst. Ich habe mir ihn so sehr gewünscht und ... In meiner Vorstellung hatte ich ihn mit dir.«

Beschämt lehnte sie ihre Stirn an meine Brust, um mir nicht länger in die Augen sehen zu müssen. Lachend schlang ich meine Arme um sie, schaukelte uns sanft hin und her.

»Ich meine, wir hatten viele dieser Moment. Trotzdem ist das *hier* … Ich habe es mir immer so erträumt.«

»Es ist kitschig«, gab ich zu. »Und es ist auch sehr schön. Ist es denn der perfekte Moment für dich?«

Mina wagte es wieder, mich anzusehen und nickte. »Es ist mehr als perfekt.«

Yara und Elias lächelten uns breit an, schwangen ihre Handys in die Luft und es kam mir vor, als gehörte dieser Moment nur Mina und mir. Ich erinnerte mich, wie das Lied damals auf der Party in dem Moment anfing zu spielen, als ich dem Mädchen den Rücken zukehrte, in das ich all die Zeit schon verliebt gewesen war. So viele Erinnerungen der letzten Monate prasselten auf mich ein, gute und schlechte. Wir hatten all das überstanden, hatten zueinander gefunden und jetzt?

Jetzt waren wir umgeben von unzähligen Träumen, die nur darauf warteten, in Erfüllung zu gehen.

Ende

Nachwort

Gerade sitze ich hier ein bisschen sprachlos. Ein bisschen traurig, ein bisschen nostalgisch und vor allem sehr müde.

Mein fünftes Buch!!! Ich habe mein fünftes Buch 2021 im NaNoWriMo beendet. Und dann ein Jahr später gefühlt alles umgeworfen. So, wie sich mein Leben umgeworfen hat und ich eine lange Zeit nicht wusste, wer ich überhaupt noch war.

Mit dem Abschluss des Buches aber kam ein Stück meines alten Ichs zurück. Mein Leben als Mama ist so ganz anders, so wunderbar aufregend und einzigartig. Und mein Leben als Autorin besteht immer noch, auch wenn ich eine Zeit lang dachte, es nie wieder fühlen zu können.

Jetzt weiß ich mehr denn je, wer ich bin und wohin ich will.

Zuerst möchte ich dem gesamten VAJONA Verlag danken, dass sie mir die Chance gegeben haben, *Wie verlorene Sterne in der Nacht* zu veröffentlichen. Ich hatte gar nicht mehr damit gerechnet und umso schöner war es, als ich den Vertrag unterzeichnet hatte. Kleine Anekdote: Ich habe ihn unterzeichnet, als ich Wehen hatte und mich noch etwas ablenken musste. ;-)

Janine, Julia und Katja? Ohne euch wäre es niemals gegangen. Ihr seid immer da, auch wenn wir uns nicht immer sehen können. Ihr gebt mir Kraft und Mut, wenn ich ihn selbst nicht habe. Und ihr bremst mich, wenn ich mal wieder viel zu viel will (also ungefähr einmal am Tag).

Janes? Ohne deine Hilfe hätte ich es nicht geschafft. Während ich nachts schreiben/ überarbeiten musste, hast du mir die Zeit und den Raum gegeben, damit ich das Autor:innen-Leben leben kann.

Danke an all die Leser und Leserinnen, die mich und meinen Weg nun schon so lange begleiten oder gerade erst neu dazugestoßen sind. Ihr macht das möglich, wovon ich immer geträumt habe.

Bücher schreiben.

Haltet eure Träume gut fest, kämpft für sie und seht zu, wie sie in Erfüllung gehen.

Eure Vanessa

26. November 2022

Folge uns auf:

Instagram: www.instagram.com/vajona_verlag
Facebook: www.facebook.com/vajona.verlag
TikTok: www.tiktok.com/vajona_verlag
Website: www.vajona.de